不求人文化
Diy Culture Publishing

Fashion Book

Pocket 非學不可的

新多益

單字

—— 完整修訂版 ——

非學不可的新多益單字

❶ ❷ apparent [ə`pærənt] **ⓐ** 表面上的　　🎧 01-02

apparent是形容詞，用來表示外觀上的、顯而易見的、表面上的。

片 for no apparent reason 沒來由地…、apparent friendship
表面上的友誼

例 Joy bursts out laughing for no apparent reason.
喬伊突然沒有原因地爆出笑聲。

❸ apparent 相關字

❺
❸ obvious [`abvɪəs] **ⓐ** 明顯的
It's so obvious that Ricky cheated on the test, since
answers were carved onto his desk.
理奇很明顯的就是有作弊，因為他把答案刻在桌面上。
補 carve 雕刻、cheat 作弊

❷ noticeable [`notɪsəbl] **ⓐ** 顯而易著的、會被注意到的
I accidentally burned my hair and was really embarrassed
by it, although it's barely noticeable.
我不小心燒了我的頭髮並感到很不好意思，雖然它幾乎不太能被注意
到。
補 burn 燒、embarrass 感到不好意思

❷ undeniable [ˌʌndɪ`naɪəbl] **ⓐ** 無可否認的
It's an undeniable fact that we need food and water to
survive.
我們生存需要仰賴食物和水是不可否認的事實。
補 survive 生存

❻
❹ visible [`vɪzəbl] **ⓐ** 可見的
The plastic surgeon promised that the surgery is
totally safe and will not leave any visible wound.
那個整型醫師保證這個手術是絕對安全的，且且不會留下任何看得見的
傷口。
補 plastic surgeon 整型醫師、surgery 手術　**❹**

apparent 衍生字

❸ distinct [dɪ`stɪŋkt] **ⓐ** 明顯的、易區別的
❸ conspicuous [kən`spɪkjuəs] **ⓐ** 明顯的、引人注目的
❹ seeming [`simɪŋ] **ⓐ** 表面上的 **ⓝ** 外表
❷ ostensible [ɑs`tɛnsəbl] **ⓐ** 外表的、表面上的、可公開的

1 抓出高頻率使用以及最常考的關鍵單字

由補教天王陳勝、謝欣蓉篩選出3,987個最常考的關鍵單字，並附有詞性以及例句，把關鍵單字記下來的同時也學會怎麼說。

2 單字依照日常生活分成13大類項

依照新多益官方網站所公布的資訊，將單字分類成必考的13個類項，幫你更有效率地背完新多益必考單字。

3 依單字重要性排序，沒時間就學最重要的！

每頁一個關鍵單字為主，再衍生出9～13個相關的單字，並依照重要性由上至下依序排列。愈常考、高頻率使用的單字放愈前面，讓你可以依自身情況抓緊時間有效率的學習！

4 實用例句及加強補充單字，學習更全方位！

重要的單字皆有實用例句，將單字靈活運用在句子上更加強印象！並且針對重點單字補充其他單字，方便讀者學習。

5 單字詞性完整標示

根據詞性標示出名詞、動詞、副詞、形容詞、片語、介係詞等，完整標示，一目瞭然。

6 單字依難度標註級數

單字以簡易符號標示成5個等級。5適用於目標為金色證書（860～990分）的讀者，4則是目標藍色證書（750～855分）必備單字，以此類推。背單字同時也能瞭解自身的英文程度目前到達哪一個階段。

7 正統外籍老師單字MP3完整收錄

由正統外籍老師親自錄製，清楚唸出正確的發音。邊聽邊記，不只把單字牢牢記起來，連發音和聽力都跟著進步！
★本書附贈CD片內容音檔為MP3格式★

　　很感謝各位讀者對於之前與不求人文化合作的《非學不可的新多益單字》的愛戴，也非常感謝不求人文化編輯部在出版書籍的其間對我們的諸多幫助以及鼓勵。這次推出改版《非學不可的新多益單字（完整修訂版）》，為的是希望能更幫助讀者在準備新多益的時候，可以更得心應手。此次改版較於之前的版本，除了內容更完整以外，也增加了一些在新多益考試中更高頻率出現的單字，希望能更符合讀者高效率學習的需求。

　　本書是以新多益考試的主題來分成13個章節，每個章節裡約有35個主要單字，而每個主要單字裡又有9～13個相關單字。相關單字基本上就是主要單字的相似字、相反字，或是同領域常用到的相關字詞。各位其實可以在看到主要單字的時候先不要看相關單字的部分，拿張白紙把自己想得到的單字列出來，這樣可以測試自己對主要單字的瞭解有多少。

　　根據我們學習以及教授英文的經驗，我們覺得語感是考試高分的關鍵，如果有語感的話，考卷寫

起來就會很順暢。培養語感的方法其實很簡單，而
《非學不可的新多益單字（完整修訂版）》裡單字
的連結性就是培養語感的其中一個方法。當你對於
一個單字的聯結愈多，就愈容易記得這個單字。

假設你要記得window這個字，如果你只把它
和「窗戶」兩個字聯想在一起的話，可能記不久。
但如果你把它跟窗戶的圖案、開窗吹風的動作、甚
至是隔壁鄰居詭異的窗戶顏色聯想在一起的話，你
可能就會每次看到窗戶，就想到window，接著可
能又想到它的相關詞，甚至自動在腦中幫它造了個
句子，這樣子不只單字跟它的用法都記得了，連語
感也順便一起培養起來。

希望《非學不可的新多益單字（完整修訂版）》
裡單字的記法能對讀者有所幫助，不只是新多益考
試能順利達成目標，連英文程度也能一起提升！

陳勝、謝欣蓉

2015.10

|目錄|
Contents

Chapter 1

一般商務
Business

2 agreement

(MP3) 01-01

[əˋgrimənt] n 同意、協議

agreement是名詞，有時可數有時不可數。表示同意時不可數；表示**協議**時則可以。

片 agreement on 同意… 、in agreement 意見一致

例 After seeing the wonderful design of the chandelier, the judges nod in agreement.

在看過這個水晶燈美麗的設計之後，評審們點頭表示同意。

agreement 相關字

1 bargain [ˋbɑrgɪn] n 便宜、協議 v 達成協議

You have to keep your side of the bargain or the deal won't work.

你必須做到你協議要完成的部分，不然這個交易就會失效。

補 deal 交易

3 allow [əˋlaʊ] v 允許

We're not allowed to drink until we reach 18.

我們在滿十八歲之前是不被**允許**喝酒的。

2 agree [əˋgri] v 同意

Although they don't agree with each other some of the times, they are still good friends.

雖然他們有時候不同意彼此的理念，他們仍是很好的朋友。

3 assent [əˋsɛnt] v 同意、贊成

We had to revise our request 3 times before they assent to it.

在他們同意我們的請求之前，我們一共修改了三次。

補 request 請求

agreement 衍生字

2 accept [əkˋsɛpt] v 接受

3 comply [kəmˋplaɪ] v 遵從

4 alliance [əˋlaɪəns] n 結盟

2 agreeable [əˋgriəbl] a 宜人的、能被同意的

非學不可的新多益單字

Chapter 1 | Chapter 2 | Chapter 3 | Chapter 4 | Chapter 5 | Chapter 6 | Chapter 7 | Chapter 8 | Chapter 9 | Chapter 10 | Chapter 11 | Chapter 12 | Chapter 13

❷ apparent [ə`pærənt] ⓐ 表面上的　MP3 01-02

apparent是形容詞，用來表示外觀上的、顯而易見的、表面上的。

🔑 for no apparent reason 沒來由地…、apparent friendship 表面上的友誼

📖 Joy bursts out laughing for no apparent reason.
喬伊突然沒有原因地爆出笑聲。

apparent 相關字

❸ obvious [`abvɪəs] ⓐ 明顯的

It's so obvious that Ricky cheated on the test, since answers were carved onto his desk.
理奇很明顯的就是有作弊，因為他把答案刻在桌面上。
補 carve 雕刻、cheat 作弊

❷ noticeable [`notɪsəbl] ⓐ 顯而易著的、會被注意到的

I accidentally burned my hair and was really embarrassed by it, although it's barely noticeable.
我不小心燒了我的頭髮並感到很不好意思，雖然它幾乎不太能被注意到。
補 burn 燒、embarrass 感到不好意思

❷ undeniable [ˌʌndɪ`naɪəbl] ⓐ 無可否認的

It's an undeniable fact that we need food and water to survive.
我們生存需要仰賴食物和水是不可否認的事實。
補 survive 生存

❹ visible [`vɪzəbl] ⓐ 可見的

The plastic surgeon promised that the surgery is totally safe and will not leave any visible wound.
那個整型醫師保證這個手術是絕對安全，並且不會留下任何看得見的傷口。
補 plastic surgeon 整型醫師、surgery 手術

apparent 衍生字

❸ distinct [dɪ`stɪŋkt] ⓐ 明顯的、易區別的

❸ conspicuous [kən`spɪkjuəs] ⓐ 明顯的、引人注目的

❹ seeming [`simɪŋ] ⓐ 表面上的 ⓝ 外表

❷ ostensible [ɑs`tɛnsəbl] ⓐ 外表的、表面上的、可公開的

❹ express

[ɪk`sprɛs] **n a v** 快遞、特快車

express可為不可數名詞、形容詞或動詞。做名詞時可表示**快遞**、**特快車**等；做形容詞則可表示**快速的**或**明白的**；做動詞時表示**表達**或是**寄快遞**。

片 express oneself 自我表達、express mail 快捷郵件

例 It's hard to communicate with those who can't express themselves very well.
與**表達**能力不好的人溝通是困難的。

express 相關字

❶ show [ʃo] **v** 展現 **n** 表演
After 3 months of pregnancy, her belly is starting to show.
懷孕三個月後她的肚子開始**看得出來**了。
補 pregnancy 懷孕、belly 肚子

❷ indicate [`ɪndə͵ket] **v** 指出、指示
The thermometer indicates the temperature of the room.
溫度計**指出**房間裡的溫度。
補 thermometer 溫度計

❸ display [dɪ`sple] **v n** 展示
The products will be on display during the exhibition.
這些產品在展覽時會被**展示**。
補 exhibition 展覽

❹ expression [ɪk`sprɛʃən] **n** 表情、表示
The expression on his face when he saw the cockroaches coming at him was priceless.
他看到蟑螂朝他衝過來時的**表情**真是無價。
補 priceless 無價的、珍貴的
cockroach 蟑螂

express 衍生字

❷ mean [min] **v** 表示 **a** 卑劣的、壞心腸的

❷ present [prɪ`zɛnt] **v** 贈送、呈現

❹ represent [͵rɛprɪ`zɛnt] **v** 代表

❸ expressive [ɪk`sprɛsɪv] **a** 表現的、表情豐富的

非學不可的新多益單字

Chapter 1 | Chapter 2 | Chapter 3 | Chapter 4 | Chapter 5 | Chapter 6 | Chapter 7 | Chapter 8 | Chapter 9 | Chapter 10 | Chapter 11 | Chapter 12 | Chapter 13

❷ announce [ə`naʊns] ⓥ 宣布　　MP3 01-04

announce為動詞，用以表示**宣告、宣布**或是**節目的播報**。

🄷 announce that 宣告…

🄴 The students were all very excited when the teacher announced that they were going on a field trip.
老師**宣佈**要去校外教學時，學生們全都很興奮。/fild 原地

announce 相關字

❷ announcement [ə`naʊnsmənt] ⓝ 宣告、通告

We have no idea who the winner is before they make a public announcement.
在他們公開**宣佈**之前，我們都不知道誰是贏家。
🄿 public 公開的

❹ claim [klem] ⓥ ⓝ 聲稱、要求

The man claimed that he was not a murderer but no one believed him.
這個人**聲稱**他不是殺人犯，但沒人相信他。
🄿 murderer 殺人犯、兇手

/mзdэ/n

❺ speech [spitʃ] ⓝ 說話、言論、口音、方言

The speech that Steve Jobs gave at Stanford University was so amazing that I'm watching it for the 87th time.
賈伯斯在史丹佛大學的那場**演講**實在是太棒了，我正在看第八十七次。/əmeɪŋ/ 驚奇的、令人吃驚的

❹ state [stet] ⓥ 說明、聲明 ⓝ 狀況、情勢、地位

The constitution states that everyone has a right to live. /kanstɪtjuʃn/n
憲法**說**每個人都有生存的權利。
🄿 constitution 憲法、right 權利

announce 衍生字

❺ **address** [ə`drɛs] ⓥ ⓝ 演說、說話、地址、稱呼

❹ **broadcast** [`brɔd͵kæst] ⓥ ⓝ 廣播、播放

❷ **outspeak** [aʊt`spik] ⓥ 大膽說出

❷ **proclaim** [prə`klem] ⓥ 宣告、說明、表示

5 denounce [dɪˋnaʊns] ⓥ 當眾指責 MP3 01-05

denounce是動詞，其義為當眾指責或告發，也可表示指責某人為…。

片 denounce as 指責某人為…、以不好的稱號稱呼他人。

例 Melissa denounced her opponent as a wimp, which didn't seem very nice.

梅莉莎當眾叫她的對手弱者，令人感覺不是很好。

denounce 相關字

3 accuse [əˋkjuz] ⓥ 指控

Everyone knows that the person who accused Peter of murder is, in fact, the real murderer.

大家都知道指控彼得殺人的那個人才是真正的殺人犯。

補 murder 謀殺 n. v

4 boycott [ˋbɔɪˏkɑt] ⓥ ⓝ 聯合抵制

The boycott will continue if the government keeps on refusing to face the public.

若是政府繼續拒絕面對大眾的話，這次的聯合抵制就會繼續進行。

補 refuse 拒絕 v

2 reproach [rɪˋprotʃ] ⓥ 責備

I was reproached for losing my test results, but I know that's really not my fault.

我因為弄丟我的成績單被罵了，但我知道那其實不是我的錯。

2 condemn [kənˋdɛm] ⓥ 譴責、宣告（不好的事）

The public condemns the president's ill behavior during the press conference.

社會大眾譴責總統在記者會的糟糕行為。

補 ill behavior 不好的行為

denounce 衍生字

4 blame [blem] ⓥ 怪罪、指責

3 indict [ɪnˋdaɪt] ⓥ 控告、起訴

5 embargo [ɪmˋbɑrgo] ⓥ ⓝ 官方的抵制，如國家對他國的禁商、禁運

5 doom [dum] ⓥ 判決、注定 ⓝ 厄運、毀滅

❹ aspect [`æspɛkt] ⓝ 方向

MP3 01-06

aspect是可數名詞，用來表示方向、面向、或觀點，有時也可用來表示外表。

🄷 aspect of …的觀點

🄔 We cannot just look at one aspect when making a plan, for all things should be taken into consideration to make it work.

我們在做計劃的時候不能只看一個方面，因為所有的事情都必須列入考慮才會成功。

aspect 相關字

❸ feature [`fitʃə] ⓝ 特徵、長相 ⓥ 以…為特色

Nowadays, people buy DVDs not just for the movies but also the special features.

現在人們買DVD不是只為了電影本身，而是還有幕後特輯。

❸ trait [tret] ⓝ 特徵、特性

In order to know yourself better, you can take a look at a list of personality traits and mark out the ones that suit you.

為了要更加認識自己，你可以看一下人格特質表再標示出適合你的項目。

❹ form [fɔrm] ⓝ 外型、類型、表格 ⓥ 構成、排成、組織、成立

They send her flowers as a form of their appreciation of her work.

他們用送花來表示對她的作品的讚賞。

❷ perspective [pə`spɛktɪv] ⓝ 觀點、洞察力、透視圖、遠景

It is interesting how different people's perspectives can be.

有趣的是，每個人的觀點可以有多麼不同。

aspect 衍生字

❷ demeanor [dɪ`minə] ⓝ 舉止、風度

❷ mien [min] ⓝ 態度、風采

❺ angle [`æŋgl] ⓝ 角、角度、觀點 ⓥ 移動／改變角度

❺ attitude [`ætətjud] ⓝ 態度

❹ contract [`kɑntrækt] ⓝ 協約 　　MP3 01-07

contract 是可數名詞，通常是表示商業上的協議或正式的約定。

ⓗ leasing contract 租賃契約

ⓔ One should always read a contract carefully before signing it.

每個人在簽約前永遠都要先仔細閱讀過合約。

contract 相關字

❸ treaty [`triti] ⓝ （通常為國家間的）條約、協定、契約

A treaty is usually signed when people are ending a war.

通常在人們決定停戰的時候會簽訂條約。

ⓗ sign 簽訂

❸ VOW [vau] ⓝ 誓言 ⓥ 發誓

The couple exchange their vows on the wedding.

這對夫妻在他們的婚禮上交換誓言。

ⓗ exchange 交換

❸ engagement [ɪn`gedʒmənt] ⓝ 婚約、雇用期

Emma showed us her engagement ring at the engagement party.

艾瑪在她的訂婚派對上給我們看她的訂婚戒指。

ⓗ show... something 給…看某物

❷ commitment [kə`mɪtmənt] ⓝ 承諾、託付、支持、罪行

The children are very determined to win the competition, and they show a lot of commitment during training.

孩子們非常堅決地想贏得比賽，而且在訓練時表現出很大的付出。

ⓗ competition 比賽
determined 有決心的

contract 衍生字

❹ compact [`kɑmpækt] ⓝ 正式協議

❷ covenant [`kʌvɪnənt] ⓝ 盟約、公約 ⓥ 訂約

❸ pledge [plɛdʒ] ⓝ ⓥ 保證、發誓

❸ convention [kən`vɛnʃən] ⓝ 會議、集合、協定、習俗

非學不可的新多益單字

Chapter 1 | Chapter 2 | Chapter 3 | Chapter 4 | Chapter 5 | Chapter 6 | Chapter 7 | Chapter 8 | Chapter 9 | Chapter 10 | Chapter 11 | Chapter 12 | Chapter 13

❷ **negotiation** [nɪˏgoʃɪˋeʃən] ❶ 交涉 MP3 01-08

negotiation是名詞，在表示**交涉**或**談判**時常為複數，在當**轉讓**或**買賣**時則為不可數。

片 negotiation with 與…談判

例 Under no condition can you fail a class, and there's no room for negotiation.

在任何情況下你都不能被當掉任何一門課，而且沒有任何**商量**的空間。

negotiation 相關字

❸ debate [dɪˋbet] ❶ ❶ 辯論

The presidential debate goes on and on, and it's putting people to sleep.

總統辯論會太冗長，人民都要睡著了。

補 presidential 總統的

❷ pros [proz] ❶ 益處、好處、贊成的理由

Sometimes listing out the pros and cons of a situation helps us decide.

有時列出情況的利與弊能幫助我們作決定。

補 situation 情況

❷ intervention [ˏɪntəˋvɛnʃən] ❶ 介入、干涉

The strike would have gotten out of hand if it weren't for the police's intervention.

這個罷工抗議活動若是沒有警方的介入，就會一發不可收拾。

補 strike 罷工、罷課

❹ discussion [dɪˋskʌʃən] ❶ 討論

Teachers hate it when students chat during discussion period.

老師們討厭學生在討論的時間聊天。

negotiation 衍生字

❸ **negotiate** [nɪˋgoʃɪˏet] ❷ 談判、協商
❷ **negotiator** [nɪˋgoʃɪˏetə] ❶ 協商者
❸ **cons** [kɑns] ❶ 弊病、壞處、反對的理由
❷ **arbitration** [ˏɑrbəˋtreʃən] ❶ 裁決

❶ start [start] ⓝ ⓥ 開始、發起

MP3 01-09

start可當動詞或名詞；用以表示開始、發起、出發、發動、引起、驚嚇，或是突然出現。

片 from start to finish 從頭到尾、start out 開始、出發

例 Linda wants to start her own business but she doesn't know how.
琳達想要自己開始做生意，但是她不知道該怎麼開始。

start 相關字

❺ incept [ɪnˋsɛpt] ⓥ 開始

The movie *Inception* is about incepting an idea into other people's mind and letting it grow into a concept.
電影《全面啟動》是關於在別人的腦中開啟一個想法，然後讓它成長一個概念。

補 concept 概念

❷ beginner [bɪˋgɪnɚ] ⓝ 新手、初學者

After reading *The Hunger Games Trilogy*, I've decided to take beginner archery lessons.
在看完《飢餓遊戲三部曲》之後，我決定去上射箭的初學者課程。

補 archery 射箭

❸ origin [ˋɔrədʒɪn] ⓝ 起源

People want to know the origin of life, but so far we can only come up with theories.
人們想知道生命的起源，但我們目前只能想出一些學說。

補 theory 學說、論點

❸ activate [ˋæktəˌvet] ⓥ 觸發、使活化

If you push the red button, it will activate the machine right away.
如果你按紅色按鈕，它就會馬上啟動這個機器。

start 衍生字

❸ initiation [ɪnɪʃɪˋeʃən] ⓝ 開始、啟蒙

❶ begin [bɪˋgɪn] ⓥ 開始

❷ originate [əˋrɪdʒəˌnet] ⓥ 發源

❸ pioneer [ˌpaɪəˋnɪr] ⓝ 先驅 ⓥ 開拓

5 **expiration** [ˌɛkspəˈreʃən] ⓝ 到期 MP3 01-10

expiration是名詞，通常用來表示到期，也可以用來表示呼氣或吐氣。

📖 expiration date 保存期限

📝 One should always check the expiration date when one goes grocery shopping.
在採買食物雜貨時，一定要注意**保存期限**。

expiration 相關字

1 end [ɛnd] ⓥ ⓝ 結束

People keep on saying that apocalypse will come soon and it will be the end of the human race, but it never happens.
人們一再說世界末日很快就會來到，人類會**滅絕**，但是這從來沒有發生。
📖 apocalypse 世界末日

3 due date [ˈdju det] ⓟ 期限

The professor said that if we cannot hand in our assignment before the due date, he will not let us pass.
教授説如果我們不能在**截止日期**前交作業的話，他就不會讓我們及格。
📖 assignment 作業、hand in 交出

5 last [læst] ⓐ ⓐⓓ ⓝ 最後的

Little Johnny keeps on running as fast as he can, even though he knows he will be the last in the race.
雖然他知道他會是賽跑中的**最後**一名，小強尼還是盡其所能地快跑。

1 final [ˈfaɪn!] ⓐ ⓝ 最後的

Tears would not stop falling when the people bid their final goodbyes to the great leader.
人們在與他們偉大的領導人做**最後**的道別時，眼淚無法停止落下。

expiration 衍生字

5 finish [ˈfɪnɪʃ] ⓥ 結束 ⓝ 結束、物品的表面處理

3 terminal [ˈtɜmən!] ⓝ 航廈、終點 ⓐ 最後的、終點的、每學期的

4 deadline [ˈdɛdˌlaɪn] ⓝ 截止期限

4 ultimate [ˈʌltəmɪt] ⓐ ⓝ 終極的

2 consent [kən`sɛnt] v n 同意

consent可當動詞或名詞使用，當動詞時表示答應或同意；當名詞時為不可數名詞，也是表示答應或同意。

片 parental consent 父母的同意

例 You cannot take my things without my consent.
你不能沒有經過我同意就拿我的東西。

consent 相關字

3 approve [ə`pruv] v 認可
Sue would like to hold a dance competition but she thinks the school will not approve it.
蘇想舉行舞蹈比賽，但她認為學校不會批准它。
補 competition 比賽

4 accept [ək`sɛpt] v 接受
I don't accept gifts unless they're from close friends.
除了密友送的禮物之外，我是不接受禮物的。

3 obey [ə`be] v 遵照、遵守
They act like puppets because those who don't obey the rules will be severely punished.
他們像玩偶一樣聽話，因為不遵守規定的人會接受嚴厲的懲罰。
補 severely 嚴重地

4 admit [əd`mɪt] v 承認、容許
Samantha loves to sing in the shower but she will never admit that in public.
莎蔓莎熱愛在沖澡時唱歌，但她永遠不會在公眾場合中承認這件事。
補 in public 大庭廣眾之下

consent 衍生字

5 agree [ə`gri] v 同意
3 appreciate [ə`priʃɪet] v 欣賞、感激
3 approval [ə`pruvl] n 認可
3 acknowledge [ək`nɑlɪdʒ] v 承認

非學不可的新多益單字

Chapter 1 | Chapter 2 | Chapter 3 | Chapter 4 | Chapter 5 | Chapter 6 | Chapter 7 | Chapter 8 | Chapter 9 | Chapter 10 | Chapter 11 | Chapter 12 | Chapter 13

② **oppose** [ə`poz] ⓥ 反對 01-12

oppose是動詞，用以表示**反對**或**抵抗**。它的現在分詞可表示**與…對立的**，如opposing force 對立的勢力。

🔢 as opposed to 與…對照之下

📝 I'd prefer coffee in the morning, as opposed to tea.
早上的時候我會比較想喝咖啡而不是茶。

oppose 相關字

① rebuttal [rɪ`bʌtḷ] ⓝ 反駁

The presidential candidate fell into silence when he should have been giving his rebuttal.
這個總統候選人在他該**反駁**的時候沉默了。
🔡 candidate 候選人、silence 靜默

④ invalidate [ɪn`væləˌdet] ⓥ 使無效

They invalidate Tim's driver's license because he was caught drunk-driving for too many times.
他們吊銷了提姆的駕照，因為他酒駕太多次了。
🔡 license 執照、drunk-driving 酒駕

② contradict [ˌkɑntrə`dɪkt] ⓥ 反駁、與…相抵觸

The problem for today's education is that the things teachers do contradict the things they preach, which is why the children think they can do the same.
現今的教育問題就是老師的行為與他們所教的不符，所以孩子們認為他們也可以。
🔡 preach 訓誡

⑤ negate [nɪ`get] ⓥ 否定、使無效

Van's suggestion is negated because he betrayed us before.
凡的建議被**否決**了，因為他之前背叛過我們。
🔡 betray 背叛

oppose 衍生字

⑤ confute [kən`fjut] ⓥ 駁倒
③ disprove [dɪs`pruv] ⓥ 反駁、舉反證
③ controvert [`kɑntrəˌvɜt] ⓥ 反駁、爭論
⑤ refute [rɪ`fjut] ⓥ 反駁

3 worldwide

MP3 01-13

[ˋwɝld͵waɪd] a ad 散布到世界各地的

worldwide可做形容詞或副詞使用，用來表示散布到世界各地的。

片 worldwide web(www) 網際網路

例 Nowadays, not only teenagers but also grownups are addicted to the worldwide web.

現在不只年輕人有網路成癮的現象，成年人也有。

worldwide 相關字

3 international [͵ɪntɚˋnæʃən!] a 國際間的

The competition is open to international contestants, so it will be broadcast internationally as well.

這個比賽有開放國際參賽者，所以也會在國際上轉播。

補 contestant 參賽者、broadcast 播放

3 foreign [ˋfɔrɪn] a 外國的、陌生的

Vivi was terrified when she first stepped onto this foreign land, but now she considers it as her second home.

薇薇在剛到這塊陌生的土地上時感到驚恐，但現在她覺得這是她第二個家。

4 nation [ˋneʃən] n 國家、民族

The leader of this nation is considered incompetent, which is why the people want to recall him.

這個國家的領袖被認為是無能的，所以人們想罷免他。

補 recall 罷免、回想

4 local [ˋlok!] a n 當地的、局部的

I determined not to eat anything but local food when I'm travelling, or it loses the point of going abroad.

我下定決心在旅行時不吃除了當地食物以外的任何東西，不然就失去出國的意義了。

補 go abroad 出國

worldwide 衍生字

4 **universal** [͵junəˋvɝs!] a 全世界的、普遍的、通用的

4 **global** [ˋglob!] a 全世界的、球狀的

2 **multinational** [ˋmʌltɪˋnæʃən!] a 多國的

1 **planetary** [ˋplænə͵tɛrɪ] a 全球的、行星的、飄泊不定的

非學不可的新多益單字

Chapter 1 | Chapter 2 | Chapter 3 | Chapter 4 | Chapter 5 | Chapter 6 | Chapter 7 | Chapter 8 | Chapter 9 | Chapter 10 | Chapter 11 | Chapter 12 | Chapter 13

☑ **procedure** [prə`sidʒɚ] ⓝ 流程　ᴹᴾ³ 01-14

procedure是名詞，有可數和不可數的用法。用來表示流程、程序、過程、或步驟。

🔳 standard operating procedure (SOP) 標準作業流程

🔳 My colleague showed me a huge pile of the company's standard operating procedure on my first day of work, which is a little overwhelming.

我同事在我上班的第一天給我看了一大疊公司的標準作業流程，讓我有點不知所措。

procedure 相關字

☑ action [`ækʃən] ⓝ 行為、作用

The lion may look slow and lazy, but they're actually really fast in action.

獅子看起來可能既遲緩又懶惰，但牠們實際上行動時真的很快。

🔡 lazy 懶惰的

☑ timetable [`taɪmˌtebl̩] ⓝ 時間表

I find it really hard to keep up with the timetable when the workload is way too heavy for the time given.

我發現要在有限的時間內完成太大的工作量時，要照時間表進行很困難。

🔡 workload 工作量

☑ calendar [`kæləndɚ] ⓝ 行事曆

There are so many things written on the calendar you can barely see the date.

行事曆上寫了太多的事，你已經快看不到日期了。

☑ schedule [`skɛdʒul] ⓝ 時間表、計畫表

In order to reach their goal, the competitors stick to a tight schedule during the 3-week training session before the game.

為了達成他們的目標，參賽者在比賽前為期三週的集訓中都堅持過緊湊的行程。

procedure 衍生字

☑ **procedural** [pro`sidʒərəl] ⓐ 程序上的

☑ **agenda** [ə`dʒɛndə] ⓝ 議程、要完成的事

☑ **curriculum** [kə`rɪkjələm] ⓝ 課程

☑ **operation** [ˌɑpə`reʃən] ⓝ 運轉、營運、作用、手術

⑤ propaganda

[ˌprɑpə`gændə] **n** 宣傳

propaganda為不可數名詞，常有負面的意味，用來表示**宣傳**、**宣導**或**文宣**。

片 anti-government propaganda 反政府宣導、anti-war propaganda 反戰宣導、 political propaganda 政治宣導

例 The people are being oppressed for too long that they are starting to spread anti-government propaganda.

人們被壓迫太久了，所以他們開始散播反政府的**宣傳**。

propaganda 相關字

② publicize [`pʌblɪˌsaɪz] **v** 宣傳、廣告

They are publicizing the event in order to raise more funds.

他們要**宣傳**這個活動以募得更多資金。
補 fund 資金

④ advertisement [ˌædvə`taɪzmənt] **n** 宣傳、廣告

You can tell the society's ill by seeing more and more sexual innuendo in advertisements.

從**廣告**中愈來愈多的性暗示可以看出這社會病了。

③ misleading [mɪs`lidɪŋ] **a** 會誤導人的

The criminal got away because he left a lot of misleading information at the crime scene.

罪犯在犯罪現場留下了很多**誤導性**的資訊，所以他被釋放了。

③ slogan [`slogən] **n** 口號

A catchy slogan can bring you wealth, fame, and costumers.

一個好記的**口號**可以帶給你財富、名聲和客戶。
補 catchy 好記的

propaganda 衍生字

② propagandize [ˌprɑpə`gænˌdaɪz] **v** 宣傳

③ publicist [`pʌblɪsɪst] **n** 公關

③ brainwash [`brenˌwɑʃ] **v n** 洗腦

⑤ disinformation [dɪsˌɪnfə`meʃən] **n** 假消息、假情報

❸ confirmation

(MP3) 01-16

[ˌkɑnfɚˋmeʃən] ⓝ 確認

confirmation是名詞，有可數與不可數兩種用法。通常用來表示確認或是肯定的答覆。

🔑 order confirmation訂單確認、confirmation of …的確認

📖 The confirmation of your order is received, and the products will be delivered within 10 working days.
我們收到你的訂單**確認**了，商品會在十個工作天內送達。

confirmation 相關字

❷ validate [ˋvæləˌdet] ⓥ 承認、使生效
In order to validate the visa, Hank has to provide all the required documents.
為了使簽證**生效**，漢克得提供所有必要文件。
📦 document 文件

❹ proof [pruf] ⓝ 證據、證明 ⓐ 防…的（如防水等）
So far, the only proof of intrusion that they can find is the footprints in the hall.
目前為止，他們能發現有人闖入的唯一**證據**就是大廳的腳印。
📦 intrusion 闖入

❺ pass [pæs] ⓥ 過、傳遞、死亡 ⓝ 通行證
Nickie got the backstage pass to Avril's concert and everybody is jealous of her.
尼琪拿到了艾薇兒演唱會的後台**通行證**，大家都非常嫉妒她。
📦 backstage pass 後台通行證

❶ ratification [ˌrætəfəˋkeʃən] ⓝ 批准
Could you please extend the ratification period?
可以請你延長**核准**時間嗎？
📦 extend 延長

confirmation 衍生字

❶ affirmation [ˌæfɚˋmeʃən] ⓝ 批准、肯定
❶ validation [ˌvæləˋdeʃən] ⓝ 確認
❶ verifiable [ˋvɛrəˌfaɪəbl̩] ⓐ 可查證的
❶ verify [ˋvɛrəˌfaɪ] ⓥ 證實、查證

❷ **confront** [kənˋfrʌnt] **v** 正面交鋒　MP3 01-17

confront是動詞，通常用來表示正面交鋒、面臨或遭遇，也有對抗、勇敢面對的意思。

片 confronted by 面臨、confront with 與…對質

例 I don't like to confront people because of the tension it brings.
我不喜歡與人對峙，因為它會帶來緊張的情勢。

confront 相關字

❷ **argue** [ˋɑrgju] **v** 爭論

There's no point arguing with your mother because you know she only wishes you the best.
跟你母親爭執是沒有意義的，因為你知道她只是為你著想。

❶ **fight** [faɪt] **v** **n** 打、鬥、爭吵

The boys got into a fight and were sent to the headmaster's office.
男孩們打了起來，然後就被叫到校長辦公室了。

❹ **face** [fes] **v** 面對、面向 **n** 臉、面子

We all hope that we will be able to face our worst nightmare one day.
我們都希望有一天我們能夠面對我們最可怕的噩夢。
補 nightmare 噩夢

❷ **defy** [dɪˋfaɪ] **v** **n** 公然挑戰、反抗

Joseph wouldn't dare to defy the court orders so he did everything they asked him to.
喬瑟夫不敢違抗法院命令，所以他做了所有他們要他做的事。
補 court 法院

confront 衍生字

❸ **confrontation** [ˌkɑnfrʌnˋteʃən] **n** 對質、對抗

❸ **encounter** [ɪnˋkauntə] **v** **n** 遭遇、巧遇

❺ **dare** [dɛr] **v** 竟敢 **n** 敢、挑戰

❸ **withstand** [wɪðˋstænd] **v** 抵擋、反抗、禁得起

非學不可的新多益單字

Chapter 1 | Chapter 2 | Chapter 3 | Chapter 4 | Chapter 5 | Chapter 6 | Chapter 7 | Chapter 8 | Chapter 9 | Chapter 10 | Chapter 11 | Chapter 12 | Chapter 13

② **persuade** [pɚ`swed] ⓥ 說服　　MP3 01-18

persuade是動詞，表示**說服某人去做某件事**。它和convince不同的地方在於通常persuade後面是加上動作或要做的事；而convince則比較偏向於說服某人去相信某件事、接受某個觀念，或是去想要做某件事。

ℍ persuade into 說服去做⋯、persuade out of 說服不要去⋯

例 Bobby's mom finally persuaded him to dress like a Greek god for Halloween because it will only take 5 minutes to make the costume.
巴比的媽媽終於**說服**他在萬聖節時扮成希臘神，因為這樣她只需要花五分鐘做他的服裝。

persuade 相關字

③ **convince** [kən`vɪns] ⓥ 說服
Nina can be convinced so easily that people don't even have to try.
妮娜非常容易被**說服**，沒有人需要花心思去嘗試。

② **coax** [koks] ⓥ 哄騙、誘導
If we can coax the baby into sleep earlier, we might be able to watch TV in peace today.
如果我們能早點把寶寶哄睡的話，今天可能就可以安安靜靜地看電視了。

④ **reason** [`rizn̩] ⓝ 理由、道理 ⓥ 推理、勸說
They tried to reason her out of thinking negatively but they failed.
他們試著**規勸**她不要負面思考，但他們失敗了。

③ **explain** [ɪk`splen] ⓥ 解釋
Tony tried to explain how the machine worked, but nobody could understand him.
東尼試圖**解釋**機器的運作方式，但沒有人聽得懂。

persuade 衍生字

③ **persuasive** [pɚ`swesɪv] ⓐ 勸導的、有說服力的
② **counsel** [`kaʊns!] ⓥ ⓝ 忠告、提議、商議
③ **prompt** [prɑmpt] ⓐ 快的 ⓥ 激起、提醒 ⓝ 提醒
② **wheedle** [`hwid!] ⓥ 用甜言蜜語哄騙

025

❷ retail [`ritel] ⓥ ⓝ ⓐ ⓐⓓ 零售

MP3 01-19

retail的意思是**零售**，它可以當動詞、名詞、形容詞，或副詞使用。

片 retail trade 零售業

例 We usually only sell our goods wholesale, so the retail price would be 1.5 times the wholesale price.
我們的商品通常只批發，所以**零售**價會是批發價的一點五倍。

retail 相關字

❷ distribute [dɪ`strɪbjut] ⓥ 分配、分佈

The students are randomly distributed into two groups for the debate session.
學生們在辯論課時被隨機**分**成兩組。

補 randomly 隨機地

❹ market [`mɑrkɪt] ⓝ 市場、銷路 ⓥ 買賣

The government expects the labor market to show improvement this year.
政府期望今年的勞動**市場**會有進步。

補 improvement 進步

❸ massive [`mæsɪv] ⓐ 大的、大量的、大規模的

The new headmaster is making massive changes to the school policy, and most students are looking forward to it.
新來的校長要對學校政策做**大規模**的變動，而大部分的學生都很期待。

補 headmaster 校長

❸ large-scale [`lɑrdʒ`skel] ⓐ 大規模的

Many children died during the large-scale massacre.
在那場**大規模**的屠殺中，很多小孩都被殺了。

補 massacre 屠殺

retail 衍生字

❷ **distributor** [dɪ`strɪbjətə] ⓝ 批發商、分配者

❷ **retailer** [`ritelə] ⓝ 零售商

❺ **trade** [tred] ⓝ 商業行為、買賣、職業 ⓥ 做買賣

❸ **wholesaler** [`holˌselə] ⓝ 批發商

❸ commercial

(MP3) 01-20

[kə`mɝʃəl] ⓐ ⓝ 廣告的、商業性的

commercial通常是形容詞，有時可當名詞使用。當形容詞時常表示**商務的、商業性的**；有時也表示**廣告的**或是**營利導向的**。

🄗 TV commercial 電視廣告、commercial bank 商業銀行

🄜 Most of the TV commercials are horrendous, and just the sight of it is an insult to my intelligence.
大部分的電視**廣告**都很糟糕，光是看一眼就是污辱我的智商。

commercial 相關字

❸ business [`bɪznɪs] ⓝ 商業、職業、份內的事
Susan will take over the family business when the time comes because she's the only child.
時機成熟時蘇珊就會接管家族**企業**，因為她是獨生女。
🄗 only child 獨子

❷ marketable [`mɑrkɪtəbl̩] ⓐ 可賣的、暢銷的
The producer didn't think that the movie would be marketable but it turns out to be a big hit.
這個製作人本來不認為這部電影會**暢銷**，但結果它很受歡迎。
🄗 big hit大受歡迎

❷ beneficial [ˌbɛnə`fɪʃəl] ⓐ 有利的、有幫助的
Olive oil is as beneficial to your skin as it is to your health.
橄欖油不只對你的健康**很有益**，對皮膚也好。

❷ profit-making [`prɑfɪtˌmekɪŋ] ⓐ 可營利的
Believe it or not, the movie industry is not the most profit-making one in the world.
不管你信不信，電影業不是世界上最**賺錢**的行業。
🄗 industry企業、行業

commercial 衍生字

❷ noncommercial [ˌnɑnkə`mɝʃəl] ⓐ 非商業性質的
❹ merchant [`mɝtʃənt] ⓝ 商人
❸ mercantile [`mɝkənˌtaɪl] ⓐ 商人的、貿易的
❸ saleable [`seləbl̩] ⓐ 暢銷的、適合銷售的

2 compromise [ˋkɑmprəˌmaɪz] (MP3) 01-21

v n 妥協、和解

compromise通常表示**妥協**或**和解**，可以當動詞或名詞使用；另外在當動詞時也可表示**危及**、**損害**或**連累**。

片 compromise with 與…和解

例 We will be stuck in this situation forever if no one wants to compromise.
如果沒有人願意**妥協**話，我們就會永遠卡在這個情況裡。

compromise 相關字

3 settle [ˋsɛtḷ] **v** 安頓、沉澱、解決、支付

They want to settle the argument but it doesn't look like it will end anytime soon.
他們想要**結束**這個爭端，但看起來它應該不會太快結束。
補 settle 結束、處理

1 concession [kənˋsɛʃəl] **n** 讓步、認可、特權

Gina made a concession to her kid brother because he's too young.
因為他還太小，吉娜對她的弟弟做出**讓步**。

3 surrender [səˋrɛndə] **v n** 投降、讓步、自首

They surrender by waving a white tank top as a flag.
他們把一件白色背心當旗子揮以表示**投降**。
補 tank top 背心

2 relinquish [rɪˋlɪŋkwɪʃ] **v** 放棄、讓出

She gained her power through a long fight and therefore would not relinquish it without one.
她經過了長期的鬥爭才得到她的權力，所以不可能不戰而**降**。
補 therefore 因此

compromise 衍生字

3 yield [jild] **v** 屈服、放棄、出產 **n** 利潤、產量

1 capitulation [kəˌpɪtʃəˋleʃən] **n** 投降協定、協約

2 renounce [rɪˋnauns] **v** 聲明放棄或退出、斷絕關係

3 concede [kənˋsid] **v** 承認、讓步

非學不可的新多益單字

Chapter 1 | Chapter 2 | Chapter 3 | Chapter 4 | Chapter 5 | Chapter 6 | Chapter 7 | Chapter 8 | Chapter 9 | Chapter 10 | Chapter 11 | Chapter 12 | Chapter 13

❸ clause [klɔz] ⓝ 條款

(MP3) 01-22

clause為名詞，用來表示**文件中的條款**；在文學和語言學上則用以表示子句。

🔳 main clause 主要子句、penalty clause 罰款條例

🔳 It's said in the penalty clause that we will be held responsible for the loss if there's any delay in the delivery.
罰款**條件**裡說是若運送有延誤的話，我們需要負擔其所產生的費用。

clause 相關字

❷ unconditional [ˌʌnkənˈdɪʃənl] ⓐ 無條件的
The only man who's going to give you unconditional love is your father.
唯一會給你**無條件**的愛的男人只有你的父親。

❹ signature [ˈsɪgnətʃɚ] ⓝ 簽名
Please put your signature on this contract.
請在這份合約上**簽名**。

❸ paragraph [ˈpærəˌgræf] ⓝ 段落
We wrote a lot of essays with five paragraphs back when we were students.
在我們還是學生的時候，我們寫了很多篇分成五**段**的文章。

❶ ultimatum [ˌʌltəˈmetəm] ⓝ 最後通牒
They give us the ultimatum that they will kill the girl if we can't manage to bring all the money requested.
他們給我們下了**最後通牒**，若我們無法籌到他們要求的金額，他們就會殺了那女孩。

clause 衍生字

❹ **term** [tɝm] ⓝ 條件、期、條款、方式、詞語

❺ **chapter** [ˈtʃæptɚ] ⓝ 章節

❺ **sign** [saɪn] ⓥ 簽名 ⓝ 象徵、手勢、標示

❹ **article** [ˈɑrtɪkl] ⓝ 文章、條款、冠詞

❸ firm [fɝm] v a n 使…穩定、堅固的、公司 MP3 01-23

firm可當動詞或形容詞使用；當動詞時表示**使…穩定**；當形容詞時則表示**堅固的、堅定的、穩固的**。此外，它也可以當名詞，表示**公司行號或事務所**。

> 片 law firm 法律事務所

> 例 The law firm offers all kinds of legal services.
> 這間法律**事務所**提供各項法律服務。

firm 相關字

❹ certain [`sɝtən] a 確定的、某個…

The patient was told to avoid certain kinds of food so that the healing process will accelerate.
這個病患被囑咐要避免吃**某些**食物以加速復原過程。
補 accelerate 加速

❸ decisive [dɪ`saɪsɪv] a 具決定性的、果斷的

Jess is a very decisive person, so we let her deal with tougher situations.
潔絲是一個很**果斷**的人，所以我們讓她去處理比較難處理的事。
補 tough 困難的、堅硬的

❷ resolved [rɪ`zɑlvd] a 下定決心的

Little Tim is resolved to win the competition next year.
小提姆**下定決心**要贏得明年的比賽。

❸ stable [`stebl̩] a 穩定的、牢靠的

The weather forecaster said that the weather will be clear and stable tomorrow.
氣象播報員說，明天會是既晴朗又**穩定**的好天氣。
補 forecaster 播報員

firm 衍生字

❷ **unalterable** [ʌn`ɔltərəbl̩] a 無法改變的

❸ **definite** [`dɛfənɪt] a 確切的、肯定的

❸ **consistent** [kən`sɪstənt] a 一致的

❷ **resolute** [`rɛzəˌlut] a 堅決的、堅定不移的

非學不可的新多益單字

Chapter 1 | Chapter 2 | Chapter 3 | Chapter 4 | Chapter 5 | Chapter 6 | Chapter 7 | Chapter 8 | Chapter 9 | Chapter 10 | Chapter 11 | Chapter 12 | Chapter 13

3 uncertain [ʌnˋsɝtn] **a** 不確定的　MP3 01-24

uncertain為形容詞，用來表示**不確定的、不穩定的**，或是**易變的**。
其名詞形式為uncertainty不確定性。

片 uncertain of/about 對…不確定

例 I'm uncertain about going in to the cave, since we don't even have a torch.
我**不確定**我們是否該進去這個洞穴裡，因為我們連個火把都沒有。

---

uncertain 相關字

3 hesitate [ˋhɛzəˌtet] **v** 遲疑

When he was at the door, he hesitated for a while before knocking on it.
當他站在門前時，他**遲疑**了一下才敲門。
補 knock 敲

2 indecisive [ˌɪndɪˋsaɪsɪv] **a** 優柔寡斷的、不能肯定的、不明確的

Julie is always indecisive when she's shopping, so not everybody likes to go with her.
茱莉在購物時總是很不**果斷**，所以很少人喜歡陪她去。

2 inconsistent [ˌɪnkənˋsɪstənt] **a** 不一致的

The texture of this piece of fabric is inconsistent, which is why they give a special discount.
這塊布料的質地不是很一致，所以他們有特別的優惠。
補 texture 質地、fabric 布料

2 skeptical [ˋskɛptɪkl̩] **a** 多疑的

We should always be skeptical about things and take what people say with a grain of salt; that way, it will make us think more.
對於事情我們應該總是**存疑**並不輕易相信別人說的話，這樣一來我們才會被迫做更多的思考。
補 skeptical 存疑的

---

uncertain 衍生字

3 changeable [ˋtʃendʒəbl̩] **a** 可改變的、會改變的

2 distrustful [dɪˋstrʌstfəl] **a** 不信任的

2 dubious [ˋdjubɪəs] **a** 可疑的、半信半疑的

4 doubtful [ˋdautfəl] **a** 懷疑的、可疑的

❸ concentrate [ˈkɑnsənˌtret] ⓥ 集中 (MP3) 01-25

concentrate可以做為動詞或名詞用。做為動詞時，可表示**集中**、**專注**，或**濃縮**。做為名詞時表示**濃縮物**。

片 concentrate on 專注於

例 Jo finds it hard to concentrate when it is too quiet, so she puts on some music.
喬發現太安靜的時候她無法**專心**，所以她開了音樂。

concentrate 相關字

❸ **distraction** [dɪˈstrækʃən] ⓝ 分心、令人分心的事物
Searching on the Internet is very helpful when you need something as reference, but it can be a major distraction to some people.
在你需要參考資料時用網路搜尋是很有幫助的，但對某些人來說這也是一個很容易令人分心的事。

❸ **concentration** [ˌkɑnsənˈtreʃən] ⓝ 集中、專注力、濃縮物
They say that meditation is a very good practice for those who have concentration problems.
他們說冥想對於那些有**專注力**障礙的人來說是很好的練習。
補 meditation 冥想

❹ **focus** [ˈfokəs] ⓥ ⓝ 集中、專注、對焦
My coach always says that if one can't stay focused, one can't win.
我的教練總是說不能專心的人不會贏。
補 coach 教練

❸ **attention** [əˈtɛnʃən] ⓝ 注意力
The butterfly on the window frame caught my attention and my mind drifted away slowly from the classroom.
窗戶上的蝴蝶抓住了我的**注意力**，而我的心思就慢慢飄出了教室。
補 drift 飄、浮

concentrate 衍生字

❷ **fixate** [ˈfɪkset] ⓥ 注視
❹ **fixed** [fɪkst] ⓐ 固定的、不動的
❸ **meditate** [ˈmɛdəˌtet] ⓥ 冥想、沉思
❸ **diversion** [daɪˈvɝʒən] ⓝ 轉向、分心、令人分心的事物

非學不可的新多益單字

Chapter 1 | Chapter 2 | Chapter 3 | Chapter 4 | Chapter 5 | Chapter 6 | Chapter 7 | Chapter 8 | Chapter 9 | Chapter 10 | Chapter 11 | Chapter 12 | Chapter 13

3 intelligence [ɪnˋtɛlədʒəns] **n** 智能 MP3 01-26

intelligence是不可數名詞，通常表示智能，有時用來表示情報、情報工作或情報機關。

片 artificial intelligence(A.I.) 人工智慧、intelligence quotient (IQ) 智商

例 Some people believe that someday artificial intelligence will surpass human intelligence, but I don't see how that's going to happen.

有些人相信人工智慧有一天會超越人類的智能，但我不認為這會發生。

intelligence 相關字

5 smart [smɑrt] **a** 聰明機靈的、劇痛的 **v** 使劇痛、引發痛苦

My baby will be listening to Mozart from the very day it is conceived because I want my baby to be smart.

我的寶寶會從我懷孕的第一天起就開始聽莫札特的音樂，因為我希望他很聰明。

4 bright [braɪt] **a** 明亮的、聰明的

Hayley is beautiful and very bright, which is why some people are jealous of her.

海莉既漂亮又很聰明，所以有些人會嫉妒她。

3 genius [ˋdʒinjəs] **n** 天才

I thought I was a genius when I was young, but then reality made me see the truth.

我小時候覺得我是個天才，但現實幫我看清了事實。

3 quick-witted [ˋkwɪkˋwɪtɪd] **a** 機智的

Donna only talks to people who are not as quick-witted because it makes her feel smart.

唐娜只和那些不是很機智的人說話，因為這樣讓她覺得自己很聰明。

intelligence 衍生字

3 intellectual [ˏɪntlˋɛktʃʊəl] **a** 聰明的、智力的 **n** 聰明的人

4 clever [ˋklɛvə] **a** 聰明伶俐的、小聰明的

3 brainy [ˋbrenɪ] **a** 腦力好的

3 knowledgeable [ˋnɑlɪdʒəbl] **a** 博學的

② **psychological**

(MP3) 01-27

[ˌsaɪkəˈladʒɪk!]ⓐ 心理上的

psychological是形容詞，用來表示心理上的、心理學上的或心理學家的。

片 psychological warfare 心理戰、psychological scar 心理創傷

例 The experience of being raped at a young age left her a psychological scar that will never heal.
小時候被強暴的經驗，讓她有永遠無法復原的心理創傷。

psychological 相關字

② **psychology** [saɪˈkalədʒɪ]ⓝ 心理學
Everyone becomes nervous when they talk to Nicolas because he's an expert in psychology and can see through all your secrets and lies.
大家和尼可拉斯說話的時候都很緊張，因為他是心理學專家而且能看穿你所有的祕密和謊言。
補 nervous 緊張的、secret 祕密

③ **emotional** [ɪˈmoʃən!]ⓐ 情緒化的、情緒上的
Devin is very emotional right now because his girlfriend just broke up with him.
戴文現在很情緒化，因為他女朋友剛和他分手。

③ **mental** [ˈmɛnt!]ⓐ 心理的、精神的、內心的
People with mental challenges should be taken care of, not discriminated.
有心理障礙的人們應該要受到照顧而不是歧視。
補 discriminate 歧視

④ **mind** [maɪnd]ⓝ 腦力、心智、心、想法 ⓥ 注意、介意
The mind is a dangerous place because that's where your fear lives.
一個人的頭腦是一個很危險的地方，因為那裡有你的恐懼。
補 fear 恐懼

psychological 衍生字

② **cognitive** [ˈkagnətɪv]ⓐ 認知的

③ **conscious** [ˈkanʃəs]ⓐ 有意識的、意識到

③ **subconscious** [sʌbˈkanʃəs]ⓐ ⓝ 潛意識的（活動）

① **intellective** [ˌɪntlˈɛktɪv]ⓐ 有智力的

非學不可的新多益單字

Chapter 1 | Chapter 2 | Chapter 3 | Chapter 4 | Chapter 5 | Chapter 6 | Chapter 7 | Chapter 8 | Chapter 9 | Chapter 10 | Chapter 11 | Chapter 12 | Chapter 13

5 **enterprise** [ˈɛntɚˌpraɪz] ⓝ 事業 📼 01-28

enterprise是名詞，它可以表示有冒險性、有困難或是重大的計畫或事業；也可單純表示企業，或是進取精神和敢冒險的心態。

🔟 enterprise culture 企業文化

📖 Now that we have reached our goal, we'd like to take our enterprise culture to the next level.
既然我們已經達成目標了，我們想要提昇我們的公司文化到另一個層級。

enterprise 相關字

③ company [ˈkʌmpənɪ] ⓝ 公司、陪伴

She used to think her life would be easier when she worked in a big company, but now that she is, life turns harder somehow.

她過去總覺得在大公司工作生活會輕鬆一點，但現在成真了，她卻覺得生活不知怎地變得更艱難了。
🔟 somehow 不知怎地

③ establishment [ɪsˈtæblɪʃmənt] ⓝ 建立、設立、創立

The establishment of the law is to keep the society away from chaos.

法律的設置就是要讓社會遠離混亂。
🔟 chaos 混亂

① office [ˈɔfɪs] ⓝ 辦公室

I left my cell phone in the office so I had to head back there and get it.

我把我的手機忘在辦公室了，所以我得回去拿。

④ department [dɪˈpartmənt] ⓝ 部門、系、領域

That machine belongs to the financial department, so you'd need their password to use it.

這個機器是財務部門的，所以你會需要他們的密碼才能使用。
🔟 password 密碼

enterprise 衍生字

② venture [ˈvɛntʃɚ] ⓥ 冒險 ⓝ 冒險、企業

③ corporation [ˌkɔrpəˈreʃən] ⓝ 法人、大公司

④ association [əˌsosɪˈeʃən] ⓝ 公會、聯盟、聯想、同夥關係

③ bureau [ˈbjuro] ⓝ 事務處、公家機關

❷ partnership

(MP3 01-29)

[`partnɚ,ʃɪp] ⓝ 合作關係

partnership是名詞，有可數和不可數兩種用法，可用來表示各種合作關係，如合夥、合作、合資、合股等。

⚑ to form partnership 形成合作關係、to break up partnership 解散合作關係

⚑ They broke up the partnership because they realized that they had very different values .

他們不再繼續合作因為他們意識到他們的價值觀非常不一樣。

partnership 相關字

❷ partner [`partnɚ] ⓥ ⓝ 合作、合夥、搭檔

No one wants Mary as their lab partner because she's always mean.

沒有人想和瑪莉當實驗室夥伴，因為她態度總是很惡劣。

❸ collaborate [kə`læbə,ret] ⓥ 合作

For this project, I'd like to collaborate with Josie and see what we will be able to come up with.

這個計劃我希望能和喬西合作，來看看我們能夠想出什麼。
⚑ come up with 想出、提供

❸ combine [kəm`baɪn] ⓥ 結合、聯合

How great would it be if we can find a way to combine our talents?

如果我們能想辦法結合我們的天份的話該有多好？
⚑ talent 天份

❷ unite [ju`naɪt] ⓥ 聯合、使統一、結合

We can be so much more powerful if we can all unite.

若我們聯手就可以強大許多。

partnership 衍生字

❹ cooperate [ko`apə,ret] ⓥ 合作

❸ cooperative [ko`apərɪtɪv] ⓥ 合作的

❸ join forces [`dʒɔɪn `forsəs] ⓟ 協力

❷ unity [`junətɪ] ⓝ 統一、結合

非學不可的新多益單字

Chapter 1 | Chapter 2 | Chapter 3 | Chapter 4 | Chapter 5 | Chapter 6 | Chapter 7 | Chapter 8 | Chapter 9 | Chapter 10 | Chapter 11 | Chapter 12 | Chapter 13

4 liability [ˌlaɪə`bɪlətɪ] n 責任、缺點　　MP3 01-30

liability是名詞，可用來表示責任，或是有…（不好的）的傾向；另外也可表示不利之處及缺點；以複數型態出現時則表示債務。

片 limited liability 有限責任、current liabilities 流動負債
例 It's our liability to pay the taxes.
納稅是我們的義務。

liability 相關字

4 loss [lɔs] n 損失、失敗、減低
The factory shut down because they couldn't afford the loss caused by the earthquake.
這間工廠因為無法負擔地震所帶來的損失而倒閉。
補 earthquake 地震

2 vulnerability [ˌvʌlnərə`bɪlətɪ] n 弱點
She didn't want to cry in front of the crowd because she didn't want to show her vulnerability.
她不想要在眾人面前哭，因為她不想表現出她脆弱的一面。
補 crowd 群眾

4 chance [tʃæns] n 機會、冒險 v 冒險、偶遇 a 偶然的、碰巧的
If we ignite the bomb now, we might be able to stand a chance.
如果我們現在引燃炸彈，我們也許還有機會。
補 ignite 點燃

3 tendency [`tɛndənsɪ] n 傾向
The teacher has a tendency to exaggerate, which annoys his students a lot.
這個老師有誇大其詞的傾向，這使他的學生們很反感。
補 exaggerate 誇大其詞

liability 衍生字

2 **proneness** [`pronnɪs] n 易…的傾向、面向下

3 **probability** [ˌprɑbə`bɪlətɪ] n 可能性

3 **asset** [`æsɛt] n 資產

2 **accountability** [əˌkaʊntə`bɪlətɪ] n 負有責任

❷ reputation [ˌrɛpjəˋteʃən] n 聲望 MP3 01-31

reputation是不可數名詞，通常是單數。一般我們會用它來表示名譽或聲望。

片 to maintain reputation 維護聲望

例 The mayor has a bad reputation but it doesn't seem like he cares.

這個市長的**名聲**很糟，但他似乎不以為意。

reputation 相關字

❸ fame [fem] n 名氣、聲譽

Wealth, power, and fame are the three things that corrupt people.

財富、權力、和**名氣**是三個會腐化人心的東西。

補 corrupt 腐化

❹ esteem [ɪsˋtim] v n 尊重、價值

Ruby is a girl with really low self-esteem so the teacher tries to build up her confidence.

茹比是一個**自尊心**很低的女生，所以老師試著要建立她的自信。

補 confidence 自信

❷ favor [ˋfevɚ] v n 贊成、偏愛、施惠、有利

I really hate asking people for favors, so I do everything on my own.

我真的很討厭請求別人的**幫助**，所以我什麼事都自己做。

補 on one's own獨自地

❸ position [pəˋzɪʃən] n 位置、地位、立場、職位 v 放在某個位置

His hard work is what takes him to this position, not his appearance.

他的**成就**是來自於他的努力，而不是他的外表。

補 appearance 外表

reputation 衍生字

❹ **acceptability** [əkˌsɛptəˋbɪlətɪ] n 可接受度

❹ **renown** [rɪˋnaʊn] n 聲望

❸ **prestige** [prɛsˋtiʒ] n 聲望

❹ **prominence** [ˋprɑmənəns] n 聲望、突出、突顯的事物

非學不可的新多益單字

Chapter 1 | Chapter 2 | Chapter 3 | Chapter 4 | Chapter 5 | Chapter 6 | Chapter 7 | Chapter 8 | Chapter 9 | Chapter 10 | Chapter 11 | Chapter 12 | Chapter 13

❸ **conference** [ˈkɑnfərəns] ⓝ 會議 (MP3) 01-32

conference是名詞，通常為可數，可以用來表示**正式的會議**、**協商**或**面談**。

🔡 conference room 會議室、conference call 電話會議、video conference 視訊會議

📝 The boss is making a conference call with a very important client, so he is not to be disturbed under any condition.

老闆現在正在和一個很重要的客戶進行電話**會議**，所以不管是什麼情況都不能打擾他。

conference 相關字

❸ gathering [ˈɡæðərɪŋ] ⓝ 聚會、聚集的東西

We all love reading so we decide to hold a little gathering at the café every Friday so we can share our thoughts.

我們都很愛看書，所以我們決定要每星期五在這間咖啡館舉辦小**聚會**，來分享我們的心得。

❹ appointment [əˈpɔɪntmənt] ⓝ 約會、任命

Lucy will not be at the party today because she has a dentist appointment.

露西不會去參加今天的派對，因為她**預約**了要看牙醫。

🔡 dentist 牙醫

❷ seminar [ˈsɛməˌnɑr] ⓝ 研討會

The seminar is about leading an eco-friendly life.

這個**研討會**是關於如何過發展環境友善的生活。

🔡 eco-friendly 不破壞生態的

❷ assembly [əˈsɛmblɪ] ⓝ 集會、集合、裝配

When we were in elementary school, we had to sing the national anthem during weekly assembly.

當我們在念小學的時候，我們得在週會時唱國歌。

🔡 national anthem 國歌

conference 衍生字

❺ **meeting** [ˈmitɪŋ] ⓝ 會議、會合處

❸ **consultation** [ˌkɑnsəlˈteʃən] ⓝ 會議、會診、諮詢

❶ **symposium** [sɪmˈpozɪəm] ⓝ 座談會

❹ communicate

(MP3) 01-33

[kə`mjunə͵ket] ⓥ 溝通、傳達

communicate是動詞，通常用來表示溝通、傳達、交流等；有時會用來表示傳染。

🔑 communicate with 與⋯溝通

📝 When people disagree with one another, they should communicate instead of fight.
在彼此不同意的時候，人們應該要溝通而不是爭執。

communicate 相關字

❸ fluent [`fluənt] ⓐ 流利的、流暢的

The baby is very fluent in two languages before the age of three.
這個寶寶在三歲以前就已經能流利地使用兩種語言了。
🔖 language 語言

❷ convey [kən`ve] ⓥ 傳達、表示、載運、轉讓

The concept that the artist was trying to convey through the painting is the rising of Imperialism.
這個藝術家想在這幅畫中表達的概念是帝國主義的興起。
🔖 Imperialism 帝國主義

❸ pronounce [prə`nauns] ⓥ 發音、宣稱、宣判

The "r" in French is very hard to pronounce.
法文裡的r很難發音。

❷ well-spoken [`wɛl`spokən] ⓐ 善言詞的

People who are well-spoken are usually good with the crowd as well.
很會說話的人通常也會很得群眾喜愛。

communicate 衍生字

❸ articulate [ɑr`tɪkjəlɪt] ⓐ 發音清楚的、善表達的

❸ manifest [`mænə͵fɛst] ⓐ 清楚的 ⓥ 表明、表露

❺ enunciate [ɪ`nʌnsɪ͵et] ⓥ 清楚的發音、宣佈

❺ loquacious [lo`kwe ʃəs] ⓐ 多話的、健談的

❹ eloquent [`ɛləkwənt] ⓐ 有說服力的、善辯的

非學不可的新多益單字

Chapter 1 | Chapter 2 | Chapter 3 | Chapter 4 | Chapter 5 | Chapter 6 | Chapter 7 | Chapter 8 | Chapter 9 | Chapter 10 | Chapter 11 | Chapter 12 | Chapter 13

❹ atmosphere

(MP3) 01-34

[ˋætməsˏfɪr] ⓝ 氣氛、氛圍

atmosphere是名詞，可以用來表示氣氛、氛圍，也可以表示空氣、大氣或氣壓。

🔁 friendly atmosphere 友善的氣氛、hostile atmosphere 具敵意的氣氛.

🔁 Jermaine has to quit the job because she can't stand working in a hostile atmosphere.
賈敏沒辦法在充滿敵意的氣氛下工作，所以她得辭職。

atmosphere 相關字

❶ feeling [ˋfilɪŋ] ⓝ 感受、感覺 ⓐ 動人的
He keeps himself busy so that he doesn't have to face the sad feeling.
他讓自己保持忙碌，這樣他才不用去面對他難過的情緒。

❸ impression [ɪmˋprɛʃən] ⓝ 印象、影響
Molly tried to make an impression on Josh but ended up making a fool out of herself.
莫莉試著要給喬許留下好印象結果把自己弄得很蠢。

❸ mood [mud] ⓝ 情緒、基調
Josh broke up with Molly because he couldn't stand her mood swings.
喬許和莫莉分手了，因為他沒辦法忍受她的情緒起伏。
🔁 mood swings 情緒波動

❸ surroundings [səˋraʊndɪŋz] ⓝ 環境
When you're in the wilderness, you have to pay attention to the surroundings because there might be danger anywhere.
當你在野外時，你需要注意周遭環境，因為危險可能在任何地方。
🔁 wilderness 野外

atmosphere 衍生字

❺ ambience [ˋæmbɪəns] ⓝ 氣氛、環境、格調

❸ aura [ˋɔrə] ⓝ 氣氛、靈氣、光環、氣味

❸ environment [ɪnˋvaɪrənmənt] ⓝ 環境

❶ tone [ton] ⓝ 聲音、色調、音調 ⓥ 調色、調音、調和、增強

❷ scent [sɛnt] ⓝ 香味、嗅覺、察覺 ⓥ 嗅、察覺

❸ sensible [ˋsɛnsəbl̩] ⓐ 明智的　MP3 01-35

sensible是形容詞，可以表示**通情達理的**、**明智的**；或是**可察覺到的**、**可注意到的**；另外也可表示**實用的**。

片 sensible person 明智的人

例 I think Holly's a sensible person so we might be able to convince her.
我覺得荷莉是個**明智的**人，所以我們應該可以說服她。

sensible 相關字

❸ reasonable [ˋriznəbl̩] ⓐ 講道理的、合理的
Children can be reasonable when they're not tired or hungry.
小孩子在不累且不餓的時候是可以**講道理的**。

❸ logical [ˋlɑdʒɪkl̩] ⓐ 合邏輯的、有邏輯的
Science is logical, which means you cannot make things up and pretend it's real.
科學是**有邏輯的**，意思是你不能隨便亂講然後假裝它是真的。
補 pretend 假裝

❷ rational [ˋræʃənl̩] ⓐ 理性的
I know buying a car when you're drunk is not rational but I actually like the car.
我知道在喝醉酒的時候買車是很不**理智的**，但我是真的喜歡這台車。

❸ realistic [rɪəˋlɪstɪk] ⓐ 真實的、現實的、實際的
The butterfly painting looks so realistic that I can almost see it fly.
這個蝴蝶的畫看起來很**真實**，我幾乎可以看見它在飛。
補 painting 畫

sensible 衍生字

❸ **well-reasoned** [ˋwɛlˋriznd] ⓐ 明事理的

❷ **indiscreet** [ˌɪndɪˋskrit] ⓐ 輕率的、不明智的

❸ **senseless** [ˋsɛnslɪs] ⓐ 無知的、無感覺的

❷ **prudent** [ˋprudn̩t] ⓐ 小心謹慎的

❹ **matter-of-fact** [ˋmætərəvˋfækt] ⓐ 就事論事的、實際上的

Chapter 2

製造業
Manufacturing

❸ automatic [͵ɔtə`mætɪk] ⓐ ⓝ 自動　ᴹᴾ³ 02-01

automatic 一般做形容詞用，表示自動的、不自覺的或是自動裝置的。作名詞用時，通常表示自動排檔汽車或自動手槍等。

🄵 automatic door 自動門、automatic transmission 汽車的自動排擋。

🄴 Steve almost got caught by the automatic door in his office this morning.

史提夫今天早上差點被辦公室的自動門給夾到。

automatic 相關字

❸ autopilot [`ɔto͵paɪlət] ⓝ 自動駕駛儀

Josie put the plane on autopilot after she had steadied it.

喬西在穩住機身之後將飛機調成自動駕駛。

補 steady 穩住、穩定

❷ computerize [kəm`pjutə͵raɪz] ⓥ 電腦化

Almost everything is computerized right now, so it should be easy to find any information you need.

現在幾乎所有東西都電腦化了，所以要找到你需要的資訊應該很容易。

補 information 資訊、消息

❷ spontaneous [spɑn`tenɪəs] ⓐ 無計劃的

After a long year of hard work in the office, Lily just wants to do something spontaneous to relieve her stress.

在辦公室裡辛勤工作了一年之後，莉莉只想要做一些沒計劃好的事來排解她的壓力。

補 stress 壓力

❸ reflex [`riflɛks] ⓝ ⓥ 反射 ⓐ 反射性的

Running away from danger is a natural reflex that protects us from harm.

逃離危險是一種保護我們不受傷害的自然反應。

automatic 衍生字

❷ automaticity [͵ɔtəmə`tɪsətɪ] ⓝ 自動性

❷ mechanical [mə`kænɪk!] ⓐ 機械的、用機械的

❸ automation [͵ɔtə`meʃən] ⓝ 自動化操作

❹ robotic [ro`bɑtɪk] ⓐ 像機器人的

3 quality [`kwɑlətɪ] ⓐ ⓝ 品質

MP3 02-02

quality可作名詞或形容詞用。作名詞用時表示質或品質；作形容詞時則通常表示優質的、高級的、好的。

🔢 high/low quality 高／低品質、quality time 珍貴的時光

📖 We offer products of very high quality at a very competitive price.
我們提供高品質且價格實惠的產品。

quality 相關字

3 characteristic [͵kærəktə`rıstık] ⓐ 獨特的 ⓝ 特質

Everyone has different characteristics, which is why we can tell them apart.
每個人都有不同的特質，所以我們才能辨別他們。

4 control [kən`trol] ⓝ ⓥ 控管、管理

The quality control in this factory is done very poorly, so we will not make them our supplier.
這間工廠的品質管理做得很差，所以我們不會找他們當供應商。
🔢 supplier 供應商

3 factor [`fæktə] ⓝ 因素

Many consider wealth to be a dominant factor in happiness, but there is actually more to life than just money.
很多人認為財富是支配幸福的因素，但實際上生命中有很多比金錢重要的事。
🔢 dominant 佔優勢的、支配的

1 kind [kaɪnd] ⓝ 種類、性質

There are so many kinds of cocktails that I don't know where to choose from.
這裡有太多種類的雞尾酒了，我不知道該從何選起。

quality 衍生字

3 assurance [ə`ʃurəns] ⓝ 保證

3 comparison [kəm`pærəsṇ] ⓝ 比較、對照

2 nature [`netʃə] ⓝ 大自然、本質

3 trait [tret] ⓝ 特徵、特點

② authorize [ˋɔθə͵raɪz] ⓥ 授權　(MP3) 02-03

authorize是及物動詞。表示**授權**、**給予權力**、**認可**或**允許**。當出現
authorize sb. to do sth時，表示授權某人做某事。

🔟 authorized capital 核定股本

🔠 We want to launch an official rescue program
for the sea turtles, but the government wouldn't
authorize it.

我們想要發起一個官方的海龜救援計劃，但是政府不願意**授權**。

authorize 相關字

❸ **charge** [tʃɑrdʒ] ⓥ 指控、充電；ⓝ 費用、負責

The woman demands to speak to the person in charge
after finding a strand of hair in her salad.

在發現她的沙拉裡有一根頭髮後，這位女士要求與**負責**人談話。

🔠 salad 沙拉

❸ **command** [kəˋmænd] ⓝ ⓥ 命令、掌握

The commander commands Joey to bring back ten
buckets of water.

指揮官**命令**喬伊去提十桶水回來。

🔠 bucket 水桶

❸ **permit** [pɚˋmɪt] ⓥ 許可、允許；[ˋpɝmɪt] ⓝ 執照

If time permits, I will get every one of them in the sanctuary.

若時間**允許**的話，我會把所有的人都帶到避難所裡。

🔠 sanctuary 避難所

❺ **power** [ˋpaʊɚ] ⓝ 力量、權力、動力、電力 ⓥ 給…力量

We should never underestimate the power of negotiation.

我們永遠都不應該低估談判的**力量**。

🔠 negotiation 談判

authorize 衍生字

❸ **authority** [əˋθɔrətɪ] ⓝ 權力、當權者

❷ **authorization** [͵ɔθərəˋzeʃən] ⓝ 授權、認可、批准

❹ **capital** [ˋkæpət!] ⓝ 資本、本錢

❷ **empower** [ɪmˋpaʊɚ] ⓥ 授權、允許

非學不可的新多益單字

Chapter 1 | Chapter 2 | Chapter 3 | Chapter 4 | Chapter 5 | Chapter 6 | Chapter 7 | Chapter 8 | Chapter 9 | Chapter 10 | Chapter 11 | Chapter 12 | Chapter 13

② **component** [kəm`ponənt]　(MP3) 02-04

ⓥ ⓝ 構成要素、成分

component可作為名詞或形容詞，當名詞用時為可數名詞，表示**構成要素、成分**或**機器的零件**。作為形容詞用時，有**組成的、構成的**的意思。

🅗 component diagram 元件圖、component stereo 立體聲組合音響

🅟 You will need all the components to put together that machine.

你會需要所有的零件才能組好那個機器。

component 相關字

③ **element** [`ɛləmənt] **ⓝ** 元素

Traditional Chinese elements include metal, wood, water, fire, and earth.

中國傳統的元素包括金、木、水、火和土。
🅗 traditional 傳統的

② **fragment** [`frægmənt] **ⓝ** 碎片

The baby broke a vase and was amazed by the colorful fragments scattered on the floor.

那個小寶寶打破了花瓶，並對四散的鮮豔碎片感到驚奇。
🅗 scattered 散佈的、散佈於

② **ingredient** [ɪn`gridɪənt] **ⓝ** 成分

The key ingredients of screwdriver are fresh orange juice and vodka.

調酒螺絲起子的主要成份是新鮮柳橙汁和伏特加。

③ **section** [`sɛkʃən] **ⓝ** 區塊

The book is divided into two sections, one about life and the other death.

這本書被分成兩個區塊，一個是關於生，而另一個關於死。
🅗 divide 劃分

component 衍生字

④ **constituent** [kən`stɪtʃʊənt] **ⓐ** 構成的、組成的 **ⓝ** 成分、要素
③ **fraction** [`frækʃən] **ⓝ** 小部分、碎片
① **part** [pɑrt] **ⓝ** 部分、角色 **ⓥ** 分開 **ⓐ** 部分的
③ **segment** [`sɛgmənt] **ⓝ** 部分

❸ complication [ˌkɑmpləˈkeʃən] 🎧 02-05

ⓝ 併發症、複雜

complication是名詞，有可數與不可數兩種用法。一般表示**複雜**的事或情況為可數；作為可數名詞時為**困難**的意思，在醫學上則表示**併發症**。

🔢 possible complications 可能發生的併發症。

📝 We have to avoid any complication in this situation, so it's crucial that we make our plans cautiously.
我們在這個情況下要避免任何**複雜**的狀況，所以我們必須小心地計劃。

complication 相關字

❺ aggravation [ˌæɡrəˈveʃən] **ⓝ** 加重、惡化
They use iodine to prevent aggravation of the wound.
他們用優碘來避免傷口惡化。
🔢 iodine 優碘、碘酒

❸ confusion [kənˈfjuʒən] **ⓝ** 困惑
Trying too hard to explain things to patients who suffer from memory loss will only cause them more confusion.
對於失憶症患者做過多的解釋只會讓他們更**困惑**而已。

❸ development [dɪˈvɛləpmənt] **ⓝ** 發展、生長
The development of this country looks very promising; we should have no problem investing in their blooming industries.
這個國家的**發展**看起來很有前途，我們投資他們興盛的產業應該不會有什麼問題。
🔢 blooming 興旺的、繁盛的

❷ dilemma [dəˈlɛmə] **ⓝ** 困境
No one likes to be caught up in a dilemma, not knowing what to do.
沒有人喜歡被困在困境中，不知道該如何是好。

complication 衍生字

❹ complexity [kəmˈplɛksətɪ] **ⓝ** 複雜性
❸ complicated [ˈkɑmpləˌketɪd] **ⓐ** 複雜的
❷ difficulty [ˈdɪfəˌkʌltɪ] **ⓝ** 困難度
❸ disadvantage [ˌdɪsədˈvæntɪdʒ] **ⓝ** 不利（的處境）

② **compensate**

MP3 02-06

[`kampən͵set] ⓥ 賠償

compensate可作為及物與不及物動詞使用，有賠償、補償以及改變貨幣含金量以穩定貨幣的意思。

用 compensate for 補償… 、 compensate with 用…補償

例 The company has to compensate for the delay of the production line.
這家公司需要為了他們產線的延遲做賠償。

compensate 相關字

⑤ pay [pe] ⓥ 付（錢）、付出
If you want something, you have to pay for it.
你必須有所付出，才能得到你所想要的。

④ repay [rɪ`pe] ⓥ 報答、償還
When someone does you a favor, it is polite to repay one as well.
若別人有幫助過你，禮貌上應該要回報他。
補 polite 禮貌的

③ refund [rɪ`fʌnd] ⓥ 退還 [`rɪ͵fʌnd] ⓝ 退款
You can ask for a refund immediately if you are not satisfied with our products.
若是對於我們的產品有任何不滿意，你可以立即要求退貨。
補 immediately 馬上的、直接的

① reimburse [͵riɪm`bɝs] ⓥ 退款、補償
After standing Jill up, Jack wants to reimburse her and take her to a fancy dinner.
在放了吉兒鴿子之後，傑克打算帶她去吃高級晚餐當作補償。
補 stand someone up 放某人鴿子

compensate 衍生字

② atone [ə`ton] ⓥ （贖罪性質的）補償

① indemnify [ɪn`dɛmnə͵faɪ] ⓥ 補償、賠償

⑤ give [gɪv] ⓥ 給予

② recompense [`rɛkəm͵pɛns] ⓥ ⓝ 酬報、補償

❸ **complaint** [kəm`plent] **n** 抱怨 MP3 02-07

complaint是可數名詞，一般用法是指**抱怨**、**牢騷**；在法律上有**投訴**、**控訴**的意思，也可用來表示**疾病**或**身體不適**。

片 liver complaint 肝病、complaint letter 抱怨信

例 We have been receiving massive amount of complaints due to the insulting comments made by our spokesperson.

在我們的發言人做出無禮的評論之後，我們就一直收到很多的**抱怨**。

complaint 相關字

❸ **complain** [kəm`plen] **v** 抱怨、訴苦

Meg is always complaining, which is why she doesn't have many friends.

美格總是在**抱怨**，所以她沒有很多朋友。

❷ **criticism** [`krɪtə.sɪzəm] **n** 批評、評論

All constructive criticisms are welcomed.

我們歡迎任何有建設性的**評論**。

補 constructive 建設性的、有助益的

❸ **accusation** [.ækjə`zeʃən] **n** 控告、罪名

Face the accusations calmly, for it will do you no good if you panic.

請冷靜地面對這些**指控**，因為慌張對你沒有任何幫助。

補 panic 驚慌、恐慌

❷ **dissatisfaction** [.dɪssætɪs`fækʃən] **n** 不滿、失望

To my dissatisfaction, the basket I made looks nothing like the one I ordered online.

令我**不滿意**的是，我做的籃子看起來和我在網路上訂購的一點都不像。

complaint 衍生字

❸ **criticize** [`krɪtɪ.saɪz] **v** 批評、評論

❸ **lament** [lə`mɛnt] **v** 悲悼

❹ **whine** [hwaɪn] **v** **n** 哀鳴、哀泣、哀聲抱怨

❹ **charge** [tʃɑrdʒ] **v** **n** 控告、指控

非學不可的新多益單字

Chapter 1　Chapter 2　Chapter 3　Chapter 4　Chapter 5　Chapter 6　Chapter 7　Chapter 8　Chapter 9　Chapter 10　Chapter 11　Chapter 12　Chapter 13

② defect [dɪˋfɛkt] ⓝ ⓥ 缺陷　　　　 MP3 02-08

defect 可當可數名詞或動詞用。當名詞用的時候表示**缺陷**；商業上所使用的defected material是指**不良品**，而defect rate則是指**不良率**；當動詞用時則表示**叛變**。

片 defect to 叛逃至…、defect from 背叛…

例 An expectant mother should not consume any alcohol or nicotine, or the baby may have birth defects.

一個懷孕的母親不應該攝入任何的酒精或尼古丁，不然小孩可能會有先天性的**缺陷**。

defect 相關字

③ flaw [flɔ] ⓝ 缺陷 ⓥ 使有缺陷
Everyone is flawed in someway, so it's pointless to dream of perfection.
每個人都有某方面的**缺陷**，所以夢想要達到完美是沒有意義的。
補 perfection 完美、盡善盡美

⑤ wrong [rɔŋ] ⓐ ⓐⓓ 錯誤的、反面的 ⓝ 錯誤 ⓥ 錯待、冤枉
People are unwilling to speak up for fear that they might have the wrong answer, but sometimes silence is the ultimate wrong answer.
人們不願意發言是因為他們害怕說出**錯誤**的答案，但有時候靜默就是最終的**錯誤**答案。
補 ultimate 最終的、基本的、根本的

② fail [fel] ⓝ ⓥ 失敗、不足、（健康的）衰退、不及格
Students are obligated to study hard and not to fail a class.
學生們有義務用功念書，並不能被**當掉**任何一門課。
補 obligate 義務

② mistake [mɪˋstek] ⓝ 錯誤、過失 ⓥ 弄錯
Emma took Tom's drink by mistake and she's blushing from embarrassment.
艾瑪**錯拿**了湯姆的飲料，而她正窘得臉都紅了。

defect 衍生字

② deficiency [dɪˋfɪʃənsɪ] ⓝ 缺乏、不足、缺陷

③ drawback [ˋdrɔ͵bæk] ⓝ 缺陷、阻礙

④ fault [fɔlt] ⓝ 缺點、錯誤、失誤 ⓥ 挑毛病、發生失誤

④ false [fɔls] ⓐ 不正確的

③ electricity

(MP3) 02-09

[ˌɪlɛkˈtrɪsətɪ] ❶ 電力、電能

electricity是不可數名詞，用來表示電力、電能，也能表示激情或興奮的情緒。它的形容詞是electric。

搭 electricity grid 電網、electricity fee 電費

例 Electricity is crucial in modern life and I can't imagine how I could live without it.

電是現代生活中不可或缺的一部分，我無法想像沒有它的生活。

electricity 相關字

② voltage [ˈvoltɪdʒ] ❶ 伏特

Keep out from the pylon, the high-voltage lines can be fatal by one touch.

請遠離高壓電塔，一碰到這些高伏特電就可能會致死。

補 fatal 致命的、毀滅性的

③ current [ˈkɜənt] ❶ 流、水流、電流、潮流 ⓐ 現今的、現在的

Theoretically, the light bulb will shine when the current runs through the cable.

理論上，這個燈泡在電流通過電線的時候會發光。

補 theoretically 理論上

② electron [ɪˈlɛktrɑn] ❶ 電子

The discovery of the electron is one big step in the history of science.

電子的發現是科學史上的一大步。

補 discovery 發現

③ cable [ˈkebḷ] ❶ 電線、纜線

The government sent a construction crew to build a new underwater cable.

政府派了一群工人去安裝新的水底電纜。

補 crew 一群、一組工作人員

electricity 衍生字

② pylon [ˈpaɪlɑn] ❶ 高壓電塔、塔門

③ AC (Alternating Current) [ˈesi] ❶ 交流電

③ DC (Direct Current) [ˈdisi] ❶ 直流電

⑤ shock [ʃɑk] ❶ 驚嚇、電擊

❸ duration [djuˋreʃən] ⓝ 持續　　MP3 02-10

duration是不可數名詞，通常用來表示時間上的持續、持久或一件事所持續的時間。

🅗 for the duration 在某事未完期間

📖 The duration of a Hollywood movie is usually about 90 to 120 minutes.

好萊塢電影持續的時間通常大約是九十到一百二十分鐘。

duration 相關字

❸ durable [ˋdjurəbl] ⓐ 耐用的

I have no idea how durable a smart phone is because I get a new one every year.

我完全不知道一支智慧型手機有多耐用，因為我每年會買一支新的。

🅗 smart phone 智慧型手機

❸ endure [ɪnˋdjur] ⓥ 忍受、持續

The doctors treat their patients with morphine so that they don't have to endure the pain.

醫生們給病患打嗎啡，讓他們不需承受疼痛。

🅗 morphine 嗎啡

❸ persistence [pəˋsɪstəns] ⓝ 堅持

Persistence is crucial when you're learning to acquire a new skill.

當你學習一項新技能時，堅持是決定性的關鍵。

🅗 crucial 決定性的

❸ prolong [prəˋlɔŋ] ⓥ 延長

Scientists work day and night in search of a way to prolong life.

科學家日以繼夜地研究延長生命的方法。

🅗 day and night 日夜不停地

duration 衍生字

❷ **continuance** [kənˋtɪnjuəns] ⓝ 持續

❷ **continuity** [ˌkɑntəˋnjuətɪ] ⓝ 持續性

❸ **endurance** [ɪnˋdjurəns] ⓝ 耐力、持久力

❷ **prolongation** [ˌprolɔŋˋgeʃən] ⓝ 延長、延期

② **manufacture** [͵mænjə`fæktʃə] 🔊 02-11

ⓥ ⓝ 製造

manufacture可做動詞或名詞用，做動詞時表示**大量的製造**或**生產加工**；做名詞則表示**製造業**，通常為不可數。

片 manufacture process 生產程序

例 Nowadays, most of our daily commodities are manufactured in China.

現在我們大部分的日常生活用品都是在中國**製造**。

manufacture 相關字

④ build [bɪld] ⓥ 建造、發展 ⓝ 體格

It will take a lot of time and effort to build a magnificent arena.

要蓋一座壯麗的競技場需要花很多的時間和精力。

補 magnificent 壯麗的、宏偉的

⑤ put [put] ⓥ 放下、擺置、把…用於

Highly intelligent people can put together two pieces of information in a very short time.

聰明的人們能**把**兩項不同的資訊很快地連結在一起。

補 intelligent 有才智的

③ construct [kən`strʌkt] ⓥ 製造、建造

Being able to construct a skyscraper is a sign of human evolution.

能夠**建造**摩天大樓是人類進化的象徵。

補 skyscraper 摩天樓、超高層大樓

④ create [krɪ`et] ⓥ 創造、引起

You need to put your imagination and creativity into your work when creating a piece of art, or it will only be a piece of junk.

在**創作**藝術品的時候你需要將你的想像力和創意放進作品裡，不然它只會是個垃圾。

補 creativity 創造性、創造力

manufacture 衍生字

③ manufacturer [͵mænjə`fæktʃərə] ⓝ 製造商

③ assemble [ə`sɛmbl] ⓥ 組裝、集合

③ compose [kəm`poz] ⓥ 創作（歌曲、畫作）、使鎮定、組成

⑤ make [mek] ⓥ 製造、使…（做什麼事）

2 capacity [kə`pæsəti] **n** 容量

MP3 02-12

capacity是名詞，在表示**容量、容積**時為不可數名詞；在表示**資格、立場**時為可數名詞；在表示**能力**時則視情況而定。

片 capacity management 能力管理

例 We do not have enough storage capacity for the entire batch of goods, so they will be split into two shipments.

我們沒有足夠的儲藏**容量**來存放整批貨，所以它們會被拆成兩次出貨。

---

capacity 相關字

5 number [`nʌmbɚ] **n** 數字、號碼

We lost count of the number of victims who deceased in the avalanche.

我們數不清這場雪崩有**多少**罹難者了。

補 decease 亡故、死亡

3 quantity [`kwɑntəti] **n** 量

The TV production company should focus more on the quality of the shows instead of the quantity.

這個電視製作公司應該要更注重節目的品質，而不是**數量**。

補 quality 品質

3 range [rendʒ] **n** 距離、階級、範圍、排列 **v** 排列

The luxurious suitcases are way beyond affordable price range.

這些奢華的行李箱遠超出我所負擔得起的價格**範圍**。

補 affordable 負擔得起的

3 amount [ə`maunt] **n** 金額、數量

The amount of bread we bring should be more than enough to feed us all.

我們帶來的麵包應該足以餵飽我們大家了。

---

capacity 衍生字

4 bulk [bʌlk] **n** 體積大的物體 **a** 巨大的、大量的 **v** 使變大

3 volume [`vɑljəm] **n** 體積、（大）量、音量

3 sum [sʌm] **n** **v** 總計、加總

3 sufficiency [sə`fɪʃənsi] **n** 充足

③ resource [rɪˋsors] ⋒ 資源

(MP3) 02-13

resource是名詞，表示資源、資產時常以複數形態呈現；當娛樂消遣或手段時為可數的；若表示機智或應變反應力時則為不可數。

片 human resources 人資部門、人力資源

例 We're running out of natural resources due to the long term damage we have done to the earth.
因為人類對地球的長期破壞，我們的自然資源日益缺乏。

resource 相關字

③ material [məˋtɪrɪəl] ⋒ 材料、原料 ⓐ 物質的、肉體上的

All the materials must be procured beforehand to ensure that the production will proceed smoothly.
為保證生產過程能順利進行，所有的原料必須事先準備好。
補 beforehand 預先

③ property [ˋprɑpɚtɪ] ⋒ 資產、房地產、道具

Trespassing on private property is strictly forbidden in this country.
非法侵入私人領土在這個國家是被嚴格禁止的。
補 trespassing 擅自進入

③ supply [səˋplaɪ] ⋒ ⓥ 供給、供應

Life is hard in the remote areas as there is always a shortage of daily supplies.
偏遠地區的生活是艱難的，因為那裡永遠都缺乏生活物資。
補 remote 偏僻的

② assistant [əˋsɪstənt] ⋒ 助手、助理

Human Resources just informed me that they have got me an assistant.
人資部門剛通知我說他們為我找了一個助理。
補 inform 通知、告知

resource 衍生字

④ **source** [sors] ⋒ 來源、出處 ⓥ 出自、來自

③ **resourceful** [rɪˋsorsfəl] ⓐ 資源豐富的

② **nonmaterial** [ˋnɑnməˋtɪrɪəl] ⓐ 無形的、精神上的

② **raw material** [ˋrɔͺməˋtɪrɪəl] ⋒ ⓟ 原物料

2 **industrialize** [ɪnˋdʌstrɪəˌlaɪz] MP3 02-14

ⓥ 工業化

industrialize是動詞，表示使…工業化、產業化；若去ize加ism則表示工業主義。

🔢 industrialized countries 工業化國家

📝 Becoming industrialized has been the priority of national development since the 18th century.
十八世紀之後工業化就是國家發展的首要目標。

industrialize 相關字

3 industry [ˋɪndəstrɪ] ⓝ 工業、企業、產業
Many models starve themselves in order to stay in the fashion industry.
很多模特兒會使自己挨餓以繼續留在時尚產業。
🔢 fashion 時尚

2 mechanic [məˋkænɪk] ⓝ 技工
The machine is not functioning properly so they send a mechanic to look into it.
這個機器的運作有問題，所以他們找了技工去看看。
🔢 function 功能、作用

1 smokestack [ˋsmokˌstæk] ⓝ 工廠等的煙囪
Nobody wants to live near the factories with smokestacks for the environment is highly polluted.
沒有人想住在有煙囪的工廠附近，因為那裡的環境受到很大的污染。

5 pipe [paɪp] ⓝ 管子、煙斗、笛子
They send poison gas into the pipe to kill the serpents that dwell in it.
他們將毒氣灌入管道中以殺死住在裡面的大蛇。
🔢 serpent 大蛇、毒蛇

industrialize 衍生字

3 industrial [ɪnˋdʌstrɪəl] ⓐ 工業的 ⓝ 從事工業的公司
2 industrialist [ɪnˋdʌstrɪəlɪst] ⓝ 工業家、企業家
2 mechanize [ˋmɛkəˌnaɪz] ⓥ 機械化
2 streamlined [ˋstrimˌlaɪnd] ⓐ 有效率的、流線型的

② explosive [ɪk`splosɪv] ⓐ ⓝ 易爆的 MP3 02-15

explosive可當形容詞或名詞用；當形容詞時表示**會爆炸的、易爆的**；當名詞時指**爆裂物**。

Ħ explosive force 爆發力

囫 They stopped using explosives to clear out the area when they realized that there were villages nearby.

他們在發現附近有村莊之後，就不再使用**爆裂物**來清空那個區域了。

explosive 相關字

③ explode [ɪk`splod] ⓥ 爆炸

The grenade explodes upon hitting the ground.

那個手榴彈在碰到地面的時候就**爆炸**了。

補 grenade 手榴彈

⑤ burn [bɝn] ⓥ 燃燒、發熱

The fire kept on burning until someone found a fire extinguisher to put it out.

這場火持續延燒直到有人找到滅火器來滅火。

補 fire extinguisher 滅火器

④ bomb [bɑm] ⓝ 炸彈 ⓥ 轟炸

The war is almost coming to an end except for the occasional bombing from the suicidal villagers.

除了自殺性的村民還偶爾會**引爆炸彈**以外，這場戰爭已經進入尾聲。

補 suicidal 自殺的

② bombard [bɑm`bɑrd] ⓥ 轟炸

The city ceased to exist after being bombarded for 9 days.

這個城市在被**轟炸**九天之後就不存在了。

補 cease 停止

explosive 衍生字

③ burst [bɝst] ⓥ 爆炸、爆衝

④ volcano [vɑl`keno] ⓝ 火山

② eruptive [ɪ`rʌptɪv] ⓐ 爆發的、噴出的

② dynamite [`daɪnə,maɪt] ⓝ 炸藥 ⓥ 炸毀

❷ **appliance** [ə`plaɪəns] ⓝ 設備、裝置 ⓂⓅ③ 02-16

appliance是可數名詞，用來表示**設備、裝置**或**器具**。與of一起用時，通常表示**…的應用**。

🔡 home appliance 家電用品

📝 The couple is making a shopping list of home appliances because they want to get everything ready before their wedding.

這對情侶在列家電**用品**的購物清單，因為他們想要在婚禮前把一切都打理好。

appliance 相關字

❸ **equipment** [ɪ`kwɪpmənt] ⓝ 儀器、裝備、用具

The laboratory is very well equipped with equipment that is one of a kind.

這個實驗室的設備精良，有許多獨一無二的**器材**。
🔡 laboratory 實驗室

❶ **tool** [tul] ⓝ 工具 ⓥ 加工

We have to keep our tools handy in case any situation comes up.

我們需要把**工具**放在手邊免得有任何突發狀況。

❹ **device** [dɪ`vaɪs] ⓝ 裝置

The homing device on the necklace will be triggered when pressed on the center, which will send out signals showing your location.

這個項鍊上的歸航**裝置**在按壓中間時就會啟動，它會發出訊號顯示你的位置。
🔡 homing 定位、自導引尋

❸ **accessory** [æk`sɛsərɪ] ⓝ 飾品、配件

Wearing accessories to a black-tie event should be a plus, not a must.

在半正式場合中，穿戴**飾品**應是加分效果，而不是必然的要求。
🔡 black-tie 賓客需穿半正式禮服的

appliance 衍生字

❸ **instrument** [`ɪnstrəmənt] ⓝ 儀器、樂器

❷ **implement** [`ɪmpləmənt] ⓝ 裝備、用具

❸ **utensil** [ju`tɛnsl̩] ⓝ 用具

❷ **apparatus** [æpə`retəs] ⓝ 設備、機關、器官

❸ craft [kræft] ⓝ 技藝、手工藝

MP3 02-17

craft是可數或不可數名詞；當技藝、手工藝使用時為可數名詞；當詭計使用時則為不可數名詞；另外也可表示特定的交通工具，如aircraft飛機、飛行器、watercraft船。

🔖 craft union 同業工會、craft beer 精釀啤酒

📝 Crafting is very good for kids because it helps develop their creativity along with their hand-eye coordination.

做手工藝對孩子們很好，因為它能幫助他們發展創造力以及手眼協調的能力。

craft 相關字

❸ helicopter [ˋhɛlɪkɑptɚ] ⓝ 直昇機

When it comes to saving lives in the mountains, helicopters are very useful.

在山區救災時，直昇機是非常有用的。

❷ craftsmanship [ˋkræftsmənˏʃɪp] ⓝ 技術、手藝

The jewelry designer is known for her exquisite craftsmanship.

這個珠寶設計師以她精細的手藝聞名。

🔖 exquisite 精美的、精緻的

❸ pilot [ˋpaɪlət] ⓝ 飛行員、機長、船長、電視的試播節目

The pilot couldn't open his parachute in time and was killed in the plane crash.

駕駛員沒能即時打開他的降落傘，導致他在這場飛機失事中身亡。

❸ hot air balloon [ˋhɑt ˋɛr bəˋlun] ⓝ 熱氣球

Riding a hot air balloon is one of the childhood dreams everybody has in common.

乘坐熱氣球是大家共有的孩提夢想之一。

craft 衍生字

❶ **airplane** [ˋɛrˏplen] ⓝ 飛機

❹ **jet** [dʒɛt] ⓝ 噴射機

❸ **space shuttle** [spes ˋʃʌtl] ⓝ 太空梭

❸ **crafty** [ˋkræftɪ] ⓐ 奸詐狡猾的

2 hazardous [`hæzədəs] a 危險的 MP3 02-18

hazardous是形容詞，用來形容危險、有危害性的事或物，較少用來形容人。

片 hazardous to 對…是有危險的、會危害…的。

例 You will need to put on a full-face mask before you enter the room which is filled with hazardous fumes.
在進去那個充滿有害氣體的空間之前，你得先戴上全罩式面罩。

hazardous 相關字

3 endanger [ɪn`dendʒə] v 使…有危險
You cannot keep the pandas because they're the endangered species.
你不能留這些貓熊因為他們是瀕臨絕種的生物。
補 panda 熊貓

2 jeopardy [`dʒɛpədɪ] n 危難、危險的處境
Pandora put everybody's life in jeopardy when she opened that box.
潘朵拉在打開那個盒子的時候，就讓我們大家都身處危難中。

2 peril [`pɛrəl] n 極度的危險
Frodo was in great peril when he was trapped in an active volcano.
佛羅多被困在活火山裡時身處於極度危險之中。
補 volcano 火山

4 risky [`rɪskɪ] a 冒險的、大膽的
Putting all your eggs in one basket can be rather risky.
把你所有的蛋放在同一個籃子裡是很冒險的。
補 basket 籃子

hazardous 衍生字

2 jeopardize [`dʒɛpəd.aɪz] v 使…處於危險的處境

3 hazard [`hæzəd] n 危害 v 冒險

5 dangerous [`dendʒərəs] a 危險的

1 imperil [ɪm`pɛrɪl] v 使…陷於危難中

❷ inspection [ɪnˈspɛkʃən] ⓝ 檢查 MP3 02-1

inspection是名詞，表示**檢查**、**審視**。執行檢查可使用carry out an inspection, conduct an inspection, make an inspection來表示。

🔢 tax inspection 查稅

📖 All equipment should be thoroughly examined during annual inspection.

在年度**檢查**的時候，所有的設備都應該被仔細地檢查過。

inspection 相關字

❷ evaluation [ɪˌvæljuˈeʃən] ⓝ 評估

The teacher asks her students to do a self-evaluation of their own performances every day.

老師要求他的學生們每天針對自己的表現做自我**評量**。

🔢 performances 表現

❸ analyze [ˈænlˌaɪz] ⓥ 分析

Natalie loves to analyze human behavior because she finds it utterly amusing.

娜塔莉很愛**研究**人類行為，因為她覺得這非常有趣。

🔢 utterly 完全的、十分的

❸ investigation [ɪnˌvɛstəˈgeʃən] ⓝ 研究、調查

The police failed to find any lead in the investigations.

警方在調查中沒能找到**線索**。

🔢 lead 線索

❺ surveillance [sɚˈveləns] ⓝ 監視

The thief is caught on the surveillance camera, which makes it impossible for him to deny his crime.

這小偷被**監視**器拍到了，所以他不可能否認犯罪。

🔢 thief 小偷

inspection 衍生字

❶ **test** [tɛst] ⓥ ⓝ 測試、考試

❸ **inspect** [ɪnˈspɛkt] ⓥ 檢驗、審查

❸ **evaluate** [ɪˈvæljuˌet] ⓥ 評估

❷ **examine** [ɪgˈzæmɪn] ⓥ 檢查

② **tooling** [ˋtulɪŋ] ⓝ 模具　　　　MP3 02-20

tooling是可數名詞，商業上常用來表示**模具**，也可用於表示**使用工具修整**或**工廠整修**。

📁 open tooling 開模、tooling fee/charge 模具費

📖 We need to open a new tooling for the cell phone case.
我們需要為這個手機殼開新的**模具**。

tooling 相關字

④ shape [ʃep] ⓥ 塑形 ⓝ 形狀
You need to shape out a globe first and carve the words onto it.
你要先**塑造**出一個球體的形狀，再把文字刻上去。
📌 globe 球形物體

③ mold [mold] ⓝ 模具 ⓥ 塑造
The clay is essential for making the mold because it determines the entire design.
黏土對於製造一個**模子**來說是不可或缺的，因為它決定了整個設計。
📌 essential 重要的

③ pattern [ˋpætən] ⓝ 花樣、圖樣、榜樣 ⓥ 作出花樣或圖樣
The colorful patterns on these caterpillars are really beautiful.
這些毛毛蟲身上色彩鮮艷的**圖樣**非常美麗。
📌 caterpillar 毛毛蟲

④ frame [frem] ⓝ 框架 ⓥ 表框、陷阱
You can use a frame to put up your paintings.
你可以用一個**畫框**把你的畫掛起來。
📌 put up 升起、舉起

tooling 衍生字

② patternmaker [ˋpætən͵mekə] ⓝ 打樣師、製模師
④ model [ˋmɑdḷ] ⓝ 模型、模特兒、型號 ⓥ 塑造、展示
④ cast [kæst] ⓝ 模型、石膏、演員陣容 ⓥ 丟
③ matrix [ˋmetrɪks] ⓝ 母體、字模

❷ dimension

[dɪˋmɛnʃən] ❶ 空間面向

dimension是名詞，用以表示可測得的尺寸、空間面向等，有時候用來表示事情的嚴重性及面向，如一體兩面。

🔑 multi dimensions 多維度

📖 We need to determine the dimensions of this design before we can take it to our manufacturer.
我們需要先決定這個設計的尺寸才能把它拿給製造商。

dimension 相關字

❷ dimensional [dɪˋmɛnʃənl] ❸ …面向的、尺寸的

Nowadays, people are more interested to see the 3-dimensional movies.
現今人們對於3D立體電影比較有興趣。

🔧 nowadays 現今

❸ depth [dɛpθ] ❶ 深度

The depth of the ocean cannot be measured without proper equipment.
若沒有正確的儀器，海洋的深度是無法被測量的。

🔧 proper 正確的

❷ measurement [ˋmɛʒəmənt] ❶ 測量、尺寸

Asking about the girl's measurements is not a proper topic for a first date.
在第一次約會時詢問一個女生的三圍尺寸是不恰當的。

🔧 topic 主題、話題

❸ proportion [prəˋporʃən] ❶ 比例

You need to know the proportion of every ingredient to make a good cocktail.
你需要知道每個原料的比例才能調出好的雞尾酒。

🔧 cocktail 雞尾酒

dimension 衍生字

❷ diameter [daɪˋæmətə] ❶ 直徑

❷ radius [ˋredɪəs] ❶ 半徑

❸ width [wɪdθ] ❶ 寬度

❹ length [lɛŋθ] ❶ 長度

◪ **control** [kən`trol] ⓝ ⓥ 控制 02-22

control可當動詞或不可數名詞用,當動詞時表示控制;當名詞時則為控制力或控制。

🔑 be under control 在掌控中、have...under control …在控制中、lose control of... 失去對…控制、be out of control …失控

📝 The control center informed us that the temperature is still fully under control.
控制中心告訴我們溫度還是完全在他們的掌控之中。

control 相關字

ᴮ restrain [rɪ`stren] ⓥ 限制
There's no point restraining the employee from taking a break.
限制員工不能休息是沒有意義的。
補 employee 員工、雇員

ᴮ restrict [rɪ`strɪkt] ⓥ 限制
She goes on a restricted diet in hopes of losing more weight.
為了減下更多體重,她嚴格限制自己的飲食。

ᴬ supervision [͵supɚ`vɪʒən] ⓝ 監督、督導
The students are well-behaved when they are under the teacher's supervision.
學生們在老師的督導下表現良好。
補 behave 表現、行為

ᴬ influential [͵ɪnfluˋɛnʃəl] ⓐ 有影響力的
Oprah is one of the most influential women in the human history.
歐普拉是人類史上最有影響力的女性之一。

control 衍生字

ᴮ command [kə`mænd] ⓥ 下指令 ⓝ 指令
ᴮ influence [`ɪnfluəns] ⓥ ⓝ 影響
ᴮ supervise [`supɚvaɪz] ⓥ 監督、督導
ᴬ limit [`lɪmɪt] ⓥ ⓝ 限制、極限

❹ **data** [ˋdetə] n 數據　　　　　MP3 02-23

data是複數名詞，它的單數型態是datum，表示**數據**。datum較data少見是因為數據比較少會只有一個。

片 data encryption 數據加密

例 They're cross-referring the data to predict the weather more accurately.
他們在做**數據**的交叉比對，以做出更準確的氣象預測。

data 相關字

❸ **abstract** [ˋæbstrækt] n 抽象的概念、摘要 a 抽象的
You need to write the abstract first and then support it with evidence.
你需要先寫出個**概要**，再用證據去支持它。
補 evidence 證據

❷ **circumstance** [ˋsɝkəmˌstæns] n 現況
I can only use my mom's credit card under certain circumstances.
只有在某些特定**情況**下，我才能使用我媽的**信用卡**。
補 certain 特定的

❹ **proof** [pruf] n v 證據、證明
We can't take John into custody because there's not enough proof.
因為我們沒有足夠的**證據**，所以我們不能扣押約翰。
補 custody 扣押、拘留

❸ **information** [ˌɪnfəˋmeʃən] n 資訊
You can find pretty much all the information you need on the Internet.
你在網路上幾乎可以找到所有你需要的**資訊**。

data 衍生字

❸ **result** [rɪˋzʌlt] n 結果 v 造成
❷ **testimony** [ˋtɛstəˌmonɪ] n 證詞、表徵
❹ **figure** [ˋfɪgjə] n 外形、數字、圖表 v 計算、想

非學不可的新多益單字

Chapter 1 | Chapter 2 | Chapter 3 | Chapter 4 | Chapter 5 | Chapter 6 | Chapter 7 | Chapter 8 | Chapter 9 | Chapter 10 | Chapter 11 | Chapter 12 | Chapter 13

❸ increase [ɪn`kris] v

[`ɪnkris] n 增加

increase可當動詞或名詞用。當動詞時重音在第二音節，表示增加、增進、增強。當名詞時為可數或不可數名詞，表示增加或增加量。

🔑 increase to 增加到⋯、increase by 增加了⋯

📝 The number of victims has largely increased during the past five hours.
遇難者的人數在過去五小時中增加了很多。

increase 相關字

❸ decrease [dɪ`kris] v n 減少

There will be no profit unless we decrease our cost.
除非我們降低成本，不然就會沒有利潤了。
🔗 profit 利潤

❸ extend [ɪk`stɛnd] v 延伸、延續、擴大

People use hair extensions to extend the length of their hair.
人們用增髮片來延長自己的頭髮。

❷ accelerate [æk`sɛlə,ret] v 加速

You can accelerate the melting process by stirring the water.
你可以攪動水以加速溶解的過程。
🔗 process 程序、過程

❸ expand [ɪk`spænd] v 延展、擴大

To enlarge the picture, you simply click on the 'enlarge' button.
你只需點選「放大」鍵就能放大圖片。
🔗 enlarge 放大

increase 衍生字

❶ optimization [,ɑptɪmaɪ`zeʃən] n 最佳化

❹ lessen [`lɛsn̩] v 減少

❸ diminish [də`mɪnɪʃ] v 減少、縮減

❸ enlarge [ɪn`lɑrdʒ] v 使變大

3 **effect** [ɪˋfɛkt] n 效果

MP3 02-25

effect通常做名詞用，表示效果、結果或影響。

片語 effect on/upon... 對…的影響、bring... to effect 實行…

例 One should never underestimate the effect of imagination.
我們永遠都不該低估想像力的影響力。

effect 相關字

2 **efficient** [ɪˋfɪʃənt] a 有效率的

Throughout years of practice, Joey has finally managed to work efficiently.
經過了多年的練習，喬伊終於學會了有效率地工作。
補 practice 練習

3 **affect** [əˋfɛkt] v 影響

It's amazing how one's sorrow can affect another's.
一個人的悲傷如何能影響到別人是很驚人的。
補 sorrow 悲傷

3 **response** [rɪˋspɑns] v n 反應、回覆

It's considered rude not to respond when asked a question.
當被問問題的時候不回答是很沒禮貌的。
補 rude 不禮貌的

3 **reflect** [rɪˋflɛkt] v n 反射

Ray has no idea how his irrational act can reflect on the company's reputation.
雷完全不知道他不理性的舉動會影響到公司的聲譽。
補 reputation 名譽、名聲

effect 相關字

3 **aftermath** [ˋæftɚˌmæθ] n 影響、餘波

4 **cause** [kɔz] n 原因 v 造成

3 **chain reaction** [ˋtʃenˌrɪˋækʃən] n 連鎖反應

3 **effectiveness** [əˋfɛktɪvnɪs] n 效率

非學不可的新多益單字

Chapter 1 | Chapter 2 | Chapter 3 | Chapter 4 | Chapter 5 | Chapter 6 | Chapter 7 | Chapter 8 | Chapter 9 | Chapter 10 | Chapter 11 | Chapter 12 | Chapter 13

❷ accumulate [ə`kjumjəˌlet] (MP3) 02-26

❷ 累積

accumulate是動詞，用以表示累積或堆積。它的名詞型態為accumulation。

片 accumulated knowledge 積累的知識

例 One thing we all need to learn is how to accumulate money.

如何累積財富是我們都需要學習的課題。

accumulate 相關字

❷ compile [kəm`paɪl] ❷ 匯編、蒐集

Information needs to be compiled when you plan on a trip.

在規劃一個旅程的時候會需要匯整資訊。

❸ collect [kə`lɛkt] ❷ 蒐集、收藏

Some children spend a lot of time collecting stamps, but I'd rather collect shells.

有些小孩花很多時間收集郵票，但我寧可收集貝殼。

相 shell 貝殼、貝類

❸ scatter [`skætə] ❷ 使分散 ❶ 四散

Zoe's room is really messy with everything scattered on the ground.

柔伊的房間很亂，所有的東西都散在地板上。

相 messy 凌亂的、雜亂的

❹ gather [`gæðə] ❷ ❶ 採集、聚集

All students are gathered in the auditorium for the ceremony.

所有學生都被集中到禮堂參加典禮。

相 auditorium 禮堂

accumulate 衍生字

❷ **compiler** [kəm`paɪlə] ❶ 匯編者

❸ **collection** [kə`lɛkʃən] ❶ 收藏

❸ **separate** [`sɛpəˌret] ❷ 使分散

❷ **amass** [ə`mæs] ❷ 累積

❸ protection [prəˋtɛkʃən] ⓝ 保護 (MP3) 02-27

protection為不可數名詞，用來表示**保護**或**防護**。後面常加against...
或from...來表示用來防止…、…的保護

片 protection money 被迫向黑社會勢力交付的保護費

例 The electric fence should be able to offer us
enough protection from uninvited visitors.
這個通了電的籬笆應該能夠提供我們足夠的**保護**以防不速之客

protection 相關字

❸ **shelter** [ˋʃɛltɚ] ⓥ 遮蔽、躲避 ⓝ 藏身處
We find shelter in a cave since there's no better place
to stay in the mountains.
由於在山上找不到更好的**藏身處**，我們就暫居在一個洞穴中。
補 cave 山洞、洞穴

❸ **harmless** [ˋhɑrmlɪs] ⓐ 無害的
Puss Caterpillars may look harmless, but they are the
most deadly caterpillar in the US.
貓毛蟲也許看起來很無害，但它們是美國最毒的毛毛蟲。
補 caterpillar 毛毛蟲

❹ **safety** [ˋseftɪ] ⓝ 安全
People should fasten their seatbelts for their own
safety.
為了個人的**安全**，人們應該繫上安全帶。
補 fasten 繫、綁

❷ **immunity** [ɪˋmjunətɪ] ⓝ 免疫力
The bright side of getting chickenpox is that you will
have the immunity against it.
得到水痘好的那一面就是你之後就會對它免疫了。
補 chickenpox 水痘

protection 衍生字

❷ **reliability** [rɪˌlaɪəˋbɪlətɪ] ⓝ 可靠度

❸ **secure** [sɪˋkjur] ⓐ 安全的、牢固的 ⓥ 使…牢固

❷ **sanctuary** [ˋsæŋktʃuˌɛrɪ] ⓝ 避難所、聖殿

❶ **inviolability** [ɪnˌvaɪələˋbɪlətɪ] ⓝ 神聖、不可侵犯性

非學不可的新多益單字

Chapter 1 | Chapter 2 | Chapter 3 | Chapter 4 | Chapter 5 | Chapter 6 | Chapter 7 | Chapter 8 | Chapter 9 | Chapter 10 | Chapter 11 | Chapter 12 | Chapter 13

3 requirement

(MP3) 02-28

[rɪ`kwaɪrmənt] **n** 必需品、必要條件

requirement 是名詞，用來表示**必需品**或**必要條件**，後面通常加 for。

片 minimum requirement 最低限度、最低要求

例 One needs to meet all the requirements to be eligible for the nomination.

只有能達到全部**要求**的人才有被提名的資格。

requirement 相關字

2 necessity [nə`sɛsətɪ] **n** 必要性、必需品

Food, air, and water are the necessities of life.

食物、空氣和水是生命的**必需品**。

片 necessity of …的必需品

3 condition [kən`dɪʃən] **n** 情況、條件 **v** 使…適應

Under no condition will I agree to your offer.

在任何**情況**下我都不可能同意你的報價。

片 agree 同意

3 concern [kən`sɜn] **v n** 關於、關心、擔心

Whether or not I'm leaving the country is not your concern.

我是否會離開這個國家不用你**擔心**。

片 of one's concern 不關…的事

2 obligation [ˌɑblə`geʃən] **n** 義務

It is our obligation to pay the taxes.

納稅是我們的**義務**。

片 tax 稅務、稅

requirement 衍生字

2 mandatory [`mændəˌtorɪ] **a** 有義務的、強制的

3 essential [ɪ`sɛnʃəl] **a** 必要的、精華的

3 fulfillment [fʊl`fɪlmənt] **n** 成就、實踐

3 necessary [`nɛsəˌsɛrɪ] **a** 必要的

4 method [ˈmɛθəd] n 方法

method是名詞，用來表示方法、方式等。通常後面加of或for。

片 method acting 方法式演出

例 There are many different methods to find water in the wilderness.
有很多的方式能在野外找到水源。

method 相關字

5 way [we] n 方法、方向、路 adv 遠超出
Without my GPS, there is no way I can find a way out of the maze.
沒有我的導航系統，我不可能在這個迷宮裡找到一條出路。
補 maze 迷宮

3 approach [əˈprotʃ] v 靠近 n 靠近、方法
The doctors are using different approaches on the patient, and hopefully one of them will work out.
醫生們對於這個病患使用不同的治療方法，希望其中一個能奏效。
補 work out 產生結果、成功

3 arrangement [əˈrendʒmənt] n 安排
Further arrangements will be made once we receive your confirmation.
在收到你的確認之後，我們會做出進一步的安排。
補 confirmation 確認、批准

2 formula [ˈfɔrmjələ] n 配方、方法
It takes scientists years to come up with a perfect formula of that medicine.
科學家花了好幾年才調配出那種藥的完美配方。
補 medicine 藥品

method 衍生字

2 **methodology** [ˌmɛθədˈɑlədʒɪ] n 方法論

3 **methodic** [məˈθɑdɪk] a 有組織的、有方法的

4 **means** [minz] n 手段、方法、收入

4 **usage** [ˈjusɪdʒ] n 使用、用法、處理

❸ **strategy** [ˋstrætədʒɪ] ⓝ 策略 　　MP3 02-30

strategy是名詞，表示策略、謀略時為可數名詞；表示戰略時則為不可數名詞。

🔖 strategy management plan 策略管理計劃

📖 A well-rounded strategy will increase our chance of winning.

一個面面俱到的策略能增加我們得勝的機會。

strategy 相關字

❹ **plan** [plæn] ⓥ ⓝ 計劃

I have to cancel my dinner plan because I'll be working late.

我需要取消我原先計劃好的晚餐，因為我得加班。

🔖 cancel 取消

❸ **blueprint** [ˋbluˏprɪnt] ⓝ 藍圖

No one has ever seen the blueprint of the aircraft carrier because it's considered top secret.

沒有人看過這個航空母艦的藍圖，因為那被視作高度機密。

🔖 aircraft carrier 航空母艦

❷ **scheme** [skim] ⓥ ⓝ 計劃、架構、陰謀

Bringing down the police station is one of the terrorists' schemes to pull away people's attention.

炸掉警察局是恐怖份子要轉移大家注意的詭計。

❸ **cunning** [ˋkʌnɪŋ] ⓐ 狡詐的

The old man is as cunning as a fox.

這個老人像狐狸一樣奸詐狡猾。

🔖 as...as 跟…一樣…

strategy 衍生字

❷ **maneuvering** [məˋnuvərɪŋ] ⓝ 謀略

❸ **tactics** [ˋtæktɪks] ⓝ 戰略、計謀

❷ **artifice** [ˋɑrtəfɪs] ⓝ 詭計

❸ **strategic** [strəˋtidʒɪk] ⓐ 策略性的、戰略上的

❸ **packaging** [`pækɪdʒɪŋ] ⓝ 包裝　(MP3)02-31

packaging 是不可數名詞，可以表示**包裝、包裝形式、包裝材料、包裝產業**等等，在講到與「包裝」有關的事時即可使用。

🅗 packaging design 包裝設計

📖 They use bubble wrap for the packaging so that the goods will not be damaged.
他們用泡泡袋去**包裝**以避免貨物受損。

packaging 相關字

❺ **case** [kes] ⓝ 盒子、殼子
He opens the case for the ring and gets down on one knee when he was proposing to his girlfriend.
他打開了戒指**盒**並單膝跪下向女朋友求婚。

❹ **wrap** [ræp] ⓥ 包 ⓝ 包材
The soldier has bandage wrapped around his arm because he was wounded in the battlefield.
這個士兵的手臂上**繼著**繃帶，因為他在戰場上受了傷。
🅑 battlefield 戰場

❸ **decoration** [ˌdɛkəˈreʃən] ⓝ 裝飾
The design of the package should be simple and without much decoration, for we are keeping it eco-friendly this time.
這個包裝的設計應是簡單且沒有太多**裝飾**的，因為這次我們不要損害生態環境。

❹ **bind** [baɪnd] ⓥ ⓝ 捆、綁、包紮
We should let our imagination fly and not be bounded by the rules.
我們應該要釋放我們的想像力而不是受**限**於規定。
🅑 imagination 想像力

packaging 衍生字

❹ **batch** [bætʃ] ⓝ 一批、一組、一群

❸ **encase** [ɪnˈkes] ⓥ 裝進容器

❸ **fasten** [ˈfæsn̩] ⓥ 繫緊、拴牢

❸ **confine** [kənˈfaɪn] ⓥ 侷限

非學不可的新多益單字

Chapter 1 | Chapter 2 | Chapter 3 | Chapter 4 | Chapter 5 | Chapter 6 | Chapter 7 | Chapter 8 | Chapter 9 | Chapter 10 | Chapter 11 | Chapter 12 | Chapter 13

❸ **magnet** [ˋmægnɪt] ❶ 磁鐵　　　　(MP3) 02-32

magnet是可數名詞，表示**磁鐵、有磁力的東西**，或是**有吸引力的人或物**。

🔼 magnetic field 磁場

📖 You need to keep your cell phone away from magnets as they can damage the phone.
你不能讓手機離**磁鐵**太近，因為它們會使手機故障。

magnet 相關字

❷ **magnetic** [mægˋnɛtɪk] ❸ 有磁性的

The needle on the compass is magnetic so you can determine which way is the north.
指北針上的針是**有磁性的**，所以你才能知道哪邊是北邊。
🔼 determine 決定、判斷

❸ **attract** [əˋtrækt] ❼ 吸引

Leftovers should be kept in an airtight container, or they will attract cockroaches and ants.
剩菜應該要放在密合的容器裡，不然它們會**吸引**蟑螂和螞蟻。
🔼 enclose 圍起、關閉住

❷ **repel** [rɪˋpɛl] ❼ 排斥、驅除、使厭惡

You can't make the repelling poles attract to each other, no matter how hard you try.
不管你再怎麼試，你都無法讓**相斥**的兩極互相吸引。
🔼 attract 吸引

❸ **tempt** [tɛmpt] ❼ 誘惑

The prize of the game is so good that I'm tempted to give it a try.
這個遊戲的獎項很好，以致於我都被**誘惑**想試試看。

magnet 衍生字

❶ **magneto** [mægˋnito] ❶ 磁力發電機
❸ **magnetize** [ˋmægnə͵taɪz] ❼ 使⋯磁化
❸ **distract** [dɪˋstrækt] ❼ 轉移、使分心
❶ **magnetic pole** [mægˋnɛtɪk pol] ❶ 磁極

❸ fabricate [ˋfæbrɪ͵ket] v 裝配、製造 🎧 02-33

fabricate是及物動詞，可用來表示裝配和製造；另也可表示捏造或偽造。

🅟 fabricate facts 捏造事實

🅔 Perhaps one day someone will be able to fabricate a time machine that can take us all back to the good old days.

也許有一天有人能夠製造出時光機，就能帶我們所有的人回到以前的美好時光。

fabricate 相關字

❷ fabricator [ˋfæbrɪ͵ketɚ] n 製造者、裝配人員

The job advertisement says that five more fabricators are urgently needed.

那個招聘廣告說他們急需五個裝配人員。

🅑 urgently 緊急的

❸ creator [krɪˋetɚ] n 創造者、上帝

Everyone should know Mark Zuckerberg because he's the creator of Facebook.

每個人都應該知道馬克・佐克柏格，因為他是臉書的創辦人。

❸ designer [dɪˋzaɪnɚ] n 設計師

Inspiration is crucial to all designers, no matter what field they are in.

對於所有的設計師來說，靈感都是必要的，不管他們是從事哪個工作領域。

❸ constructor [kənˋstrʌktɚ] n 施工工人

Constructors sometimes need to work in terrible weather, which make their work more dangerous than it already is.

工人們有時候需要在惡劣的天氣下工作，這使他們的工作比本來更危險。

🅑 terrible 惡劣的、糟糕的

fabricate 衍生字

❷ prefabrication [pri͵fæbrəˋkeʃən] n 預先製造

❸ fabrication [͵fæbrɪˋkeʃən] n 製造；虛構出的事物

❹ director [dəˋrɛktɚ] n 主管、指揮、導演

❹ maker [ˋmekɚ] n 製造者、上帝

非學不可的新多益單字

Chapter 1 | Chapter 2 | Chapter 3 | Chapter 4 | Chapter 5 | Chapter 6 | Chapter 7 | Chapter 8 | Chapter 9 | Chapter 10 | Chapter 11 | Chapter 12 | Chapter 13

3 labor [ˋlebɚ] n v a 勞力

MP3 02-34

labor可當名詞、動詞或形容詞用。當名詞時通常為不可數，除了在表示苦工或辛苦的事時為可數外，在表示勞力、勞動、勞工階級、分娩或陣痛時皆為不可數。當動詞用時可表示努力、艱苦地前進，及過分冗長的解說。當形容詞使用時則表示勞工的，如 Labor Day（勞工節）。

H child labor 童工

例 Child labor is forbidden by the authorities but they can't stop it from happening.
童工是被當局所禁止的，但他們沒辦法禁止它繼續發生。

labor 相關字

4 worker [ˋwɝkɚ] n 工人、工作者
Workers are given a day off on Labor Day.
勞工在勞動節的時候會放假一天。
補 day off 放假

3 slave [slev] n 奴工、奴隸
The slaves are locked in a dungeon and will not be given any food.
這些奴隸們被鎖在地窖裡，且不會被給予任何食物。
補 dungeon 地窖

4 employment [ɪmˋplɔɪmənt] n 雇用
Employment rate has dropped severely during the past few years.
過去幾年來的就業率降了很多。
補 severely 嚴重地

2 blue-collar [ˋbluˋkɑlɚ] a 藍領階級的
The society often mistreat the blue-collar workers, which is not fair.
社會大眾時常苛待藍領階級的勞工，這是不公平的。
補 white-collor 白領階級的

labor 衍生字

3 slavery [ˋslevərɪ] n 奴隸制度、奴役

2 drudge [drʌdʒ] v 做苦工 n 做苦工的人

2 drudgery [ˋdrʌdʒərɪ] n 苦工、沉悶乏味的工作

3 bondage [ˋbɑndɪdʒ] n 奴隸身分、束縛

4 sample [`sæmpl̩] n v 樣品　　MP3 02-35

sample可當名詞或動詞用。當名詞時可表示樣品、試用品、例子等，可數。當動詞時則可表示抽樣、採樣、試吃等。

片 sample rate 採樣率

例 We will start producing once the sample is approved.
在**樣品**被核可了之後我們就會開始生產。

sample 相關字

3 explore [ɪk`splor] v 探險、探索
Exploring the wilderness can be fun but it's also dangerous.
荒野**探險**可以很有趣但也很危險。
補 wilderness 荒野

2 initiate [ɪ`nɪʃɪet] v 開始做…
They need the commander's authorization to initiate the process.
他們需要指揮官的指示才能**開始**程序。

2 preliminary [prɪ`lɪmə,nɛrɪ] a 初步的 n 初步、預備賽
Some of the staff are sent to the conference room to make preliminary arrangements.
一部分的員工被派去會議室做前置作業。
補 conference room 會議室

3 initial [ɪ`nɪʃəl] a 起始的 n 起首字母
We have only done the initial assessment, so it's still too early to jump to conclusions.
我們只做了**初步的**評估，所以現在要做出結論還太早了。
補 assessment 評估

sample 衍生字

2 trial production [`traɪə,prə`dʌkʃən] ph 試產
2 exploratory [ɪk`splorə,torɪ] a 探索的
3 experimental [ɪk,spɛrə`mɛntl̩] a 實驗性質的
3 introductory [,ɪntrə`dʌktərɪ] a 介紹的、準備的

Chapter 3

金融、預算
Finance

4 **afford** [ə`ford] **v** 能付得起

MP3 03-01

afford是動詞，用來表示能承擔（後果或金錢等）、能經得起、能付得起、能負擔得起；也可用來表示給予或提供，但較少見。

片 afford to 負擔得起

例 I can't afford to spend my money in casinos.
我負擔不起在賭場裡花錢。

afford 相關字

3 **affordable** [ə`fordəbl] **a** 負擔得起的

The price of faux fur is more affordable than real fur.
人造毛皮的價格遠比真毛皮的更讓人能負擔得起。
補 faux 假的、人造的

4 **cheap** [tʃip] **a** 便宜的、廉價的

The airline offers cheap tickets during the promotion period.
這個航空公司在宣傳期間提供便宜機票。
補 promotion period 宣傳期、優惠期

4 **expensive** [ɪk`spɛnsɪv] **a** 昂貴的

Diamonds are expensive because they're rare.
鑽石因稀有而昂貴。
補 diamond 鑽石

2 **inflation** [ɪn`fleʃən] **n** 通貨膨脹

Due to the inflation, you can buy fewer things with the same amount of money.
因為通貨膨漲，你用一樣的錢現在只能買到比較少的東西。
補 amount 數量

afford 衍生字

3 **valuable** [`væljuəbl] **a** 有價值的

3 **valued** [`væljud] **a** 貴重的

2 **deflation** [dɪ`fleʃən] **n** 通貨緊縮

4 **payable** [`peəbl] **a** 須繳付的

非學不可的新多益單字

Chapter 1 | Chapter 2 | Chapter 3 | Chapter 4 | Chapter 5 | Chapter 6 | Chapter 7 | Chapter 8 | Chapter 9 | Chapter 10 | Chapter 11 | Chapter 12 | Chapter 13

❸ banking [ˋbæŋkɪŋ] ⓝ 銀行業　　MP3 03-02

banking是名詞，用來表示銀行或銀行家所做的事業；也可用來表示銀行業。

🔁 investment banking 投資銀行

📖 After Sarah graduated from university, she went into banking.
莎拉大學畢業後進入了銀行業。

banking 相關字

❸ balance [ˋbæləns] ⓥ 平衡、結餘 ⓝ 平衡、結算餘額
She worked late today trying to finish balancing the budget.
她今天為了要把預算結算好必須加班。
🔁 budget 預算、成本

❸ account [əˋkaʊnt] ⓝ 帳戶、客戶
It's safer to keep your money in bank accounts.
把錢放在銀行帳戶裡比較安全。
🔁 keep...in 把…放在…裡面

❷ deposit [dɪˋpazɪt] ⓥ ⓝ 存款
Gage makes it a habit to deposit money into an account every month.
蓋吉養成了每個月存錢到一個帳戶的習慣。
🔁 habit 習慣

❷ exchange rate [ɪksˋtʃendʒ ˋret] ⓟ 匯率
The exchange rate is very unstable nowadays.
最近匯率非常不穩。
🔁 unstable 不穩定的

banking 衍生字

❹ savings [ˋsevɪŋz] ⓝ 儲蓄
❸ income [ˋɪn͵kʌm] ⓝ 收入
❷ drop sell [ˋdrɑp͵sɛl] ⓟ 拋售
❹ interest [ˋɪntərɪst] ⓝ 利息、利益、股份

3 loan [lon] n v 借 03-03

loan可當名詞或動詞，當名詞時可用來表示**借東西的行為**和**借的東西**，特別是有**計息的借款**；當動詞時則可用來表示**借東西**或**借錢**。

片 secured loan 抵押貸款

例 The bank offers a variety of house loans.
這家銀行提供多種**房貸**。

loan 相關字

2 mortgage [`mɔrgɪdʒ] v n 抵押

John plans to pay off the mortgage within two years.
約翰計劃兩年內付完**抵押**的貸款。

補 pay off 清償
house mortgage 房貸

2 fraud [frɔd] n 騙局、詭計

They were shocked when they found out that the whole deal was a fraud.
在他們發現整個交易都是一場**騙局**時，他們感到非常震驚。

補 find out 發現

1 lend [lɛnd] v 借給

I lent my notebook to Elissa today.
我今天把我的筆記本借給了伊莉莎。

補 lend...to 把…借給

3 debt [dɛt] n 債務

He is not only broke but also in debt.
他不只破產了還**負債**。

補 broke 沒錢、破產
in debt 背負債務

loan 衍生字

3 borrow [`baro] v 借用

4 government [`gʌvənmənt] n 政府

3 bond [band] n 契約、債券、保稅

3 prepayment [pri`pemənt] n 預付款項

非學不可的新多益單字

Chapter 1 | Chapter 2 | Chapter 3 | Chapter 4 | Chapter 5 | Chapter 6 | Chapter 7 | Chapter 8 | Chapter 9 | Chapter 10 | Chapter 11 | Chapter 12 | Chapter 13

❸ accountant

MP3 03-04

[ə`kaʊntənt] ⓝ 會計師

accountant是名詞，用來表示**會計師**、**會計人員**。

🔠 cost accountant 成本會計師

📝 Usually, being an accountant guarantees you a well-paid job.

一般來說，當**會計師**可以保證你有一個薪水高的工作。

accountant 相關字

❺ **accrue** [ə`kru] ⓥ 自然增長增加、獲得

With the monthly interest, my savings slowly accrues.

每個月的利息收入讓我的存款慢慢增加。

🔠 interest 利息

❷ **bookkeeper** [`bʊk͵kipə] ⓝ 記帳員

A bookkeeper has to be very neat and careful.

記帳員必須是有組織且謹慎的。

🔠 neat 整齊的

...keeper …的管理員，例zookeeper是動物園管理員。

❸ **calculator** [`kælkjə͵letə] ⓝ 計算機

I use a calculator because it's faster than my brain.

我用**計算機**是因為它比我的大腦快。

🔠 brain 大腦

❸ **accounting** [ə`kaʊntɪŋ] ⓝ 會計

Randy chose to major in accounting when he was in college.

蘭迪在他大學的時候選擇主修**會計**。

🔠 major 主要的、主修

accountant 衍生字

❷ **auditor** [`ɔdɪtə] ⓝ 審計員、查帳員

❺ **accountancy** [ə`kaʊntənsɪ] ⓝ 會計界

❹ **treasurer** [`trɛʒərə] ⓝ 會計、財務主管

❺ **actuary** [`æktʃʊ͵ɛrɪ] ⓝ 精算師

4 annual [ˋænjuəl] a n 每年的   MP3 03-05

annual可當形容詞或名詞。當形容詞時用來表示每年的、一年一度的、一年只有一季生長期的、或是整年的；當名詞時則用來表示年刊或是一年生植物。

片 annual ring 年輪

例 You can tell by the annual ring that this was an old tree.
你可以從年輪看出來這棵樹很老了。

annual 相關字

3 anniversary [ænəˋvɝsərɪ] a 週年的 n 週年

We should celebrate because it's our first anniversary since we got married.
我們應該慶祝一下，因為這是我們第一個結婚週年。

補 celebrate 慶祝

4 monthly [ˋmʌnθlɪ] a 每月的

Their monthly income is not enough to feed the whole family.
他們的月收入不足以餵飽整個家庭。

補 income 收入

4 hourly [ˋaurlɪ] a 每小時的

Part-time workers are usually paid an hourly wage.
計時人員通常是領時薪的。

補 part-time 兼職的

3 daily [ˋdelɪ] a 每日的

Most women don't wear makeup on a daily basis.
大部分的女性不會天天化妝。

補 makeup 化妝品
on a daily basis 每天

annual 衍生字

4 yearly [ˋjɪrlɪ] a 每年的

4 weekly [ˋwiklɪ] a 每週的

3 occurring [əˋkɝɪŋ] a 持續發生的

3 fortnightly [ˋfɔrt͵naɪtlɪ] a 每隔兩週的

非學不可的新多益單字

Chapter 1 | Chapter 2 | Chapter 3 | Chapter 4 | Chapter 5 | Chapter 6 | Chapter 7 | Chapter 8 | Chapter 9 | Chapter 10 | Chapter 11 | Chapter 12 | Chapter 13

❷ impose [ɪmˋpoz] ⓥ 強加 (MP3) 03-06

impose是動詞，用來表示強加、施加或是欺騙；也常用來表示徵稅或增加負擔。

🄫 self-imposed isolation 自我隔離

🄰 After her grandfather passed away, the girl lives in self-imposed isolation.
在她祖父去世後，她過著自我隔絕的生活。

impose 相關字

❸ command [kəˋmænd] ⓥ ⓷ 命令、指揮
The soldiers had to do whatever the officer commands.
這些士兵必須照著這個長官的所有指令做事。
🔠 soldiers 士兵、軍人

❸ guideline [ˋgaɪd͵laɪn] ⓷ 方針
We are asked to follow the guidelines written on the book.
我們被要求要照著書本裡的指示做。
🔠 be asked to 被要求

❹ accent [ˋæksɛnt] ⓥ 著重、強調 ⓷ 著重、強調、口音
Some people have very strong accents, which are interesting to listen to.
有些人的口音很重，聽起來很有趣。

❸ emphasize [ˋɛmfə͵saɪz] ⓥ 強調
The manager emphasizes working attitudes and ethics during the meeting.
經理在會議中強調工作態度和倫理。
🔠 ethics 道德標準、倫理
emphasize 強調…、將重點放在…

impose 衍生字

❸ dictate [ˋdɪktet] ⓥ 支配、口述
❸ constrain [kənˋstren] ⓥ 限制、強迫
❷ implement [ˋɪmpləmənt] ⓥ 實施 ⓷ 手段、工具
❸ emphasis [ˋɛmfəsɪs] ⓥ 重點

3 invest [ɪnˋvɛst] v 投資
MP3 03-07

invest是動詞，最常用來表示**投資金錢**、投入時間和精力；有時也可用來表示**授予**或**賦予**，但這個用法較少見。

片 invest in 投資在…

例 We heard that investing in real estate is a quick way to be rich.
我們聽說**投資**房地產是快速致富的一個方式。

invest 相關字

2 investment [ɪnˋvɛstmənt] n 投資
Education is a good investment for anyone.
教育對任何人來說都是很好的**投資**。
補 education 教育

3 benefit [ˋbɛnəfɪt] v 得益 n 利益
We will benefit from the effort and hard work someday.
我們所做的所有努力，有一天都會對我們有利的。
補 benefit from 從…中受益

2 burdensome [ˋbɝdṇsəm] a 繁重的
Although the work is burdensome, Carrie enjoys doing it.
雖然工作**負荷很重**，凱莉仍樂在其中。
補 enjoy 享受，之後如果接動詞，要以-ing形式出現

4 gain [gen] v n 獲利、獲得
You won't be able to gain anything if you are unwilling to give.
如果你不願意做任何付出，你就不會有**收穫**。
補 unwilling to 不願意…
　　no pain, no gain 沒有付出就沒有收穫

invest 衍生字

3 shareholder [ˋʃɛrˌholdə] n 股東
3 burden [ˋbɝdṇ] n 負擔 v 使有負擔
4 budget [ˋbʌdʒɪt] n 預算
2 infuse [ɪnˋfjuz] v 注入、灌輸

非學不可的新多益單字

Chapter 1 | Chapter 2 | Chapter 3 | Chapter 4 | Chapter 5 | Chapter 6 | Chapter 7 | Chapter 8 | Chapter 9 | Chapter 10 | Chapter 11 | Chapter 12 | Chapter 13

③ **value** [ˋvælju] ⓝ ⓥ 價值

MP3 03-08

value可當名詞或動詞，當名詞時用來表示**重要性**、**價值觀**、**精神**上或**實質上的價值**或是**等值的東西**。當動詞時則可用來表示做價值上的**評估**，也會用來表示**重視**和**珍惜**。

🔢 social values 社會價值

📝 We should not be restricted by the social values.
我們不應受限於一般的社會價值觀。

---

value 相關字

③ **fare** [fɛr] ⓝ 票價

Do you have enough money to pay the bus fare?
你的錢夠付公車費嗎？
🔢 enough 足夠的

③ **coupon** [ˋkupɑn] ⓝ 優惠券

They only have to pay half the price for the product because they have a coupon.
因為他們有**折價券**，所以買這個東西只需要付一半的價錢。
🔢 pay...for 為…付…

③ **gift certificate** [ˋɡɪft səˋtɪfəkɪt] ⓝ 禮券

Giving people gift certificates may be ideal when you don't know them that well.
若你與他們不那麼熟的話，送**禮券**可能是理想的。
🔢 ideal 理想的、好的

③ **token** [ˋtokən] ⓝ 代幣、象徵

A diamond ring is considered a token of love.
鑽戒被認為是愛的**象徵**。
🔢 be considered …被認為是
　　a token of …的象徵

---

value 衍生字

⑤ **fee** [fi] ⓝ 費用

④ **expense** [ɪkˋspɛns] ⓝ 支出

③ **voucher** [ˋvautʃə] ⓝ 券

② **tariff** [ˋtærɪf] ⓝ 關稅

4 entrepreneur [ˌɑntrəprə`nɝ] MP3 03-09

n 負責人、企業家

entrepreneur是名詞，用來表示組織或管理一個企業的負責人，如企業家或企業創辦人，也會用來表示雇主。

片 farmer-turned-entrepreneur 農民企業家

例 Running an organic farm makes him a farmer-turned-entrepreneur.
經營一個有機農場使他成為一個農民企業家。

entrepreneur 相關字

3 organizer [`ɔrɡəˌnaɪzɚ] n 主辦人

The organizer announced that the event is about to start.
主辦人宣佈，活動即將開始。
補 be about to 即將

2 consultant [kən`sʌltənt] n 顧問

We hired a consultant to help get through the crisis.
我們雇用了一個顧問來幫忙渡過危機。
補 crisis 危機

2 reformation [ˌrɛfə`meʃən] n 改革

Apparently, this company needs a reformation to get back to business.
很明顯地，這家公司需要重整才能繼續經營下去。
補 apparently 明顯地

3 cooperation [koˌɑpə`reʃən] n 合作

The problem wouldn't have been solved if it weren't for the cooperation between two elite teams.
若不是這兩個精英團隊合作的話，這個問題根本解決不了。
補 elite 精英

entrepreneur 衍生字

3 businessperson [`bɪznɪs`pɝsn̩] **n** 商人
4 embark [ɪm`bɑrk] **v** 從事、投資、登乘
3 corporate [`kɔrpərɪt] **a** 企業的、共同的
5 embarkation [ˌɛmbɑr`keʃən] **n** 從事、投資、登乘

非學不可的新多益單字

Chapter 1 | Chapter 2 | Chapter 3 | Chapter 4 | Chapter 5 | Chapter 6 | Chapter 7 | Chapter 8 | Chapter 9 | Chapter 10 | Chapter 11 | Chapter 12 | Chapter 13

❷ subtract [səbˋtrækt] ⓥ 拿走、減   ⓂⓅ❸ 03-10

subtract是動詞，用來表示從某個完整的東西中拿掉或拿走；在數學上表示減掉、減。

➡ subtract from 去掉

例 If you subtract two from five, you'll get three.
如果你用五減掉二的話，就會得到三。

subtract 相關字

❷ detract [dɪˋtrækt] ⓥ 減損、使分心

She was detracted by her thoughts that she walked into a wall.
她的思緒使她分了心，以致她撞上了牆。
➡ walk into 走路時撞上

❸ deduct [dɪˋdʌkt] ⓥ 扣除

Jimmy didn't do well last month, so his bonus was deducted.
吉米上個月表現不佳，所以他的紅利就被扣了。
➡ bonus 紅利、額外的

❸ decrease [dɪˋkris] ⓥ ⓝ 減少

My heart sinks every time my money decreases, because I'm still unemployed.
每次我的錢變少我的心就又沉了，因為我還是沒有找到工作。
➡ sink 沉

❸ deny [dɪˋnaɪ] ⓥ 否認

Almost everyone who was caught cheating denied at first, but they all gave in in the end.
幾乎所有被抓到作弊的人一開始都會否認，但到最後他們都會放棄。
➡ give in 屈服、認輸

subtract 衍生字

❷ deduction [dɪˋdʌkʃən] ⓝ 扣除

❸ withhold [wɪðˋhold] ⓥ 抑制、保留

❸ retain [rɪˋten] ⓥ 保留、聘用

❸ deniable [dɪˋnaɪəb!] ⓐ 可否認的

❸ dedicate [ˋdɛdəˌket] ⓥ 獻給 MP3 03-11

dedicate是動詞，可用來表示敬奉、供奉或表示為某人或某目的完全地奉獻，也可用在著作裡最前面的獻詞；另外，也會用來表示為公共建築、紀念碑、重要建設等舉行落成典禮。

片 dedicate to 獻給…

例 I'd like to dedicate this book to my loving parents.
我想要將本書獻給我慈愛的父母。

dedicate 相關字

❸ dedication [ˌdɛdəˋkeʃən] ⓝ 貢獻
The villagers praised Nancy for her dedication to their village.
村民們感謝南西對於村子的貢獻。
補 praise one for 因為…稱讚某人

❸ donate [ˋdonet] ⓥ 捐贈
Some people are willing to donate their organs after they pass away, while others aren't.
有些人願意在死後捐贈他們的器官，有些人則不要。
補 organ 器官

❹ inscribe [ɪnˋskraɪb] ⓥ 登記、雕刻、題字
The names of the most successful people will be inscribed onto this wall.
最成功的人的名字會被刻在這面牆上。

❷ promise [ˋprɑmɪs] ⓥ 承諾
Henry promised to be there for his wife when she gave birth to their child.
亨利保證會在她太太生產的時候陪著她。
補 give birth to 生產

dedicate 衍生字

❸ donation [doˋneʃən] ⓝ 捐款

❷ devote [dɪˋvot] ⓥ 奉獻

❸ devotion [dɪˋvoʃən] ⓝ 奉獻

❸ wholeheartedly [ˌholˋhɑrtɪdlɪ] ⓐ 全心全意地

非學不可的新多益單字

Chapter 1 | Chapter 2 | Chapter 3 | Chapter 4 | Chapter 5 | Chapter 6 | Chapter 7 | Chapter 8 | Chapter 9 | Chapter 10 | Chapter 11 | Chapter 12 | Chapter 13

4 **productivity** [ˌprodʌkˋtɪvətɪ] ⬤ MP3 03-12

ⓝ 產生、創造、生產力

productivity是名詞，用來表示能夠產生、創造、提升或帶來好處的能力，在經濟學上常用來表示**生產力、生產率**，或是**豐饒的、富有生產力的狀態**。

ⓕ agricultural productivity 農業生產力

例 With such high productivity, I think we'll have no problem achieving our goal this month.

從我們如此高的**生產率**看來，我認為我們要達成本月目標是沒有問題的。

productivity 相關字

4 competitive [kəmˋpɛtətɪv] ⓐ 競爭的
We need to produce higher end products with lower cost to be competitive in this market.
我們需要以較低的成本生產出較優質的產品，才能在市場上有**競爭力**。
補 high-end 高品質與高價位的、高檔的

3 productive [prəˋdʌktɪv] ⓐ 富有成效的
The diet is very productive and she lost ten pounds in three weeks.
這個減肥菜單非常有**效**，她在三週內少了十磅。
補 pound 磅、英鎊

4 futile [ˋfjutl] ⓐ 徒勞的
When the bell rings, we know that everything we do now is futile.
當鈴響的時候，我們知道現在做什麼都**於事無補**了。

3 worthwhile [ˋwɝθˋhwaɪl] ⓐ 值得的
Everything you do with dedication will be worthwhile.
所有你做出奉獻的事都會是**值得的**。
補 do with... 以…的態度做

productivity 衍生字

1 high [haɪ] ⓐ 高的
1 low [lo] ⓐ 低的
3 valuable [ˋvæljuəbl] ⓐ 有價值的
4 impotent [ˋɪmpətənt] ⓐ 無能的

④ **merge** [mɜdʒ] **ⓥ** 合併

MP3 03-13

merge是動詞，用來表示合併、聯合、融合或是使合併、聯合、融合。

片 merge together 混合

例 They agree to merge two companies together to make an empire.
他們同意把兩家公司融合成一個企業。

merge 相關字

③ blend [blɛnd] **ⓥ ⓝ** 混合

The medicine will be tasteless if you blend it well with water.
如果你把這個藥和水混合好的話，它是沒有味道的。
補 tasteless 沒味道的、乏味的

③ combination [ˌkɑmbəˈneʃən] **ⓝ** 組合

The combination of talent and diligence will be able to take you to success.
才華與努力的結合會帶領你邁向成功。
補 diligence 勤勉、努力

④ cement [sɪˈmɛnt] **ⓥ** 鞏固、黏好、用水泥接合 **ⓝ** 水泥

They cemented the broken wall back together.
他們用水泥把壞掉的牆修補回去。
補 cement truck 混泥土車

③ union [ˈjunjən] **ⓝ** 結合、聯盟、工會

The wedding party tomorrow is to celebrate the union of two of my best friends.
明天的婚禮派對，是要慶祝我其中兩個最要好的朋友的結合。
補 wedding 婚禮

merge 衍生字

④ merger [mɜdʒɚ] **ⓝ** 合併

③ combine [kəmˈbaɪn] **ⓥ** 結合 [ˈkɑmbaɪn] **ⓝ** 企業聯合

④ consolidate [kənˈsɑləˌdet] **ⓥ** 聯合、鞏固

③ fuse [fjuz] **ⓥ** 熔合 **ⓝ** 保險絲

非學不可的新多益單字

Chapter 1 | Chapter 2 | Chapter 3 | Chapter 4 | Chapter 5 | Chapter 6 | Chapter 7 | Chapter 8 | Chapter 9 | Chapter 10 | Chapter 11 | Chapter 12 | Chapter 13

❸ problematic

MP3 03-14

[ˌprɑblə`mætɪk] ⓐ 麻煩的

problematic是形容詞，用來表示有問題的、麻煩的、難解決的或是有疑問的。

🔢 problematic scenario 麻煩的情況

例 The situation we're in right now is very problematic.
我們現在的處境非常麻煩。

problematic 相關字

❷ problem [`prɑbləm] ⓝ 問題、麻煩
The boy does no good but to cause problems everywhere he goes.
這個男孩除了到處惹事以外，做不了什麼好事。
🔢 but... 除了…以外

❷ solve [sɑlv] ⓥ 解決
Problems are to be solved, not ignored.
問題是要解決的，而不是忽略。
🔢 ignore 忽略

❹ ambiguous [æm`bɪgjuəs] ⓐ 模稜兩可的
The promises given by the government are always ambiguous.
政府給的保證總是模稜兩可的。
🔢 given by …給的

❸ tricky [`trɪkɪ] ⓐ 棘手的
Our manager assigned us a tricky task but we managed to finish it on time.
我們的經理給了我們一個棘手的工作，但我們想辦法如期地完成了。
🔢 task 工作、任務

problematic 衍生字

❸ solution [sə`luʃən] ⓝ 解決方案

❹ arguable [`ɑrgjuəbl] ⓐ 值得商榷的

❸ debatable [dɪ`betəbl] ⓐ 有爭議的

❹ discrepancy [dɪ`skrɛpənsɪ] ⓝ 差異

3 **declare** [dɪˋklɛr] **v** 宣告

(MP3) 03-15

declare是動詞，用來表示**正式表達、展現**，或是**宣告、宣佈、聲明或強調**，也會用來表示**申報稅務**。

片 declare war 宣戰

例 They declared war when the enemies started bombing their cities.

在敵方轟炸了他們的城市後，他們**宣戰**了。

declare 相關字

declaration [ˌdɛkləˋreʃən] **n** 聲明

A declaration of love is preferred by some people, but not everyone.

有些人喜歡聽到愛的**宣言**，但不是所有的人都喜歡。

補 be preferred by 被⋯喜歡

certify [ˋsɝtəˌfaɪ] **v** 證明

She's a certified physician so we can trust her on her skills.

她是位有**認證**過的醫師，所以我們可以相信她的技術。

補 physician 醫生

swear [swɛr] **v** 發誓

I swear to God that I will never give up my dreams.

我對上帝**發誓**，我永遠不會放棄我的夢想。

補 give up 放棄

tell [tɛl] **v** 告訴

She told her sister that she needs to get up early tomorrow.

她**告訴**她的妹妹說她明天得早起。

補 get up 起床、起立

declare 衍生字

acclaim [əˋklem] **v** 讚譽

affirm [əˋfɝm] **v** 肯定

stress [strɛs] **v** **n** 壓力、強調

manifest [ˋmænəˌfɛst] **v** 表露 **a** 明顯的

☑ tax [tæks] ⓝ ⓥ 稅

（MP3）03-16

tax可當名詞或動詞。當名詞時用來表示**稅賦**或**稅金**，也會用來表示**負擔、沉重的責任、壓力**等。當動詞時則可表示**課稅**，或是**施加負擔、責任或壓力**；另外，也可以用來表示**責備或譴責**。

目 tax refund 退稅

例 There will be serious consequences if you refuse to pay the tax.
如果你拒絕繳**稅**的話，就會有嚴重的後果。

tax 相關字

☑ fine [faɪn] ⓝ 罰款 ⓥ 處以罰金
Jane was fined for speeding.
珍因為超速而被**罰款**。
補 speeding 超速

☑ obligated [ˋɑblɪgetɪd] ⓐ 有義務的
No one is obligated to help another.
沒有人**有義務**幫助別人。

☑ unavoidable [ˌʌnəˋvɔɪdəbl] ⓐ 不可避免的
Since they never see eye to eye, I think a fight over this matter is unavoidable.
由於他們一直都意見不和，我想他們在這個問題上的爭執是**無法避免**的。
補 see eye to eye 看法一致

☑ toll [tol] ⓝ 通行費、使用費 ⓥ 收通行費和使用費
Josh only slowed down when he paid the toll because he was in a hurry.
因為賈許在趕時間，所以他只有在付**通行費**的時候放慢車速。
補 in a hurry 匆忙、趕時間

tax 衍生字

☑ brokerage [ˋbrokərɪdʒ] ⓝ 經紀業務、佣金
☑ levy [ˋlɛvɪ] ⓥ ⓝ 徵收、課稅
☑ tribute [ˋtrɪbjut] ⓝ 貢品、貢獻
☑ tithe [taɪð] ⓥ ⓝ 十分之一的稅捐

Chapter 1 | Chapter 2 | Chapter 3 | Chapter 4 | Chapter 5 | Chapter 6 | Chapter 7 | Chapter 8 | Chapter 9 | Chapter 10 | Chapter 11 | Chapter 12 | Chapter 13

3 legal [`ligl] ⓐ 法律的

MP3 03-17

legal是形容詞，用來表示與法律有關的、法律的、合法的、具法律效力的，以及法律所規定的。

片 legal rights 法律上的權益

例 Euthanasia is legal in some countries.
安樂死在某些國家是合法的。
補 euthanasia 安樂死

legal 相關字

3 law [lɔ] ⓝ 法律
We need to obey the law to live in peace.
我們需要遵守法律和平地生活。
補 in peace 和平地

3 testimony [`tɛstə͵moni] ⓝ 證詞
The testimonies are all against Mike.
所有的證詞都對麥克不利。
補 against 不利於

3 attorney [ə`tɜnɪ] ⓝ 律師
Janet hired an attorney to help her draft a contract.
珍娜雇了一個律師來幫她起草一份合約。
補 draft 草擬

3 right [raɪt] ⓝ 權利
Everyone has a right to live.
每個人都有生存權。
補 human rights 人權

legal 衍生字

3 testify [`tɛstə͵faɪ] ⓥ 作證

3 pro bono [͵pro `bono] ⓟ 無償服務

3 lawyer [`lɔjɚ] ⓝ 律師

3 rule [rul] ⓥ 作出裁決

非學不可的新多益單字

Chapter 1 | Chapter 2 | Chapter 3 | Chapter 4 | Chapter 5 | Chapter 6 | Chapter 7 | Chapter 8 | Chapter 9 | Chapter 10 | Chapter 11 | Chapter 12 | Chapter 13

❸ fluctuate [`flʌktʃuˌet]

MP3 03-18

Ⓥ 波動、不斷改變

fluctuate是動詞，用來表示來回移動、不斷地變動或是使不斷地改變、不定或是使不穩定，也可用來表示如波浪般升起和落下。

🄗 fluctuate between 在兩者之間搖擺不定

🄔 **The exchange rate fluctuates almost every minute.**
匯率的波動幾乎每分鐘都在發生。

fluctuate 相關字

❸ peak [pik] Ⓝ 高峰 Ⓥ 達到高峰 Ⓐ 最高峰的
There is snow at the peak of the mountain.
山頂上有雪。
🄗 summit 山頂

❸ wave [wev] Ⓝ 波浪、波動 Ⓥ 揮手
The waves will cleanse the beach.
浪會把沙灘洗乾淨。
🄗 cleanse 清洗

❸ seesaw [`siˌsɔ] Ⓝ 蹺蹺板
I used to love playing on a seesaw, but now I think it's boring.
我曾經很愛玩翹翹板，但現在我覺得這很無聊。
🄗 titter-totter 也是翹翹板的意思

❸ vary [`vɛrɪ] Ⓥ 使有所不同
We may all reach the same point in the end, but our routes will vary.
我們到最後可能都會到達同一個地點，但我們的路會有所不同。
🄗 route 路線

fluctuate 衍生字

❸ **swing** [swɪŋ] Ⓥ Ⓝ 擺動、搖晃

❸ **alter** [`ɔltə] Ⓥ 改變

❸ **flutter** [`flʌtə] Ⓥ Ⓝ 顫動

❸ **diversify** [daɪ`vɝsəˌfaɪ] Ⓥ 使多樣化

❸ dominant [ˋdɑmənənt] ⓐ ⓝ 支配 🅼🅿③ 03-19

dominant可當形容詞或名詞。當形容詞時表示**支配的、首要的、優勢的**；在音樂上表示第五音的；在生物學上表示顯性的。當名詞時則表示**顯性基因、顯性性徵、優勢物種或族群**，或是第五音。

🄷 dominant eye 優勢眼

🄴 I always seem to use only my dominant eye when I type.
我打字的時候似乎總是只用我的**優勢眼**。

dominant 相關字

❸ weakling [ˋwiklɪŋ] ⓝ 虛弱者 ⓐ 虛弱的
When they're asked to team up, no one wants to be with Jim because he's considered a weakling.
當他們被要求分組時，沒有人想和吉米同組，因為他被視為是一個**弱者**。
🄱 team up 組成隊伍

❸ superior [səˋpɪrɪə] ⓐ 較優越的 ⓝ 優越的人
No one is actually superior to another person.
沒有人是真的比別人更優越。

❸ bossy [ˋbɑsɪ] ⓐ 跋扈的
Betty always talks in a bossy way, so she doesn't have much of an audience.
貝蒂一直都用一種**跋扈**的語調說話，所以她沒有很多聽眾。
🄱 audience 觀眾、聽眾

❸ demonstrative [dɪˋmɑnˏstrətɪv] ⓐ 示範性的
The experiment is only demonstrative.
這個實驗只是**示範性的**。
🄱 experiment 實驗

dominant 衍生字

❸ **domineer** [ˏdɑməˋnɪr] ⓥ 稱霸

❸ **inferior** [ɪnˋfɪrɪə] ⓐ 較劣勢的 ⓝ 較劣勢的人

❸ **commanding** [kəˋmændɪŋ] ⓐ 指揮的

❸ **overweigh** [ˏovəˋwe] ⓥ 重過…

非學不可的新多益單字

Chapter 1 | Chapter 2 | Chapter 3 | Chapter 4 | Chapter 5 | Chapter 6 | Chapter 7 | Chapter 8 | Chapter 9 | Chapter 10 | Chapter 11 | Chapter 12 | Chapter 13

3 **capital** [ˋkæpətl] ⓐ ⓝ 首府 <small>MP3 03-20</small>

capital可以當名詞或形容詞。當名詞時用來表示**首府、首都**或**重要城市**，在經濟上用來表示**資金、資本**或**資方**，在語言上則用來表示**大寫字母**。當形容詞時可表示**首要的、重要的、資本的**，或是（**字母）大寫的**；另外，也可以解釋為**死刑的**。

🔟 capital idea 好主意

🔟 I think going on a vacation is a capital idea!
我認為度假是個很棒的主意！

capital 相關字

3 **principal** [ˋprɪnsəpl] ⓐ 主要的、資金的 ⓝ 首長、本金

William is sent to the principal's office for fighting in class.
威廉因為在課堂上打架被送去了校長辦公室。
🔟 dean 院長

3 **index** [ˋɪndɛks] ⓝ 指數

A lot of people care about the consumer price index, but for me it's just another number.
很多人在關心消費者物價指數，但對我來說，那只是數字罷了。
🔟 consumer 消費者

3 **wealth** [wɛlθ] ⓝ 財富

Wealth has a power to make people want more.
財富有種會讓人想要更多的力量。

3 **rich** [rɪtʃ] ⓐ 有錢的、豐富的

Oliver hopes that someday he'll be rich enough to travel around the world with no worries.
奧利弗希望有天他會有錢到能無憂無慮地環遊世界。
🔟 travel around 周遊

capital 衍生字

3 **capitalism** [ˋkæpətl͵ɪzəm] ⓝ 資本主義

3 **communist** [ˋkɑmju͵nɪst] ⓝ 共產主義者

3 **holdings** [ˋholdɪŋz] ⓝ 持股

3 **bankroll** [ˋbæŋk͵rol] ⓝ 資金、鈔票 ⓥ 提供資金

3 financial [faɪˈnænʃəl] @ 財政上的 (MP3) 03-21

financial是形容詞，用來表示財政上的、財務上的、資金上的、金融上的，以及與資產有關的。

片 financial aid 經濟資助或貸款

例 Hannah needs to apply for financial aid if she wants to finish college.

如果漢娜想讀完大學，她就必須申請經濟資助。

financial 相關字

3 finance [faɪˈnæns] **n** 金融

Kay chooses finance as her major in the hope that she'll become a billionaire.

凱選擇主修金融，因為她希望有天能成為億萬富翁。

補 billionaire 億萬富翁

3 earnings [ˈɜnɪŋz] **n** 收益

It worries me when my earnings cannot cover my expense.

當我的收入不能超過支出時我就會擔心。

補 expense 花費

3 cash [kæʃ] **n** 現金

I prefer to pay in cash.

我偏好付現。

補 prefer to 更喜歡…

3 paycheck [ˈpeˌtʃɛk] **n** 薪水

Getting the paycheck is always the best moment of the month.

拿薪水的時候總是每個月最棒的時光。

補 moment 時間、時光

financial 衍生字

3 fiscal [ˈfɪskl̩] @ 會計的

3 economy [ɪˈkɑnəmɪ] **n** 經濟

3 economics [ˌikəˈnɑmɪks] **n** 經濟學

3 numeric [njuˈmɛrɪk] @ 數字的 **n** 數字

3 **exceed** [ɪkˋsid] ⓥ 超過

MP3 03-22

exceed是動詞，用來表示超過或超出某種標準的、（相較之下）勝過的，或是超越其他的。

补 exceed in 超過

例 I thought the movie would be good, and it actually exceeds my expectation.
我本來就覺得這會是部好電影，而它超乎了我的期待。

exceed 相關字

3 **excessive** [ɪkˋsɛsɪv] ⓐ 過多的

You can use a spatula to scrape off the excessive butter.
你可以用抹刀來把多餘的奶油刮掉。
补 spatula 抹刀

3 **victorious** [vɪkˋtorɪəs] ⓐ 勝利的

Everyone comes forward to congratulate the victorious team.
每個人都來恭賀這個勝利的隊伍。
补 congratulate 恭賀

3 **beat** [bit] ⓥ 擊敗

In heroic stories, the good guys always beat the evil forces.
在英雄故事裡，好人永遠會打敗壞人。
补 evil 邪惡的

3 **advance** [ədˋvæns] ⓐ 提前的、超越的 ⓥ 提前、超越

We advanced the production to the end of July.
我們把產期提前到七月底。
补 advanced 高級的

exceed 衍生字

3 **transcend** [trænˋsɛnd] ⓥ 超越

3 **surpass** [səˋpæs] ⓥ 超越

3 **cap** [kæp] ⓝ 上限 ⓥ 超過

3 **surmount** [səˋmaʊnt] ⓥ 克服、覆蓋、超越

③ foundation [faʊnˋdeʃən]　(MP3) 03-23

⓪ 基礎、基金會

foundation是名詞，可以用來表示創辦（found）的狀態，或是根基、基礎根據或底座，也會用來表基金會或基金。

☞ foundation stone 基石

例 You need good foundations to build a skyscraper.

你需要好的**地基**來建造一棟摩天大樓。

補 skyscraper 摩天大樓

foundation 相關字

③ base [bes] **⓪** 基礎、基地

They returned to the base when the mission was completed.

他們在完成任務後回到**基地**。

補 complete 完成

③ basic [ˋbesɪk] **⓪** 基本知識

The lectures will cover all the basics, but you need to learn the rest by yourselves.

這些課程會涵蓋所有的**基礎**，但其他的東西你們得自己學。

補 lecture 課程、演講

③ bottom [ˋbɑtəm] **⓪** 底部

The bottom of the bottle is stained.

這個瓶子的**底部**髒了。

補 stain 沾污、染污

③ root [rut] **⓪** 根 **ⓥ** 紮根

Some of the plants come with edible roots.

有些植物有可食用的**根**。

補 edible 可食用的

foundation 衍生字

③ groundwork [ˋgraʊndͺwɝk] **⓪** 基礎

③ substructure [ͺsʌbˋstrʌktʃə] **⓪** 下部結構、基礎

③ understructure [ˋʌndəͺstrʌktʃə] **⓪** 下部結構、基礎

③ fundamental [ͺfʌndəˋmɛntl̩] **ⓐ** 根本的

❸ **statistics** [stə`tɪstɪks]

(MP3) 03-24

ⓝ 統計學、數據

statistics 是名詞，可用來表示與數據的搜集、分類、分析和解釋的這門學問（統計學）或是統計出來的結果或數據。

丱 vital statistics 生命的統計資料

例 Statistics show that the economy is getting better.

數據顯示經濟愈來愈好了。

statistics 相關字

❸ **stats** [stæts] **ⓝ** 數據

We should forget about the stats and focus on our current mission.

我們該把**數據**忘了，並專注在我們現在的任務上。

丱 current 目前的

❶ **number** [`nʌmbɚ] **ⓝ** 數

Only a number of people signed up for the seminar.

只有很少**數**的人報名參加研討會。

丱 sign up 報名

❸ **tally** [`tælɪ] **ⓝ** 帳、帳本 **ⓥ** 紀錄、清算

Kelly keeps a tally so that she won't overspend her money.

凱莉有在**記帳**，這樣她才不會花太多錢。

丱 overspend 花錢過多、超支

❸ **sum** [sʌm] **ⓝ** 總和 **ⓥ** 加總

The sum total of the groceries is 89 dollars.

這些雜貨的**總額**一共是八十九美元。

丱 groceries 食品雜貨

statistics 衍生字

❺ **enumeration** [ɪˌnjumə`reʃən] **ⓝ** 計數

❸ **demography** [dɪ`mɑgrəfɪ] **ⓝ** 人口統計學

❸ **census** [`sɛnsəs] **ⓝ** 人口調查

❷ **list** [lɪst] **ⓝ** 清單 **ⓥ** 列清單

3 **crisis** [ˋkraɪsɪs] ⓝ 危機

MP3 03-25

crisis是名詞，意思是緊要關頭或轉捩點，也會用來表示危機或是一個人生命中很戲劇性的時間；在醫療上則會解釋為危險期。

圃 midlife crisis 中年危機

例 We are now facing the crisis of lacking energy.
我們正面臨缺乏能源的危機。

crisis 相關字

3 catastrophe [kəˋtæstrəfɪ] ⓝ 大災難

An avalanche can cause a catastrophe.
雪崩可能會造成大災難。

補 avalanche 雪崩

3 crossroad [ˋkrɔsˏrod] ⓝ 十字路口

Many accidents happened at the crossroad, so please be careful.
很多意外事故都發生在十字路口，所以請小心。

補 accident 意外

3 climax [ˋklaɪmæks] ⓝ 高潮

People were really nervous when they were watching the climax of the movie.
人們在看這部電影的高潮片段時非常緊張。

補 nervous 緊張的

3 mess [mɛs] ⓝ 混亂

I need to tidy up my room because it's a mess.
我得整理房間，因為它真是一團亂。

補 tidy 使整齊、整理

crisis 衍生字

3 **climacteric** [ˏklaɪmækˋtɛrɪk] ⓐ 轉折期的 ⓝ 轉折期

3 **entanglement** [ɪnˋtæŋglmənt] ⓝ 糾葛

3 **extremity** [ɪkˋstrɛmətɪ] ⓝ 絕境

3 **disaster** [dɪˋzæstɚ] ⓝ 災難

❸ prosperous

(MP3) 03-26

[ˈprɑspərəs] ⓐ 富有的、利於…的

prosperous是形容詞，用來表示富有的、富裕的、繁榮的或是有利的、利於…的。

🔛 prosperous business 興隆的生意

例 The old man managed to run a prosperous business.
這個老先生成功地經營了一個蓬勃的生意。

prosperous 相關字

❸ successful [səkˈsɛsfəl] ⓐ 成功的
Everyone can be successful if they want to.
如果想要的話，每個人都可以成功。
🔛 success 成功

❸ bloom [blum] ⓥ 繁榮成長、開花 ⓝ 開花
When winter is over, the flowers will start to bloom.
冬天過了之後，花就開始綻放。
🔛 winter 冬天

❸ luck [lʌk] ⓝ 運氣
You'll need a lot more luck if you want to finish that project in time.
若你想如期完成計劃的話，你會需要更多的運氣。
🔛 in time 在時間內

❸ blossom [ˈblɑsəm] ⓝ 花 ⓥ 開花、發展成
Cherry blossoms are very beautiful and it seems like everything turns pink.
櫻花很美，且會使所有的東西看起來都變粉紅色的。
🔛 cherry blossom 櫻花

prosperous 衍生字

❸ succeed [səkˈsid] ⓥ 成功

❸ thrive [θraɪv] ⓥ 成功、興旺

❸ boom [bum] ⓥ ⓝ 暴漲

❸ prospering [ˈprɑspərɪŋ] ⓐ 繁榮的

❸ gross [gros] ⓐ ⓥ ⓝ 總體的、毛額 　　MP3 03-27

gross可當形容詞、動詞或名詞。當形容詞時可解釋為**總體的、嚴重的、大的、粗略的、或是粗俗的**，有時也會用來表示噁心的。當動詞時會表示**獲得的總收入**；而當形容詞時則用來表示**總金額或總量**。

🅟 gross weight 毛重

🄴 You'll need to put the product inside the box to get the gross weight.

你需要把東西放在盒子裡才能得到它的**毛重**。

gross 相關字

❸ total [`totl] ⓐ 總共的 ⓥ 加總 ⓝ 總數

So far, the serial killer had murdered seven people in total.

到目前為止，這個連續殺人魔已經殺了**總共**七個人了。

🄱 serial killer 連續殺人犯
in total 總共

❷ whole [hol] ⓐ ⓝ 全部、整體

If we want to succeed, we need to go into this as a whole.

如果我們想要成功的話，我們就必須**同心協力**。

❶ all [ɔl] ⓐ 所有的 ⓝ 所有、全部

She puts all her money into an account.

她把她**所有**的錢放進一個帳戶。

❸ entirely [ɪn`taɪrlɪ] ⓐⓓ 完全地

Benny said he had to work late, which is not entirely true.

班尼說他得加班，不過這不**完全**是真的。

🄱 work late 加班

gross 衍生字

❸ net weight [`nɛt wet] ⓐⓝ 淨重

❸ entity [`ɛntətɪ] ⓝ 實體、本質

❷ entire [ɪn`taɪr] ⓐ ⓝ 整個

❸ totality [to`tælɪtɪ] ⓝ 全部、總體

非學不可的新多益單字

Chapter 1 | Chapter 2 | Chapter 3 | Chapter 4 | Chapter 5 | Chapter 6 | Chapter 7 | Chapter 8 | Chapter 9 | Chapter 10 | Chapter 11 | Chapter 12 | Chapter 13

④ irrevocable [ɪˋrɛvəkəbl̩]   MP3 03-28

ⓐ 不能改變的

irrevocable是形容詞，用來表示沒辦法撤回或反悔的、不能取消也不能改變的。

片 irrevocable trust 未經受益人同意不可修改的信託

例 When the show is broadcast worldwide, the effect on the audience is irrevocable.
當這個節目在全世界播出時，它對於觀眾的影響是**沒辦法改變的**。

irrevocable 相關字

② fixed [fɪkst] **ⓐ** 固定的
The window is fixed so you won't be able to open it.
這個窗戶是**封死的**所以你沒辦法打開它。
補 be able to 能夠

③ unchangeable [ʌnˋtʃendʒəbl̩] **ⓐ** 不可改變的
The truth is something that's unchangeable.
事實是沒辦法改變的。

① final [ˋfaɪnl̩] **ⓐ** 最終的 **ⓝ** 最後
The decision is final so there's nothing we can do about it.
這是**最後的**決定了，所以我們除了接受以外什麼也不能做。
補 decision 決定

③ irreversible [ˏɪrɪˋvɝsəbl̩] **ⓐ** 不可逆轉的
There's something wrong with the tires and they seem to be irreversible.
輪胎好像不太對，它們似乎**不能反轉**。
補 tire 輪胎

irrevocable 衍生字

③ changeless [ˋtʃendʒlɪs] **ⓐ** 不變的
③ invariable [ɪnˋvɛrɪəbl̩] **ⓐ** 恆定的
④ predestined [priˋdɛstɪnd] **ⓐ** 命中註定的
③ settled [ˋsɛtl̩d] **ⓐ** 安定的、確定的、解決了的

③ **privilege** [`prɪvl̩ɪdʒ] ⓝ ⓥ 特權　　MP3 03-29

privilege可當作名詞或動詞，當名詞時用來表示特權、豁免權、特殊待遇以及享有上述待遇的原則或條件。當動詞時可表示給予特權、豁免權或是特殊許可證。

ⓗ white privilege 白人優勢

ⓔ Some people have more privilege than others.
有些人比其他人有更多的特權。

privilege 相關字

② **favor** [`fevɚ] ⓝ 贊成、偏袒、幫忙 ⓥ 偏袒、給予

I don't like asking favors because they have to be returned at some point.
我不喜歡請求幫助，因為人情總是得還的。
補 ask for 請求

③ **advantage** [əd`væntɪdʒ] ⓝ 優勢 ⓥ 使有優勢

Being smarter is an advantage, but it doesn't guarantee success.
較他人聰明是個優勢，但它不能保證成功。
補 guarantee 保證

③ **elite** [e`lit] ⓝ 精英

Only the elites are allowed to join the summit.
只有菁英能參與這個高峰會。
補 summit 高峰會

① **special** [`spɛʃəl] ⓐ ⓝ 特別的

If everybody is equally special, then no one really is.
若每個人都是一樣地特別的話，就沒有人真的是了。
補 equally 平等的

privilege 衍生字

③ **entitle** [ɪn`taɪtl̩] ⓥ 賦予

② **honor** [`ɑnɚ] ⓝ 榮譽、尊敬 ⓥ 使光榮、尊敬、實踐

④ **underprivileged** [ˌʌndɚ`prɪvəlɪdʒd] ⓐ 弱勢的

④ **disadvantageous** [ˌdɪsæbvən`tedʒəs] ⓐ 處於不利的

2 odds [ads] n 機會

odds是名詞，可表示為機會、成功的可能性、佔上風的情勢或是賭博的賠率；另外也可表示不和以及差異。
🔑 odds and ends 瑣碎的小東西
例 What are the odds of us winning?
我們贏的機率有多少？

odds 相關字

1 chance [tʃæns] n 運氣、機會、冒險 v 冒險、偶遇 a 偶然的
The chances are we might lose the first game, but we will be able to win the second.
我們可能會輸掉第一場比賽，但我們能贏第二場。
🔑 chances are 可能

3 gamble [`gæmbl] v n 賭博
They say gambling is bad, but everyone gambles with their lives every day.
他們說賭博是不好的，但是每個人每天都用自己的生命在賭博。
🔑 gamble with 以…來當賭注

3 stake [stek] n 風險 v 拿…來冒險
Toby walked out of the cave with no weapon because he was not aware of what was at stake.
托比沒帶任何武器就走出了山洞，因為他不知道有什麼危險。
🔑 weapon 武器、at stake 有危險

2 lottery [`latərɪ] n 彩券
Everyone wants to win the lottery.
每個人都想贏得樂透。
🔑 draw 抽籤

odds 衍生字

4 ante [`æntɪ] n 賭注 v 下賭注
3 plunge [plʌndʒ] v 投入、跳入
3 attempt [ə`tɛmpt] v n 試圖、嘗試
4 parlay [`parlɪ] v n 連本帶利地下注

3 probable [ˋprɑbəb!] ⓐ 很可能發生的 🎧 03-31

probable是形容詞，用來表示很可能發生的或很有可能被證實的、有充分根據但還沒被證實的，或是很有希望的。

片 probable cause 可能原因

例 The probable cause of his death is dehydration.
他可能的死因是脫水。

probable 相關字

3 believable [bɪˋlivəb!] ⓐ 可信的

The story Mina told was very believable.
米娜說的故事是很可信的。
補 believe 相信

3 plausible [ˋplɔzəb!] ⓐ 似乎是真的、看起來真實的

It seems plausible that Gilbert may not be the criminal.
吉爾柏有可能不是犯人。
補 criminal 罪犯

2 possible [ˋpɑsəb!] ⓐ 可能的

It's possible that she might win this time.
她這次有可能會贏。
補 impossible 不可能的

3 seemingly [ˋsiminlɪ] ⓐⓓ 貌似

Some people are seemingly happy, but they're actually not.
有些人看似快樂但其實不然。
補 actually 事實上

probable 衍生字

3 **credible** [ˋkrɛdəb!] ⓐ 可信的

3 **feasible** [ˋfizəb!] ⓐ 可行的、可能的

3 **presumable** [prɪˋzuməb!] ⓐ 可推測的

3 **presumably** [prɪˋzuməblɪ] ⓐⓓ 推測上

非學不可的新多益單字

Chapter 1 | Chapter 2 | Chapter 3 | Chapter 4 | Chapter 5 | Chapter 6 | Chapter 7 | Chapter 8 | Chapter 9 | Chapter 10 | Chapter 11 | Chapter 12 | Chapter 13

③ appeal [ə`pil] ⓥ ⓝ 吸引

MP3 03-32

appeal可當動詞或名詞，當動詞時可表示吸引、呼籲、請求、或訴諸，在法律上則可表示上訴；當名詞時則表示上述的行為或狀態。

🔁 appeal to 懇求、吸引

📝 A good speech would appeal to its audience.
一個好的演講會吸引它的聽眾。

appeal 相關字

② attract [ə`trækt] ⓥ 吸引
Flowers attract bees and butterflies.
花會吸引蜜蜂和蝴蝶。
補 wasp 黃蜂

③ temptation [tɛmp`teʃən] ⓝ 誘惑
We have to work hard not to give in to the temptation of chocolate.
我們需要努力不要被巧克力所誘惑。
補 give in 屈服

④ captivate [`kæptə͵vet] ⓥ 擄獲
The butterfly was captivated by the cobweb.
這隻蝴蝶被蜘蛛網困住了。
補 cobweb 蜘蛛網、圈套

④ enchant [ɪn`tʃænt] ⓥ 蠱惑
The thief claims that he was enchanted by a witch when he stole from others.
這個小偷說，他在偷東西時其實是被一個巫婆所蠱惑。
補 claim 聲稱

appeal 衍生字

② attraction [ə`trækʃən] ⓝ 吸引力
④ allure [ə`lur] ⓥ 誘惑
② charm [tʃɑrm] ⓥ ⓝ 魅力
④ intrigue [ɪn`trig] ⓥ ⓝ 陰謀

❸ refund [rɪˋfʌnd] ⓥ ⓝ 退還

refund可當動詞或名詞。當動詞時表示退還、退款或補償;當名詞時則表示上述動作以及退款金額。

🔑 refund policy 退貨條件

📝 The refund policy states that you have to return the product within a month to get your refund.
退貨條件上說,你得在一個月內把商品退回來才能退錢。

refund 相關字

❸ settlement [ˋsɛtḷmənt] ⓝ 解決、結帳

Both sides are not happy with the settlement but they know it's the best they can do.
雙方對於和解的結果都不滿意,但是也都知道這是最好的情況了。

❹ retribution [ˌrɛtrɪˋbjuʃən] ⓝ 報應

One should always do the right thing because there will be retribution.
每個人都要選擇做對的事,因為這是會有報應的。

❸ repayment [rɪˋpemənt] ⓝ 還款、報答

The repayment was wired to Joey's account within a day.
款項在一天之內就電匯到喬伊的帳戶了。
🔺 wire 匯款

❹ allowance [əˋlaʊəns] ⓝ 補貼、零用錢、配額

Children are given allowance to learn how to manage money.
給小孩零用錢是要讓他們學習掌控金錢。
🔺 manage 管理

refund 衍生字

❸ **withdrawal** [wɪðˋdrɔəl] ⓝ 撤出、提款

❹ **rebate** [ˋribet] ⓥ ⓝ 回扣、折現

❹ **kickback** [ˋkɪkˌbæk] ⓝ 回扣

❸ **pull out** [ˋpʊl ˌaʊt] ⓟ 撤出、抽出

非學不可的新多益單字

Chapter 1 | Chapter 2 | Chapter 3 | Chapter 4 | Chapter 5 | Chapter 6 | Chapter 7 | Chapter 8 | Chapter 9 | Chapter 10 | Chapter 11 | Chapter 12 | Chapter 13

③ **payment** [`pemənt] ⓝ 付出的東西 (MP3) 03-34

payment是名詞，用來表示所付出的東西或金額、付出的動作或是回報或懲罰。

🔟 non payment 未付款

🔠 Payment has to be made in advance as a confirmation of your order.

款項必須先預付以做為下單確認。

🔠 confirmation 確認

payment 相關字

③ bankrupt [`bæŋkrʌpt] ⓥ 使破產 ⓐ 破產的 ⓝ 破產的人

After paying the rent, I'm officially bankrupt.

在付完房租之後，我就正式地破產了。

🔠 officially 正式地
rent 房租

⑤ remittance [rɪ`mɪtn̩s] ⓝ 匯款

Our salary is always paid by remittance.

我們的薪水一直都是以匯款方式支付的。

🔠 pay by 以…支付

④ transaction [træn`zækʃən] ⓝ 交易

All transactions should be kept on records.

所有的交易都必須要有紀錄。

🔠 on record 記錄在案的

③ dealing [`dilɪŋ] ⓝ 買賣

Drug dealing is strictly prohibited in this city.

毒品販賣在這個城市裡是嚴格禁止的。

🔠 prohibit 禁止

payment 衍生字

③ **creditor** [`krɛdɪtə] ⓝ 債權人

④ **account payable** [ə`kaunt `peəbl̩] ⓟ 應付帳款

⑤ **disbursement** [dɪs`bɝsmənt] ⓝ 支出、支付款項

④ **reimbursement** [ˌriɪm`bɝsmənt] ⓝ 償還

⬛ substitute

 03-35

[ˈsʌbstəˌtjut] ⓝ ⓥ ⓐ 替補、代替

substitute可做為名詞、動詞及形容詞使用。當名詞時用來表示用來替換或替補的人或物；當動詞時則表示替換或替補；當形容詞時表示替換的或替補的。

🔠 substitute teacher 代課老師

📖 The students love the substitute teacher because she's very creative and compassionate.
學生們很愛這個代課老師，因為她很有創意又能體諒大家。

substitute 相關字

⬛ subsidize [ˈsʌbsəˌdaɪz] ⓥ 資助

They need people to subsidize them to keep the project going.
他們需要有人補助才有辦法繼續進行這個計劃。

⬛ alternative [ɔlˈtɜnətɪv] ⓐ ⓝ 替代、選擇

Participating in the alternative programs is not required but preferred.
參加選擇性計劃不是必要的，但是我們會偏好有參加的人。
🔠 prefer 比較、偏好

⬛ replacement [rɪˈplesmənt] ⓝ 更換

They asked for a replacement when the air conditioner stopped working.
當冷氣壞掉的時候，他們要求換新的。
🔠 air conditioner 冷氣

⬛ fundraiser [ˈfʌndˌrezɚ] ⓝ 募款活動

Everyone had fun at the fundraiser and it was a success.
募款活動很成功，大家都很開心。

substitute 衍生字

⬛ **fund** [fʌnd] ⓝ 基金 ⓥ 資助

⬛ **trust** [trʌst] ⓝ 信託

⬛ **entrust** [ɪnˈtrʌst] ⓥ 信託、委託

⬛ **fundraising** [ˈfʌndˌrezɪŋ] ⓝ 募款 ⓐ 募款的

Chapter 4

企業發展
Corporate development

4 interception

 04-01

[ˌɪntɚˋsɛpʃən] ⓝ 攔截

interception是名詞，用來表示竊取、竊聽；或是從中攔截訊號或
是中途截擊等。

🔑 interception record 攔截記錄

📝 The interception was done with a new method
unknown to the others.
這次的攔截是用一個不為別人所知的方法。

interception 相關字

3 interrupt [ˌɪntɚˋrʌpt] ⓥ 打斷
Interrupting people is very rude.
打斷別人是非常無禮的。
補 interrupt的名詞型式是interruption

4 ambush [ˋæmbuʃ] ⓝ ⓥ 伏擊
They planned an ambush and won the battle.
他們計劃了一個埋伏並贏得了戰爭。
補 battle 戰爭

3 arrest [əˋrɛst] ⓥ 逮捕
When the bad guy was arrested, people actually set
off fireworks.
當這個壞人被逮捕時，人們還真的放了煙火。
補 fireworks 煙火

4 obstruct [əbˋstrʌkt] ⓥ 阻擋
The road is obstructed, so we will go by boat.
道路被阻斷了所以我們改搭船。
補 by加交通工具有搭乘的意思

interception 衍生字

3 deflect [dɪˋflɛkt] ⓥ 偏離

4 intercept [ˌɪntɚˋsɛpt] ⓥ 攔截

3 hijack [ˋhaɪˌdʒæk] ⓥ ⓝ 劫持

2 cut off [ˋkʌt ˋɔf] ⓟ 阻斷

非學不可的新多益單字

Chapter 1 | Chapter 2 | Chapter 3 | Chapter 4 | Chapter 5 | Chapter 6 | Chapter 7 | Chapter 8 | Chapter 9 | Chapter 10 | Chapter 11 | Chapter 12 | Chapter 13

❹ bleak [blik] ⓐ 慘澹的、無希望的   (MP3) 04-02

bleak是形容詞，用來表示慘澹的、無希望的、無趣的、荒涼空曠且會被風吹雨打的，或是刺骨地寒冷的。

片 bleak house 荒涼山莊

例 **The economy is so bleak right now it feels like the Great Depression.**
現在的經濟太蕭條了，感覺像是經濟大恐慌。

bleak 相關字

❸ bare [bɛr] ⓐ 光禿禿的、沒有的 ⓥ 裸露
The trees look bare in winter.
這些樹在冬天的時候看起來光禿禿的。
補 winter 冬天

❸ dreary [ˈdrɪərɪ] ⓐ 沉悶的
Staying at home all day can be dreary and depressing.
整天待在家裡可以是既沉悶悶又令人沮喪的。
補 depressing 令人消沈的

❹ barren [ˈbærən] ⓐ 貧瘠的
It's almost impossible to grow anything out of the barren soil.
要在這個貧瘠的土地上種任何東西幾乎是不可能的。
補 soil 土壤

❸ blank [blæŋk] ⓐ 空白的 ⓝ 空白 ⓥ 使空白
My mind went blank the moment I got the test sheets.
當我拿到試卷時我的腦子一片空白。
補 test sheet 考試卷

bleak 衍生字

❹ **blighted** [blaɪtɪd] ⓐ 破舊的、枯萎的
❹ **windswept** [ˈwɪndˌswɛpt] ⓐ 被風吹掃過的
❸ **deserted** [ˈdɛzətɪd] ⓐ 荒廢的
❸ **scorched** [skɔrtʃt] ⓐ 燒焦了的

❸ sluggish [ˋslʌgɪʃ] ⓐ 緩慢的 MP3 04-03

sluggish是形容詞，用來形容如蛞蝓一般懶洋洋的、緩慢的、遲鈍的，也可用來表示蕭條的（市場）。

🔁 sluggish bowels 腹脹氣

📖 People get impatient easily in a sluggish traffic.
人們在**緩慢**移動的車陣中很容易感到不耐煩。

sluggish 相關字

❷ snail [snel] ⓝ 蝸牛
Although we're moving at a snail's pace, it's better than not at all.
雖然我們的進展如**蝸牛**般緩慢，這還是比完全沒進展好。
🔁 snail pace 蝸牛速度

❷ slow [slo] ⓥ 放慢
We should slow down and wait for the others because they're far behind.
我們應該要**慢下來**等其他人，因為他們落後了很多。
🔁 slow down 減速

❸ motionless [ˋmoʃənlɪs] ⓐ 動也不動的
He lay motionless for a while and we were afraid that he was dead.
他**動也不動**地躺了一陣子，我們都怕他已經死了。
🔁 motion 動作

❹ passive [ˋpæsɪv] ⓐ 被動的
Passive attitudes will get you nowhere.
消極的態度對你沒有好處。
🔁 passive aggressive 消極反抗的

sluggish 衍生字

❹ **unmoving** [ʌnˋmuvɪŋ] ⓐ 不動的

❹ **lumpish** [ˋlʌmpɪʃ] ⓐ 塊狀的、笨重的

❸ **slump** [slʌmp] ⓥ ⓝ 暴跌

❺ **stagnant** [ˋstægnənt] ⓐ 停滯的

非學不可的新多益單字

Chapter 1 | Chapter 2 | Chapter 3 | Chapter 4 | Chapter 5 | Chapter 6 | Chapter 7 | Chapter 8 | Chapter 9 | Chapter 10 | Chapter 11 | Chapter 12 | Chapter 13

④ contraction

(MP3) 04-04

[kən`trækʃən] ⓝ 收縮

contraction是名詞，用來表示**收縮、緊縮、或縮短**的動作或情況，常用在把多個字縮在一起的情況（如would have→would've）或是指**肌肉收縮**。

📕 labor contractions 懷孕時的子宮收縮

📖 Labor contractions may be unpleasant but it's normal.
孕婦子宮**收縮**可能會不舒服，但這是正常的現象。

contraction 相關字

④ **shorten** [`ʃɔrtn] ⓥ 縮減
We're asked to shorten the lead time for they need the goods now.
我們被要求要**縮短**交期，因為他們現在就需要這些貨。
📋 lead time 交期

④ **abbreviation** [ə,brivɪ`eʃən] ⓝ 簡稱
Abbr. is the abbreviation for abbreviation.
abbr.是縮寫的**簡稱**。

④ **condense** [kən`dɛns] ⓥ 濃縮、凝結
Condensed milk tastes good with almost every fruit.
煉乳幾乎和所有水果都很搭。

③ **shrink** [ʃrɪŋk] ⓥ 縮小
My sweater shrunk because I accidentally put it in the drying machine.
我的毛衣**縮水**了，因為我不小心把它放進了烘乾機裡。
📋 drying machine 烘乾機

contraction 衍生字

③ **compression** [kəm`prɛʃən] ⓝ 壓縮
④ **confinement** [kən`faɪnmənt] ⓝ 禁閉
④ **dwindle** [`dwɪndl] ⓥ 逐漸減少
④ **shrinkage** [`ʃrɪŋkɪdʒ] ⓝ 收縮

4 amplify [`æmplə͵faɪ] v 放大 MP3 04-05

amplify是動詞，用來表示將訊號、聲音、效果等放大或增強，也可以用來表示範圍的擴大，或是更加詳細地解說。

片 amplify wifi signal 加強無線網路訊號

例 They use some kind of device to amplify the wifi signal.
他們用某種裝置來強化無線網路的訊號。

amplify 相關字

5 amplifier [`æmplə͵faɪr] n 擴音器、揚聲器、放大器
You'll need an amplifier to make the speakers work.
你會需要一個擴音器來使這些喇叭有作用。
補 speaker 喇叭

4 elaborate [ɪ`læbə͵ret] v 闡述、費心
We are asked to elaborate our statements in our essay.
我們被要求要闡明我們文章中的論點。
補 statement 論點

3 magnify [`mægnə͵faɪ] v 放大
When you become a celebrity, everything you do will be magnified.
當你成為名人的時候，所有你做的事情都會被放大。
補 celebrity 名人

2 stretch [strɛtʃ] v n 伸展
Stretching before bedtime will help you sleep better.
睡前伸展一下會幫助睡眠。
補 bedtime 睡眠時間

amplify 衍生字

4 amplification [͵æmpləfə`keʃən] n 放大

4 elaboration [ɪ͵læbə`reʃən] n 擬訂

3 strengthen [`strɛŋθən] v 加強

3 widen [`waɪdn̩] v 擴大

非學不可的新多益單字

Chapter 1 | Chapter 2 | Chapter 3 | Chapter 4 | Chapter 5 | Chapter 6 | Chapter 7 | Chapter 8 | Chapter 9 | Chapter 10 | Chapter 11 | Chapter 12 | Chapter 13

❹ **renewal** [rɪˋnjuəl] ⓝ 更新

MP3 04-06

renewal是名詞，用來表示將…更新、復興的動作或狀態，或是利用補充或修復使它像新的一樣；也可以用來表示重頭開始。

🔤 passport renewal 護照更換

📖 The renewal of the facilities allows us to accelerate the production.
設施的更新讓我們能夠加速生產。

renewal 相關字

❹ **renew** [rɪˋnju] ⓥ 更新
You need to renew your driver's license before it expires.
你得在你的駕照過期前去更換它。

❺ **rejuvenate** [rɪˋdʒuvənet] ⓥ 重振、使恢復精神
They say that the ingredients in green tea will help rejuvenate your dying cells.
他們說綠茶中的成份能幫助活化你將死的細胞。
🔤 cell 細胞

❹ **reopen** [riˋopən] ⓥ 重開、重新開始
They reopen the store when the owner recovers from the flu.
當店主人感冒好了的時候，他們又把店重新開張。
🔤 recover from 從…復原

❸ **recharge** [riˋtʃɑrdʒ] ⓥ 充電
The batteries need to be recharged before you head out.
你出門前得把電池充好電。

renewal 衍生字

❸ **rebirth** [riˋbɝθ] ⓝ 新生

❸ **awakening** [əˋwekənɪŋ] ⓝ 喚醒

❹ **resurrection** [ˌrɛzəˋrɛkʃən] ⓝ 復活、復甦

❸ **resume** [rɪˋzjum] ⓥ 恢復

4 emblem [ˋɛmbləm] n v 標誌、設計 MP3 04-07

emblem可以是名詞或動詞。做名詞時，會用來表示有**象徵**意思的東西、**標誌**或**設計**，也可以用來表示有**寓意的圖片**（通常上面會寫上它的寓意）。做動詞時則用來表示**象徵**。

片 Olympic emblem 奧林匹克徽章

例 Since this will be a public event, I think we should have an emblem.
由於這會是個公開的活動，我想我們應該要有個**象徵標誌**。

emblem 相關字

3 symbol [ˋsɪmbl] n 符號
A heart-shaped sign is a symbol of love.
心型是愛的**象徵**。
補 a symbol of... 是…的象徵

3 symbolic [sɪmˋbalɪk] a 象徵性的
We shouldn't ignore the symbolic meaning when reading a masterpiece.
我們在閱讀一部巨作時，不能忽略它的**象徵**意義。
補 masterpiece 傑作、名作

2 banner [ˋbænɚ] n 旗幟
The protesters wave their banner and shouted their complaints.
抗議者揮舞**旗**子並大聲喊出他們的抱怨。
補 protesters 抗議者

2 image [ˋɪmɪdʒ] n 圖像、形象 v 反映、畫
The company has a positive image.
這家公司有良好的**形象**。
補 image technology 圖像技術

emblem 相關字

4 symbolize [ˋsɪmbl͵aɪz] v 象徵

2 logo [ˋlogo] n 標誌

1 mark [mark] v n 標記

2 label [ˋlebl] n 標籤

5 dereliction

 04-08

[ˌdɛrəˈlɪkʃən] **n** 怠忽職守

dereliction是名詞，用來表示**蓄意地忽略或不管、丟棄的動作**或是**被丟棄的狀態**，常用來表示**怠忽職守**。

片 dereliction of duty 失職、玩忽職守

例 He was fired because of his dereliction.
他因為**瀆職**而被解雇了。

dereliction 相關字

3 abandon [əˈbændən] **v** 放棄
Some people abandon their pets like they mean nothing to them.
有些人**拋棄**寵物就像是他們對他們來說一點意義都沒有一樣。

4 desertion [dɪˈzɝʃən] **n** 遺棄
The desertion of some of the teammates put the team in jeopardy.
某些成員的**離開**使這個團隊陷入危機。
補 in jeopardy 處於危險之中

3 violation [ˌvaɪəˈleʃən] **n** 違反
Stealing is considered a violation of the law.
偷東西是**侵犯**法律的行為。
補 theft 偷竊

5 infringement [ɪnˈfrɪndʒmənt] **n** 侵犯
Nowadays it's almost impossible to watch movies online due to copyright infringements.
現在你幾乎無法在網路上看電影，因為有智慧財產權的**侵犯**問題。
補 copyright 著作權

dereliction 衍生字

5 relinquish [rɪˈlɪŋkwɪʃ] **n** 放棄
4 forsake [fɚˈsek] **v** 拋棄、摒棄
5 delinquency [dɪˈlɪŋkwənsɪ] **n** 拖欠、懈怠、少年犯罪
4 disregard [ˌdɪsrɪˈgɑrd] **v** 漠視

Chapter 1 | Chapter 2 | Chapter 3 | Chapter 4 | Chapter 5 | Chapter 6 | Chapter 7 | Chapter 8 | Chapter 9 | Chapter 10 | Chapter 11 | Chapter 12 | Chapter 13

5 endorsement

[ɪn`dɔrsmənt] n 同意、代言

endorsement是名詞，用來表示同意或支持、背書、或是簽署文件，另外也會用來表示請人代言。

片 blank endorsement 不記名背書

例 With the endorsement of an Olympian, business is getting better than ever.
有了奧林匹克得獎者的代言，生意比以往都來得好。

endorsement 相關字

3 support [sə`port] v n 支持
More and more people support gay rights and gay marriage nowadays.
現今越來越多人支持同志權利和同志婚姻。
補 marriage 婚姻

4 advocate [`ædvəkɪt] n 倡導者 [`ædvə͵ket] v 主張、提倡
The teacher advocates that we should study even on New Year's Eve.
這個老師主張學生即使在除夕夜時都要念書。

4 endorse [ɪn`dɔrs] v 背書
I'll endorse all of your projects.
我會支持你所有的計劃。
補 endorser 背書人

1 back [bæk] v 支持 a 後面的
They're very unlikely to fail, with the president backing them up.
有了總統的背書，他們非常不可能失敗。
補 back...up 支持…

endorsement 衍生字

4 authenticate [ɔ`θɛntɪ͵ket] v 進行驗證

4 authenticator [ɔ`θɛntɪ͵ketə] n 驗證者

4 accredit [ə`krɛdɪt] v 認可

4 advocacy [`ædvəkəsɪ] n 倡導

非學不可的新多益單字

Chapter 1 | Chapter 2 | Chapter 3 | Chapter 4 | Chapter 5 | Chapter 6 | Chapter 7 | Chapter 8 | Chapter 9 | Chapter 10 | Chapter 11 | Chapter 12 | Chapter 13

⑤ deference

(MP3) 04-10

[ˋdɛfərəns] ⓝ 服從、乖巧、對人的敬意

deference是名詞，用來表示服從、遵照指示的行為，也可以用來表示對人的敬意。

🔢 in deference to、out of deference to 遵從

📝 Everyone loves the little princess for her deference.
每個人都愛這個小公主因為她很乖巧。

deference 相關字

⑤ deferential [ˌdɛfəˋrɛnʃəl] ⓐ 恭順的
Usually a deferential attitude is welcomed.
通常服從的態度是受歡迎的。
📕 be welcomed 受歡迎的

④ submissive [sʌbˋmɪsɪv] ⓐ 順從的
Sheep are one of the meek and submissive animals.
綿羊是其中一種溫順又聽話的動物。
📕 meek · 順從的

③ obedient [əˋbidjənt] ⓐ 聽話的
She used to be very obedient until she realized that she should think for herself.
她曾經很聽話，直到她意識到她應該要獨立思考為止。
📕 think for oneself 獨立思考

② obey [əˋbe] ⓥ 遵守
Katherine Hepburn said that "If you obey all the rules, you miss all the fun."
凱瑟琳・赫本説「如果你遵守所有的規定，你就什麼樂趣都得不到。」
📕 comply 依從

deference 衍生字

③ compliant [kəmˋplaɪənt] ⓐ 順從的

③ compliance [kəmˋplaɪəns] ⓝ 遵從

④ acquiescent [ˌækwɪˋɛsənt] ⓐ 默許的

③ yielding [ˋjildɪŋ] ⓐ 聽從的

5 collusion [kə`luʒən] n 勾結 MP3 04-11

collusion是名詞，用來表示**密謀叛變**，或是私下勾結以得到不法利益，或是做不法的事。

片 in collusion with 與…勾結

例 A collusion was formed between the authorities.
高層長官們密謀勾結。

collusion 相關字

4 dishonest [dɪs`ɑnɪst] a 不誠實的

Nicholas has been very dishonest lately.
尼古拉斯最近非常地不誠實。

補 lately 最近的
hoest 誠實的

3 scam [`skæm] n 騙局

It took them three months to realize that this is a scam.
他們花了三個月才意識到這是個騙局。

補 telephone scam 電話詐騙
realize 發覺、意識

3 plot [plɑt] v n 陰謀

Are you plotting against the government?
你在密謀違抗政府嗎？

補 plot against 暗算

2 double [`dʌbl̩] a v n 兩倍的、表裡不一的

She's a double agent and she can fool anyone by her words.
她是個雙面間諜，並能用言語騙過任何人。

補 double agent 雙重間諜

collusion 衍生字

4 defraud [dɪ`frɔd] v 詐騙

4 conspiracy [kən`spɪrəsɪ] n 陰謀

4 bait [bet] v n 引誘、誘餌

4 double-cross [`dʌbl̩`krɔs] v 出賣

非學不可的新多益單字

Chapter 1 | Chapter 2 | Chapter 3 | Chapter 4 | Chapter 5 | Chapter 6 | Chapter 7 | Chapter 8 | Chapter 9 | Chapter 10 | Chapter 11 | Chapter 12 | Chapter 13

4 subsidiary

(MP3) 04-12

[səb`sɪdɪˌɛrɪ] **n a** 次要的、子公司

subsidiary可當做名詞或當形容詞。當名詞時常用來表示子公司或是輔助的人或物。當形容詞時則用來表示次要的、輔助的、附設的、或是有拿津貼的。

片 subsidiary company 子公司

例 The subsidiary of this company is located in LA.
這家公司的子公司設在洛山磯

subsidiary 相關字

3 branch [bræntʃ] **v n** 分支、分店
We have forty-five branches all over the world.
我們在世界各地共有四十五個分店。

2 parent [`pɛrənt] **n** 雙親之一、母公司
They say that you get more bonuses if you work at the parent company.
他們說如果你在母公司工作的話你能得到比較多的紅利。
補 bonus 紅利

3 division [də`vɪʒən] **n** 部門
There are disagreements between divisions.
部門間有一些不認同。
補 disagreement 不認同

5 derivative [də`rɪvətɪv] **a** 衍生的 **n** 衍生物
The derivative of these two chemicals is deadly.
這兩個化學物質的衍生物是致命的。
補 chemical 化學物質、化學的

subsidiary 衍生字

4 tributary [`trɪbjəˌtɛrɪ] **n** 支流
3 subdivision [sʌbdə`vɪʒən] **n** 細分
1 wing [wɪŋ] **n** 支翼
4 dependency [dɪ`pɛndənsɪ] **n** 依賴

４ **speculation**

[ˌspɛkjəˈleʃən] **n** 猜測

speculation是名詞，用來表示對於事情的臆測、猜測、思考等，在商業上也會用來表示投機買賣。

片 speculation about 推測

例 There are speculations in the company saying that we'll have a new general manager.

公司有人在猜測說我們會有一個新的總經理。

補 general manger 總經理

---

speculation 相關字

１ think [θɪŋk] **v** 思考

It's hard to think when you're nervous.

在你緊張的時候會覺得難以思考。

補 think about 思考

２ thought [θɔt] **n** 思想

The thought of losing her family is unbearable.

失去親人的這個想法對她來說是無法忍受的。

補 unbearable 無法忍受的

３ theory [ˈθiərɪ] **n** 理論

They come up with another theory on how the earth will explode within two months.

他們又想到了另外一個地球會如何在兩個月內爆炸的理論。

補 explode 爆炸

４ hunch [hʌntʃ] **n** 直覺

If her hunch is right, there's someone hiding in the woods.

如果她的直覺是對的，就表示有人躲在林子裡。

---

speculation 衍生字

３ reflection [rɪˈflɛkʃən] **n** 反射

４ guesswork [ˈgɛsˌwɜk] **n** 猜測

５ guesstimate [ˈgɛstəmɪt] **n** 推測估計

４ cerebration [ˌsɛrəˈbreʃən] **n** 熟思

非學不可的新多益單字

Chapter 1 | Chapter 2 | Chapter 3 | Chapter 4 | Chapter 5 | Chapter 6 | Chapter 7 | Chapter 8 | Chapter 9 | Chapter 10 | Chapter 11 | Chapter 12 | Chapter 13

４ **customize**

(MP3) 04-14

[`kʌstəmˌaɪz] **v** 量身訂做

customize是動詞，用來表示依照不同的需求去做修改或是量身打造以符合期待。

片 customized suits 量身訂做的西裝

例 It'd be better if we can customize according to different needs.
如果我們能根據不同需求做客製化的話會更好。

---

customize 相關字

４ alteration [ˌɔltə`reʃən] **n** 更改
It's too late to make any alteration because the document is already submitted.
現在要再做任何的更動都已經太遲了，因為文件已經交出去了。
補 submit 提交

３ adapt [ə`dæpt] **v** 適應
We need to be able to adapt to different environments.
我們需要讓自己能夠適應各種環境。
補 adapt to 使自己適應於

４ mutate [`mjutet] **v** 變異
Believe it or not, our cells mutate every day.
不管你信不信，我們的細胞每天都在突變。

３ transform [træns`fɔrm] **v** 改造
They're going to transform her from a bookworm to a supermodel.
他們將要把她從書蟲變成超級名模。
補 bookworm 書蟲

---

customize 衍生字

４ convert [kən`vɜt] **v** 轉換
４ mutation [mju`teʃən] **n** 突變
４ mutant [`mjutənt] **n** 突變體
３ adaptation [ˌædæp`teʃən] **n** 適應

3 adopt [əˋdɑpt] v 採納

(MP3) 04-15

adopt是動詞，用來表示採納、接受，也可表示領養小孩或是挑選為候選人。

片 adopted child 養子

例 Joe adopted lots of bad habits when he was in the military.
喬在他當兵的時候沾上了許多惡習。
補 military 軍隊、軍事的

adopt 相關字

4 affiliation [əˌfɪlɪˋeʃən] n 從屬關係

For now, I'm not in affiliation with any company.
現階段我不附屬於任何的公司。
補 in affiliation with 跟…有從屬關係

3 mimic [ˋmɪmɪk] v 模仿

Babies like to mimic the others because that's how they learn.
寶寶們喜歡去模仿其他人，因為這是他們學習的方式。
補 mimicker 模仿別人的人
infant 嬰兒

4 utilize [ˋjutḷˌaɪz] v 利用

You need to learn to utilize what you already have.
你需要學著去利用你已經有了的東西。
補 learn後面動詞需用不定式

4 imitation [ˌɪməˋteʃən] n 模仿

The imitation of the president was fantastic!
這個模仿總統的人真是做得太好了！
補 fantastic 極好的

adopt 衍生字

3 adoption [əˋdɑpʃən] n 收養

4 affiliate [əˋfɪlɪˌet] v 附屬

3 pirate [ˋpaɪrət] v 剽竊

4 imitate [ˋɪməˌtet] v 仿效

非學不可的新多益單字

Chapter 1 | Chapter 2 | Chapter 3 | Chapter 4 | Chapter 5 | Chapter 6 | Chapter 7 | Chapter 8 | Chapter 9 | Chapter 10 | Chapter 11 | Chapter 12 | Chapter 13

4 **catalogue** [ˋkætəlɔg] ⓝ ⓥ 目錄   ⓂⓅ❸ 04-16

catalogue可為名詞或動詞，當名詞時用來表示目錄或清冊、商品型錄等，也會表示登記或記載。當動詞時則用來表示編入目錄或記載。

🔤 to request a catalogue 索取目錄

例 All the information you need is printed in the catalogue.
所有你需要知道的資訊都印在目錄裡了。

catalogue 相關字

4 brochure [broˋʃur] ⓝ 小冊子
You can request a brochure if you're interested in the school.
如果你對這個學校有興趣的話，可以去索取他們的小冊子。

4 flyer [ˋflaɪə] ⓝ 傳單
I feel sorry for those who have to distribute flyers on a hot sunny day.
我為那些需要在大太陽下發傳單的人感到難過。

3 handout [ˋhændaut] ⓝ 講義
The handout was useless so I tossed it in the recycle bin.
這個講義一點用處都沒有，所以我把它丟進了回收桶。
補 recycle 回收

4 pamphlet [ˋpæmflɪt] ⓝ 小冊子
They will give you a student pamphlet on your first day of school.
他們在你們入學的第一天會給你們學生手冊。

catalogue 衍生字

4 **handbill** [ˋhændˏbɪl] ⓝ 傳單
3 **circular** [ˋsɝkjələ] ⓝ 通函 ⓐ 圓的
3 **booklet** [ˋbuklɪt] ⓝ 小冊子
3 **leaflet** [ˋliflɪt] ⓝ 傳單

❸ **potential** [pə`tɛnʃəl] ⓐ ⓝ 潛能

potential可當形容詞或名詞，當形容詞時用來表示有可能的，或是有能力變成或轉變的、有潛能的。當名詞時則會用來表示可能性或潛能。

⊞ potential threat 潛在威脅

例 Sid has a lot of potential.
席德有很大的潛力。

potential 相關字

❷ **promising** [`prɑmɪsɪŋ] ⓐ 看好的、有前途的
I believe the future we have is promising.
我相信我們的未來是被看好的。
補 future 未來

❹ **imply** [ɪm`plaɪ] ⓥ 暗示
What are you implying by saying that?
你這麼說是在暗示什麼？
補 imply和implicate是很容易混淆的字，但implicate是牽連的意思

❷ **likely** [`laɪklɪ] ⓐ ⓐⓓ 很可能
It's very likely that the manager is just another loser.
這個經理很可能只是另一個無能的人。
補 loser 失敗者

❸ **obtainable** [əb`tenəbl] ⓐ 可獲得的
If you keep on working hard, you'll feel like the future you want is obtainable.
如果你一直努力的話，你就會覺得你想要的人生是能夠得到的。
補 keep on 持續

potential 衍生字

❹ **implication** [ͺɪmplɪ`keʃən] ⓝ 蘊涵

❸ **budding** [`bʌdɪŋ] ⓝ 萌芽

❹ **achievable** [ə`tʃivəbl] ⓐ 可以實現的

❹ **accessible** [æk`sɛsəbl] ⓐ 可接近的、可得到的

非學不可的新多益單字

Chapter 1 | Chapter 2 | Chapter 3 | Chapter 4 | Chapter 5 | Chapter 6 | Chapter 7 | Chapter 8 | Chapter 9 | Chapter 10 | Chapter 11 | Chapter 12 | Chapter 13

❹ profitable [`prɑfɪtəbḷ] ⓐ 有益的　MP3 04-18

profitable是形容詞，用來表示能夠獲利的、能賺錢的，以及對什麼是有用或有益的。

片 profitable hobbies 能賺錢的嗜好

例 I don't care what we sell as long as they're profitable.
只要是會賺錢的，我不管我們賣的是什麼。

profitable 相關字

❹ well-paid [`wɛl`ped] ⓐ 高薪的
Although she works at a well-paid company, she doesn't feel happy.
雖然她在一家薪水很高的公司上班，但她並不快樂。
補 work at 在⋯工作

❸ worthwhile [`wɝθ`hwaɪl] ⓐ 值得的
Talking to you is not worthwhile.
跟你說話是浪費時間的。

❹ cost-effective [`kɑstə`fɛktɪv] ⓐ 符合成本效益的
We should only do the things that are cost-effective so that nothing will be wasted.
我們應該只做有效益的事，這樣才不會有所浪費。

❸ favorable [`fevərəbḷ] ⓐ 有利的
He feels more confident after receiving favorable comments and ratings.
他在收到正面的評論及評分後覺得比較有自信了。
補 confident 有信心的
comment 評論

profitable 衍生字

❸ moneymaking [`mʌnɪˌmekɪŋ] ⓐ 能賺錢的
❸ rewarding [rɪ`wɔrdɪŋ] ⓐ 有價值的
❸ fruitful [`frutfəl] ⓐ 富有成果的
❹ contributive [kən`trɪbjutɪv] ⓐ 貢獻的

4 breakthrough

 04-19

[ˈbrek͵θru] **n** 突破

breakthrough可當名詞或放在名詞前當修飾語。當名詞時用來表示軍事突圍或是突破障礙及阻礙的行為和情況，也可用來表示一個突然的重要突破。

片 breakthrough of the year 本年度重要突破

例 The quantum theory is one of the major breakthroughs in science history.
量子力學是科技史上其中一個**重要突破**。

breakthrough 相關字

3 discovery [dɪsˈkʌvərɪ] **n** 發現
They came back with the discovery of a new species.
他們這次出去**發現**了一個新的物種。
補 species 種類

3 invent [ɪnˈvɛnt] **v** 發明
Whoever invented the Internet is a genius.
發明網路的人是個天才。
補 genius 天才

2 step [stɛp] **v** 跨步、步伐
The young man stepped forward when they asked for volunteers.
當他們在尋求志願者時，這個年輕人**挺身而出**。
補 volunteer 自願參加者、志工

3 uncovering [ʌnˈkʌvərɪŋ] **n** 揭露
The people were excited about the uncovering of a historical secret.
這些人對於一個歷史祕辛的**揭曉**非常期待。

breakthrough 衍生字

3 finding [ˈfaɪndɪŋ] **n** 發現

3 invention [ɪnˈvɛnʃən] **n** 發明

2 leap [lip] **v** **n** 躍進

4 disclose [dɪsˈkloz] **v** 洩露

❷ map [mæp] ⓝ ⓥ 地圖

map可當名詞或動詞，當名詞時常用來表示有標示位置功能的圖象，如地圖、天體圖等等；當動詞時則可表示**繪製地圖**或是**在地圖上標示位置**，或是為了畫地圖而去勘測。

🔑 map out 安排、詳細規劃

📖 They use a map to find the train station.
他們用**地圖**來找那個火車站。

map 相關字

④ layout [ˈleˌaut] ⓝ 版面設計、版面編排
We already sent the layout to our customer and now we're waiting for their design.
我們已經把**版面編排**寄給客戶了，現在就等他們的設計。
🔖 wait for 等待…

❸ chart [tʃɑrt] ⓝ 圖表
Putting all the data in a chart makes it easier to read.
把所有數據放進**表格**裡會比較容易看懂。
🔖 data 的單數是 datum

❸ geography [ˈdʒɪˈɑgrəfɪ] ⓝ 地理
Studying geography would allow us to get to know the world.
學習**地理**能讓我們去了解世界。
🔖 allow… to 讓…能

❸ globe [glob] ⓝ 地球
It's clear that the earth is a globe.
很明顯地地球是個**球體**。
🔖 global 全球的

map 衍生字

❸ diagram [ˈdaɪəˌgræm] ⓝ 圖表

④ formulate [ˈfɔrmjəˌlet] ⓥ 制訂

④ tracing [ˈtresɪŋ] ⓝ 追蹤

④ geographic [dʒɪəˈgræfɪk] ⓐ 地理的

4 impress [ɪm`prɛs] ⓥ 留下印象   MP3 04-21

impress是動詞，用來表示給人留下深刻的印象，也可以表示使別人牢記，或是把…印在別的東西上面。

📱 impress on 使謹記在心

📖 She impressed her manager by showing her work.
她的作品使她的主管對她印象深刻。

impress 相關字

3 impact [`ɪmpækt] ⓝ 影響

My parents have a great impact on me.
我的父母親對我有深厚的影響。
補 have impact on 對…有影響

4 influential [ˌɪnfluˈɛnʃəl] ⓐ 有影響力的

She's very influential so everything she does would affect others.
她很有影響力，所有她做的事都會影響別人。
補 affect 影響

3 awe [ɔ] ⓝ 敬畏

I was in awe when I saw the design of the church for the first time.
當我第一次看到這個教堂的設計時，我驚愕地說不出話來。
補 design of …的設計

3 inspire [ɪn`spaɪr] ⓥ 啟發

A true artist will be inspired by everything happening in life.
一個真正的藝術家會被他生命中所有的事情所啟發。
補 artist 藝術家

impress 衍生字

3 blow away [blo əˈwe] ⓟⓗ 震驚

5 enthuse [ɪn`θjuz] ⓥ 使熱血沸騰

3 inspiration [ˌɪnspəˈreʃən] ⓝ 靈感

3 overachieve [ˌovərəˈtʃiv] ⓥ 做得比預期的更好

非學不可的新多益單字

Chapter 1 | Chapter 2 | Chapter 3 | Chapter 4 | Chapter 5 | Chapter 6 | Chapter 7 | Chapter 8 | Chapter 9 | Chapter 10 | Chapter 11 | Chapter 12 | Chapter 13

❹ **evidence** [ˋɛvədəns] **ⓥ ⓝ** 證據   MP3 04-22

evidence可當動詞或名詞。當動詞時用來表示**證明或表明**；當名詞時則表示**用來證明或表明的東西或現象**，如**證據、跡象、證人、證詞或證物**等。

ⓗ hard evidence 鐵證如山

例 The DNA would be hard evidence if you can get it.
如果你能弄得到的話，DNA 會是一個強而有力的**證據**。

evidence 相關字

❹ **evidently** [ˋɛvədəntlɪ] **ⓐ** 明顯的
Evidently, I'm not going to be able to finish this today.
很**顯然**地，我今天沒辦法完成它。
補 be able to 可以

❷ **fact** [fækt] **ⓝ** 事實
The fact that you cheated on your wife makes it impossible to promote you.
你外遇的事實讓我沒辦法讓你升職。
補 cheat 外遇、作弊

❸ **cue** [kju] **ⓥ ⓝ** 暗示
Wendy jumped out when she saw the cue that I gave her.
溫蒂在看到我給她的暗示時就跳了出來。

❸ **hint** [hɪnt] **ⓥ ⓝ** 暗示
I asked for a hint to the question because I had no clue.
我要他們給題目的提示，因為我完全摸不著頭緒。
補 clue 線索、跡象

evidence 衍生字

❹ **crystal-clear** [ˋkrɪstḷˋklɪr] **ⓐ** 晶瑩剔透的
❷ **information** [ˏɪnfɚˋmeʃən] **ⓝ** 資訊
❷ **clue** [klu] **ⓝ** 線索
❸ **trace** [tres] **ⓥ** 追蹤 **ⓝ** 痕跡

4 **precaution** [prɪ`kɔʃən]   (MP3) 04-23

n 提防、預防措施

precaution是名詞，用來表示事先所做的**預防措施**，或是心裡有底，所以特別**審慎地提防**。

片 to take precaution 做防範措施

例 We need to take precaution if we are doing this dangerous experiment.

如果我們要做這個危險的實驗的話，我們就得做好**防範措施**。

precaution 相關字

2 careful [`kɛrfəl] **a** 小心的
Be careful on your trip!
旅途小心！
補 trip 旅途

3 prevent [prɪ`vɛnt] **v** 防止
The goggles should prevent the chemicals from getting into your eyes.
這些護目鏡應該能**避免**讓化學物質跑進你的眼睛裡。
補 goggle 護目鏡

4 foresee [for`si] **v** 預見
If I could had foreseen the future, I might have chosen another path.
如果我能**預見**未來的話，我可能會選擇走不同的道路。
補 might have + p.p 與過去事實相反的假設

4 attentive [ə`tɛntɪv] **a** 細心的
She's very attentive so she can be a surgeon if she wants to.
她非常**小心**，所以如果她想要的話，她可以當外科醫師。
補 surgeon 外科醫師

precaution 衍生字

4 preventative measure [prɪ`vɛntətɪv `mɛʒɚ] **ph** 預防措施
3 discreet [dɪ`skrit] **a** 謹慎的
3 prudence [`prudn̩s] **n** 審慎
4 safety measure [`seftɪ `mɛʒɚ] **ph** 安全措施

非學不可的新多益單字

Chapter 1 | Chapter 2 | Chapter 3 | Chapter 4 | Chapter 5 | Chapter 6 | Chapter 7 | Chapter 8 | Chapter 9 | Chapter 10 | Chapter 11 | Chapter 12 | Chapter 13

4 reckless [ˈrɛklɪs] @ 不計後果的   MP3 04-24

reckless是形容詞，用來表示**不計後果的**、不顧一切的、或是**魯莽不小心的**。

片 reckless driver 危險駕駛

例 We need to keep an eye out for reckless drivers because they put our lives in jeopardy.

我們需要多留意**危險**駕駛們，因為他們會讓我們處於危險中。

reckless 相關字

4 irresponsible [ˌɪrɪˈspɑnsəbl̩] @ 不負責任的

Walking away in the middle of a competition is irresponsible.

在比賽中途離開是很**不負責任**的。

2 careless [ˈkɛrlɪs] @ 粗心的

I was careless when chopping the carrots and I dropped the knife on my foot.

我切胡蘿蔔的時候心不在焉的，就讓刀子掉到腳上了。

補 carrot 紅蘿蔔

4 desperate [ˈdɛspərɪt] @ 絕望的

When someone's desperate, he might do something outrageous.

當一個人走投無路時，他可能會做出令人無法理解的事。

補 outrageous令人吃驚的、無法無天的

3 daring [ˈdɛrɪŋ] @ 大膽的

The experiment is very daring, and it would be huge if it succeeded.

這個實驗是**大膽的**，而且若成功的話會很受重視。

補 dare 膽敢

reckless 衍生字

4 devil-may-care [ˌdɛvl̩meˈkɛr] @ 漫不經心的

4 daredevil [ˈdɛrˌdɛvl̩] @ 不怕死的

4 indiscretion [ˌɪndɪˈskrɛʃən] ⊚ 輕率

3 regardless [rɪˈgɑrdlɪs] @ ⓐ 不管

4 execution

(MP3) 04-25

[ˌɛksɪˋkjuʃən] ⑩ 執行、處決

execution是名詞，用來表示執行、實行的動作和技巧，也會用來表示死刑的判決或處決；另外也會用來表示表演和演奏的方式或風格。

🔒 execution by hanging 吊死

例 The criminal is sentenced to execution by hanging.
這個犯人被處以絞刑。

execution 相關字

1 do [du] ⓥ 做

I just want to lie down and do nothing.
我只想要躺著什麼都不做。
補 lie down 躺下

3 fulfill [fʊlˋfɪl] ⓥ 履行

The prophet said that we need to fulfill our destiny.
這個先知說我們需要去達成我們的命運。
補 destiny 命運

3 operate [ˋɑpəˌret] ⓥ 操作

You need to stay focused when operating a machine.
你在操作機器的時候得專心。
補 stay focused 保持專注

3 operation [ˌɑpəˋreʃən] ⑩ 行動

The operation is dangerous, so everyone needs to be well-trained.
這次的執行任務是危險的，所以每個人都必須受過良好的訓練。
補 operation room (OR) 手術室
well-trained 訓練有素的

execution 衍生字

3 enact [ɪnˋækt] ⓥ 制定（法律）

2 done [dʌn] ⓐ 完成的

3 carry out [ˋkærɪˋaut] ⓟ 進行

3 undertake [ˌʌndəˋtek] ⓥ 從事

❹ enhance [ɪn`hæns] ⓥ 放大　(MP3) 04-26

enhance是動詞，用來表示等級上的提昇或放大，也可以用來表示價值的增加。

🈁 genetically enhanced 基因改良的

📝 The corns are genetically enhanced so they're very sweet.
這些玉米是有基因改良過的，所以它們非常甜。

enhance 相關字

❹ enhancement [ɪn`hænsmənt] ⓝ 強化

You can see that they have put some enhancement on the handles.
你可以看到他們在把手上有做一些加強。
🈁 handle 把手

❸ improve [ɪm`pruv] ⓥ 改善

If you don't like your life, improve it.
如果你不喜歡你的生活，就要改善它。

❸ improvement [ɪm`pruvmənt] ⓝ 改善

We saw major improvements after she started exercising.
我們在她開始運動之後看到了明顯的進步。
🈁 major 主要的、明顯的

❹ beautify [`bjutə,faɪ] ⓥ 美化

The beautified speech is not enough to cover up the ugly truth.
這個美化了的言辭不足以掩蓋它醜陋的事實。
🈁 cover up 掩蓋

enhance 衍生字

❹ embellish [ɪm`bɛlɪʃ] ⓥ 美化

❺ embroider [ɪm`brɔɪdə] ⓥ 潤飾、刺繡

❸ reinforce [ˌriɪn`fɔrs] ⓥ 加強

❹ exalt [ɪg`zɔlt] ⓥ 擢升

④ significance

 04-27

[sɪg`nɪfəkəns] ⑩ 重要性

significance是名詞，用來表示事情的重要、重要的特質或涵義，或是重要性。

🔑 statistical significance 統計顯著性

📝 The significance of education is to make people civilized.
教育的重要性就是要使人們文明化。

significance 相關字

④ **significant** [sɪg`nɪfəkənt] ⓐ 顯著的
The significant scientific finding makes them really exited.
這個重要的科學發現讓他們很興奮。

② **important** [ɪm`pɔrtn̩t] ⓐ 重要的
What's important in life is that one should be true to themselves.
人生中很重要的是我們都要忠於自己。

③ **meaningful** [`minɪŋfəl] ⓐ 有意義的
The poem is very meaningful if you think about it more.
若你認真去想的話，這首詩的涵義很深遠。
📘 poem 詩

③ **representation** [ˌrɛprɪzɛn`teʃən] ⑩ 代表
They say that the elephant is a representation of their wisdom.
他們說這隻大象是他們智慧的代表。
📘 wisdom 智慧

significance 衍生字

③ **importance** [ɪm`pɔrtn̩s] ⑩ 重要性
④ **indicative** [ɪn`dɪkətɪv] ⓐ 指示性的
④ **momentous** [mo`mɛntəs] ⓐ 重大的
① **weight** [wet] ⑩ 重量

非學不可的新多益單字

Chapter 1 | Chapter 2 | Chapter 3 | Chapter 4 | Chapter 5 | Chapter 6 | Chapter 7 | Chapter 8 | Chapter 9 | Chapter 10 | Chapter 11 | Chapter 12 | Chapter 13

❸ insignificant

(MP3) 04-28

[ˌɪnsɪgˋnɪfəkənt] ⓐ 不重要的、卑微的

insignificant是形容詞，用來表示**不重要的、小的、卑微的、無足輕重的**或是相貌猥瑣的。

短 insignificant chatter 隨便閒聊

例 We made insignificant chatter while waiting outside.
我們在外面等的時候聊了一些不重要的小事。

insignificant 相關字

❸ casual [ˋkæʒʊəl] ⓐ 隨意的、非正式的
The meeting is casual so we don't need to be too tense.
這個會議是非正式的，所以我們不用太緊繃。

❹ lightweight [ˋlaɪtˋwet] ⓐ 輕巧的
You need a lightweight sleeping bag if you're going into the mountains.
如果你要進山區的話，你會需要一個輕便的睡袋。

❸ meaningless [ˋminɪŋlɪs] ⓐ 毫無意義的
The mad man just sits on the street, making meaningless noise and comments.
這個瘋子就坐在街上發出沒有意義的怪聲和評論。

❸ pointless [ˋpɔɪntlɪs] ⓐ 毫無意義的
It's pointless to discuss the matter if our supervisor wouldn't approve it.
若我們的主管不同意的話，討論這件事是沒有意義的。
補 supervisor 主管

insignificant 衍生字

❹ inconsequential [ɪnˌkɑnsəˋkwɛnʃəl] ⓐ 無關緊要的
❹ meager [ˋmigɚ] ⓐ 微薄的
❸ negligible [ˋnɛglɪdʒəbl̩] ⓐ 微不足道的
❸ unworthy [ʌnˋwɝðɪ] ⓐ 不值得的

② task [tæsk] n v 任務

MP3 04-29

task可當名詞或動詞，當名詞時用來表示被指派或期望去做的工作或任務，或是任何耗勞力或是不容易做的事；當動詞時則可表示指派任務、工作給別人，或是使別人做任何耗勞力或是不容易做的事。

片 task force 特遣部隊

例 We all have tasks that we need to complete.
我們都有各自需要完成的任務。

task 相關字

② mission [ˋmɪʃən] n 使命

When the mission is completed, the soldiers are all very glad to be home.
在任務結束後，士兵們都很開心能夠回到家。

③ chore [tʃor] n 瑣事

I hate doing house chores but there's no one to do them for me.
我討厭做家事，但是沒有人能代替我去做。

③ errand [ˋɛrənd] n 差事

Jim was sent out to run some errands.
吉姆被叫去做雜事。

補 send out 派出、發出

③ responsibility [rɪˎspɑnsəˋbɪlətɪ] n 責任

You'll have to take on more responsibility, now that you've grown up.
現在你長大了，就要扛起更多的責任。

task 衍生字

③ milestone [ˋmaɪlˎston] n 里程碑

③ assignment [əˋsaɪnmənt] n 任務

③ responsible [rɪˋspɑnsəbl] a 負責的

④ vocation [voˋkeʃən] n 職業

🔢 pursue [pɚˋsu] ⓥ 追

MP3 04-30

pursue是動詞，主要的意思是追，可以用來表示實質上的追逐行為如追趕、追捕等，也可用來表示感情上的追求，或是被跟隨或糾纏；另外也可以表示繼續進行。

🔁 pursue after 追趕

📖 Some people never know what it is that they're pursuing in life.

有些人從來就不知道他們在人生中追求的是什麼。

pursue 相關字

🔢 pursuit [pɚˋsut] ⓝ 追求
We're all in the pursuit of happiness.
我們都在追求幸福。
🔁 happiness 幸福

🔢 follow [ˋfɑlo] ⓥ 遵循
The thief followed the boy home and stole all their money.
這個小偷跟著小男孩回家並偷走他們所有的錢。
🔁 thief 小偷

🔢 bait [bet] ⓝ 餌 ⓥ 引誘
You will need a bait if you want to bring any fish home today.
如果你今天想要帶魚回家的話，你會需要一個餌。

🔢 haunt [hɔnt] ⓥ 纏著
I have been haunted by nightmares.
我一直為噩夢所困。
🔁 nightmare 噩夢

pursue 衍生字

🔢 pursuer [pɚˋsuɚ] ⓝ 追求者
🔢 chase [tʃes] ⓥ ⓝ 追逐
🔢 hunt [hʌnt] ⓥ 追捕、狩獵
🔢 stalk [stɔk] ⓥ ⓝ 追蹤

❹ motivation

(MP3) 04-31

[ˌmotəˈveʃən] ⓝ 動力、動機、激勵

motivation是名詞，用來表示激勵別人或受到激勵的行為或情況，也可以表示能激勵人的事。

片 regain motivation 重拾動力

例 After the defeat, they find it hard to regain their motivation.

在那次戰敗之後，他們發現自己很難再找回動機。

補 defeat 戰敗

motivation 相關字

❹ motivate [ˈmotəˌvet] ⓥ 激勵

My dream is the only thing that can motivate me.

我的夢想是我唯一的動力。

補 motivate one to do 激勵某人去做

❷ desire [dɪˈzaɪr] ⓥ ⓝ 渴望

If you can have anything, what do you desire most?

如果你能擁有任何東西的話，你最渴望什麼?

❸ drive [draɪv] ⓥ 驅使

Hunger has driven them to kill and eat one another.

飢餓驅使他們殺害並食用他們的同伴。

補 drive... to do 驅使…去做

❹ impulse [ˈɪmpʌls] ⓝ 衝動

Now that I've calmed down, I regret acting on impulse.

現在在我冷靜下來後，我後悔做出衝動的舉動。

補 regret後面接動詞要加-ing
act on 因…行事

motivation 衍生字

❺ catalyst [ˈkætəlɪst] ⓝ 催化劑

❶ hunger [ˈhʌŋgɚ] ⓝ 飢餓

❹ impetus [ˈɪmpətəs] ⓝ 促進

❹ stimulus [ˈstɪmjələs] ⓝ 刺激

❸ achievement

(MP3) 04-32

[əˋtʃivmənt] ❶ 成就、成果

achievement是名詞，通常用來表示**達成**或做到某些很不容易做到、需要耗費大量心力或勇氣等才能做到的事，也可用來表示**成果**或**成就**。

🔢 achievement gap（學生的）程度落差

📖 We need to try to eliminate achievement gaps or the disadvantaged students will lose their faith.
我們需要試著消彌**成就**差距，不然弱勢學生會失去他們的信心。

achievement 相關字

❹ requirement [rɪˋkwaɪrmənt] ❶ 需求
All requirements must be met if you wish to apply to our department.
如果你要申請我們部門的話，你必須符合所有的**條件**。

❹ completion [kəmˋpliʃən] ❶ 完成
The completion of the project is a huge relief to her.
這個計劃的**完成**讓她大大鬆了一口氣。

❸ victory [ˋvɪktərɪ] ❶ 勝利
Victory will belong to those who hang on till the very end.
勝利會屬於那些堅持到最後的人。
🈴 hang on 堅持

❸ success [səkˋsɛs] ❶ 成功
Mary was success as a writer.
瑪莉是位**成功**的作家。

achievement 衍生字

❸ accomplish [əˋkɑmplɪʃ] ❺ 達成
❸ masterpiece [ˋmæstəˌpis] ❶ 傑作
❸ triumph [ˋtraɪəmf] ❶ 勝利
❸ victor [ˋvɪktə] ❶ 勝利者

3 bold [bold] ⓐ 大膽的

MP3 04-33

bold是形容詞，用來表示大膽的、無所畏懼的、無拘無束的、清楚明顯的；或是魯莽的、放肆的、冒冒失失的；也可以用來表示粗體字。注意不要與念起來有點像的bald禿頭混淆了。

片 put a bold face on 使（看起來）無所畏懼

例 Sometimes I put a bold face on to make myself look stronger.
有時候我裝著無畏的樣子來使我自己看起來堅強些。

bold 相關字

3 bravery [`brevərɪ] ⓝ 勇氣
She's known for her bravery.
她以她的勇敢而聞名。
補 known for 以…聞名

3 courageous [kə`redʒəs] ⓐ 勇敢的
They need someone courageous to fight the monster that is attacking the village.
他們需要一個勇敢的人來對抗這個攻擊村莊的怪獸。
補 monster 怪物

4 valiant [`væljənt] ⓝ 勇士
The valiant is the main character in this heroic epic.
這個勇士是這部英雄史詩的主角。
補 epic 史詩、史詩的

2 unafraid [ʌnə`fred] ⓐ 不怕
She'll be able to do something great because she's unafraid of challenge.
她有一天會成大事，因為她不怕受挑戰。
補 challenge 挑戰

bold 衍生字

2 brave [brev] ⓐ 勇敢的
3 courage [`kɝɪdʒ] ⓝ 勇氣
3 heroic [hɪ`roɪk] ⓐ 英雄的
4 gallant [`gælənt] ⓐ 英勇的

3 coward [ˈkaʊəd] ⓝ ⓐ 膽小的

coward可以當名詞或形容詞，當形容詞時表示膽小的、無膽的、懦弱的，當名詞時則用來表示有上述情況的人。

片 dirty coward 可鄙的懦夫

例 Everyone laughs at Peter and thinks he's too coward to fight back.

每個人都笑彼得，並覺得他太懦弱而不會反擊。

補 fight back 反擊

coward 相關字

3 weakness [ˈwiknɪs] ⓝ 弱點

You'll gain more strength if you can accept your weaknesses.

如果你能接受你的弱點，你會得到更多的力量。

補 accept 接受

2 weak [wik] ⓐ 弱的

Janet was very sick and also too weak to talk.

珍娜病得很重而虛弱地無法說話。

補 too...to 太⋯以致於不能

2 shy [ʃaɪ] ⓐ 害羞的

She blushes whenever she's shy.

當她害羞時她會臉紅。

補 blush 臉紅、腮紅

2 fear [fɪr] ⓥ ⓝ 恐懼

I feel fear but I don't know what I'm afraid of.

我感受到恐懼，但我不知道我在害怕什麼。

補 afraid of 害怕⋯

coward 衍生字

4 timid [ˈtɪmɪd] ⓐ 膽小的

4 meek [mik] ⓐ 溫順的

1 afraid [əˈfred] ⓐ 害怕的

3 fearful [ˈfɪrfəl] ⓐ 恐懼的

4 regulation

(MP3) 04-35

[ˌrɛgjəˈleʃən] **n** **a** 規定、正規的

regulation可當名詞或形容詞，當名詞時用來表示用來管理的各種規定、或是用來規定的規則，以及受規定的狀態；也可用來表示調節或調整。當形容詞時則表示正規的、標準的或普通的。

片 safety regulation 安全規章

例 You have to follow the safety regulation or someone will be hurt because of you.

你必需遵照安全規章來做事，不然就會有人因為你而受傷。

regulation 相關字

3 government [ˈgʌvənmənt] **n** 政府

Toby works for the government, and he loves his job.

托比為政府工作且很熱愛他的工作。

3 direction [dəˈrɛkʃən] **n** 方向

Men usually don't ask for directions, because they think it's unmanly.

男人通常都不問路，因為他們覺得這樣很沒男子氣慨。

補 unmanly 沒男子氣慨的

4 guidance [ˈgaɪdn̩s] **n** 指引

Whenever I need guidance towards life, I turn to books.

只要在我需要生命的指引時，我就會求助於書本。

補 guidance toward(s) 在…方面的指引

4 handling [ˈhændlɪŋ] **n** 處理

We charge for handling for all orders below USD 5,000.

所有低於美金五千元的訂單我們都會加收手續費。

補 below 低於

regulation 衍生字

5 regimentation [rɛdʒəmɛnˈteʃən] **n** 類別

5 standardization [ˌstændədəˈzeʃən] **n** 標準化

5 modulation [ˌmɑdʒəˈleʃən] **n** 調節

3 organization [ˌɔrgənəˈzeʃən] **n** 組織

Chapter 5

辦公室
Office

❸ administration

MP3 05-01

[əd͵mɪnəˋstreʃən] **n** 行政

administration是名詞，用來表示行政、正式地管理或監督其手段和負責的部門（如政府或管理部門等），也會用來表示政府官員的任期；另外，也會用來表示藥品的使用方式，或是執行和實施。

🅷 administration office 行政辦公室

📝 The staff in the administration office will help you with the problem.
行政辦公室裡的工作人員會幫助你解決你的問題。

administration 相關字

❹ administrator [ədˋmɪnə͵stretə] **n** 管理者

The administrator told me that I need to wait until the process is completed.
管理的人說我得等流程跑完。

❶ boss [bɔs] **n** 老闆

My boss told me that he's giving me a raise.
我的老闆說要給我加薪。

🔖 raise 加薪

❸ chief [tʃif] **a** 首席的

A chief editor has a lot of responsibilities.
主編有很多的責任。

🔖 responsibilities 責任

❸ official [əˋfɪʃəl] **a** 官方的

The official statement of this matter will be given at the press conference today.
這個問題的正式聲明會在今天的記者會上宣布。

🔖 press conference 記者會

administration 相關字

❸ administrate [ədˋmɪnə͵stret] **v** 管理

❸ dean [din] **n** 院長

❸ chairperson [ˋtʃɛr͵pɜsṇ] **n** 主任、主席

❶ chair [tʃɛr] **n** 主任、主席

❹ committee [kə`mɪtɪ] ❶ 委員會　MP3 05-02

committee是名詞，用來表示**一群被選派或指派出來調查、評估或執行事情的人**，也可以說是**委員會**。

短 board of committee 委員會

例 The board of committee decides to let Joe go.
董事委員會決定要解雇喬。
補 let... go 解雇

committee 相關字

❸ board [bord] ❶ 董事會
They have a lot to discuss during this board meeting.
他們這次的董事會議有很多要討論的。
補 discuss 討論
during 在…期間

❹ investigator [ɪn`vɛstə‚getə] ❶ 調查員
The investigator is trying his best to find new leads on the latest scams.
調查員正盡其所能地在找最近詐騙事件的新線索。
補 scam 詐欺、詐騙
private investigator 私家偵探

❸ advisor [əd`vaɪzə] ❶ 顧問
My advisor wants me to read more.
我的顧問要我多閱讀。
補 advisee 接受輔導的學生

❸ representative [rɛprɪ`zɛntətɪv] ❶ 代表 ❷ 代表性的
Ms. Rode is our representative.
羅德先生是我們的代表。
補 represent 代表

committee 衍生字

❷ member [`mɛmbə] ❶ 成員
❷ meeting [`mitɪŋ] ❶ 會議
❸ council [`kaunsl] ❶ 理事會
❹ advisory group [əd`vaɪzərɪ`grup] ❶ 諮詢小組

3 operator [`ɑpə͵retə] **n** 技工 _{MP3 05-03}

operator是可數名詞,用來表示操作機械的**技工**、**接線生**、做內外科手術的醫生或是經營企業的人,有時候也會用來表示精明圓滑的人。

冊 train operator 火車司機、捷運司機

例 The operator is very busy since many people are calling.
因為很多人打電話來,所以**總機**很忙。

operator 相關字

3 founder [`faundə] **n** 創辦人
Mr. Green is the founder of this agency.
格林先生是這個事務所的**創始人**。
補 agency 事務所、機構

3 secretary [`sɛkrə͵tɛrɪ] **n** 秘書
She yelled at her secretary because her coffee was cold.
她因為她的咖啡是冷的而對她的**祕書**大吼大叫。
補 yell at 對著…大吼

2 manager [`mænɪdʒə] **n** 經理
The manager asked them to take a day off since they had worked overtime a lot this week.
經理叫他們休假一天,因為他們這個禮拜很常加班。
補 overtime 超過時間地

2 colleague [`kɑlig] **n** 同事
My colleagues brought a huge cake to celebrate my birthday as a surprise.
我的同事帶了個大蛋糕當作驚喜來幫我慶生。

operator 衍生字

2 president [`prɛzədənt] **n** 總裁

3 general manager [`dʒɛnərəl`mænɪdʒə] **ph** 總經理

2 co-worker [`ko`wɜkə] **n** 同事

3 co-chair [ko`tʃɛr] **n** 聯合主席

❸ **marker** [`mɑrkɚ] ❻ 記號

(MP3) 05-04

marker是名詞，用來表示標誌、記號、做記號的人或物，如記分員或記分板；也可以用來表示麥克筆，又可稱做marker pen。

揮 permanent marker 油性奇異筆

例 You should use a marker to mark the cup.
你該用個麥克筆來在杯子上做記號。

marker 相關字

❶ pen [pɛn] ❻ 筆
She lost her pen because she left it on the bus on her way to the office.
她弄丟了她的筆，因為她在上班的途中把它忘在公車上。
揮 on one's way to 某人在去⋯的路上

❶ crayon [`kreən] ❻ 蠟筆
They say crayons are for children but I still use them.
他們說蠟筆是給小孩子用的，但我仍在用它們。

❷ ink [ɪŋk] ❻ 墨水
The copy machine is running out of ink, and we should send someone to buy some more back.
影印機快沒墨水了，我們該派個人去買一些回來。
揮 run out （被）用完

❸ highlighter [`haɪ.laɪtɚ] ❻ 螢光筆
I use a highlighter to highlight everything important in the document.
我用螢光筆來標示文件裡所有重要的事。
揮 highlight 重點標記
  document 文件

marker 衍生字

❶ **pencil** [`pɛnsl̩] ❻ 鉛筆
❸ **stationery** [`steʃən.ɛri] ❻ 文具
❶ **eraser** [ɪ`resɚ] ❻ 橡皮擦
❶ **ball pen** [`bɔlpɛn] ❻⋔ 原子筆

③ copier [`kɑpɪɚ] n 影印機

(MP3) 05-05

copier是名詞，用來表示用來複製的人或物，如抄寫員、抄襲的人或是影印機；表示影印機的話也可稱作photocopier或copying machine。

同 photo copier 影印機

例 There is not enough paper in the copier.
影印機裡的紙不夠了。

copier 相關字

③ binding machine [`baɪndɪŋmə`ʃɪn] ph 裝訂機
You can use the binding machine if the paper is too thick.
若紙太厚的話，你可以用裝訂機。

③ typewriter [`taɪp͵raɪtɚ] n 打字機
We don't use typewriters very much decades after the computer was invented.
電腦發明數十年之後我們不太用打字機了。
補 invent 發明

③ shredder [`ʃrɛdɚ] n 碎紙機
This document is confidential and should go right into the shredder.
這份文件是機密的，並應直接放進碎紙機裡。
補 confidential 機密的

③ scanner [`skænɚ] n 掃描器
Use a scanner to turn your old photos digital.
用掃瞄器來把你的舊照片變數位。
補 digital 數位的、數字的

copier 衍生字

② pencil sharpener [`pɛnsl̩`ʃɑrpn̩ɚ] ph 削鉛筆機
④ plotter [`plɑtɚ] n 繪圖儀
③ puncher [`pʌntʃɚ] n 打洞機
③ paper cutter [`pepɚ`kʌtɚ] ph 裁紙機

❷ disk [dɪsk] ⓝ 盤狀物

(MP3) 05-06

disk是可數名詞，用來表示任何形狀既圓又薄又平坦的東西，如光碟、唱片、磁盤等等。

囝 floppy disk 軟式磁碟片

例 They listened to the music on the compact disk.
他們在聽光碟上的音樂。
補 compact disk = CD光碟

---

disk 相關字

❸ hard drive [`hɑrd͵draɪv] ⓝ 硬碟

My computer shows that there's not enough space on my hard drive.
我的電腦說我的硬碟空間不夠了。
補 not enough 不夠

❹ card reader [kɑrd`ridə] ⓝ 讀卡機

With a card reader, you can use your credit card anywhere.
有讀卡機之後，你可以在任何地方使用你的信用卡。
補 credit card 信用卡

❷ delete [dɪ`lit] ⓥ 刪除

I deleted all the unused files today to release more space.
我今天刪了所有不用的檔案，以得到更多容量。
補 unused 沒有用的

❶ move [muv] ⓥ ⓝ 移動

You should move over to make space for others.
你該移個位好讓別人有位子。
補 move over 挪開

---

disk 衍生字

❸ flash drive [`flæʃ͵draɪv] ⓝ 隨身碟
❸ memory status [`mɛmərɪ`stetəs] ⓝ 記憶體狀態
❷ full [fʊl] ⓐ 滿的
❶ copy [`kɑpɪ] ⓥ ⓝ 複製

❹ portable [ˋportəbḷ] ⓐ ⓝ 輕便的　　ᴹᴾ³ 05-07

portable可當作形容詞或名詞，當形容詞時用來表示**能夠被運送的、能輕易拿來拿去的、或是輕便的**；當名詞時則用來表示有以上特質的東西。

🔑 portable hard drive 隨身硬碟

💬 Most of the important files are stored on my portable hard drive.
最重要的檔案都儲存在我的**隨身**硬碟裡。
補 store 儲存

portable 相關字

❷ convenient [kənˋvinjənt] ⓐ 方便的
A microwave oven is very convenient.
微波爐很方便。
補 microwave 微波爐

❸ handy [ˋhændɪ] ⓐ 在手邊的
You should keep your notes handy at a meeting.
在會議時你應該把筆記放**在手邊**。

❸ manageable [ˋmænɪdʒəbḷ] ⓐ 可管理的
I categorized all the documents and now they look more manageable.
我把所有的文件分類了，而它們現在看起來比較**好管理**了一點。
補 categorize 分類

❸ movable [ˋmuvəbḷ] ⓐ 可移動的
The table is movable, but it used to be fixed on the floor.
這個桌子是**可移動**的，但它本來是釘在地上的。
補 used to be 曾經是

portable 衍生字

❸ at hand [ætˋhænd] ⓐⓓ 在手邊的
❹ compact [kəmˋpækt] ⓐ 緊湊的、小型的
❸ lightweight [ˋlaɪtˏwet] ⓐ 輕巧的
❹ portative [ˋportətɪv] ⓐ 可移動的

非學不可的新多益單字

Chapter 1 | Chapter 2 | Chapter 3 | Chapter 4 | Chapter 5 | Chapter 6 | Chapter 7 | Chapter 8 | Chapter 9 | Chapter 10 | Chapter 11 | Chapter 12 | Chapter 13

2 heavy [ˋhɛvɪ] ⓐ ⓝ 重的、大量的   📀 05-08

heavy可當作形容詞或名詞，當形容詞時用來表示沉重的、重量大的、非常大量的、消耗量大的、費力的、遲緩笨拙的或是難以消化的。當名詞用時則常用來表示劇場中的反派角色。

🔢 heavy lifting 困難吃力的工作

🔳 There are many puddles due to the heavy rain.
因為大雨而有許多小水窪。

---

heavy 相關字

3 overweight [ˋovəˏwet] ⓐ 超重的
Micky is overweight and should cut out junk food.
米奇過重了，他應該停止吃垃圾食物。
🔺 junk 垃圾、廢棄的舊物

3 chunky [ˋtʃʌŋkɪ] ⓐ 矮矮胖胖的
This camera belongs to the chunky woman who works in the kitchen.
這台相機是在廚房工作的那位矮胖女士的。
🔺 kitchen 廚房

2 weighty [ˋwetɪ] ⓐ 沉重的
The box is weighty because it's full of bricks.
這個箱子很沉重，因為它裝滿了磚塊。
🔺 brick 磚頭

3 beefy [ˋbifɪ] ⓐ 健壯的
Tony is beefy so we let him do all the heavy lifting when we're moving to the new building.
東尼很健壯，所以我們在搬到新大樓的時候讓他搬所有的重物。
🔺 heavy lifting 粗重工作

---

heavy 衍生字

4 stout [staʊt] ⓐ 粗壯的
3 bulky [ˋbʌlkɪ] ⓐ 龐大的
4 obese [oˋbis] ⓐ 肥胖的
4 ponderous [ˋpɑndərəs] ⓐ 沉重的

❷ sly [slaɪ] ⓐ 狡猾的

MP3 05-09

sly是形容詞，用來表示狡猾的、淘氣的、偷偷的，或是惡作劇的。英文中sly常常和狐狸的形象連在一起，例如sly as a fox。

🔢 on the sly 偷偷地

例 He's a sly dog who fooled us all.

他是個狡猾的人，他騙了我們大家。

補 fool 欺騙

sly 相關字

❹ deceitful [dɪˋsitfəl] ⓐ 騙人的

The merchant is deceitful and no one buys things from him anymore.

這個商人很奸詐，所以沒有人會再向他買東西了。

補 merchant 商人

❸ dishonesty [dɪsˋɑnɪstɪ] ⓝ 不誠實

Lori was punished for her dishonesty.

羅莉因為她的不老實而受罰。

補 be punished for 因…受罰

❸ pickpocket [ˋpɪkˏpɑkɪt] ⓝ 扒手

The pickpocket was caught on the spot.

這個扒手當場被逮捕。

補 on the spot 當場

❸ secretive [sɪˋkritɪv] ⓐ 神秘的

People become so secretive when it comes to their love life.

當說到感情生活時，人們都變得很神秘。

補 when it comes to 涉及到…時、提到…時

sly 衍生字

❹ underhanded [ˏʌndɚˋhændɪd] ⓐ 卑劣的

❸ wallet-lifter [ˋwɑlɪtˋlɪftɚ] ⓝ 扒手

❸ sneaky [ˋsnikɪ] ⓐ 偷偷摸摸的

❸ slippery [ˋslɪpərɪ] ⓐ 滑溜的

非學不可的新多益單字

Chapter 1 | Chapter 2 | Chapter 3 | Chapter 4 | Chapter 5 | Chapter 6 | Chapter 7 | Chapter 8 | Chapter 9 | Chapter 10 | Chapter 11 | Chapter 12 | Chapter 13

3 **projection** [prə`dʒɛkʃən]

MP3 05-10

ⓝ 投射、投影片

projection是名詞，用來表示投出或突出的部分或動作，也可用來表示投射及投射出的東西，或是規劃、設計、估計或預測。

ㅂ projection booth 電影院裡放置放映機的小房間

例 We can't see the projection because it's too bright in the room.

我們看不到投影片，因為房間裡太亮了。

補 bright 明亮的

projection 相關字

3 **screen** [skrin] ⓝ 螢幕

They turned on the screen to see the football game.

他們打開螢幕來看足球比賽。

補 football 足球、美式足球

2 **switch** [swɪtʃ] ⓝ 開關

Lights were switched off before they left the office.

他們走之前就關辦公室的燈了。

3 **remote control** [rɪ`mot͵kən`trol] ⓝ 遙控器

We have too many remote controls I don't know which one can turn off the air conditioner.

我們有太多遙控器了，我不知道哪個遙控器可以關掉冷氣。

補 air conditioner 空調、冷氣
英文裡開關電器都是用turn這個動詞

3 **blurry** [`blɜɪ] ⓐ 模糊的

Everything becomes blurry when I feel sleepy.

當我想睡覺時，什麼東西都變得模糊。

補 sleepy 想睡的

projection 衍生字

3 projector [prə`dʒɛktə] ⓝ 投影機

1 on [ɑn] ⓐ 開著的

1 off [ɔf] ⓐ 關著的

2 blur [blɜ] ⓥ ⓝ 模糊

2 **clear** [klɪr] ⓐ ⓐⓥ ⓥ 清楚的 🎵 05-11

clear可當形容詞、副詞或動詞。當形容詞或副詞時可以表示晴朗的、明顯的、清楚的、清透的、清空了的、空著的、無罪的、保持距離的。當動詞時則可表示清除、清空、清淨、使清白、清關（商業上）、清償或清算。

🔒 crystal clear 非常清楚的

📝 We cleared the classroom to store the books.
我們把教室清空來放書。

clear 相關字

2 cloudless [ˋklaʊdlɪs] ⓐ 萬里無雲的
A cloudless day, which is perfect for fishing.
這是個無雲的日子，適合釣魚。
🔧 perfect for 適合

3 dim [dɪm] ⓐ 昏暗的
You can tell it's Jim even in the dim light.
就算很昏暗，你還是可以看出那是吉姆。
🔧 bright 明亮的

3 gloomy [ˋglumɪ] ⓐ 灰暗的
I hope you have an umbrella with you because the sky looks gloomy and it might rain soon.
我希望你有帶傘，因為天空看起來很灰暗，可能很快會下雨。
🔧 umbrella 傘

2 unclear [ʌnˋklɪr] ⓐ 不清楚的
It's still unclear why he fought with his colleagues.
現在還不清楚為什麼他要與同事起衝突。
🔧 colleague 同事

clear 衍生字

3 crystal [ˋkrɪstl̩] ⓐ 清澈的
2 fair [fɛr] ⓐ （天氣）晴朗的
3 smudged [smʌdʒd] ⓐ 有污跡的
3 foggy [ˋfɑgɪ] ⓐ 霧的

非學不可的新多益單字

Chapter 1 | Chapter 2 | Chapter 3 | Chapter 4 | Chapter 5 | Chapter 6 | Chapter 7 | Chapter 8 | Chapter 9 | Chapter 10 | Chapter 11 | Chapter 12 | Chapter 13

3 email [ˋimel] **n v** 電子郵件　　　MP3 05-12

email可當名詞或動詞，當名詞時用來表示電子郵件或是以數位方式傳送的檔案，當動詞時則表示寄送電子郵件。

片 email address 電郵地址

例 Communicating via email is not only faster but also more eco-friendly.

用電郵溝通既快速又比較環保。

補 eco-friendly 環保的

email 相關字

1 send [sɛnd] **v** 發送

It's better not to open the email sent by unfamiliar sender.

最好不要打開不熟的人寄來的電郵。

補 sender 寄信人

2 inbox [ˋɪnbaks] **n** 收件箱

She has a habit of checking her inbox every 10 minutes.

她習慣每十分鐘就查看她的收件夾。

4 emoticon [ɪˋmotɪkɑn] **n** 表情符號

Emoticons are considered informal.

表情符號被認為是不正式的。

補 informal 不正式的

2 message [ˋmɛsɪdʒ] **n** 訊息 **v** 傳訊息

It's our company policy that all messages should be replied to within three hours.

我們公司有規定，所有的訊息應於三小時內回覆。

補 policy政策、規定

email 衍生字

1 sender [ˋsɛndɚ] **n** 寄件人

3 spam [ˋspæm] **n** 垃圾郵件

3 compose [kəmˋpoz] **v** 撰寫

3 subject line [ˋsʌbdʒɪktˋlaɪn] **ph** 主旨

❷ contact [ˋkɑntækt] ⓝ ⓐ 接觸 ⬤MP3 05-13

contact可當名詞或形容詞，當名詞時可表示實質上的碰觸或接觸，或是與人聯繫的行為或狀態，也會用來表示聯絡人；另外，還會用來表示隱形眼鏡，此時會以複數型態contacts出現，意思同contact lenses。當形容詞時則表示接觸的或接觸傳染的。

🔣 contact list 聯繫清單

📖 When talking to people, it's better to have eye contact.
在和人家說話時，最好要有眼神接觸。

contact 相關字

❶ friend [frɛnd] ⓝ 朋友
It's always good to have friends around.
有朋友在身邊總是好的。

❸ communicate [kəˋmjunəˏket] ⓥ 溝通
Nowadays, we have a variety of ways to communicate.
現在我們有很多方式能溝通。
🔣 a variety of 許多的、各式各樣的

❹ networking [ˋnɛtˏwɝkɪŋ] ⓝ 建立人脈
If you want to go into the entertainment industry, networking is a must.
如果你想進入娛樂圈的話，就一定要建立人脈。
🔣 entertainment industry 娛樂產業

❸ well-connected [ˋwɛlkəˋnɛktɪd] ⓐ 人脈廣的
Finna is very well-connected, which is why she gets a lot of invitations.
費娜人脈很廣，所以她總是收到很多邀請。
🔣 invitations 邀請

contact 衍生字

❹ anonymous [əˋnɑnəməs] ⓐ 匿名的

❸ name list [ˋnemˏlɪst] ⓝ 名單

❷ phonebook [ˋfonˏbuk] ⓝ 電話簿

❷ chain [tʃen] ⓝ 連鎖、鏈子

❸ fragile [`frædʒəl] ⓐ 脆弱的 🔊 05-14

fragile是形容詞，用來表示一碰即壞的、一碰即碎的、脆弱的、虛弱的或易損壞的。有時也可用來表示精緻的意思。

⑮ fragile as crystal 如水晶般脆弱的

例 Relationships are fragile; a single lie can break it apart.
關係是脆弱的；一個謊言就能使它破裂。

fragile 相關字

❸ breakable [`brekəbl] ⓐ 易碎的
We keep the china utensils from children because they're breakable.
我們把陶瓷餐具遠離小孩因為它們是易碎的。
補 china 瓷器

❹ unsound [ʌn`saʊnd] ⓐ 不健全的
She has been of unsound mind since the traffic accident last year.
她的精神在去年的車禍後就有問題。
補 traffic 交通

❸ frail [frel] ⓐ 脆弱的、渺茫的
Our hopes were frail when we were lost in the woods after nightfall.
當我們晚上在森林裡迷路時，我們的希望很渺茫。
補 nightfall 黃昏、傍晚、日暮

❸ delicate [`dɛləkət] ⓐ 嬌嫩的
Babies are as delicate as rose petals.
嬰兒如玫瑰花瓣嬌嫩。
補 petal 花瓣

fragile 衍生字

❹ **dainty** [`dentɪ] ⓐ 纖巧的
❸ **brittle** [`brɪtl] ⓐ 易碎的
❸ **flimsy** [`flɪmzɪ] ⓐ 單薄的
❸ **crumbly** [`krʌmblɪ] ⓐ 易碎的

4 everlasting

(MP3) 05-15

[ˌɛvə`læstɪŋ] **a** **n** 永垂不朽的

everlasting可當形容詞或名詞，當形容詞時用來表示**永垂不朽的**、
不停止的、**無窮無盡的**，當名詞時用來表示上述的狀態。

片 everlasting love 永恆的愛

例 Upon the sight of the baby, Jasmine thinks that the joy she has will be everlasting.
在看到寶寶的時候，茉莉認為她的喜悅是**永恆的**。

everlasting 相關字

1 strong [strɔŋ] **a** 強的
Jill is strong; she can handle just about anything.
吉兒很**堅強**；她能處理幾乎所有的事。
補 handle 處理

3 solid [`salɪd] **a** 固體的
Rocks are solid, but water is not.
石頭是**固體**的，而水不是。
補 liquid 液體

4 shatterproof [`ʃætɚˌpruf] **a** 防碎的
The glass is reinforced and therefore shatterproof.
這個玻璃是強化過的所以**防碎**。
補 reinforce 加強

4 indestructible [ˌɪndɪ`strʌktəbl] **a** 堅不可摧的
Nothing is really indestructible, not even something as hard as diamond.
沒有什麼是真的**堅不可摧的**，連像鑽石那麼硬的東西都不是。

everlasting 衍生字

2 tough [tʌf] **a** 強硬的、強勢的、堅強的
3 unbreakable [ʌn`brekəbl] **a** 牢不可破的
3 rugged [`rʌgɪd] **a** 堅固的
3 toughened [`tʌfnd] **a** 增韌的

❹ notify [`notə,faɪ] ⓥ 通知

(MP3) 05-16

notify是動詞，用來表示**告訴、告知、通知、報告**，以及**使知悉**。
常用用法有notify one of something表示**通知某人某事**。

▣ notify party 提單的受通知人

例 Be sure to notify your superior if there's an update on this case.

若這個案子有更新的話，就要**通知**你的上司。

notify 相關字

❷ briefcase [`brif,kes] ⓝ 公事包

He carries the important documents in his briefcase wherever he goes.

他無論到哪裡都把重要文件帶在他的**公事包**裡。

補 documents 文件

❸ inform [ɪn`fɔrm] ⓥ 通知

We have to inform him about the accident.

我們需要**通知**他關於意外的事。

補 inform about 告知關於…的事

❸ fill in [`fɪlɪn] ⓟ 填寫

Please fill in the blanks on this document and sign your name at the bottom.

請**填寫**文件上的空格，並在底部簽名。

補 blank 空白

❸ mention [`mɛnʃən] ⓥ 提到

He never mentioned his childhood since he was a very private person.

他從來沒**提**過他的孩提時代，因為他不喜歡討論私事。

補 private 私人的、不喜歡討論私事的

notify 衍生字

❹ debriefing [di`brifɪŋ] ⓝ 匯報

❹ portfolio [port`folɪo] ⓝ 文件夾

❹ briefing [`brifɪŋ] ⓝ 簡報

❹ interrogate [ɪn`tɛrə,get] ⓥ 審問

❸ **vacuum** [ˋvækjʊəm] ⓝ ⓥ 吸塵器　ＭＰ３ 05-17

vacuum可當做名詞或動詞，當名詞時表示吸塵器、真空狀態、能抽成真空的裝置；或是空虛的心靈及與世隔絕的狀態。做動詞時則可表示抽真空或是用吸塵器吸地板。

片 vacuum cleaner 吸塵器

例 You should use a vacuum cleaner to clean up your carpet.
你該用吸塵器來清理地毯。

vacuum 相關字

❸ emptiness [ˋɛmptɪnɪs] ⓝ 虛無
He went back to his secret hideout but there's nothing but emptiness.
他回到他的祕密基地，但那裡什麼都沒有。
補 hideout 躲藏處

❷ nothing [ˋnʌθɪŋ] ⓝ ⓐⓓ ⓟⓡ 沒什麼
Losing a job is nothing if you have learned something from it.
丟掉工作沒什麼，若你有從中學到東西的話。

❹ void [vɔɪd] ⓥ 作廢
The order is voided because they didn't make the payment in time.
這個訂單被取消了，因為他們沒有及時付款。
補 payment 付款

❷ gap [gæp] ⓥ ⓝ 隔閡、缺口
Sometimes it takes longer to communicate with the elderly due to generation gaps.
因為代溝，有時候會花比較多時間與長者溝通。
補 elderly 年長者

vacuum 衍生字

❹ vacuum-packed [ˋvækjʊəmˋpækt] ⓐ 真空包裝的

❷ empty [ˋɛmptɪ] ⓐ 空的 ⓥ 清空

❹ nothingness [ˋnʌθɪŋnɪs] ⓝ 空無

❺ vacuity [væˋkjuətɪ] ⓝ 空白

① **brush** [brʌʃ] **n v** 刷子

MP3 05-18

brush可當做名詞或動詞，當名詞時可用來表示刷子或是刷子狀的東西（如毛筆、水彩筆等）或是刷的動作。當動詞時則表示用刷子畫、刷、擦、拂過。

片 brush away 撢掉、brush off 拂掉

例 The painter paints with a huge brush.

這個畫家用一支大畫筆作畫。

brush 相關字

④ **bristle** [ˈbrɪsl] **n** 刷毛

You should buy a new brush because the bristles are in all directions.

你應該要買一支新的刷子，因為這支的刷毛已經四處亂岔了。

補 direction 方向

① **broom** [brum] **n** 掃帚

The children pretended they were witches and rode on brooms.

小孩們假裝他們是女巫並騎在掃把上。

補 pretend 假裝

① **mop** [mɑp] **n** 拖把 **v** 拖地

We mop the floor every other day.

我們每兩天拖一次地。

補 every other day 每隔一天

② **bucket** [ˈbʌkɪt] **n** 水桶

They put a bucket there because the ceiling is dripping.

他們放了一個水桶在那裡，因為天花板在漏水。

補 ceiling 天花板

brush 衍生字

③ **dustpan** [ˈdʌstˌpæn] **n** 畚箕

③ **sweeper** [ˈswipə] **n** 清掃器

③ **pail** [pel] **n** 水桶

④ **cleanser** [ˈklɛnzə] **n** 清潔劑

5 adhesive [əd`hisɪv] ⓐ ⓝ 黏的　(MP3) 05-19

adhesive可當作形容詞或名詞，當形容詞時用來表示黏的、有黏性的；當名詞時則表示有黏性的東西或黏膠。

🔑 twin adhesive tape 雙面膠

📝 If the design is peeling off, you can use adhesive to secure it back.
若這個設計開始脫落，你可以用些膠來把它固定回去。

adhesive 相關字

3 gooey [`guɪ] ⓐ 黏稠的
You can't drink the gooey liquid because it's poisonous.
你不能喝那杯黏稠的液體，因為它有毒。
🔎 poisonous 有毒性的

2 gummy [`gʌmɪ] ⓐ 黏的
Bubble gum is gummy after you chew it.
口香糖在咀嚼過之後就變黏黏的。

1 glue [glu] ⓝ 膠水 ⓥ 黏
She folded the envelope and glued it.
她把信封摺好並黏著。

2 superglue [`supɚglu] ⓝ 強力膠
If everything is packed, use the superglue to seal the package.
若所有東西都打包好的話，就用強力膠把包裹封好。
🔎 seal 密封

adhesive 衍生字

2 duct tape [`dʌkt͵tep] ⓐⓝ 膠帶
3 gunk [gʌŋk] ⓝ 汙穢黏滑的物質
2 paste [pest] ⓥ 貼 ⓝ 漿糊
5 mucilage [`mjusəlɪdʒ] ⓝ 黏液、膠水

1 **scissors** [ˋsɪzɚz] **n** 剪刀

 05-20

scissors是名詞，用來表示**剪刀**；體育上也可表示**剪刀腿**或**剪刀腳**等模仿剪刀的動作。

片 safety scissors 安全剪刀

例 The hairdresser trims her hair with scissors.
髮型師用**剪刀**修剪她的頭髮。

scissors 相關字

2 clipper [ˋklɪpɚ] **n** 裁剪器

He used a nail clipper to cut his nails.
他用指甲**剪**來剪指甲。

補 nail 指甲

1 knife [naɪf] **n** 刀子

Knives should be kept away from little children.
刀子應放在離小孩遠一點的地方。

補 keep away from 遠離⋯

3 letter opener [ˋlɛtɚ ˋopənɚ] **ph** 拆信刀

She was looking for her letter opener this morning after misplacing it the day before.
她今早在找她的**拆信刀**，因為她忘了昨天把它放在哪裡。

補 misplace 誤置、遺忘

3 penknife [ˋpɛnˌnaɪf] **n** 小刀

I keep a penknife in my pocket just in case I need it.
我在口袋放了一把小刀以便不時之需。

補 in case 免得

scissors 衍生字

2 **stapler** [ˋsteplɚ] **n** 訂書機

3 **staple puller** [ˋstepl ˋpulɚ] **ph** 訂書針拆卸器

4 **shear** [ʃɪr] **v** **n** 修剪

3 **trimmer** [ˋtrɪmɚ] **n** 修剪器

① telephone [ˋtɛləˏfon] ⓝ ⓥ 電話 🎵05-21

telephone可以是名詞或動詞，當名詞時可用來表示電話、話機或
聽筒；當動詞時則會用來表示打電話、撥電話。

🔑 telephone bill 電話費

📝 I have to go to the telephone booth and make a
call.
我得去電話亭打個電話。

telephone 相關字

① line [laɪn] ⓝ 線路

We don't have an answering machine so you'll have
to call again if the phone line is busy.
我們沒有電話答錄機，所以如果電話佔線的話你得再打一次。

② on-hold [ɑnˋhold] ⓐ 電話保留

She was put on-hold when they're directing her to
their supervisor.
因他們要把她的電話轉接給主管，他們保留她的來電。

🔑 supervisor 主管

③ voicemail [ˋvɔɪsmel] ⓝ 語音信箱

The phone went into voicemail because he didn't pick
up.
電話轉進了語音信箱，因為他沒有接。

④ earphone [ˋɪrˏfon] ⓝ 耳機

With earphones, we can now enjoy music without
disturbing the others.
有了耳機之後，我們就能夠在不打擾別人的情況下享受音樂。

🔑 disturb 打擾

telephone 衍生字

② microphone [ˋmaɪkrəˏfon] ⓝ 麥克風

④ headset [ˋhɛdˏsɛt] ⓝ 頭戴式耳機

⑧ answering machine [ˋænsərɪŋməˋʃin] ⓟⓗ 電話答錄機

⑧ caller ID [ˋkɔləˋaɪdi] ⓟⓗ 來電顯示

2 clean [klin] ⓐ adv ⓥ 乾淨的

MP3 05-22

clean可當形容詞、副詞或動詞。當形容詞和副詞時用來表示乾淨的、純潔的、清白的、徹底的或是俐落的。當動詞時則表示清除、打掃、弄乾淨。

片 clean up 清理乾淨

例 The tables here are very clean.
這些桌子非常乾淨。

clean 相關字

③ tidy up [ˋtaɪdɪʌp] ⓟⓗ 清理
We should tidy things up before we watch TV.
我們在看電視之前應該要把東西弄整齊。

③ cleanse [klɛnz] ⓥ 清洗
Little Bob is responsible for cleansing the dishes not Lilian.
是小包柏要負責把盤子洗乾淨，不是莉莉安。
補 responsible 負責的

③ rinse [rɪns] ⓥ ⓝ 沖洗
I rinsed my hair twice to rinse off the dye.
我沖了兩次頭來把染劑洗掉。
補 dye 染劑、染
rinse off 洗掉

③ flush [flʌʃ] ⓥ ⓝ 沖水
Please flush the toilet after you're done.
上完廁所請沖馬桶。
補 toilet 馬桶

clean 衍生字

③ scrub [skrʌb] ⓥ ⓝ 刷洗
① wash [waʃ] ⓥ ⓝ 洗
③ wipe [waɪp] ⓥ ⓝ 擦拭
③ whisk [hwɪsk] ⓥ ⓝ 拂

Chapter 1 | Chapter 2 | Chapter 3 | Chapter 4 | Chapter 5 | Chapter 6 | Chapter 7 | Chapter 8 | Chapter 9 | Chapter 10 | Chapter 11 | Chapter 12 | Chapter 13

❷ suit [sut] ⓝ ⓥ 西裝

suit可當名詞或動詞。當名詞時表示**一套**的東西，如西裝或套裝；也可表示**訴訟或求婚**。當動詞時表示**使合適、使成套**，或是**與某人或某物很相配**。

📛 tailored suit 訂製的西裝

📄 If you work at a law firm, you're required to wear a suit.
若你在律師事務所工作的話，你就必需穿**西裝**。

suit 相關字

❷ **uniform** [ˈjunəˌfɔrm] ⓝ 制服
The students have to wear uniforms to school every day.
學生們每天都必須穿制服上學。

❸ **outfit** [ˈautˌfɪt] ⓝ 服裝
Her outfit tonight is designed by a famous designer.
她今晚的服裝是由一位知名設計師所設計的。
🔗 designer 設計師

❸ **blouse** [blauz] ⓝ 女襯衫
I don't like wearing blouses because it's uncomfortable in the summer
我不喜歡穿**襯衫**，因為夏天穿起來不舒服。
🔗 uncomfortable 不舒服的 .

❶ **shirt** [ʃɜt] ⓝ 襯衫
Rick didn't like to wear shirts because they are too restricting.
里克不喜歡穿**襯衫**，因為它太束縛了。
🔗 restricting 束縛的、限制的

suit 衍生字

❶ **tie** [taɪ] ⓝ 領帶 ⓥ 綁
❷ **vest** [vɛst] ⓝ 背心
❸ **waistcoat** [ˈwestˌkot] ⓝ 背心
❸ **office wear** [ˈɔfɪsˌwɛr] ⓟ 辦公室服裝

1 shoe [ʃu] n v 鞋子

shoe可以當名詞或動詞。當名詞時可表示在底部有保護作用的東西，如鞋子、馬蹄鐵、煞車皮…等。當動詞時則用來表示穿上或裝上上述物品。

H canvas shoe 帆布鞋

例 He missed a shoe because his dog stole it.
他少了一隻鞋，因為他的狗偷走了它。

shoe 相關字

3 canvas ['kænvəs] n 帆布
She has a pair of black canvas shoes and wears them almost every day.
她有一雙黑色帆布鞋，而且她幾乎每天都穿。
補 a pair of 一雙、一對

2 sneakers ['snikəs] n 運動鞋
She always wears sneakers to school.
她總是穿球鞋去上課。
補 trainer 在英式英文也有運動鞋的意思

2 high heels ['haɪhils] ph 高跟鞋
Some people find it hard to walk in high heels.
有些人覺得穿高跟鞋很難走。
補 walk in (鞋子) 穿 (鞋子) 走路

1 boots [buts] n 靴子
Boots are great in winter for they keep us warm and stylish.
靴子很適合冬天穿，因為它讓我們既溫暖又時髦。
補 stylish 時尚的

shoe 衍生字

2 slippers ['slɪpəs] n 拖鞋
2 footwear ['fut‚wɛr] n 鞋類
1 socks [saks] n 襪子
3 stockings ['stakɪŋs] n 長襪

② **package** [ˋpækɪdʒ] n v 一包 MP3 05-25

package可當名詞或動詞。當名詞時用來表示一包、包裝、有關聯的或成套的東西;當動詞時則表示為打包或包裝。

片 package tracking 包裹追蹤

例 The package came this morning.
包裹今早的時候到了。

package 相關字

① mail [mel] n 郵件

I have a bunch of mails to reply to before the end of today.
我今天之前要回覆一堆信件。
補 reply 回覆

③ airmail [ˋɛrˏmel] n 航空郵件

The airmail letters and packages are loaded onto the airplane.
這些航空郵件被裝到飛機上。
補 load onto 把…裝到

④ registered mail [ˋrɛdʒɪstəd ˏmel] n 掛號郵件

The document was sent via registered mail, so you'll get it by tomorrow.
文件是以掛號的方式寄出的,所以你明天就會收到。
補 via 經由

③ parcel [ˋpɑrsl] n 郵包

They receive parcels of supplies from the generous donors.
他們從慷慨的捐助者那裡收到很多包的物資。
補 donor 捐贈者

package 衍生字

② unit [ˋjunɪt] n 單位

② bunch [bʌntʃ] n 一堆

③ carton [ˋkɑrtn̩] n 紙箱

① pack [pæk] v 打包 n 包裹、一包

4 **eliminate** [ɪ`lɪməˌnet] **v** 排除　 05-26

eliminate是動詞，用來表示消除或排除，也會用來表示從比賽中淘汰。

片 eliminated from 從…中淘汰

例 Jane was eliminated in the first round.
珍在第一回合就被淘汰了。

eliminate 相關字

3 remove [rɪ`muv] **v** **n** 移除
She was removed from her position for being unsuitable for the job.
她因不適任而被調職了。
補 unsuitable 不適合的

3 throw out [θro`aut] **ph** 拋出
Pete got thrown out when he started to fight with others.
彼特在他開始跟人家打架時被丟了出去。
補 fight with 跟…打架

4 discard [dɪs`kɑrd] **v** 丟棄
We should discard the negative opinion and include the positive.
我們應該要丟棄負面的意見，並涵括正面的。
補 negative 負面的

4 dismiss [dɪs`mɪs] **v** 辭退
We're dismissed when the bell rings.
我們在鈴響時被打發走。
補 bell 鈴鐺、鈴聲

eliminate 衍生字

4 dismissal [dɪs`mɪsl] **n** 解僱
4 exclude [ɪk`sklud] **v** 排除
2 kill [kɪl] **v** **n** 殺
4 terminate [`tɜməˌnet] **v** 終止

❷ spare [spɛr] ⓐ ⓝ ⓥ 多餘的

(MP3) 05-27

spare可當作形容詞、名詞或動詞。當形容詞時表示多餘的、備用的、或是貧乏的。當名詞時則會用來表示多餘的東西或備品。當動詞時則表示使多餘、剩下、節省、解除或寬恕。

🔢 spare room 客房

例 We have a spare room for guests to stay.
我們有多的房間給客人住。

spare 相關字

❷ extra [ˈɛkstrə] ⓐ 額外的

She works extra hours even though she doesn't have to.
她超時工作，雖然她不需要這麼做。
補 even though 雖然

❸ reserve [rɪˈzɝv] ⓥ 保留

He took a rest to reserve energy for later.
他休息了一下來保留之後的體力。
補 energy 精力、體力

❸ leftover [ˈlɛftˌovɚ] ⓐ 剩餘的

When the day is over, I still have a lot of leftover work to do.
當一天結束時，我還有很多剩餘的工作要做。
補 surplus 過剩的

❷ enough [əˈnʌf] ⓐ 足夠的

The sound isn't loud but it's enough to wake her up.
這個聲音不大，但已經足夠吵醒她。
補 loud 大聲的

spare 衍生字

❶ over [ˈovɚ] ⓐ ⓐⓓ ⓟ 超過、在上面 ⓐ 結束的

❹ unoccupied [ʌnˈɑkjəˌpaɪd] ⓐ 空置的

❸ surplus [ˈsɝpləs] ⓝ 盈餘

❷ unwanted [ʌnˈwɑntɪd] ⓐ 不要的

2 **tow** [to] ⓥ ⓝ 拖拉

(MP3) 05-28

tow可當作動詞或名詞。當動詞時表示**拖拉**或**牽引**。當名詞時則表示拖拉或牽引的動作或器材，以及被拖拉或牽引的東西。

記 tow truck 拖車

例 Their cars were towed because they're not allowed to be parked here.
他們的車子被拖了，因為他們不能停在這裡。

tow 相關字

1 pull [pul] ⓥ ⓝ 拉

You need to pull the string first to release the arrow.
你需要先拉弓才能放出箭。

補 release 釋放

2 drag [dræg] ⓥ ⓝ 拖拉

I dragged her to the cinema as company.
我把她帶到電影院來作伴。

補 cinema 電影院

1 draw [drɔ] ⓥ ⓝ 拉、拔、抽籤

Because no one wants to do the daily chores, they draw straws to decide.
因為大家都不想要做家事，他們抽籤來決定。

補 chores 家事、瑣事

2 haul [hɔl] ⓥ ⓝ 拖拉

The car is out of fuel so they have to haul it to the nearest gas station.
車子沒油了，所以他們得把它拖到最近的加油站。

補 fuel 油、燃料

tow 衍生字

1 push [puʃ] ⓥ ⓝ 推

2 tug [tʌg] ⓥ ⓝ 用力拉

2 yank [jæŋk] ⓥ ⓝ 猛拉

2 lug [lʌg] ⓥ ⓝ 使勁拉

❹ backfire [ˋbækˋfaɪr]

MP3 05-29

Ⓥ ⓝ 反彈、產生反效果

backfire可當動詞或名詞，當動詞時表示逆火反彈、產生反效果或失敗。當名詞時則表示上述的動作或情況。

🔠 backfire effect 逆火效應（心理學上，一個人在被糾正時反而更加深自己本來錯誤想法的現象）

📖 We should not be mean to people because it might backfire.
我們不該對人刻薄，因為這可能會逆火反彈。

backfire 相關字

❹ backlash [ˋbæk͵læʃ] ⓝ 反彈

The government receives a huge backlash because the result of a recent event is a huge disappointment.
因為最近令人失望的事件，政府收到了極大的反彈。

❸ boomerang [ˋbumə͵ræŋ] ⓝ 迴旋鏢

The man from Australia is the international boomerang champion.
那個澳洲人是國際級的迴旋鏢冠軍。
🔠 champion 冠軍

❸ bounce back [ˋbaʊns͵bæk] ⓟⓗ 反彈、反射、復甦

The ball bounces back after hitting the wall.
球打到牆之後反彈回來。

❷ disappoint [͵dɪsəˋpɔɪnt] Ⓥ 辜負

I didn't want to disappoint you, but I still couldn't find the file.
我不想讓你們失望，但我還是沒找到檔案。

backfire 衍生字

❷ disappointment [͵dɪsəˋpɔɪntmənt] ⓝ 失望

❸ miscarry [mɪsˋkærɪ] Ⓥ 挫敗、流產、未送達

❸ rebound [rɪˋbaʊnd] Ⓥ ⓝ 反彈

❹ recoil [rɪˋkɔɪl] ⓝ 後座力

4 resemblance

 05-30

[rɪ`zɛmbləns] ⓝ 相似性

resemblance是名詞，用來表示相似性、相似度、看起來相似的東西或程度，也可以用來表示肖像。

🔑 family resemblance 家族相似性

例 I don't see any resemblance in the twins.
我從這對雙胞胎身上看不到相似性。

resemblance 相關字

4 correspondence [ˌkɔrə`spandəns] ⓝ 信件
Our correspondence is short and always to the point.
我們往來的信件總是簡短而有重點的。
🔑 to the point 扼要

3 akin [ə`kɪn] ⓐ 類似於
Her opinions toward politics are akin to mine.
她對政治的看法和我的很相近。
🔑 opinion 看法、意見

3 alike [ə`laɪk] ⓐ 相似的
Their results are different, but their methods are alike.
他們的結果不同，但方法類似。
🔑 method 方法

4 clone [klon] ⓥ ⓝ 複製
So far, they haven't been able to clone human beings.
到目前為止，他們都還不能夠複製人類。
🔑 being 生物、人

resemblance 衍生字

3 look-alike [`lukə͵laɪk] ⓐ 外觀類似的
4 simile [`sɪmə͵li] ⓝ 明喻、直喻
2 double [`dʌbl] ⓥ ⓝ ⓐ ⓐⓓ 兩倍
4 Xerox [`zɪraks] ⓝ 複印

☑ **opposite** [ˋɑpəzɪt] ⓝ ⓐ ⓐⅾ 相反   MP3 05-31

opposite可當名詞、形容詞、副詞或介系詞。當名詞時表示在對面的或是相反的人、事、物。當形容詞時則表示在對面的或是相反的。當副詞時表示在對面地。而當介系詞時則表示在什麼對面。

🔟 the opposite sex 異性

📖 His action is the opposite of his words.
他的行為和他說的完全相反。

opposite 相關字

☑ conflict [ˋkɑnflɪkt] ⓝ 衝突
We have conflicts sometimes, but we can always settle the arguments quickly.
我們有時會有衝突，但我們總是能快速地解決掉爭執。
🔟 settle 解決、和解

☑ contradiction [ˌkɑntrəˋdɪkʃən] ⓝ 矛盾
Our different methods resulted in contradiction.
我們不同的方法讓結果產生矛盾。

☑ contrary [ˋkɑntrɛrɪ] ⓐ 相反的
Jane isn't very nice. On the contrary, she can be really mean.
珍不是很友善。相反地，她可以很刻薄。
🔟 mean 刻薄的

☑ flip-side [ˋflɪpˏsaɪd] ⓝ 對立面
Sometimes you have to see things from the flip-side to get a clear view.
有時候你必須站在對立面才能看清事情的全貌。

opposite 衍生字

☑ differ [ˋdɪfɚ] ⓥ 不同
☑ diverse [daɪˋvɝs] ⓐ 多種、多樣的
☑ unrelated [ˌʌnrɪˋletɪd] ⓐ 無關的
☑ retrograde [ˋrɛtrəˏgred] ⓥ 逆行

2 **complete** [kəmˋplit] ⓐ ⓥ 完全的　MP3 05-32

complete可當形容詞或動詞。當形容詞時可表示完整的、完全的、完美的或完成的。當動詞時則表示使完整或完成。

📕 complete zero 窩囊廢

📖 The children are asked to answer in complete sentences.
小朋友們被要求要以**完整**句子回答。

complete 相關字

2 **incomplete** [ˌɪnkəmˋplit] ⓐ 不完整的
Although the work is incomplete, you can already tell what he's making.
雖然作品還**未完成**，你已經可以看出他在做的是什麼。
📗 although 雖然

1 **full** [fʊl] ⓐ 滿的
I can't eat anymore because I'm full.
我沒辦法再吃，因為我已經**飽**了。
📗 full moon 滿月

4 **undivided** [ˌʌndəˋvaɪdɪd] ⓐ 未分割的
Please re-send the mail with the files undivided to my personal mailbox.
請重寄一次檔案**沒有被分割**的郵件到我的私人信箱。
📗 re-send 補寄

4 **unabbreviated** [ˌʌnəˋbrivɪˌetɪd] ⓐ 沒有縮寫的
This is the unabbreviated version of the classic novel.
這是這部經典小說的**未精簡版**。
📗 classic 古典的、經典的

complete 衍生字

4 **unabridged** [ˌʌnəˋbrɪdʒd] ⓐ 未刪節的
3 **full-length** [ˋfʊlˋlɛnθ] ⓐ 完整長度的
3 **absolutely** [ˋæbsəˌlutlɪ] ⓐⓓ 絕對地
3 **thorough** [ˋθɝo] ⓐ 徹底的

② **single** [`sɪŋg!] ⓐ ⓝ ⓥ 單獨的　MP3 05-33

single可當形容詞、名詞或動詞。當形容詞時用來表示單獨的、唯一的、專一的。當名詞時則用來表示單獨的或唯一的人、事、物。當動詞時則用來表示挑選或使獨立出來。

片 single parent 單親父親或母親

例 Single parents need to be stronger because they have no one else to help take care of the children.
單親家長得要更堅強，因為他們沒有其他人能夠幫忙照顧小孩。

single 相關字

② **triple** [`trɪp!] ⓝ ⓥ ⓐ 三倍

Our profit this year is triple than last year.
我們今年的營利是去年的三倍。
補 profit 利潤

③ **triplet** [`trɪplɪt] ⓝ 三胞胎

The mother was surprised when the doctor told her she was pregnant with triplets.
當醫生說她懷了三胞胎時，這位媽媽很驚喜。
補 pregnant 懷孕的

② **twin** [twɪn] ⓝ 雙胞胎之一

The Twin Towers was destroyed in the event of a terrorist attack.
雙子星大樓在一次恐怖攻擊中被摧毀了。
補 terrorist 恐怖份子

③ **multiple** [`mʌltəp!] ⓐ 多重的

There are multiple reasons why he's fired and his bad attitude is one of them.
他被解雇的原因很多，而他糟糕的態度就是其中之一。

single 衍生字

③ **loner** [`lonɚ] ⓝ 獨行俠

④ **solitary** [`sɑlə͵tɛrɪ] ⓐ 孤獨的

③ **independent** [͵ɪndɪ`pɛndənt] ⓐ 獨立的

② **alone** [ə`lon] ⓐ 單獨的

❸ tilt [tɪlt] ⓥ ⓝ 歪斜

(MP3) 05-34

tilt可當作動詞或名詞。當動詞時用來表示東西自己傾斜、歪斜或翹起，或是使東西傾斜、歪斜或翹起，抨擊或衝刺。當名詞時則用來表示上述的行為或情況。

団 tilted angle 傾斜角度

例 I adjusted the angle for it was slightly tilted.
我把角度調了一下，因為它有點傾斜。

tilt 相關字

❷ bend [bɛnd] ⓥ ⓝ 彎曲
Don't bend the fragile circuit board or it'll break.
不要彎曲脆弱的電路板，不然它會壞掉。
団 circuit board 電路板

❸ slope [slop] ⓝ 斜坡
The boys always play with their toy cars at the slope.
男孩們總是在斜坡上玩他們的玩具車。
団 slippery slope 滑坡

❶ turn [tɜn] ⓥ ⓝ 轉
Turn left at the next intersection.
在下個十字路口左轉。
団 intersection 十字路口

❷ grade [gred] ⓝ 等級、成績
After going to the cram school, her grades improved gradually.
在去了補習班之後，她的成績逐漸的進步了。
団 improve 進步

tilt 衍生字

❸ **gradually** [`grædʒʊəlɪ] ⓐⓓ 逐漸地

❸ **slide** [slaɪd] ⓥ ⓝ 滑動、下滑

❹ **slant** [slænt] ⓥ ⓝ 傾斜

❹ **gradient** [`gredɪənt] ⓐ 傾斜的 ⓝ 坡度、斜度

❶ bite [baɪt] ⓥ ⓝ 咬

MP3 05-35

bite可當作動詞或名詞，當動詞時表示咬、叮、夾住，或是刺激、凍傷；也會用來表示使人上當。當名詞時則會表示上述動作或情況，也可以表示為一口的量。

片 bite off 咬下

例 Snake bites should be handled carefully because it might be deadly.

被蛇咬的傷口需要被小心地處理，不然可能會致死。

bite 相關字

❷ chew [tʃu] ⓥ 咀嚼

I just realized that I tend to bite off more than I can chew.

我剛意識到我有貪多嚼不爛的傾向。

補 bite off more than one can chew 貪多嚼不爛

❸ nibble [`nɪbl] ⓥ 蠶食

Nibbling on a piece of chocolate is quite calming.

啃一塊巧克力能讓人平靜。

❷ nip [nɪp] ⓥ ⓝ 咬

It's quite disgusting watching a caterpillar nip on a leaf.

看毛毛蟲啃葉子令人噁心。

補 caterpillar 毛毛蟲

❸ chaw [tʃɔ] ⓥ 嚼

Although she didn't like the smell, she still chawed the piece of stinky tofu.

雖然她不喜歡那個味道，她還是嚼了那塊臭豆腐。

補 stinky 臭的

bite 衍生字

❸ gnaw [nɔ] ⓥ 啃

❷ munch [mʌntʃ] ⓥ 嚼

❶ eat [it] ⓥ 吃

❷ swallow [`swɑlo] ⓥ ⓝ 吞

Chapter 6

人事
Personnel

❸ application [ˌæpləˈkeʃən]

(MP3) 06-01

ⓝ 申請、應用

application是名詞，用來表示申請的動作或文件，或是應用和實用性；也可以表示施用、塗抹等。

片 application process 申請流程

例 You have to pass a test to be eligible for application.
你得通過一個考試才能有申請資格。

application 相關字

❸ resume [ˌrɛzjuˈme] ⓝ 履歷表

She sent her resume to the company three days ago but never received a reply.
她三天前把履歷表寄給那間公司，但一直沒有收到回覆。
補 reply 回覆

❶ interview [ˈɪntəˌvju] ⓥ ⓝ 面試

The manager will be interviewing fifty people today.
經理今天會面試五十個人。
補 manger 經理

❹ cover letter [ˈkʌvəˈlɛtə] ⓟ 求職信

You'll have a better chance to get an interview with a good cover letter.
有好的求職信你會比較容易得到面試好機會。
補 chance 機會

❸ job-search [ˈdʒɑbˈsɜtʃ] ⓝ 求職

The unemployment rate became higher and the job-search became harder.
失業率愈來愈高，求職也愈來愈難。
補 unemployment 失業

application 衍生字

❹ head hunter [hɛdˈhʌntə] ⓟ 人頭獵人

❸ candidate [ˈkændədet] ⓝ 候選人

❸ employment [ɪmˈplɔɪmənt] ⓝ 僱用

❹ pertinence [ˈpɜtṇəns] ⓝ 相關性、切題

4 **apprentice** [ə`prɛntɪs]

(MP3) 06-02

n v 學徒、見習生

apprentice可當作名詞或動詞。當名詞時用來表示學徒或見習生，也會用來表示初學者；當動詞時則是表示當學徒或見習。

H apprentice for (+ 職業、領域) 去當某職業、領域的實習生

例 I'm going to apprentice for the art master.
我要去當這個藝術大師的學徒。

apprentice 相關字

4 **aspire** [ə`spaɪr] **v** 立志
He aspires to be a dermatologist.
他立志當皮膚科醫師。
補 dermatologist 皮膚科醫師

4 **novice** [`nɑvɪs] **n** 初學者
Our novices this year don't look too bright.
我們今年的初學者看起來不太聰明。
補 bright 聰明的

4 **amateur** [`æmə,tʃur] **n** 業餘愛好者
Although she's only an amateur diver, she's almost as good as the professionals.
雖然她只是業餘潛水人，她幾乎和職業的一樣好。
補 professional 行家、職業的、專業的

2 **beginner** [bɪ`gɪnə] **n** 初學者
I'm only a beginner at guitar.
在吉他上我只是個初學者。
補 guitar 吉他

apprentice 衍生字

3 **newcomer** [nju`kʌmə] **n** 新來的人
3 **trainee** [tre`ni] **n** 學員
4 **neophyte** [`niə,faɪt] **n** 新手
4 **greenhorn** [`grin,hɔrn] **n** 新手

❸ denial [dɪˋnaɪəl] n 否定

MP3 06-03

denial是名詞，用來表示不承認、不相信是真的，也會用來表示反對、否定、拒絕等。

🔑 in denial 否認

例 He's still in denial about his poor grade.
他仍舊不想承認他的爛成績。

denial 相關字

❸ refusal [rɪˋfjuzl] n 拒絕
Don't take his refusal the hard way.
別把他的拒絕放在心上。

❸ rejection [rɪˋdʒɛkʃən] n 拒絕
Nowadays, people don't take rejection too well.
現在的人們不太能接受被拒絕。

❹ disallowance [ˌdɪsəˋlaʊəns] n 否決
The disallowance letter caught Gina by surprise and she cried in sadness.
吉娜很驚訝收到拒絕通知書，她難過得哭了。

❸ elimination [ɪˌlɪməˋneʃən] n 淘汰
Ben will be facing elimination at this round of the competition if he can't up his game.
班若不能提昇表現的話，他在這局的比賽就會被淘汰。

🔑 up one's game 提升表現

❹ exclusion [ɪkˋskluʒən] n 排除
His exclusion from the football team hurt him very much.
他被拒絕接受進足球隊，這使他的自尊心大受傷害。

denial 衍生字

❸ **turndown** [ˋtɝnˌdaʊn] n 拒絕
❸ **admission** [ədˋmɪʃən] n 入學
❸ **acceptation** [ˌæksɛpˋteʃən] n 承認

3 applicant [`æpləkənt] n 申請人 MP3 06-04

applicant是名詞，用來表示提出**申請**的人，也可以用來表示（某個位子的）**候選人**。

片 applicant for 申請…的人

例 The applicants are all trying their best to impress the judges.
申請人全都使盡全力給裁判留下印象。

applicant 相關字

4 appellant [ə`pɛlənt] n 上訴人
Around 10% of appellants won the lawsuit last year.
去年有大約百分之十的**上訴人**贏了訴訟。
補 lawsuit 訴訟

4 aspirant [ə`spaɪrənt] n 懷有大志者 a 有抱負的
Most aspirant artists have to take another job to save up money at first.
大部分**懷有大志**的藝術家在一開始都得先做別的工作來存錢。

3 contestant [kən`tɛstənt] n 參賽者
The contestant cried as he was eliminated from the competition.
參賽者在被淘汰時哭了。
補 eliminate 淘汰

4 claimant [`klemənt] n 索賠人
Only about 3% of claimants received what they asked for.
只有大約百分之三的**索賠人**獲得他們所要求的。
補 ask for 要求

applicant 衍生字

4 inquirer [ɪn`kwaɪrə] n 詢問者
4 petitioner [pə`tɪʃənə] n 請願人
3 seeker [`sikə] n 求職者
3 suitor [`sutə] n 追求者、請願者

1 winner [`wɪnɚ] **n** 贏家

(MP3) 06-05

winner是名詞，用來表示贏了的人或東西，也可以説是贏家。

片 award winner 得獎人

例 Everyone wants to be the winner at something.
每個人都想在某方面能當贏家。

winner 相關字

2 hand-picked [`hænd`pɪkt] **a** 精選的

Freddy was chosen for the hand-picked elite team and he was delighied.
弗萊迪被選上了精選的菁英小組，而他高興極了。

補 elite 菁英

3 champ [tʃæmp] **n** 冠軍（口語）

After all these years, Ashley can't believe she's still the champ of the best wrestler.
經過了這麼多年，艾希莉不敢相信她仍是最佳摔角選手的冠軍。

補 wrestler 摔角手

3 champion [`tʃæmpɪən] **n** 冠軍

The champion is not welcomed by the public because he cheated to win.
這個冠軍不被群眾所歡迎，因為他是作弊才贏的。

補 public 群眾

3 conqueror [`kɑŋkərɚ] **n** 征服者

Alexander the Great is a conqueror.
亞歷山大大帝是個征服者。

補 conquer 征服

winner 衍生字

1 hero [`hɪro] **n** 英雄

2 prize winner [`praɪz`wɪnɚ] **n** 得獎者

3 title holder [`taɪt`holdɚ] **n** 紀錄保持人

3 medalist [`mɛdlɪst] **n** 得獎者

❷ staff [stæf] ⓝ ⓥ 工作人員

(MP3) 06-06

staff可以當名詞或動詞。可以用來表示**工作人員**或**幕僚**，也可用來表示**旗桿**，或是**權杖、枴杖**等用來支撐的東西，亦可衍伸為**支撐**。當動詞時則用來表示**配置了多少的工作人員**或是**雇用工作人員**。

🄷 staff meeting 員工會議

🄴 They have a staff meeting today from ten to twelve o'clock.

他們在十點到十二點時有員工會議。

staff 相關字

❸ occupy [ˈɑkjə͵paɪ] ⓥ 佔據

Hiring a proper assistant occupied the HR manager's mind.

雇用一位合適的助理**佔據**了人事部經理的思緒。

🄷 HR (human resources) 人事部

❹ procure [proˈkjur] ⓥ 採購

I don't have the time to procure the necessary stationery.

我沒有時間去**採購**所需的文具。

❸ employ [ɪmˈplɔɪ] ⓥ 聘用

They employed a technician to fix the cable.

他們雇了一個技工來修電纜。

🄷 cable 電纜

❸ employer [ɪmˈplɔɪɚ] ⓝ 雇主

You'll gain different knowledge working for different employers.

你在不同的老板底下工作會得到不同的知識。

🄷 knowledge 知識

staff 衍生字

❸ **employee** [͵ɛmplɔɪˈi] ⓝ 員工

❷ **hire** [haɪr] ⓥ 聘請

❶ **use** [juz] ⓥ 採用

❶ **job** [dʒɑb] ⓝ 工作

Chapter 1 | Chapter 2 | Chapter 3 | Chapter 4 | Chapter 5 | Chapter 6 | Chapter 7 | Chapter 8 | Chapter 9 | Chapter 10 | Chapter 11 | Chapter 12 | Chapter 13

❸ occupation

(MP3) 06-07

[͵ɑkjə`peʃən] **n** 工作、職業、居住的狀態

occupation是名詞，常用來表示**職業**或**工作**，或是**能做的事**；也可以用來表示佔用、佔領、居住(occupy)的狀態、動作或時期。

片 occupational hazard 職業傷害

例 For now, her occupation is a teacher, but it's not permanent.
現在她的工作是老師，但這不是永久的。

occupation 相關字

❹ recruiter [rɪ`krutɚ] **n** 招聘者
The recruiter put up a notice just today to hire more people.
招聘者今天剛放出雇用更多人的訊息。
補 notice 消息、訊息

❹ recruitment [rɪ`krutmənt] **n** 招聘
The recruitment poster features a very beautiful model.
招募的海報上有一位很漂亮的模特兒。
補 feature 特載

❸ muster [`mʌstɚ] **v** 召集
Oliver doesn't have much confidence so he has to muster up the courage to apply for this position.
奧利佛沒什麼自信，所以他得鼓起勇氣申請這個空缺。
補 courage 勇氣

❸ enroll [ɪn`rol] **v** 登記、入學
Irene was so excited when she was enrolled at this university.
艾琳在這所大學登記入學時非常興奮。

occupation 衍生字

❸ enlist [ɪn`lɪst] **v** 招募
❸ recruit [rɪ`krut] **v** 招募
❹ avocation [͵ævə`keʃən] **n** 副業
❶ calling [`kɔlɪŋ] **n** 召喚

非學不可的新多益單字

Chapter 1 | Chapter 2 | Chapter 3 | Chapter 4 | Chapter 5 | Chapter 6 | Chapter 7 | Chapter 8 | Chapter 9 | Chapter 10 | Chapter 11 | Chapter 12 | Chapter 13

4 discrimination

(MP3) 06-08

[dɪˌskrɪmə`neʃən] n 歧視

discrimination是名詞，用來表示**區別或辨別的動作或能力**，也常會用來表示**歧視和不平等待遇**。

片 gender discrimination 性別歧視、age discrimination 年齡歧視

例 Racial and sexual discrimination are hard to eliminate because they've been around for too long.

種族和性別**歧視**不太好消除，因為情況已經這樣太久了。

discrimination 相關字

4 biased [`baɪəst] a 有偏見的
We are all biased in some way.
我們多多少少都是**有偏見的**。

5 segregate [`sɛgrɪˌget] v 隔離
She was segregated when she caught the bird flu last summer.
她去年夏天得到禽流感的時候被**隔離**。
補 bird flu 禽流感

3 injustice [ɪn`dʒʌstɪs] n 不公正
Life is full of injustice so we have to fight for ourselves.
生命充滿了**不公平**的事，所以我們得為自己抗爭。

4 prejudice [`prɛdʒədɪs] n 偏見
The prejudice between races is now less acceptable than before.
與以前相比，現在種族間的**偏見**是比較不能被接受的。
補 acceptable 能被接受的

discrimination 衍生字

3 unfair [ʌn`fɛr] a 不公平的
4 inequity [ɪn`ɛkwɪtɪ] n 不平等
3 disfavor [ˌdɪs`fevə] v 討厭
1 hate [het] v 恨

2 preference [ˋprɛfərəns] n 偏好 MP3 06-09

preference是名詞，用來表示偏好、偏袒，或是受偏好、偏袒的人、事、物；另外也會用來表示優惠或是優先權。

片 preference for 對…有偏好

例 She has a preference for designer labels.

她對設計師品牌有偏好。

preference 相關字

3 favorite [ˋfevərɪt] a 最喜歡的

We have narrowed the options down to some of everyone's favorite goods.

我們已經把選項縮小到一些大家最喜歡的的商品。

補 narrow down 縮小

5 druthers [ˋdrʌðɚz] n 偏好

A PhD degree is not required but it's usually druthers for employers.

博士學位不是必要的，但是雇主通常來說會有此偏好。

補 PhD 博士學位

3 election [ɪˋlɛkʃən] n 選舉

We should at least admit our prepossessions before the election.

我們在選舉之前至少要先承認我們有先入為主的想法。

補 admit 承認

1 pick [pɪk] v n 挑

There's a variety of items for you to pick.

有多種品項可供你挑選。

補 variety 多樣

preference 衍生字

3 selection [səˋlɛkʃən] n 選擇、選出的人事物

4 propensity [prəˋpɛnsətɪ] n 傾向

5 prepossession [ˌpripəˋzɛʃən] n 先入為主的觀念

3 preferred [prɪˋfɝd] a 偏好的

🄃 punctuality

MP3 06-10

[ˌpʌŋktʃuˈæləti] ⓝ 守時

punctuality是名詞，用來表示守時的行為或特質，也會用來表示嚴密地監督使守規矩。

🄗 compulsive punctuality 強迫準時

🄚 Her punctuality is what makes her successful.
她的守時是讓她成功的原因。

punctuality 相關字

🄃 punctual [ˈpʌŋktʃuəl] ⓐ 守時的
Germans are very punctual, which is one of their famous traits.
德國人很守時，這是他們著名的特性之一。
🄗 trait 特性、特徵

🄂 on time [anˈtaɪm] ⓟ 準時
The parcel is delivered right on time.
這個包裹送來得真是準時。
🄗 parcel 包裹

🄂 on schedule [anˈskɛdʒul] ⓟ 如期
We got the information from a reliable source that the package will arrive on schedule.
我們從可信的消息來源中得到資訊，那個包裹會如期到達。
🄗 reliable 可靠的

🄂 precise [prɪˈsaɪs] ⓐ 精準的
When practicing sketching, be as precise as possible.
在練習素描時，要愈精確愈好。
🄗 as... as possible 愈…愈好

punctuality 衍生字

🄂 reliable [rɪˈlaɪəbl̩] ⓐ 可靠的
🄂 timely [ˈtaɪmlɪ] ⓐ 及時的
🄃 prompt [prɑmpt] ⓐ 及時的
🄂 on the dot [anðəˈdɑt] ⓟ 準時地

❸ **wage** [wedʒ] ⓝ 薪水

MP3 06-11

wage是名詞，用來表示支付勞力付出或服務的薪水或酬勞。它與salary（也是薪水）的不同是在於salary通常是指月薪，而wage則是以時間或工作量來計算的薪水。

🔲 minimum wage 最低工資

📗 The current minimum wage is NT$115 per hour.
現在的最低**工資**是每小時新台幣一百一十五元。

wage 相關字

❸ **salary** [ˈsæləri] ⓝ 薪水

Her salary is the highest among her friends.
她的**薪水**是她朋友之中最高的。
🔲 among 在…之中

❸ **earnings** [ˈɜnɪŋz] ⓝ 收入

She has to work very hard to get steady earnings.
她得很努力的工作才能有穩定的**收入**。
🔲 steady 穩定的

❷ **bonus** [ˈbonəs] ⓝ 獎金

Gina got a bonus for bringing in a major customer.
吉娜因為招攬到了一個大客戶而得到**紅利**。
🔲 major 主要的、大的

❸ **fortune** [ˈfɔrtʃən] ⓝ 財富

They say time is money, but even the greatest fortune can't buy time.
他們說時間就是金錢，但最龐大的**財富**也買不到時間。
🔲 time is money 時間就是金錢

wage 衍生字

❸ **payroll** [ˈpeˌrol] ⓝ 需支付的工資總額、發薪名單

❶ **money** [ˈmʌnɪ] ⓝ 錢

❹ **emolument** [ɪˈmɑljumənt] ⓝ 津貼、薪水、酬金

❹ **stipend** [ˈstaɪpɛnd] ⓝ 津貼、獎學金、養老金

❹ pension [ˋpɛnʃən] ❶ ❷ 退休金

pension可當名詞或動詞，當名詞時用來表示退休後所能領取的**退休金**、**撫恤金**等津貼或補助；當動詞時則表示**發放以上津貼**。

囧 pension fund 退休基金

例 The old man has been living on his pension after his retirement.

這個老人在退休後以他的**退休金**維生。

pension 相關字

❺ superannuation [ˏsupəˏænjuˋeʃən] ❶ 養老金

Bob retired at the age of seventy-three and started living on superannuation.

包柏在七十三歲時退休並開始靠**養老金**過活。

❺ subvention [səbˋvɛnʃən] ❶ 資助金

The government subvention is not enough to sustain the disadvantaged families.

政府**補助金**不夠支撐弱勢家庭的生活。

❺ subvene [səbˋvin] ❷ 補助

The government refuses to subvene the bank when they go bankrupt.

政府拒絕**補助**破產的銀行。

❺ superannuated [ˏsupəˋænjuˏetɪd] ❸ 領取退休金而退休的

Your social security includes health care insurance and a superannuated fund.

你的社會福利有包含健康保險和**退休基金**。

補 include 包含

pension 衍生字

❸ social security [ˋsoʃəlsɪˋkjurətɪ] ❶ 社會福利（包括退休、失業、傷殘等保險）

❸ retire [rɪˋtaɪr] ❷ 退休

❸ retirement [rɪˋtaɪrmənt] ❶ 退休

❸ retreat [rɪˋtrit] ❷ ❶ 撤退

② career [kə`rɪr] n a v 職業　　MP3 06-13

career可當名詞、形容詞或動詞。當名詞時可用來表示**畢生事業**、**生平歷程**，或是**全速前進的狀態**；當形容詞時表示**職業的**；當動詞時則表示**疾衝**或是**全速前進**。

片 career plan 職涯規劃

例 He is taking a gap year to figure out what he wants to do as his career.
他要用一年的時間來想想他要從事什麼行業。

career 相關字

③ specialty [`spɛʃəltɪ] n 專業

Nowadays, you'll be less likely to be unemployed if you have multiple specialties.
在現今社會你若有多項專長的話比較不容易失業。
補 multiple 多重的

② talent [`tælənt] n 才能

Everyone is born with talents, and our job is to identify and cultivate them.
每個人生來都有才能，而我們的工作是要去找出並培養它們。
補 cultivate 栽培

④ forte [fort] n 長處

Graphic design is her forte.
平面設計是她的專長。
補 graphic 圖像的

③ lifework [`laɪf`wɝk] n 畢生事業

This author considers writing novel her lifework.
這位作者將寫小說當成她的畢生事業。
補 consider 把⋯當作

career 衍生字

③ **livelihood** [`laɪvlɪˌhʊd] n 生計

② **ability** [ə`bɪlətɪ] n 能力

④ **magnum opus** [`mægnəm`opəs] ph 傑作

③ **gift** [gɪft] n 天賦 v 賦予

4 eligible [ˈɛlɪdʒəb!] ⓐ ⓝ 合適的

eligible可當形容詞或名詞，當形容詞時用來表示**合適**的、**合格**的、**有正式資格**的；當名詞時則用來表示**合適**的、**合格**的、**有正式資格**的人。

- 🔑 eligible for 有資格
- 📝 You should check on their website to see if you're eligible for the nomination.
  你該去他們的網站上看看你是否有被提名的**資格**。

eligible 相關字

3 qualified [ˈkwɑləˌfaɪd] ⓐ 合格的
She is qualified to enter the archery competition.
她**有資格**參加射箭比賽。
🔑 archery 箭術

4 qualification [ˌkwɑləfəˈkeʃən] ⓝ 資格
Derek cried when his favorite basketball team lost the qualification match.
當德瑞克最喜歡的籃球隊輸了**資格賽**時，他哭了。
🔑 qualification match 資格賽

5 eligibility [ˌɛlɪdʒəˈbɪlətɪ] ⓝ 資格
The presidential candidate's eligibility was revoked when people discovered that he wasn't born in this country.
當被人發現他不是在這個國家出生後，這名總統候選人的**資格**被取消了。
🔑 revoke 取消

1 fit [fɪt] ⓥ 適合
You need a bigger box because this one doesn't fit.
你需要一個大一點的盒子，因為這個不**適合**。

eligible 衍生字

2 fitness [ˈfɪtnɪs] ⓝ 適當
3 capable of [ˈkepəb!ˌɑv] ⓟ 能夠
2 desirable [dɪˈzaɪrəb!] ⓐ 值得嚮往的
2 suitable [ˈsutəb!] ⓐ 合適的

❸ contribution

[ˌkɑntrə`bjuʃən] ⓝ 貢獻

contribution是名詞，用來表示**貢獻**、**捐獻**的行為或是東西；也會用來表示**投稿的行為**或是**所投寄的稿**。

片 make a contribution 貢獻

例 You won't be able to get anything without contribution.
你不會在沒有**貢獻**的情況下得到任何東西。

contribution 相關字

❹ bestow [bɪ`sto] ⓥ 賜給

She thanks her parents for bestowing her with such talent when she receives the award.
她領獎時感謝她父母**賜給**她的才能。
補 bestow with 把...給予

❹ bestowal [bɪ`stoəl] ⓝ 恩賜

The bestowal of one's knighthood is a significant privilege in England.
爵位**贈與**在英國是很大的榮耀。
補 knighthood 爵位的身分

❸ contribute [kən`trɪbjut] ⓥ 貢獻

Everyone can contribute ideas in this group.
這個團體中的每個人都能**貢獻**主意。

❸ enrich [ɪn`rɪtʃ] ⓥ 充實

Reading is a good way to enrich our lives.
閱讀是一個**豐富**我們生活的好方法。
補 enrichment 豐富

contribution 衍生字

❸ **sacrifice** [`sækrəˌfaɪs] ⓥ 犧牲

❹ **forfeit** [`fɔrˌfɪt] ⓥ 放棄

❸ **sacrificial** [ˌsækrə`fɪʃəl] ⓐ 犧牲的

❸ **charity** [`tʃærəti] ⓝ 慈善事業

② suffer [`sʌfɚ] ⓥ 受苦

 06-16

suffer是動詞，用來表示**受苦受難、遭受、容許、受損、受罰**等，也會用來表示**患了什麼疾病**。

片 suffer from 為…所苦

例 She's been suffering from asthma for years.
她被氣喘**所苦**已經好多年了。

suffer 相關字

① pain [pen] ⓝ 疼痛
Sometimes they have to give the patients morphine to ease their pain.
有時候他們得給病患嗎啡來減輕他們的**痛**。
補 morphine 嗎啡

③ ache [ek] ⓥ ⓝ 疼痛
He is going to the doctor because his stomach aches.
他要去看醫生因為他肚子**痛**。
補 toothache 牙痛

③ languish [`læŋgwɪʃ] ⓥ 枯萎、長期受苦
We all languished in such hot weather.
受到如此熱的天氣影響，我們都變得**倦怠乏力**。
補 languish for 苦思

② hurt [hɝt] ⓥ ⓐ 傷害
No one should hurt the animals because they are completely innocent.
沒有人應該**傷害**動物，因為他們是全然無辜的。
補 innocent 純真的

suffer 衍生字

③ agony [`ægənɪ] ⓝ 痛苦
③ pang [pæŋ] ⓝ 劇痛
④ torment [`tɔr͵mɛnt] ⓝ 痛苦 ⓥ 折磨
③ torture [`tɔrtʃɚ] ⓥ ⓝ 酷刑

❸ absence [ˋæbsn̩s] ⓝ 缺乏

MP3 06-17

absence是名詞，用來表示**缺席**、**缺乏**的狀態，可以用來表示人們未出席或是什麼東西的缺乏。

片 absence of mind 心不在焉

例 Any absence will result in deduction of your final scores.

任何**缺席**都會造成你期末成績的扣分。

absence 相關字

❹ AWOL (absent without official leave) ⓐⓑ 擅離職守

It's a big deal if a soldier goes AWOL.

一個士兵**擅離職守**是很嚴重的事。

❸ no-show [ˋnoˋʃo] ⓝ 缺席

Some airlines are considering charging a no-show fee when the passenger fails to show up on time.

如果乘客沒有準時到的話，有些航空公司考慮要收**缺席費**。

補 airlines 航空公司

❹ nonattendance [͵nɑnəˋtɛndn̩s] ⓝ 無出席

The nonattendance of the manager makes her colleagues worry.

這個經理的**缺席**令她的同事們擔心。

補 colleague 同事

❸ truancy [ˋtruənsɪ] ⓝ 逃學

The teachers in this school were fighting endlessly to combat truancy.

這所學校的老師們不斷在與**逃學**作鬥爭。

補 combat 與…戰鬥

absence 衍生字

❹ maternity leave [məˋtɜnətɪ͵liv] ⓝⓗ 產假

❸ sick leave [ˋsɪk͵liv] ⓝⓗ 病假

❸ personal day [ˋpɝsn̩l͵de] ⓝⓗ 私人事假

❸ absent [ˋæbsn̩t] ⓐ 缺席的

❷ fire [faɪr] ⓝ ⓥ 火

fire可當動詞或名詞，當動詞時表示開槍、開火、開砲等射出火藥的攻擊；也可表示點燃、激起或添加燃料；在職業上則可用來表示開除和解雇。當名詞時則可表示火、火力、火災、砲火等，或是熱情、激情；也可解釋為磨難和苦難。

ⓝ camp fire 營火

ⓔ They gathered around the camp fire and sang together.
他們聚集到營火邊一起唱歌。

fire 相關字

❷ remove [rɪ`muv] ⓥ 移除
I removed the file because it might contain a virus.
我移除了這個資料夾，因為它可能含有病毒。
ⓢ contain 含有

❸ expel [ɪk`spɛl] ⓥ 開除
She's expelled for stealing office supplies.
她因為偷竊辦公室用品被開除。
ⓢ office supplies 辦公室用品

❸ ax [æks] ⓥ ⓝ 解雇
Don only realized he was axed when he saw the pink slip on his desk.
唐在看到了桌上的停止雇用通知後才發現自己被開除了。
ⓢ get the ax 被解雇

❸ lay off [`leɔf] ⓟ 遣散
The workers were laid off when the project was completed.
這些工人在計劃完成後就被解雇了。

fire 衍生字

❸ let go [`lɛtgo] ⓟ 遣散

❹ pink slip [`pɪŋkslɪp] ⓟ 停止雇用通知

❸ sack [sæk] ⓥ ⓝ 解僱

❸ kick out [`kɪkaut] ⓟ 趕走

❷ confidence

['kɑnfədəns] ⓝ 自信、狂妄自大

confidence是名詞，用來表示信任，包含對自己的信任（自信）或對別人的信賴，也可衍生為吐露的心事或是狂妄自大。

⚑ in confidence 祕密、有信心的

⚑ She has confidence in herself so she's not nervous.
她對自己有信心，所以不緊張。

confidence 相關字

❷ confident ['kɑnfədənt] ⓐ 有信心的
I'm confident that we will pass the final test.
我有信心我們會通過最後的考驗。
補 pass 通過

❸ certain ['sɝtən] ⓐ 一定的 ⓝ 特定的
Are you certain about this piece of information?
你對於這個資訊確定嗎？
補 piece of 一個…

❸ assured [ə`ʃʊrd] ⓐ 確定的
The doctors are assured that she will recover in a couple of weeks.
醫生確定她將在兩三週內康復。
補 recover 復原

❸ cocky ['kɑkɪ] ⓐ 神氣活現的
You have to believe in yourself, but you should not appear cocky.
你要相信自己，但不要讓自己看起來神氣活現的。
補 believe in 相信…

confidence 衍生字

❸ cocksure ['kɑk`ʃʊr] ⓐ 過分自信的

❷ faith [feθ] ⓝ 信念

❹ self-sufficient ['sɛlfsə`fɪʃənt] ⓐ 自給自足的

❹ self-righteous ['sɛlf`raɪtʃəs] ⓐ 自以為是的

非學不可的新多益單字

Chapter 1 | Chapter 2 | Chapter 3 | Chapter 4 | Chapter 5 | Chapter 6 | Chapter 7 | Chapter 8 | Chapter 9 | Chapter 10 | Chapter 11 | Chapter 12 | Chapter 13

2 **nervous** [`nɝvəs] ⓐ 緊張的 　　MP3 06-20

nervous是形容詞，用來表示緊張的、神經興奮的、神經緊繃的、神經質或神經不安的。

片 nervous breakdown 精神崩潰

例 When I get nervous, my palms sweat.
當我**緊張**時掌心會冒汗。

nervous 相關字

2 **anxious** [`æŋkʃəs] ⓐ 焦慮的
We're all anxious to know the results of this game.
我們全都**焦急地**想知道比賽結果。
補 result of …的結果

3 **concerned** [kən`sɝnd] ⓐ 關切的
My mom was concerned when I told her I would be going abroad by myself.
當我跟我媽說我要自己出國的時候她很**擔心**。
補 abroad 出國
　　by oneself 自己…

3 **bothered** [`baðɚd] ⓐ 困擾的
Annie is bothered when she walks into the office and sees no one there.
當安妮走進辦公室發現都沒人時感到十分的**困擾**。
補 walk into 走進

2 **uneasy** [ʌn`izɪ] ⓐ 不安的
She looks uneasy because she's cheating on the test.
她看起很**不安**，因為她考試作弊。
補 cheat 作弊

nervous 衍生字

3 **disturbed** [dɪ`stɝbd] ⓐ 被困擾的
3 **fidgety** [`fɪdʒɪtɪ] ⓐ 煩躁的
3 **shaky** [`ʃekɪ] ⓐ 搖搖欲墜的
2 **restless** [`rɛstlɪs] ⓐ 坐立不安的

❷ upset [ʌp`sɛt] ⓥ ⓐ 使煩躁

MP3 06-21

upset可當做動詞或形容詞。當動詞時用來表示使人煩躁、使腸胃不適、或是攪亂、翻倒；當形容詞時則用來表示煩躁的、腸胃不適的、被攪亂的、被翻倒的。

囝 upset stomach (=dyspepsia) 消化不良

例 We are trained to never upset our customers.
我們被訓練不要得罪客人。

upset 相關字

❸ disturb [dɪs`tɝb] ⓥ 打擾

You should not disturb others when they're busy.
當別人在忙時你不應打擾他們。
補 disturber 打擾的人

❸ mix-up [`mɪks͵ʌp] ⓝ 混淆

There was a mix-up and my order was sent to Thailand.
有人搞錯了，所以我訂的東西被送到泰國去了。
補 Thailand 泰國

❹ overset [͵ovɚ`sɛt] ⓥ 翻倒

Wine spilled all over the carpet when the bottle was overset.
紅酒因瓶子被打翻而灑在地毯上。
補 carpet 地毯

❸ overturn [͵ovɚ`tɝn] ⓥ 顛覆

She overturned the fragile vase and it shattered when hitting the ground.
她打翻脆弱的花瓶，而它在掉到地上時碎了。
補 fragile 脆弱的

upset 衍生字

❸ bother [`bɑðɚ] ⓥ 打擾 ⓝ 麻煩

❸ trouble [`trʌbl] ⓥ ⓝ 麻煩

❹ agitate [`ædʒə͵tet] ⓥ 煽動、使激動

❷ annoy [ə`nɔɪ] ⓥ 惹惱

❸ mentor [ˋmɛntə] ❶ ❶ 老師、導師　

mentor可以當名詞或動詞。當名詞時用來表示資深、有智慧且被信任的顧問或老師，或是人生導師。當動詞時則表示擔任這種顧問或人生導師。

片 life mentor 人生導師

例 If you can find a mentor in life, you must be lucky.
若你能找到人生導師的話，你一定很幸運。

mentor 相關字

❶ teacher [ˋtitʃə] ❶ 老師
The teacher taught them how to use stars as their guide.
老師教他們如何用星星來指引路。
補 guidance 引導

❷ coach [kotʃ] ❶ 教練
The coach trained us well, so we won every game.
教練把我們訓練得很好，所以我們每場比賽都贏。
補 trainer 訓練員

❸ educator [ˋɛdʒʊˌketə] ❶ 教育家
Mr. Light is a well-known educator.
萊特先生是個有名的教育家。
補 well-known 有名的

❹ instructor [ɪnˋstrʌktə] ❶ 講師
The school hired a new instructor who just came back from Canada.
那所學校請了一名剛從加拿大回來的講師。
補 come back from 從…回來

mentor 衍生字

❸ **lecturer** [ˋlɛktʃərə] ❶ 講師
❸ **guide** [gaɪd] ❷ ❶ 指引
❸ **tutor** [ˋtjutə] ❷ ❶ 家教
❸ **faculty member** [ˋfækḷtɪˋmɛmbə] ❶❶ 教員

❸ undergraduate

(MP3) 06-23

[ˌʌndɚˋgrædʒuɪt] **n a** 大學生

undergraduate可以當名詞或形容詞。當名詞時可表示**大學生**、**大學在校生**或**肄業生**；當形容詞則表示**大學生的**。

片 undergraduate student 大學生

例 She has achieved a lot even when she was just an undergraduate student.

就連她還是**大學生**時，她就已經有很多的成就了。

undergraduate 相關字

❶ student [ˋstjudn̩t] **n** 學生

He is a student of international politics.

他是研究國際政治的**學生**。

補 international 國際的

❸ bookworm [ˋbʊkˌwɝm] **n** 書蟲

Bookworms love to read, which is how they get their names.

書蟲們愛讀書，這是他們為什麼叫書蟲的原因。

❷ freshman [ˋfrɛʃmən] **a n** 大一

He was already popular when he was a freshman.

他在**大一**時就已經很受歡迎了。

補 popular 受歡迎的

❹ sophomore [ˋsɑfmor] **a n** 大二

A senior student's workload is a lot heavier than a sophomore's.

大四學生的課業比**大二**的重很多。

補 workload 工作量

undergraduate 衍生字

❸ **junior** [ˋdʒunjɚ] **a n** 大三、資淺的

❸ **senior** [ˋsinjɚ] **a n** 大四、資深的

❷ **pupil** [ˋpjupl̩] **n** 學生

❷ **PhD (Doctor of Philosophy)** **n** 博士

3 rebel [rɪˋbɛl] ⓥ [ˋrɛbl] ⓝ 造反

 06-24

rebel可當動詞或名詞，當動詞時用來表示**造反**、**反抗**或感到反感。當名詞時則表示**造反的人**或**反抗者**。

囝 rebel against 反抗

囫 Jack is not a rebel but he will stand up to people who oppress him.

傑克不是個**叛亂份子**但他會勇敢地面對壓搾他的人。

rebel 相關字

3 disobedient [͵dɪsəˋbidɪənt] ⓐ 不聽話的
Fred will be locked in his room when he's disobedient.
當弗雷**不聽話**時，會被鎖在他房間裡。
囲 lock in 把⋯鎖在

3 disobedience [͵dɪsəˋbidɪəns] ⓝ 抗命
The slave was punished for his disobedience to his master.
這個奴隸因為對主人**抗命**而被懲罰。
囲 punish 懲罰

4 unmanageable [ʌnˋmænɪdʒəbl] ⓐ 無法管理的
The crowd is unmanageable because everyone is eager to get in.
這些群眾**無法被管理**，因為每個人都急著想進去。
囲 eager to 急切的

3 rebellious [rɪˋbɛljəs] ⓐ 叛逆的
Ted was very rebellious at the age of fifteen.
泰德在十五歲時非常**叛逆**。
囲 at the age of 在⋯歲的時候

rebel 衍生字

3 defiant [dɪˋfaɪənt] ⓐ 違抗的、蔑視的
3 individualistic [͵ɪndə͵vɪdʒʊəlˋɪstɪk] ⓐ 個人主義的
3 difficult [ˋdɪfə͵kəlt] ⓐ 困難的
3 disloyal [dɪsˋlɔɪəl] ⓐ 不忠的

❸ threat [θrɛt] ⓝ 威脅

threat是名詞，用來表示**威脅恫嚇**的動作或情況，或是造成**威脅恫嚇**的人、事、物。

🅟 life threat 生命威脅

⑩ Sometimes there's a vague line between warnings and threats.

有時候，警告和威脅的界線不甚清楚。

threat 相關字

❷ danger [ˈdendʒɚ] ⓝ 危險

The victims' lives were in danger and it was the terrorists' comminatory act to the authority.

這些受害者的生命有**危險**，而這是恐怖分子對於當局的威嚇行為。

🅟 terrorist 恐怖分子

❷ bluff [blʌf] ⓥ ⓝ 虛張聲勢

The man is just bluffing; he does not have a gun on him.

這個男人只是在**虛言恫嚇**；他身上沒有槍。

❶ risk [rɪsk] ⓥ ⓝ 風險

He risked his life to save her.

他冒著生命危險去救她。

❹ menacing [ˈmɛnɪsɪŋ] ⓐ 兇惡的

Although Rita seems menacing, she's really nice in person.

雖然芮塔看起來很**兇惡**，但她私底下人很好。

🅟 in person 當面的、私下的

threat 衍生字

❸ **intimidating** [ɪnˈtɪməˌdetɪŋ] ⓐ 令人生畏的

❸ **intimidation** [ɪntɪməˈdeʃən] ⓝ 威嚇

❹ **foreboding** [forˈbodɪŋ] ⓝ 不祥的預感

❺ **comminatory** [ˈkɑmɪnətərɪ] ⓐ 威嚇的

2 challenge [`tʃælɪndʒ] ⓝ 挑戰

challenge可以是名詞或動詞，當名詞時用來表示挑戰、有挑戰的事、挑戰性；或是質疑、盤問。當動詞時則可用來表示挑戰、質疑、盤問。

🔡 physical challenge 體力的考驗

例 You should take on some new challenges if you want to push yourself forward.
若你想要使自己更進步的話，你應該要去面臨新的挑戰。

challenge 相關字

3 dispute [dɪ`spjut] ⓥ ⓝ 爭執
She's summoned by the court today to settle the dispute.
她今天為了和解爭執被法院召見。
🔡 settle 和解

4 denounce [dɪ`naʊns] ⓥ 指責
The minister's action was publicly denounced in the meeting.
這位部長的行為在會議上受到公開譴責。
🔡 publicly公開地

3 defy [dɪ`faɪ] ⓥ 違抗
No one dared to defy the government's order but her.
除了她，沒有人敢違抗政府的命令。

3 demand [dɪ`mænd] ⓥ ⓝ 要求
The people on the street demand nothing but peace.
街頭的人們除了和平什麼都不要。
🔡 peace 和平

challenge 衍生字

3 face-off [`fes.ɔf] ⓝ 對峙、對抗

3 confront [kən`frʌnt] ⓥ 對抗

3 confrontation [.kɑnfrʌn`teʃən] ⓝ 對抗

3 summon [`sʌmən] ⓥ 召喚

❸ modest [ˋmɑdɪst] ⓐ 謙虛的

MP3 06-27

modest是形容詞，用來表示**態度謙虛的、衣著莊重不暴露的、適度的、或是有節制的**。

🧩 modest about 謙虛

📝 Even though she's excellent at her job, she's very modest.

雖然她在工作上表現優良，但她非常地**謙虛**。

modest 相關字

❸ blush [blʌʃ] ⓥ 臉紅

Leo blushed in embarrassment when it's his turn to speak.

當輪到他說話時，里歐因害羞而**臉紅**。

🔺 embarrassment 害羞

❶ nice [naɪs] ⓐ 好的、善的

Modesty is a nice virtue, but only a few have it.

謙虛是種**好的**美德，但只有少數人有。

🔺 virtue 美德

❹ self-conscious [ˋsɛlfˋkɑnʃəs] ⓐ 自我意識的、忸怩的

Wendy was very self-conscious when she was back in class with a new haircut.

當溫蒂帶著新髮型回來上課時，她覺得很**忸怩**。

🔺 haircut 髮型、理髮

❸ sheepish [ˋʃipɪʃ] ⓐ 羞怯的

We were shocked by the humbleness of the sheepish young prince.

我們被這個年輕王子的謙遜和**羞怯**嚇了一跳。

🔺 be shocked by 被…嚇了一跳

modest 衍生字

❸ modesty [ˋmɑdɪstɪ] ⓝ 謙遜

❸ humble [ˋhʌmbḷ] ⓐ 謙卑的

❸ humbleness [ˋhʌmbḷnɪs] ⓝ 謙遜

❷ propriety [prəˋpraɪətɪ] ⓝ 恰當性

⚃ **arrogance** [`ærəgəns]
MP3 06-28

n 傲慢、自負

arrogance是名詞，用來表示咄咄逼人的驕傲態度、傲慢、自負。

片 arrogance of power 強權的傲慢

例 Arrogance will only annoy people.
自大只會讓人反感而已。

arrogance 相關字

③ arrogant [`ærəgənt] **a** 傲慢的
He had an arrogant smile on his face when he heard that he won.
當他聽到他贏了的時候，臉上有**傲慢的**笑容。
補 arrogantly 自大地

④ self-opinionated [ˌsɛlfə`pɪnjəˌnetɪd] **a** 自以為是、固執己見的
Stop being so self-opinionated and listen to other people's advice.
不要再這麼**固執己見**，聽聽別人的意見吧。
補 listen to 傾聽

④ ego-centric [ˌigo`sɛntrɪk] **a** 以自我為中心的
Ego-centric people are hard to get along with.
自我中心的人不好相處。
補 get along 相處

② pride [praɪd] **n** 驕傲
We should take pride in what we do.
我們應該要對我們做的事感到**驕傲**。
補 take (a) pride in 以⋯自豪

arrogance 衍生字

③ cheeky [`tʃikɪ] **a** 厚臉皮的
② proud [praʊd] **a** 驕傲的
② smug [smʌg] **a** 沾沾自喜的 **n** 自鳴得意的人
④ conceited [kən`sitɪd] **a** 自負的

❸ decisive [dɪˋsaɪsɪv] ⓐ 有決定性的　（MP3 06-29）

decisive是形容詞，用來表示有決定性的、能迅速做決定的、或是已經做出決定的。

🔳 decisive moment 決定性的時刻

🔳 Joy is very decisive, so she makes decisions in a blink of an eye.
喬伊很**果斷**，所以她一眨眼就做好決定了。

decisive 相關字

❸ definite [ˋdɛfənɪt] ⓐ 明確的
The direction of the project is definite.
這個計劃的方向已經**確定**了。
🔳 indefinite 不確定的

❸ conclusive [kənˋklusɪv] ⓐ 確鑿的
The prosecutor had conclusive proof that Eric was the murderer.
檢察官有**確鑿**的證據證明艾瑞克是兇手。
🔳 prosecutor 檢察官

❸ forceful [ˋforsfəl] ⓐ 有力的
Her forceful argument made an impression on me.
她**有力**的辯詞給我留下極深的印象。
🔳 argument 辯論

❸ influential [ˌɪnfluˋɛnʃəl] ⓐ 有影響力的
Oprah was voted the most influential woman of the century.
歐普拉被票選為本世紀最有**影響力**的女性。
🔳 century 世紀

decisive 衍生字

❸ **momentous** [moˋmɛntəs] ⓐ 重大的
❸ **strong-minded** [ˋstrɔŋˋmaɪndɪd] ⓐ 有主見的
❸ **positive** [ˋpɑzətɪv] ⓐ 正面的
❸ **negative** [ˋnɛgətɪv] ⓐ 負面的

4 optimistic [ˏɑptəˋmɪstɪk]

 06-30

ⓐ 樂觀的、樂觀主義的

optimistic是形容詞，用來表示**樂觀的、樂觀主義的**、能看到好的那面並期望有利結果的。

🔁 optimistic person 樂觀的人

🔲 An optimistic person tends to have more friends.
一個樂觀的人會有比較多的朋友。

optimistic 相關字

🔳 pessimistic [ˏpɛsəˋmɪstɪk] ⓐ 悲觀的
Cheer up, being pessimistic will not help the situation.
打起精神來，悲觀對於現況沒有幫助。
🔁 cheer up 高興起來

🔳 positivity [ˏpɑzəˋtɪvətɪ] ⓝ 積極性、正面力量
She can always bring positivity to the group.
她總是能為團體帶來正面力量。
🔁 positive 正面的

🔳 negativity [ˏnɛgəˋtɪvətɪ] ⓝ 消極性、負面力量
His negativity is making everyone miserable.
他的**負面情緒**讓每個人都很不快樂。
🔁 miserable 痛苦的
negative 負面的

🔳 merry [ˋmɛrɪ] ⓐ 快樂的
Rick is easy to be with for he's always merry and kind.
里克很好相處，因為他總是很**開朗**和藹。
🔁 make merry 盡情歡樂

optimistic 衍生字

🔳 hopeful [ˋhopfəl] ⓐ 充滿希望的
🔳 hopeless [ˋhoplɪs] ⓐ 絕望的
🔳 depressed [dɪˋprɛst] ⓐ 鬱悶的
🔳 cheerful [ˋtʃɪrfəl] ⓐ 開朗的

❹ sympathetic

MP3 06-31

[ˌsɪmpə`θɛtɪk] **ⓐ ⓝ** 有同情心的

sympathetic可當做形容詞或名詞，當形容詞時用來表示**能夠同情
的、有同情心的、贊同的、合適的、一致的**，或是**交感神經的**。當
名詞時則用來表示**交感神經**或**交感神經系統**。

片 sympathetic pregnancy (=Couvade syndrome) 產
翁現象、擬娩症候群

例 He's very sympathetic to the orphans.
他對於孤兒們深感**同情**。

sympathetic 相關字

❸ **sympathy** [`sɪmpəθɪ] **ⓝ** 同情
I never want others' sympathy.
我從來就不要別人的**同情**。

❸ **affectionate** [ə`fɛkʃənɪt] **ⓐ** 溫柔親切的
She is always affectionate to animals and she hopes
to become a vet one day.
她對於動物總是**溫柔親切的**，而她希望有一天能成為獸醫。
補 vet 獸醫

❷ **pity** [`pɪtɪ] **ⓥ ⓝ** 可憐、可惜的事
It's a pity we have to go so soon.
很**可惜**我們很快就要走了。

❹ **kindhearted** [`kaɪnd`hɑrtɪd] **ⓐ** 善良的
Don't be too sensitive about his negative comments
he's actually very kindhearted.
對於他的負面評論不要太敏感，他其實很**善良的**。
補 comment 評論

sympathetic 衍生字

❷ **loving** [`lʌvɪŋ] **ⓐ** 有愛心的
❸ **sensitive** [`sɛnsətɪv] **ⓐ** 敏感的
❷ **caring** [`kɛrɪŋ] **ⓐ** 關懷的
❸ **compassionate** [kəm`pæʃənɪt] **ⓐ** 體恤的

❸ **mercy** [ˋmɝsɪ] ⓝ 仁慈　　　　MP3 06-32

mercy是名詞，用來表示**仁慈**、**寬容**、**慈悲為懷**、**悲天憫人**的行為或態度，如此的行為也可稱為**善行**或**救苦救難**。

▣ mercy killing (=euthanasia) 安樂死

囫 If you have any mercy, you'll let me go.
若你還有**仁慈之心**的話，你就會讓我離開。

mercy 相關字

❹ merciful [ˋmɝsɪfəl] ⓐ 仁慈的
The teacher was very merciful on Kenny for not finishing homework.
這個老師對於肯尼沒有完成功課非常**仁慈**。
▦ merciful on 對⋯仁慈

❹ merciless [ˋmɝsɪlɪs] ⓐ 無情的
The tyrant is merciless; millions had died in his hands.
這個暴君很**無情**，數以百萬的人死在他手裡。
▦ tyrant 暴君
in one's hand 在⋯手上

❸ uncaring [ʌnˋkɛrɪŋ] ⓐ 漠不關心的
The young parents are both uncaring to their child.
這對年輕夫妻對於他們的孩子**漠不關心**。

❸ unfeeling [ʌnˋfilɪŋ] ⓐ 冷酷的
Tina is always unfeeling toward her junior associates, so no one really likes her.
蒂娜對於較資淺的同事總是很**冷酷**，所以沒有人喜歡她。
▦ associate 合夥人、同事

mercy 衍生字

❹ callous [ˋkæləs] ⓐ 麻木不仁的
❷ mean [min] ⓐ 刻薄的
❸ cruel [ˋkruəl] ⓐ 殘酷的
❸ harsh [hɑrʃ] ⓐ 苛刻的

4 hostile [`hɑstɪl] ⓐ 有敵意的

hostile是形容詞，用來表示有敵意人的，或是有敵意的、不友善的。

片 hostile work environment 有敵意的工作環境

例 No one wants to work in a hostile work environment.
沒有人想要在有敵意的工作環境下工作。

hostile 相關字

3 vicious [`vɪʃəs] ⓐ 惡毒的
I dislike his step mom because she's vicious.
我不喜歡他的繼母因為她很惡毒。
補 step mom 繼母

2 unfriendly [ʌn`frɛndlɪ] ⓐ 不友善的
She's not an unfriendly person; she's just having a bad day.
她不是個不友善的人，她只是今天過的很不順利。
補 bad day 不順遂的一天

3 nasty [`næstɪ] ⓐ 令人討厭的、險惡的
If you want to win, you have to be more aggressive and nasty.
你若想贏的話，就得更有侵略性和陰險一點。
補 nastiness 令人不快

4 surly [`sɝlɪ] ⓐ 乖戾的
The guy sitting in the corner is surly but smart.
坐在角落的這個人性格乖戾，但很聰明。
補 corner 角落

hostile 衍生字

1 angry [`æŋgrɪ] ⓐ 憤怒的
3 aggressive [ə`grɛsɪv] ⓐ 具侵略性的
4 spiteful [`spaɪtfəl] ⓐ 心懷惡意的
5 malicious [mə`lɪʃəs] ⓐ 惡意的

❸ **friendly** [ˋfrɛndlɪ] ⓐ 友善的　　　(MP3) 06-34

friendly是形容詞，用來表示友善的、友好的、如朋友的；也可用來表示贊同的、支持的。

🔼 friendly reminder 好意的提醒

例 **The puppy is still very young so it's** friendly **to everybody.**
這個小狗還很小，所以牠對每個人都很友善。

friendly 相關字

❺ **amiable** [ˋemɪəbl] ⓐ 和藹可親的
Amy has an amiable **personality.**
艾米有個和藹可親的個性。
補 personality 人格特質

❸ **outgoing** [ˋaʊtˏgoɪŋ] ⓐ 外向的
Laurence is very outgoing, **which explains why he has so many friends.**
羅倫斯很外向，這就是為什麼他有很多朋友。

❹ **benign** [bɪˋnaɪn] ⓐ 良性的、親切的
Connie is known for being very approachable and benign.
康妮是有名的平易近人和親切。
補 known for 以…聞名

❸ **charming** [ˋtʃɑrmɪŋ] ⓐ 迷人的
The girls think that the prince is the most charming **person in the world.**
這些女孩們覺得這個王子是世界上最有魅力的人。
補 prince charming 白馬王子

friendly 衍生字

❷ **delightful** [dɪˋlaɪtfəl] ⓐ 令人愉快的
❷ **lovable** [ˋlʌvəbl] ⓐ 討人喜歡的
❹ **sociable** [ˋsoʃəbl] ⓐ 善交際的
❸ **approachable** [əˋprotʃəbl] ⓐ 平易近人的

❸ **appearance** [ə`pɪrəns] ❶ 外貌 MP3 06-35

appearance是名詞，用來表示表面看起來的樣貌，如**外觀、外表、景象、現象**等等，或是出現的動作或事實，如**露面、到場、出席、出庭**等等。

🔡 physical appearance 外表

📝 His appearance reminds me of Shrek.
他的**長相**讓我想起了史瑞克。

appearance 相關字

❹ **physique** [fɪ`zik] ❶ 體格
He exercises regularly so he has a strong physique.
他時常運動，所以他有著強壯的**體格**。
🔡 regularly 經常地

❹ **complexion** [kəm`plɛkʃən] ❶ 膚色
People with darker complexions tend to be treated with less respect.
有較深**膚色**的人往往較不被尊重。
🔡 respect 尊重

❷ **handsome** [`hænsəm] ❶ 英俊的
Statistics show using handsome models can better promote a product.
數據顯示**英俊的**模特兒們更能促銷產品。
🔡 statistic shows 數據顯示⋯

❶ **beautiful** [`bjutəfəl] ❸ 美麗的
The beautiful poster on the window attracts people to take a closer look.
窗上**美麗的**海報吸引人們上前進一步去看。

appearance 衍生字

❶ **dirty** [`dɜtɪ] ❸ 骯髒的

❸ **filthy** [`fɪlθɪ] ❸ 污穢的

❷ **tidy** [`taɪdɪ] ❸ 整潔的

❷ **skinny** [`skɪnɪ] ❸ 骨瘦如柴的

Chapter 7

採購
Purchasing

3 inventory [`ɪnvənˌtorɪ] MP3 07-01

n v 盤點、存貨

inventory可做名詞或動詞。做名詞時表示貨物的**盤點、製作盤點清單、存貨**等。做動詞時則用來表示上述的這些動作。

片 inventory turnover 存貨周轉

例 Inventory is done every other day to keep track of our stock.
我們每兩天會做一次**盤點**以追蹤我們的貨物。

inventory 相關字

3 stock [stɑk] **n** 存貨、股票、材料、血統 **v** 儲存
We don't have enough in stock right now, so we need to restock soon.
我們現在沒有足夠的**庫存**而必須盡速補貨。
補 in stock 有現貨

4 backlog [`bækˌlɔg] **n** 存貨、積蓄
Vick was worried that there wasn't enough backlog.
維克擔心**存貨**不夠。
補 enough 夠的

4 itemize [`aɪtəmˌaɪz] **v** 逐項列出
Susan itemized the things that she needed to buy for the holidays.
蘇珊列出了她需要為假期採購的東西。
補 holiday 假期

3 restock [riˋstɑk] **v** 補貨、重新進貨
The products which will be restocked in July are sent to the third warehouse.
要在七月**補貨**的產品被送到了第三倉庫。
補 third 第三

inventory 衍生字

3 position [pəˋzɪʃən] **n** 位置 **v** 定位在
3 storeroom [`storˌrum] **n** 庫房
3 warehouse [`wɛrˌhaʊs] **n** 倉庫
3 shelf life [`ʃɛlfˌlaɪf] **ph** 保存期限

⃣3 **carrier** [ˋkærɪɚ] ⃣n 送信人

carrier是名詞，意思是送東西的人。故可以用來表示送信人、送貨人、從事運輸業的人、運輸公司、運送東西的架子，醫療上也可表示媒介。

⃣H carrier pigeon 傳信鴿

⃣例 When sending small parcels, it'll be faster if you send via carrier.
當要寄小包裹時，用**快遞**會比較快。

carrier 相關字

⃣2 **postman** [ˋpostmən] ⃣n 郵差

The poor postman is chased by Chase's dog every morning.
可憐的**郵差**每天早上都被查斯的狗追著跑。
⃣補 chase 追趕

⃣3 **mailman** [ˋmeⳆmæn] ⃣n 郵差

The delivery will be delayed because the mailman is stuck in a traffic jam on the freeway.
運送會有延遲，因為**郵差**被塞在高速公路的車陣中。
⃣補 traffic jam 塞車

⃣3 **tailor** [ˋtelɚ] ⃣v ⃣n 裁縫

Iman's dress looks perfectly tailored and it suits her well.
以曼的洋裝看起來**剪裁**得很好，且與她很搭。
⃣補 suit 搭配

⃣2 **cab** [kæb] ⃣n 計程車

They took a cab to the office because they'd be late to the meeting if they didn't.
他們搭**計程車**去公司，因為如果不這樣的話，他們開會會遲到。

carrier 衍生字

⃣3 **vehicle** [ˋviɪkⳆ] ⃣n 運輸工具

⃣1 **truck** [trʌk] ⃣n 卡車 ⃣v 以卡車運送

⃣2 **van** [væn] ⃣n 貨車 ⃣v 以貨車運送

⃣3 **cruise** [kruz] ⃣v ⃣n 巡航

4 invoice [`ɪnvɔɪs] n v 發票

(MP3) 07-03

invoice可當名詞或動詞，當名詞時表示**發票**或是**發貨單**（有列商品品項或服務項目，以及單價、總價、其他費用的清單）。當動詞時則可用來表示**開發票**，像是**把發票開給某人**或**某公司**，或是**開…發票**。

片 pro forma invoice 估價發票

例 We will start mass producing once our customers countersigned the pro forma invoice.
當我們的客人把估價**發票**簽回時，我們就會開始量產。

invoice 相關字

2 bill [bɪl] n 帳單、鈔票、法案 v 開帳單
I asked the lady to send me the bill of our meal today because I had to leave early.
我請那位小姐把我們今天用餐的**帳單**寄給我，因為我得提早離開。
補 early 早的

2 check [tʃɛk] v 檢查、核對 n 帳單、支票
Checks should be neatly kept so you can always find them when you need them.
帳單要整齊地收好，這樣你才能在需要的時候找得到。
補 neatly 整齊地

2 report [rɪ`port] v n 報告、報導
Mandy's supervisor tells her to report to her before she leaves the office.
曼蒂的主管叫她下班之前去找她。
補 supervisor 主管

3 discount [`dɪskaʊnt] v n 折扣
Dan got a 65% discount on the TV and everybody envied him.
丹買到三五折的電視，而大家都羨慕他。

invoice 衍生字

3 audit [`ɔdɪt] v n 審計、旁聽
3 receipt [rɪ`sit] n 收據、收到
2 tab [tæb] n 帳款、費用
3 fiver [`faɪvɚ] n 五英鎊、五美元

非學不可的新多益單字

Chapter 1 | Chapter 2 | Chapter 3 | Chapter 4 | Chapter 5 | Chapter 6 | Chapter 7 | Chapter 8 | Chapter 9 | Chapter 10 | Chapter 11 | Chapter 12 | Chapter 13

4 **freight** [fret] **n v** 運輸中的貨物、運費 (MP3) 07-04

freight可當名詞或動詞。當名詞時可以做為**運輸中的貨物、貨運**（而不是快遞），或是**運費**；英國的用法則主要表示**海運**或**海運的貨物**。當動詞時可表示為**裝貨、運貨**等。

片 cargo freight 運費

例 Fiona is calculating the freight for the packages that she will be sending.

費歐娜正在計算她要寄的包裹的**運費**。

freight 相關字

4 **cargo** [`kɑrgo] **n** 貨物

The cargo is piled at the pier, waiting to be claimed.
貨被堆在碼頭上等著被認領。
補 pier 碼頭

3 **terminal** [`tɝmənl] **a** 末端的、終點的、末期的 **n** 終點、終點站、太空站

The payment should be made upon the terminal, or there would be a penalty.
這個款項在**期限**前要支付，否則會有罰款。
補 penalty 罰款

2 **load** [lod] **v n** 裝載

Willy loaded the books onto the wagon and drove away.
威利把書**裝**到貨車上，然後就開走了。

3 **transport** [træns`pɔrt] **v n** 運輸

The old man transported us all the way across the lake.
這個老人划船**載**我們過湖。
補 across 橫越

freight 衍生字

3 **shipment** [`ʃɪpmənt] **n** 出貨、出貨的貨

3 **wagon** [`wægən] **n** 無蓋貨車

2 **refrigerator** [rɪ`frɪdʒə.retə] **n** 冰箱

3 **ferry** [`fɛrɪ] **n** 渡輪 **v** 擺渡、渡船

❷ penny [ˋpɛnɪ] ❶ 便士、一毛錢　　(MP3) 07-05

penny是名詞，是錢的意思，可以用來表示一毛錢或單純代稱錢。
在英國的貨幣上是指一個便士，美國的話則是一分。

🔣 penny pincher 守財奴

📖 People always say they'd only pay a penny for my
thoughts, so I never tell them anything because I
think my thoughts worth a lot more.

人們總是說他們只願花一毛買我的想法，所以我從來不告訴他們
任何事，因為我覺得我的想法值更多的錢。

penny 相關字

❷ cent [sɛnt] ❶ 分、一分值的硬幣

Ron put a 50-cent stamps on that 30-cent envelope,
which is a waste of money.

榮恩在三十分信封上貼了五十分的郵票，很浪費錢。

🔣 a waste of …的浪費

❶ dollar [ˋdɑlɚ] ❶ 元、一元

Sometimes you can find some pretty cool things at a
dollar store.

你有時候能在一元商店裡找到不錯的東西。

❷ pence [ˋpɛns] ❶ 便士（penny的複數）

Tommy only has a few pence in his pocket.

湯米的口袋裡只剩幾分錢。

🔣 pocket 口袋

❷ coin [kɔɪn] ❶ 硬幣

You need to use coins to make phone calls on a pay
phone.

你需要用硬幣才能使用公共電話。

🔣 pay phone 公共電話

penny 衍生字

❷ pound [paʊnd] ❶ 英鎊

❷ credit card [ˋkrɛdɪt͵kɑrd] ❶ 信用卡

❸ debit card [ˋdɛbɪt͵kɑrd] ❶ 借記卡

❶ stamp [stæmp] ❶ 郵票

2 buyer [`baɪə] n 買家

(MP3) 07-06

buyer是名詞，是可數的。用來表示買東西的人、買家，或是採購部門的人。

片 impulsive buyer 衝動購物者

例 One should not be an impulsive buyer, or he will not be able to save any money.
你不應該做個衝動買家，不然就會沒辦法存錢。

buyer 相關字

3 client [`klaɪənt] n 客戶、委託人

The client is very satisfied with Judy's work, so she's going to recommend Judy to her friends.
客戶對於茱蒂的作品非常滿意，所以她要推薦茱蒂給她的朋友。
補 recommend 推薦

1 buy [baɪ] v n 買

No one in our neighborhood can afford to buy a house uptown because it's too expensive.
我們社區裡沒有人能買得起住宅區的房子，因為太貴了。
補 uptown (在) 住宅區

2 order [`ɔrdə] v n 訂購

The philanthropist ordered one hundred new beds for the orphanage to replace the worn ones.
慈善家幫那間孤兒院訂了一百張床，來取代那些已經很舊的。
補 philanthropist 慈善家

3 bid [bɪd] v n 競標

Raymond put a bid on the vase.
雷蒙在這個花瓶上下了標。
補 put a bid on 在…上下標

buyer 衍生字

3 merchant [`mɝtʃənt] n 商人

2 expensive [ɪk`spɛnsɪv] a 昂貴的

2 cheap [tʃip] a 廉價的

3 purchase [`pɝtʃəs] v n 採購

❸ **option** [`ɑpʃən] ⓝ 選擇權、選擇 ⓂⓅⓈ 07-07

option是名詞，用來表示**選擇權**、**選擇**，也可用來表示**可以買賣**（股票、房地產等）的**權利**。

片 stock option 認股權

例 Our options are very limited since we didn't get many funds this year.
因為我們今年的基金不多，所以**選擇**很少。

option 相關字

❸ **possibility** [ˌpɑsə`bɪlətɪ] ⓝ 可能性

All possibilities should be assessed carefully in case we miss any potential clients.
我們需要審核所有**可能性**，以防漏掉任何有潛力的客人。
補 potential 潛力、潛在的

❷ **choose** [tʃuz] ⓥ 選擇

When deciding on your career, choose wisely and don't just think about the money.
當你在決定你的職業時，要好好地**選擇**，而不要只是想到錢。
補 career 職業

❷ **choice** [tʃɔɪs] ⓝ 選擇

Every choice we make will have an impact on our life, one way or another.
我們所做的每個**決定**，都會以某種形式影響我們的人生。

❹ **alternative** [ɔl`tɜnətɪv] ⓐ ⓝ 替代

Kim tried to find an alternative solution to the difficult problem.
金姆試著尋找這個棘手問題的**替代**解決方案。
補 solution 解決辦法

option 衍生字

❸ **optional** [`ɑpʃənl] ⓐ 可選的

❸ **select** [sə`lɛkt] ⓥ 選擇 ⓐ ⓝ 被選擇出來的

❹ **gambit** [`gæmbɪt] ⓝ 最開始的行動

❸ **resort** [rɪ`zɔrt] ⓥ ⓝ 訴諸、憑藉

4 quotation [kwoˋteʃən] 🎧 MP3 07-08

n 引言、報價

quotation是名詞，可用來表示**引言**、**引用別人的作品**等；在商業上則常用來表示**報價**或**報價單**。

片 product quotation 商品報價

例 The quotation of the selected products will be displayed in the table below.
你所選擇的商品**報價**會顯示在下表中。

quotation 相關字

3 quote [kwot] **v** **n** 引用、報價
They recorded the president's speech and quoted him in the newspaper.
他們錄了總統的演說，並在報紙中**引述**他的話。
補 record 錄下

4 motto [ˋmɑto] **n** 座右銘
My motto is to keep on going, even if I'm moving at a snail's pace.
我的**座右銘**是要繼續向前，就算只以蝸牛的速度前進。
補 snail 蝸牛

2 price [praɪs] **n** 價格
Ivy takes a look at the price tag and finds that the price of this craft is surprisingly low.
艾薇看了一下**價格**，發現這個手工藝品的價錢驚人地低廉。
補 craft 手工藝品

2 tag [tæg] **v** **n** 標籤
Sometimes it's difficult to find a post on a website when the articles aren't tagged.
有時候網站上的文章很難蒐尋，因為他們沒有被**標籤**。
補 article 文章

quotation 衍生字

3 worth [wɝθ] **a** **n** 價值
2 record [ˋrɛkəd] **n** 記錄
1 dictionary [ˋdɪkʃənˌɛrɪ] **n** 字典
3 charge [tʃɑrdʒ] **v** **n** 收費

❸ **proposal** [prə`pozl̩] ⓝ 建議、企劃案 MP3 07-09

proposal是名詞，用來表示提出的建議或是提案、企劃案等，也可用來表示求婚。

🔄 project proposal 企劃案

🔲 Colin made a proposal to the head office and hoped it could be approved within a week.

柯林呈了一個企劃案到總公司，希望它能在一週內被核可。

proposal 相關字

❹ **proposition** [ˌprɑpə`zɪʃən] ⓝ 主張、提議

Joseph sent his propositions and was depressed when they were rejected.

喬瑟夫寄出了他的提議，並在它們被拒絕時感到沮喪。

🔄 depressed 沮喪的、消沈的

❶ **question** [`kwɛstʃən] ⓥ 質疑 ⓝ 問題

Taiwanese students don't question much, because they are taught to believe everything ever taught to them.

台灣學生不會有太多的疑問，因為他們被教導要相信所有教給他們的東西。

🔄 be taught to 被教導要…

❶ **idea** [aɪ`diə] ⓝ 主意、想法

His idea was brilliant but his boss would not accept it.

他的想法棒極了，但他的老闆不接受。

❷ **purpose** [`pɝpəs] ⓝ 目的

You have to have a purpose to motivate yourself.

你需要有一個目標來激勵自己。

🔄 motivate 激勵

proposal 衍生字

❸ **submission** [sʌb`mɪʃən] ⓝ 提交

❸ **submit** [səb`mɪt] ⓥ 提交

❹ **premise** [`prɛmɪs] ⓝ 前提、緣起

❸ **outline** [`aʊtˌlaɪn] ⓥ ⓝ （提出）大綱、概要、輪廓

③ confirm [kən`fɜm] ⓥ 確認、同意 📢 07-10

confirm是動詞，用來表示確認、同意、證實、確定、堅定或加深（某人的習慣、認定或想法）等。

🔶 confirm one's suspicion 證實某人的懷疑

📝 The supervisor confirmed that they will be granted a day off on Labor Day.
主管跟他們確認，說他們在勞動節會放一天假。

confirm 相關字

④ verification [ˌvɛrɪfɪ`keʃən] ⓝ 驗證

The verification process takes too long and people get impatient that many drop out.
認證過程太長，人們不耐煩就放棄了。
📘 impatient 沒有耐心的

④ attest [ə`tɛst] ⓥ 證明、擔保

The doctor attested that the pills she prescribed this time won't make me sleepy.
醫生擔保這次她開給我的藥不會讓我想睡覺。
📘 prescribe 開（藥）

④ affirm [ə`fɜm] ⓥ 肯定

The doctor affirmed that this surgery will be completely safe.
醫生肯定這次的手術絕對安全。

④ affirmation [ˌæfə`meʃən] ⓝ 肯定

The affirmation that Vince has passed the exams this time allows him to sleep better at night.
在肯定他這次考試會及格之後，文斯晚上睡得比較安穩。
📘 allow...to 讓…能…

confirm 衍生字

③ **assure** [ə`ʃur] ⓥ 保證
③ **assurance** [ə`ʃurəns] ⓝ 保證
③ **establish** [ə`stæblɪʃ] ⓥ 成立
③ **establishment** [ɪs`tæblɪʃmənt] ⓝ 設立

❸ insurance [ɪnˈʃʊrəns]

ⓝ 保險、保險業

insurance是名詞，用來表示**保險、保險業、保險費、保險所涵蓋**的範圍，以及保險所能獲得的**賠償金**等。

ⓗ insurance company 保險公司

ⓔ Julia has health insurance so she didn't have to pay for anything when she was hospitalized.
茱莉亞有健**保**，所以她不用負擔她住院時期的任何費用。

insurance 相關字

❷ policy [ˈpɑləsɪ] ⓝ 政策
Many citizens protested against the new discriminating policy.
很多公民抗議充滿歧視的新**政策**。
ⓑ discriminating 有歧視的

❷ protection [prəˈtɛkʃən] ⓝ 保護
The school will offer protection to all of the students.
這所學校會**保護**他們所有的學生。
ⓑ offer protection 提供保護

❶ protect [prəˈtɛkt] ⓥ 保護
The ring was put into a vault to protect it from missing.
那個戒指被放到保險箱裡**以防遺失**。
ⓑ protect from 使免受

❹ premium [ˈprimɪəm] ⓐ 優質的
The premium membership will allow you full access to our database.
白金帳戶會員身份能讓你完全使用我們資料庫。
ⓑ database 資料庫

insurance 衍生字

❸ cover [ˈkʌvə] ⓥ ⓝ 涵蓋
❹ policyholder [ˈpɑləsɪˌholdə] ⓝ 保險客戶
❸ benefit [ˈbɛnəfɪt] ⓥ ⓝ 得益
❹ beneficiary [ˌbɛnəˈfɪʃərɪ] ⓝ 受益人

⓶ **deliver** [dɪˋlɪvə] ⓥ 運送、遞給　🔊 07-12

deliver為動詞，可用來表示**運送**、**遞給**、**發表言論**、**履現諾言**、**達到某人的期望**以及**接生**等。

🅗 deliver to 送到

📗 The package should be delivered to the office, not my house.
這個包裹應該要被**送**到辦公室而不是我家。

deliver 相關字

⓷ **delivery** [dɪˋlɪvərɪ] ⓝ 交貨、投遞
After the avalanche, they can only get supplies from the daily air delivery.
在雪崩之後，他們只能從空投中得到物資。
🈦 avalanche 雪崩

⓶ **return** [rɪˋtɜn] ⓥ ⓝ ⓐ 返回
John is out meeting clients and he will bring us some coffee when he returns.
約翰去外面見客戶了，而他**回來**時會幫我們帶咖啡。

⓵ **back** [bæk] ⓥ ⓝ ⓐ ⓐⓓ 背面、往回
Willy was sent to get some groceries on his way back from school.
威利在放學回家的路上被叫去在買些雜貨。
🈦 back and forth 來來回回地

⓵ **post** [post] ⓝ 郵件 ⓥ 寄郵件、發佈、通報
Outgoing mail is to be taken to the post office at 10 o'clock every morning.
外發郵件需要在每天早上十點送到**郵**局。

deliver 衍生字

⓷ **post office** [ˋpostˏɔfɪs] ⓝⓗ 郵局
⓶ **drop** [drɑp] ⓥ ⓝ 滴、落下
⓶ **groceries** [ˋgrosərɪ] ⓝ 雜貨
⓷ **airdrop** [ˋɛrˏdrɑp] ⓥ ⓝ 空投

235

③ register [ˈrɛdʒɪstɚ] ⓥ ⓝ 登記　　📀 07-13

register可當動詞或名詞使用，當動詞時常用來表示登記（通常是名字）、註冊（學籍或籍貫等）或是表示、顯示等。當名詞時則可表示登記的動作、登記的工具（本子或機器），或是音域、文域等。

⏸ cash register 收銀機

例 The robber came to the cash register and took every penny inside.
搶匪拿走了收銀機裡的每一毛錢。

register 相關字

① book [buk] ⓥ 預訂　ⓝ 書本、本子
You can complete the online booking by filling in the blanks below.
你只要填好以下空格就能完成線上預訂。
⏸ online booking 線上預訂

② file [faɪl] ⓥ 提出、歸檔　ⓝ 文件夾
If you're not satisfied with our service, please file your complaint to our mailbox.
如果你對我們的服務不滿意，請投訴到我們的信箱。
⏸ satisfied with 對…滿意

③ issue [ˈɪʃju] ⓥ 發佈　ⓝ 問題、刊物
The first issue of our magazine was a success.
我們雜誌的第一刊大成功。
⏸ magazine 雜誌

③ trademark [ˈtredˌmɑrk] ⓝ 商標
Max designed the trademark for a lot of big brands.
邁斯設計了許多大廠牌的商標。
⏸ brand 品牌

register 衍生字

④ registration [ˌrɛdʒɪˈstreʃən] ⓝ 註冊
③ registry [ˈrɛdʒɪstrɪ] ⓝ 登錄
③ sign up [ˌsaɪnˈʌp] ⓥⓝ 報名
② entry [ˈɛntrɪ] ⓝ 入口、入場、參加

❸ penalty [`pɛnḷtɪ] ⓝ 處罰

MP3 07-14

penalty是名詞，意思是正式的處罰（punishment是比較不正式的處罰）。它可以用來表示罰金、罰則、處罰、刑罰等。

🅗 death penalty 死刑

🄔 People have been debating on whether or not we should use death penalty, but so far we haven't come to a conclusion.

人們一直在辯論我們是否應該廢除死刑，但目前還沒有定論。

penalty 相關字

❸ punishment [`pʌnɪʃmənt] ⓝ 懲罰

Nick received punishment for not finishing his homework.
尼克因為沒做作業被處罰。

❷ crime [kraɪm] ⓝ 犯罪

Crime rates have risen along with the increase of unemployment rates.
犯罪率跟著失業率一同升高。
🄶 unemployment rate 失業率

❸ criminal [`krɪmənḷ] ⓝ 罪犯

Sex offenders are often despised by people, even among the other criminals.
性罪犯通常會受人鄙棄，就算是在其他罪犯之中也是。
🄶 offender 冒犯者

❷ cheat [tʃit] ⓥ 欺詐、欺騙 ⓝ 騙子

Without a warrant, no one is allowed to go through the cheat's belongings.
沒有搜索令的話，沒有人能去翻那個騙子的東西。
🄶 belongings 私人物品

penalty 衍生字

❷ punish [`pʌnɪʃ] ⓥ 懲罰

❸ warrant [`wɔrənt] ⓝ 搜索令

❸ enforce [ɪn`fors] ⓥ 強制、實行

❹ compulsory [kəm`pʌlsərɪ] ⓐ 強制性的

3 container [kənˋtenɚ] n 貨櫃、容器 ⓂⓅ 07-15

container是名詞，意思是任何用來裝東西（contain）的容器，像是盒子、箱子、櫃子、桶子…等。商業上則用來表示貨櫃。

片 container ship 貨櫃船

例 Penny found a container that is perfect for sorting coins.
潘妮找到了一個很適合把硬幣分類的容器。

container 相關字

2 tank [tæŋk] n 槽、坦克 v 把…放在槽裡

There's a leak in the tank and it should be found immediately.
水槽有個漏洞，而且應該要馬上被找到。

補 tank up 加滿油箱

1 can [kæn] n 罐頭

One should use a bowl when feeding their pets and not let them eat from a can.
餵寵物的時候應該要用碗，而不是讓牠們從罐頭直接吃。

補 bowl 碗

1 bin [bɪn] n 盒子、箱子

The dust bin is full now and someone has to clear it up.
垃圾桶滿了而有人得把它清掉。

補 garbage can 垃圾桶

3 containment [kənˋtenmənt] n 容納、容器

The containment should not be breached, or the chemical will be released into the air.
容器絕對不能被破壞，不然化學物質會被釋放到空氣中。

container 衍生字

2 leak [lik] v 洩漏

2 seal [sil] v n 密封

1 box [bɑks] n 箱

3 canister [ˋkænɪstɚ] n 罐

3 distance [ˋdɪstəns] **n v** 距離

distance通常作為名詞用，但也可作動詞用。作名詞用時表示距離、隔開的空間、遠處；作動詞時則表示使有一段距離、放在遠處或是疏遠。

片 go the distance 持續做某件事直到成功為止

例 Long-distance relationship is difficult but not impossible.
遠距離戀愛是辛苦的但不是不可能。

---

distance 相關字

3 distant [ˋdɪstənt] **a** 遙遠的
The distance between planets can only be shown in light-year because it's too distant.
星球間的距離太遙遠了所以只能用光年來表示。
補 planet 星球

2 length [lɛŋθ] **n** 長度
The length of this film is about two hours.
這部片約有兩小時長。
補 film 影片

2 yard [jɑrd] **n** 碼
Donna bought eight yards of satin to make her gown.
多娜買了八碼的緞布來做她的禮服。
補 satin 緞布

3 centimeter [ˋsɛntə͵mitə] **n** 公分
Vanessa said she'd walk a thousand miles if she could go home now, but I'm too tired to move a centimeter.
凡妮莎說如果她能現在回家的話，她願意走一千哩；但我太累了連一公分都動不了。

---

distance 衍生字

2 mile [maɪl] **n** 英里、英哩

2 meter [ˋmitə] **n** 米

2 light-year [ˋlaɪt͵jɪr] **n** 光年

4 altitude [ˋæltə͵tjud] **n** 海拔

③ continent [ˈkɑntənənt] ⓝ ⓐ 大陸 (MP3)07-17

continent可做名詞或形容詞。做名詞時常用來表示大陸、大洲（七大洲），或是（用來與島嶼或半島做區隔的）陸地。當形容詞時則用來表示節欲的，特別是性欲。

🔤 Pangaea continent 盤古大陸（原始大陸）
📖 For now, there are seven continents on this planet.
目前這個星球上有七大洲。

continent 相關字

② Asia [ˈeʃə] ⓝ 亞洲

The market in Asia should not be underestimated because the rising of China will influence its neighboring countries.
我們不應該低估亞洲市場，因為中國的崛起會帶動鄰近國家。
🔤 underestimate 低估

② Europe [ˈjurəp] ⓝ 歐洲

The economy keeps declining over the years and it's especially bad in Europe.
經濟這幾年遲續下降，而在歐洲特別慘。
🔤 decline 下降

② America [əˈmɛrɪkə] ⓝ 美洲、美國

America is circled by oceans.
美洲大陸被海洋所環繞。
🔤 be circled by 被…環繞

③ continental [ˌkɑntəˈnɛntl̩] ⓐ 大陸的

A continental breakfast is very different from an English breakfast.
歐陸式早餐跟英式早餐很不一樣。

continent 衍生字

② island [ˈaɪlənd] ⓝ 島
① ocean [ˈoʃən] ⓝ 海洋
② Oceania [ˌoʃɪˈænɪə] ⓝ 大洋洲
② Africa [ˈæfrɪkə] ⓝ 非洲

❸ **direction** [dəˋrɛkʃən] ⓝ 方向、方位 🎵07-18

direction是名詞，可用來表示**指示**的行為，或是表示方向、方位
（東西南北）、趨勢、指導、（音樂的）指揮等。

🔜 sense of direction 方向感

📖 One should not be giving directions to people
when he has no sense of direction.
沒有方向感的人不應該給人指路。

---

direction 相關字

❶ east [ist] ⓝ 東方
The sun rises in the east and falls in the west.
太陽從東邊昇起從西邊落下。
🔜 oriental 東方的

❶ west [wɛst] ⓝ 西方
My cousins live in the west with their parents.
我的表兄弟姐妹們跟他們的父母住在西邊。
🔜 cousin 表／堂兄弟姊妹

❶ north [nɔrθ] ⓝ 北方
The temperature will be lower as you go further north
because we're in the northern hemisphere.
因為我們在北半球，所以愈往北會愈冷。
🔜 hemisphere 半球

❶ south [sauθ] ⓝ 南方
The south is, strangely, always less developed than
the north.
很奇怪的，南方的發展一向都比北方慢。
🔜 strangely 奇怪地

---

direction 衍生字

❶ left [lɛft] ⓝ 左
❶ right [raɪt] ⓝ 右
❶ front [frʌnt] ⓝ 前
❶ back [bæk] ⓝ 後

❹ inquiry [ɪn`kwaɪrɪ] ⓝ 調查、詢問　　MP3 07-19

inquiry是名詞，意思是**詢問**或**調查**的動作。可用來表示對真理、資訊、知試等的**尋找**或**探尋**，或是對於某件事的**調查**或**詢問**。

🔳 public inquiry 公眾調查

📺 They stopped taking inquiries for now because they need some time to process the ones that came earlier.

現在他們暫停接收任何的**詢問**，因為他們需要一點時間來處理先前收到的那些。

inquiry 相關字

❸ inquire [ɪn`kwaɪr] ⓥ 查詢
The enclosed file should contain all the information needed you inquired.

附檔裡應該有你**詢問**所需要的全部資料。

🔖 contain 包含

❹ query [`kwɪrɪ] ⓝ ⓥ 查詢
No one would respond to that query because it's too stupid.

沒人願意回答那個**問題**，因為它太蠢了。

🔖 respond to 回應

❸ quest [kwɛst] ⓥ ⓝ 尋求、任務
Frodo was on the quest to destroy the Ring.

佛羅多的**任務**是毀掉魔戒。

🔖 destroy 摧毀

❶ ask [æsk] ⓥ 問
My teacher always wants us to ask more questions.

我的老師總要我們多**問**問題。

inquiry 衍生字

❷ **request** [rɪ`kwɛst] ⓥ ⓝ 要求

❷ **reply** [rɪ`plaɪ] ⓥ ⓝ 答覆

❸ **respond** [rɪ`spɑnd] ⓥ 回應

❷ **enclose** [ɪn`kloz] ⓥ 附上

❸ comparison

(MP3) 07-20

[kəm`pærəsn̩] ⓝ 比較

comparison是名詞，意思是**比較**（compare）的這個動作。也可用來表示被拿來做比較的**狀態**，或是比喻、對照等。

ㅂ in comparison 相較之下

例 My artwork looks so immature in comparison with the professional artists'.
我的藝術作品與專業藝術家的比起來好不成熟。

comparison 相關字

❸ compare [kəm`pɛr] ⓥ 比較
We should stop comparing ourselves with others.
我們應該停止與其他人做**比較**。
補 compare with 與…比較

❸ contrast [kən`træst] ⓥ 對比
Raven likes to wear contrasting colors and it becomes her style.
雷雯喜歡穿**對比**色，而這成了她的風格。
補 by contrast 相比之下

❸ similarity [ˌsɪmə`lærətɪ] ⓝ 相似性
The similarity between the twins is close to nothing.
這兩個雙胞胎的**相似度**近乎於零。

❷ difference [`dɪfərəns] ⓝ 差別
There's no difference between the two answers and one of the two students must have cheated.
兩個答案之間沒有**差別**，其中一個學生一定作弊了。
補 make no difference 沒什麼影響

comparison 衍生字

❸ range [rendʒ] ⓥ ⓝ 範圍
❸ dilemma [də`lɛmə] ⓝ 困境
❸ compete [kəm`pit] ⓥ 競爭
❷ weigh [we] ⓥ 衡量

③ vend [vɛnd] ⓥ 賣東西、販賣 ⓜ 07-21

vend是動詞，用來表示**賣東西給別人**（通常是步行的小販），或是表達、公佈自己的觀點或想法。

ⓝ vending machine 販賣機

ⓔ I used to buy coffee from the vending machines when I didn't have time to stop by the coffee shop.
我之前在沒時間去咖啡館的時候會在**販賣機**買咖啡。

vend 相關字

② vender [ˋvɛndɚ] ⓝ 協力廠商

Please inform all our venders that we will be on vacation for the next week.
請告知我們的**協力廠商**，我們下個禮拜會放假。
ⓟ on vacation 放假

② seller [ˋsɛlɚ] ⓝ 賣方

The seller gives really detailed instructions on the purchasing process, which makes it so much easier for a new costumer.
賣家給了我們詳細的購買流程解釋，讓新客戶也能輕鬆下單。

③ trader [ˋtredɚ] ⓝ 貿易商

Tea and refreshments will be provided by our usual trader.
我們平時合作的**廠商**會提供茶和茶點。
ⓟ refreshment 茶點

③ provider [prəˋvaɪdɚ] ⓝ 供應商

One of our providers informed me that they'll need one more week to finish the production.
我們其中一個**供應商**告訴我，他們還要再一週才能生產完成。

vend 衍生字

② **provide** [prəˋvaɪd] ⓥ 提供

② **supplier** [səˋplaɪɚ] ⓝ 供應商

③ **minimum** [ˋmɪnəməm] ⓝ 最小值

③ **maximum** [ˋmæksəməm] ⓝ 最大值

3 **addition** [əˋdɪʃən] ⓝ 增加

MP3 07-22

addition是名詞，用來表示增加的過程或結果、補充的東西、加法，或是房子加蓋的部分。

片 in addition 另外

例 In addition to our previous agreement, we will be giving you extra samples for testing.
除了我們先前同意的之外，我們還會給你額外的樣品做測試。

addition 相關字

3 **additional** [əˋdɪʃən!] ⓐ 額外的
The additional clauses should be read carefully before signing a contract.
在簽約前應該要詳細閱讀額外的條款。
補 sign a contract 簽約

1 **add** [æd] ⓥ 加、增加
Jazzie is so bad at math that she can't even add.
潔西的數學差到連加法都不會。

3 **attachment** [əˋtætʃmənt] ⓝ 附件
The attachment to this email is a virus that will wipe out everything on your hard drive.
這封電郵的附檔是個會把你硬碟清空的病毒。
補 virus 病毒

3 **attach** [əˋtætʃ] ⓥ 附上、接上
Nowadays people attach hair extensions to make their hair look fuller or longer.
現在人們接上髮片來使頭髮看起來更長、更豐盈。
補 attach to 屬於

addition 衍生字

3 **extension** [ɪkˋstɛnʃən] ⓝ 擴展
4 **appendix** [əˋpɛndɪks] ⓝ 附錄
2 **adhere** [ədˋhɪr] ⓥ 黏附
3 **adherence** [ədˋhɪrəns] ⓝ 黏附

3 **mount** [maʊnt] n v 攀登、攀爬   (MP3) 07-23

mount可做名詞或動詞，做名詞時表示**攀登**、**攀爬**的動作，或是**坐騎**、**用來騎的交通工具**等，還有**騎馬的行為**，或是用來**方便安裝**的的東西。做動詞時則可表示攀登、攀爬、登上、騎上、加上（數量或強度）、到達更高的境界等。

片 mounting system 安裝系統

例 With the mounting system that comes with the package, installing this product will take no effort at all.

有了包裝中含的這個**安裝輔助**，安裝這個產品完全不費力。

mount 相關字

2 plus [plʌs] a n 好的、正向的 p 加

Two plus two equals four, not five.

二加二等於四，不是五。

4 accumulate [ə`kjumjə‚let] v 累積

Her knowledge is accumulated by constant reading.

她的知識**累積**於時常地閱讀。

補 accumulator 累積者

4 cumulative [`kjumjʊ‚letɪv] a 累積的

The huge pile of cumulative laundry was meant to be done last weekend.

這一大堆**累積**的髒衣服本來是上個週末該洗的。

3 excess [ɪk`sɛs] v 超越、過度 a 過剩的

The cloth is used to wipe away excess paint.

這塊布是用來擦掉**多餘**顏料的。

補 wipe away 擦掉

mount 衍生字

3 excessive [ɪk`sɛsɪv] a 過多的、過度的

2 pile [paɪl] v n 堆積

3 overlap [‚ovə`læp] v n 交疊

2 stack [stæk] v n 堆

5 **allocation** [ˌælə`keʃən] ⓝ 分配　　MP3 07-24

allocation是名詞。用來表示**分配的動作**、**被分配的狀態**，或是**被分配到的部分**。在會計上可用來表示（各分公司或部門）所分到的**分配額**。

⊞ resource allocation 資源分配

例 The allocation of funds should be decided three months before the end of the year.
資金的**分配**在年底的三個月前要決定。

allocation 相關字

⑧ divide [də`vaɪd] ⓥ 劃分
Students are divided into groups of four to work on their projects.
學生們被**分成**四人小組來進行他們的計劃。
⊞ work on 著手進行

⑧ portion [`porʃən] ⓝ 一部分
A portion of our income goes into charity.
我們收入的**一部分**捐給慈善機構。
⊞ income 收入

④ proportion [prə`porʃən] ⓝ 比例
Sam doesn't like the proportion of the bonus she's received but she doesn't have a choice.
珊姆不喜歡她被分派到的紅利**比例**，但她沒有選。

⑧ categorize [`kætəgəˌraɪz] ⓥ 分類
Categorizing can be exhausting when there's a lot to process.
當有很多東西需要**分類**的時候，它就是件很累人的事。
⊞ exhausting 累人的

allocation 衍生字

④ allot [ə`lɑt] ⓥ 分配
④ designate [`dɛzɪgˌnet] ⓥ 指定
⑧ shuffle [`ʃʌf!] ⓥ 打亂、滑步走
① put [put] ⓥ 放

❸ delay [dɪˋle] ⓥ ⓝ 延遲

MP3 07-25

delay可做為動詞或名詞。做為動詞時用來表示延遲、延誤、延後；做名詞時則表示上述的動作或情況，以及被延誤到的時間。

片 delaying tactic 拖延戰術

例 All assignments should be submitted without delay.

所有的作業都不能延遲繳交。

delay 相關字

❶ late [let] ⓐ 晚的

Late submission will not be accepted under any condition.

遲交在任何情況下都是不能被接受的。

補 be accepted 接受
submission 提交物

❷ lateness [ˋletnɪs] ⓝ 遲到

The lateness of students might fail this class.

遲到的學生這門課可能不會及格。

❷ due [dju] ⓐ 到期的

The essay about self-assessment is due this Monday and please hand it in time.

自我評量的文章這禮拜一到期，請準時交作業。

補 self-assessment 自我評量

❷ mix-up [ˋmɪksˏʌp] ⓝ 混合

The file names of your assignments should be clear to avoid any mix-up.

你工作文件的檔名需要寫清楚以防混淆。

補 avoid 避開

delay 衍生字

❶ missing [ˋmɪsɪŋ] ⓐ 遺失的

❷ arrival [əˋraɪvl] ⓝ 到達

❸ stoppage [ˋstɑpɪdʒ] ⓝ 暫停

❸ suspension [səˋspenʃən] ⓝ 中止

② client [`klaɪənt] ⓝ ⓐ 客人

(MP3) 07-26

client用來表示需要別人專業服務，如法律、會計、設計等方面的委託人或是客戶。做為形容詞時則可表示當常態的客人，或（在軍事或經濟上）是倚賴的。

片 target client 目標客戶

例 Henry has to meet a client today so he left to work earlier than usual.
亨利今天得去見一個客戶，所以他比平常早出門。

client 相關字

③ customer [`kʌstəmə] ⓝ 顧客
It's important that we meet our customers' expectations.
達到客人的期望對我們來說是重要的。
補 expectation 期望

③ consume [kən`sjum] ⓥ 消費、消耗、攝取
Although he's only four, the boy consumes a lot of food.
雖然他只有四歲，但這個男孩攝取很多食物。
補 consumption 消耗、用盡

③ consumer [kən`sjumə] ⓝ 消費者
Robert is a loyal consumer to the company.
羅柏是這間公司忠誠的消費者。
補 loyal 忠實的

④ accountable [ə`kauntəbl̩] ⓐ 負責的
George should be held accountable for the actions that he took.
喬治應該要為他的行為負責。
補 hold one accountable 讓…負責

client 衍生字

② sly [slaɪ] ⓐ 狡猾的
② faithful [`feθfəl] ⓐ 忠實的
② loyal [`lɔɪəl] ⓐ 忠誠的
② loyalty [`lɔɪəltɪ] ⓝ 忠誠

❸ survey [sə`ve] n v 調查、問卷   MP3 07-27

survey可做動詞或名詞。做動詞時表示**調查**、**檢查**、**考察**、**俯瞰**、**審視**。做名詞時則可用來表示上述的動作。

🔗 field survey **實地考查**

📝 The survey shows that 87% of college students have no clue on what they want to do in the future.
這個**調查**顯示，百分之八十七的學生不知道他們未來要做什麼。

survey 相關字

❸ questionnaire [ˌkwɛstʃən`ɛr] n 調查問卷
The questionnaire is so badly designed that I have no patience reading all the lines.
這個**問卷**的設計太糟了，我沒有耐心讀完所有的文字。

❸ opinion [ə`pɪnjən] n 意見
Sarcastic opinions will only be appreciated by the ones who can understand them.
諷刺性的**意見**只有瞭解的人才能欣賞。
🔗 sarcastic 諷刺的

❸ feedback [`fidˌbæk] n 反饋
Teachers will receive positive feedback from their students if they're dedicated to their teaching.
老師們若有認真教課的話，學生們就會給他們好的**回饋**。
🔗 dedicated to 認真的

❷ poll [pol] v n 投票
He would feel more confident if he made enough preparations before the poll.
若他有在**投票**前做足夠的準備的話，他就會比較有信心。
🔗 preparation 準備工作

survey 衍生字

❸ primary [`praɪˌmɛrɪ] a 主要的

❷ comment [`kɑmɛnt] n 評論

❸ preparation [ˌprɛpə`reʃən] n 準備

❶ market [`mɑrkɪt] n 市場

1 group [grup] ⓥ ⓝ 群聚、小組　　　(MP3) 07-28

group可做動詞或名詞。做動詞時可表示**群聚**或**分組**；做名詞時則表示**任何群聚的東西**或**人**（群體），或是**任何能被歸類在一起的人或物**。

🔡 group therapy （心理治療）小組治療

📖 Although Missy didn't like it, she joined the group therapy every Sunday anyway.
雖然蜜西不喜歡參加小組治療，她還是每星期天都會去。

group 相關字

1 team [tim] ⓥ ⓝ 組成、團隊
They team up soon after they first met.
他們第一次見面後很快就**組成**一個團隊。
🔡 team up 組成團隊

3 unity [ˋjunətɪ] ⓝ 統一
They saw a flock of birds flying across the sky in unity this morning.
今早他們看見一群鳥**共同**的飛過天空。
🔡 a flock of birds 一群鳥

3 unite [juˋnaɪt] ⓥ 團結
We will be able to achieve greater things if we can be united.
我們如果**聯手**的話會有更好的成就。

4 unanimous [juˋnænəməs] ⓐ 一致的
Being good with words helps to reach an unanimous agreement within a big group.
好的說話技巧能幫助你在大群人之中取得**一致**的協議。
🔡 agreement 同意

group 衍生字

4 coordinate [koˋɔrdn̩et] ⓥ 協調
2 flock [flɑk] ⓝ 一群
2 herd [hɝd] ⓝ 一群
2 school [skul] ⓝ 魚群

251

❸ decline [dɪˋklaɪn] ⓥ ⓝ 拒絕、下降　　MP3 07-29

decline可做為動詞或名詞，做動詞時可以表示**拒絕**，或是向下彎、向下傾斜、**下降**、（力量、活力等的）**衰退**。做名詞時則表示上述的現象或動作。

片 on the decline 正在衰退中

例 The authorities claim that the unemployment rate is on the decline, but we fail to find any visible improvements.
當局聲稱失業率正在下降，但我們沒有發現任何明顯的改善。

decline 相關字

❸ reject [rɪˋdʒɛkt] ⓥ 拒絕
Odin asked Olivia to marry him but was rejected.
歐丁請奧利維亞嫁給他，但她拒絕了。

❸ refuse [rɪˋfjuz] ⓥ 拒絕
The old lady asked Mark to lend her thirty dollars but he refused to help.
這個老太太請馬克借她三十美元，但是他**拒絕**幫忙。

❶ protest [prəˋtɛst] ⓥ ⓝ 抗議
The protest was ignored by the authorities, which makes the protester angrier than ever.
當局忽略抗議的舉動使抗議者比先前更生氣。
補 authority 當權者

❷ ignore [ɪgˋnor] ⓥ 忽略
Macy didn't want to be the leader, but her teammates make it difficult for her to ignore them.
梅西不想當隊長，但是她的隊員們讓她難以**忽略**他們。
補 teammate 隊員

decline 衍生字

❸ neglect [nɪgˋlɛkt] ⓥ 忽視

❸ object [əbˋdʒɛkt] ⓥ 反對

❷ reluctant [rɪˋlʌktənt] ⓐ 不願意的

❹ negligence [ˋnɛglɪdʒəns] ⓝ 疏忽

非學不可的新多益單字

Chapter 1 | Chapter 2 | Chapter 3 | Chapter 4 | Chapter 5 | Chapter 6 | Chapter 7 | Chapter 8 | Chapter 9 | Chapter 10 | Chapter 11 | Chapter 12 | Chapter 13

2 **speed** [spid] ⓥ ⓝ 快速前進、加速 　　MP3 07-30

speed可當動詞或名詞。當動詞時表示**快速前進、加速、超速行駛**等；當名詞時則可表示**速率、速度**，或是**快速、迅速地行進**。

🔒 at full speed 全速前進、speed up 加速

📝 We are driving at full speed, hoping that we can leave the pursuer far behind.
我們正在全速駕駛，希望我們能把追趕者遠遠拋在後面。

---

speed 相關字

■ fast [fæst] ⓐ ⓐⓓ 快
Ray always eats fast and his mother has to keep telling him to slow down.
雷總是吃得很快而他母親需要一直叫他吃慢點。
🔒 slow down 慢下來

■ slow [slo] ⓐ ⓐⓓ ⓥ 慢
The students realize that they will all be parting soon and hope time can slow down
當他們意識到他們很快會離別時，這些學生希望時間能慢下來。
🔒 part 離別

2 moderate [`mɑdərɪt] ⓐ 中度的
The teacher plays the piano at a moderate speed.
老師用中等的速度在彈鋼琴。

4 decelerate [diˈsɛləˌret] ⓐ 減速
The train decelerated when it was pulling into the station.
火車在進站時減速了。
🔒 pull in 進佔

---

speed 衍生字

■ **sandglass** [`sændˌglæs] ⓝ 沙漏

■ **soon** [sun] ⓐⓓ 不久

■ **stopwatch** [`stɑpˌwɑtʃ] ⓝ 碼錶

■ **timer** [`taɪmə] ⓝ 計時器

❹ lading [`ledɪŋ] ⓝ 裝載、提取　MP3 07-31

lading是名詞，用來表示**提取、裝載、汲取**的動作，以及**裝載**的東西（**貨物**等）。

🔖 bill of lading 提單

📝 The bill of lading has to be sent to our customer beforehand to allow them to claim their goods.
這個**提**單得提前寄給客戶，好讓他們能去提貨。

lading 相關字

❸ export [ɪks`port] ⓥ 輸出　[`ɛksport] ⓝ 出口

They export seafood and import grains because it's difficult to grow food on such a small island.
他們**出口**海鮮並進口穀類，因為在這個小島上很難栽種食物。
🔖 grains 穀類

❸ import [ɪm`port] ⓥ　[`ɪmport] ⓝ 進口

Although it is illegal, smugglers can still find various ways to import drugs into the country.
雖然這是違法的，走私客仍找得到各種不同的方式來走私毒品**進**到這個國家。
🔖 smuggler 走私者

❷ dock [dɑk] ⓝ 碼頭

Our customers usually prefer taking their products from the dock.
我們的客戶通常偏好直接在**碼頭**拿他們的貨物。
🔖 prefer 偏好

❸ deck [dɛk] ⓝ 甲板

The cargos are loaded on the deck, waiting to be sorted.
貨物被放在甲**板**上等候分類。

lading 衍生字

❷ crane [kren] ⓝ 起重機

❸ pallet [`pælɪt] ⓝ 棧板

❸ smuggle [`smʌgl̩] ⓥ 走私

❸ overload [ˌovɚ`lod] ⓥ　[`ovɚˌlod] ⓝ 過載

4 **deceit** [dɪ`sit] n 詐騙、欺騙

deceit是名詞。用來表示**詐騙**、**欺騙**，如此的行為或言語，也可表示**詐騙手法**。

片 a person of deceit 騙子

例 Jack is a person of deceit and is not to be trusted.
傑克是個不能信任的**騙子**。

deceit 相關字

3 deception [dɪ`sɛpʃən] n 欺騙
The deception caught Rene off guard and she's devastated by the painful truth.
這個**欺騙**在芮妮完全沒有準備的情況下被發現，而她被痛苦的事實傷得很重。
補 devastated 身心交瘁的

2 lie [laɪ] v 撒謊 n 謊言
People who lie usually believe that they will be able to fool other people.
說謊的人們通常覺得他們能夠唬弄過別人。

1 fool [ful] v 矇騙 n 傻瓜
She is a fool for believing the man even after he tricked her many times.
她是個**傻瓜**，在他欺騙了她很多次之後還是相信他。
補 trick 欺騙

2 conceal [kən`sil] v 隱瞞
You can tell by her behavior that she's concealing something.
你可以從她的行為看出來她在**隱藏**什麼。
補 behavior 行為

deceit 衍生字

2 cover [`kʌvɚ] v n 涵蓋、蓋住
1 hide [haɪd] v 隱藏
3 earnest [`ɝnɪst] a 認真的
2 liar [`laɪɚ] n 騙子

■ time [taɪm] n a v 時間、時候

MP3 07-33

time可當名詞、形容詞或動詞。當名詞時表示時間、時候、時期、次數，或是倍數；當形容詞時則可表示時間的、定時的、分次的；當動詞時可表示定在某個時間、計時、安排時間等等。

片 in no time 馬上

例 If you keep up the good work, success will be knocking on your door in no time.
如果你繼續做好你的工作的話，成功馬上就會來敲你的門了。

time 相關字

■ dawn [dɔn] n 黎明
Since they have to get to the camping site by noon, they have to leave at dawn.
由於他們得在中午前到達營區，他們得在黎明時出發。

■ morning [ˈmɔrnɪŋ] n 早晨
There's a storm coming, so the morning seems utterly gloomy.
由於有暴風雨要來，這個早晨看起來格外昏暗。
補 utterly 徹底地

■ noon [nun] n 中午
Lisa's train leaves at noon so she has to be there on time.
莉莎的火車中午啟程，所以她必須準時到達。

■ afternoon [ˈæftɚˈnun] n 下午
The sunset looks so spectacular that afternoon, it's beyond all description.
那個下午的夕陽太美了，無法用文字形容。
補 spectacular 壯觀的

time 衍生字

■ evening [ˈivnɪŋ] n 黃昏
■ night [naɪt] n 晚上
■ midnight [ˈmɪdˌnaɪt] n 午夜
■ twilight [ˈtwaɪˌlaɪt] n 暮色

1 date [det] n v 日期、約會

date可為名詞或動詞。做為名詞時可表示日期、時期；或是約會的對象、約會；又或是棗子。做動詞時可表示寫上日期、過時，或是屬於某個時期；也可用來表示與某人約會。

H date rape 約會強暴

例 Date rape happens all the time and nothing has really been done to prevent it.

約會強暴一直在發生，但卻沒有人做任何事來防止它。

date 相關字

1 today [tə`de] n 今天

Gina missed school today because she overslept.

吉娜今天沒去學校因為她睡過頭了。

1 tomorrow [tə`mɔro] n 明天

When times are tough, we need to try convincing ourselves that tomorrow will be better.

當時局不好的時候，我們需要試著說服自己說明天會更好。

補 convince 說服

1 past [pæst] n a 過去

If you're worried about the past all the time, you'll never be able to live in the moment.

如果你一直擔心過去，你永遠也無法活在當下。

補 live in the moment 活在當下

1 yesterday [`jɛstəde] ad n 昨天

The project was due yesterday and we haven't had the outline mapped out yet.

這個計劃昨天就該完成了而我們還沒把大綱寫出來。

補 outline 大綱

date 衍生字

3 fortnight [`fɔrt,naɪt] n 兩星期

1 week [wik] n 週

1 month [mʌnθ] n 月

1 year [jɪr] n 年

❸ **obtain** [əb`ten] ❶ 得到、獲得　　　　🎧 07-35

obtain是動詞，用來表示**得到**、**獲得**、**實現**、**達到**、**普遍存在**或**習慣**、**流行**等。

🈁 obtain with acceptance 受到歡迎

📖 You should drink milk if you wish to obtain calcium.
若你想**得到**鈣質的話，你應該要喝牛奶。

obtain 相關字

❹ **acquire** [ə`kwaɪr] ❶ 獲得
I don't know how he acquired the information and I don't want to ask.
我不知道他怎麼**獲得**這些資訊的，而且我也不想問。
🈁 acquirable 可取得的

❶ **get** [gɛt] ❶ 獲得
We can only get very weak signal here, if any at all.
就算能夠收得到，我們也只能**收到**很微弱的訊號。
🈁 signal 訊號

❷ **rob** [rɑb] ❶ 搶劫
Penelope was robbed last night and is still in shock.
潘妮洛普昨天晚上被**搶**了，而她現在還在震驚中。
🈁 in shock 震驚

❷ **grab** [græb] ❶ ❶ 抓
The robber grabbed her bag and ran.
搶匪**抓**了她的包包就跑了。
🈁 grab at 抓取

obtain 衍生字

❷ **snatch** [snætʃ] ❶ ❶ 搶奪、抓

❶ **take** [tek] ❶ 拿、取

❸ **receive** [rɪ`siv] ❶ 收到、收

❷ **pry** [praɪ] ❶ 刺探

Chapter 8

技術層面
Technical

❸ laboratory [ˈlæbrəˌtorɪ] ⓝ 實驗室 MP3 08-01

laboratory是名詞。用來表示實驗或研究用的空間、化學工廠或藥廠。

🔧 laboratory rat 小白老鼠

📖 Some animals are bred in laboratories for experiments.
有些動物是在實驗室裡為了做實驗而配種出來的。

laboratory 相關字

❸ chemistry [ˈkɛmɪstrɪ] ⓝ 化學
The ventilation system is very important to a chemistry lab.
通風系統對一間化學實驗室的安全是非常重要的。
🔧 ventilation system 通風系統

❸ magnifier [ˈmægnəˌfaɪə] ⓝ 放大鏡
The elderly would sometimes need a magnifier to help them read.
老年人有時會需要放大鏡來幫助閱讀。
🔧 magnifying glass 放大鏡

❸ tweezers [ˈtwizəz] ⓝ 鑷子
Tweezers can help pick up smaller things and let you work with more precision.
鑷子能幫助夾起小東西並讓你能更準確地作業。
🔧 precision 精確

❸ goggles [ˈgɑglz] ⓝ 護目鏡
Goggles should be worn at all times during the experiment.
在實驗期間必須全時間戴著護目鏡。
🔧 at all times 全程

laboratory 衍生字

❹ Bunsen burner [ˈbʌnsṇˈbɝnə] ⓝ 本生燈

❷ lab [læb] ⓝ 實驗室

❹ ventilation [ˌvɛntḷˈeʃən] ⓝ 通風

❶ glove [glʌv] ⓝ 手套

❸ facility [fə`sɪlətɪ] ⓝ 地點

facility是名詞，常以複數型態facilities出現，此時表示因特定目的而設置的設備或場地。另外，也可用來表示能力、熟練、流暢或流利。

🔸 off-campus facility 與主要校園分離的教學地點

📝 The lesson today will be at the off-campus facility.
今天的課程會在另一個校區的場地舉行。

facility 相關字

❸ center [`sɛntə] ⓝ 中心
Everyone gathered at the city center to get a glimpse of the star.
每個聚集到市中心的人都想要一睹這個明星的風采。
🔸 glimpse 看一眼

❹ institute [`ɪnstətjut] ⓝ 學院
All types of guns and bombs are not allowed within this institute.
所有類型的槍和炸藥在這個學院裡都不被允許。
🔸 institutionalize 使制度化

❹ institution [͵ɪnstə`tjuʃən] ⓝ 機構
The wool we buy comes from the agricultural institution by the hill.
我們買的羊毛是從山丘邊的農業機構來的。
🔸 agricultural 農業的

❹ compound [`kɑmpaund] ⓝ 大院、圍起的場地
Military compounds are off limits to the general public.
軍事基地是不允許大眾進入的。
🔸 off limits 禁止進入

facility 衍生字

❸ organization [͵ɔrgənə`zeʃən] ⓝ 組織

❹ armory [`ɑrmərɪ] ⓝ 軍火庫

❸ territory [`tɛrə͵torɪ] ⓝ 領土

❷ farm [fɑrm] ⓝ 農莊

③ demonstrate

(MP3) 08-03

[ˋdɛmənˏstret] v 示範

demonstrate是動詞，用來表示**示範**、**示威**、**表態**、**說明**、或是**證明**。

片 demonstrate against 抗議

例 The new government can wait no longer to demonstrate its power.

新政府無法再多等一刻以**展示**他們的權威。

demonstrate 相關字

③ **demonstration** [ˏdɛmənˋstreʃən] n 示範

Older children's demonstration set examples for the younger ones.

年紀較大的小孩的**示範**，被小的當作榜樣。

② **explain** [ɪkˋsplen] v 說明

Explaining takes patience, which I have none.

解釋需要耐心，而我缺乏耐心。

補 patience 耐心

④ **exploration** [ˏɛkspləˋreʃən] n 探勘

The rescue team's exploration has been going on in this area for two days looking for any indication of life.

搜救小組的**探勘**已經在這裡搜查兩天了，在找尋任何生命跡象。

補 indication 跡象

② **experience** [ɪkˋspɪrɪəns] n 經驗

Speaking from experience, it's better not to touch the upper part of the flame.

從**經驗**看來，最好不要去碰火焰的上半部。

補 upper 上部的

demonstrate 衍生字

② **example** [ɪgˋzæmpl̩] n 例子

③ **instance** [ˋɪnstəns] n 實例、情況

④ **indicator** [ˋɪndəˏketə] n 指示器、指示者

③ **indication** [ˏɪndəˋkeʃən] n 跡象

❸ scholar [`skɑlɚ] ⓝ 學者

scholar是名詞，用來表示**有受過教育的人**，特別是**在某領域有專精的人**；另外，也可用來表示**學生**，或是**有領獎學金的學生**。

🅗 scholars program 學者計劃

例 Albert Einstein is a world-renowned scholar.
愛因斯坦是舉世聞名的**學者**。

scholar 相關字

❸ scholarship [`skɑlɚˌʃɪp] ⓝ 獎學金

Only the most diligent students can compete for this scholarship.
只有那些最用功的學生能夠來爭奪這個**獎學金**。
🔢 diligent 勤奮的

❸ researcher [ri`sɝtʃɚ] ⓝ 研究員

It takes a lot of determination to be a researcher, so it's crucial that they're passionate about their field.
要成為一個**研究員**需要很有毅力，所以對於研究領域有熱忱是必要的。
🔢 passionate 熱情的

❸ professional [prə`fɛʃən!] ⓐ 專業的 ⓝ 專業人員

Sometimes the fastest way to get into an industry is to be an assistant to a professional.
有時候最快能進入業界的方法，就是去當**專業人員**的助手。
🔢 assistant 助手

❶ study [`stʌdɪ] ⓥ ⓝ 研究

Timothy spends a lot of time studying for his own 10-year project.
提姆西花了很多時間來**研究**他自己的十年計劃。
🔢 make a study of 研究

scholar 衍生字

❷ field [fild] ⓝ 領域

❷ research [ri`sɝtʃ] ⓥ ⓝ 研究

❷ assistant [ə`sɪstənt] ⓝ 助理

❷ professor [prə`fɛsɚ] ⓝ 教授

2 **science** [ˈsaɪəns] n 科學

science是名詞,用來表示有事實或根據支持的知識,如科學或自然科學。另外也可以表示學科或是專門的技術。

片 social science 社會科學

例 The world has become a better place to live in thanks to the development of science and technology.

由於科學和科技的發展,這世界變得更適合居住了。

science 相關字

4 mathematics [ˌmæθəˈmætɪks] n 數學

Many students find it hard to master mathematics.

很多學生覺得要把數學學好很難。

3 physics [ˈfɪzɪks] n 物理學

Studying physics allows us to understand how the world operates.

學習物理學讓我們瞭解世界是怎麼運作的。

補 operate 運作

4 geometry [dʒɪˈɑmətrɪ] n 幾何學

So far, basic geometry is still taught in most high schools.

目前為止,基本的幾何學仍然在大部份的高中課程裡。

補 basic 基本的

5 trigonometry [ˌtrɪgəˈnɑmətrɪ] n 三角學

Understanding trigonometry helps Tony become a better architect.

了解三角學幫助東尼成為更好的建築師。

補 architect 建築師

science 衍生字

2 scientist [ˈsaɪəntɪst] n 科學家

3 biology [baɪˈɑlədʒɪ] n 生物學

4 biochemistry [ˈbaɪoˈkɛmɪstrɪ] n 生化

4 calculus [ˈkælkjələs] n 微積分

非學不可的新多益單字

Chapter 1 | Chapter 2 | Chapter 3 | Chapter 4 | Chapter 5 | Chapter 6 | Chapter 7 | Chapter 8 | Chapter 9 | Chapter 10 | Chapter 11 | Chapter 12 | Chapter 13

⃞3 **technology** [tɛk`nɑlədʒɪ] ⓝ 科技 ⒨⒫⒮ 08-06

technology是名詞，用來表示科技、專業技術以及專業術語。

🔢 information technology 資訊科技

⃞例 Most of us are so used to the life with technology that we forget how to live without it.

我們大部分的人都太習慣有科技的生活，而忘了沒有它該怎麼生存。

technology 相關字

⃞2 **machine** [mə`ʃin] ⓝ 機械

Machines are invented to increase productivity.

機器的發明是為了要提高生產力。

🔢 productivity 生產力

⃞2 **automatic** [ˌɔtə`mætɪk] ⓐ 自動的

The automatic doors are malfunctioning again, which is the third time this month.

自動門又故障了，這是這個月第三次了。

🔢 malfunction 故障

⃞3 **hi-tech** [`haɪ`tɛk] ⓐ 高科技的

The development of a country depends on the education of the youngsters, not on the hi-tech gadgets.

一個國家的發展建立在它們年輕人的教育上，而不是那些高科技產品。

🔢 gadget 器具

⃞4 **systematic** [ˌsɪstə`mætɪk] ⓐ 系統的

Technicians are hired to fix any systematic failure.

技工是被雇來處理系統故障的。

🔢 failure 故障

technology 衍生字

⃞4 **stability** [stə`bɪlətɪ] ⓝ 穩定性

⃞4 **civilization** [ˌsɪvlə`zeʃən] ⓝ 文明

⃞2 **logic** [`lɑdʒɪk] ⓐ ⓝ 邏輯

⃞3 **development** [dɪ`vɛləpmənt] ⓝ 發展

3 **material** [mə`tɪrɪəl] n a 材料

material可以當名詞或形容詞用。當名詞時用來表示**材料、素材、用具**等；當形容詞時則可用來表示**物質上的**或**肉體上的**。

片 raw material 原料

例 They are going in town to buy more materials for their project.

他們要到城裡去添購更多他們的計劃所需要的**東西**。

material 相關字

2 plastic [`plæstɪk] a n 塑膠

Heating up plastic will generate toxicants.

加熱**塑膠**會產生有毒物質。

補 toxicant 有毒物質

1 wood [wud] a n 木頭

If I can afford it, I want my entire floor in my house paved with wood.

如果我能付得起的話，我要我家都鋪上**木頭**地板。

補 paved with 鋪上

3 bamboo [bæm`bu] a n 竹子

It's always amusing to watch pandas eat bamboo.

看貓熊吃**竹子**向來都很有趣。

補 amusing 有趣的

2 cotton [`katn̩] a n 棉花

They put the cotton candy inside a bag and hand it to the young kids.

他們把**棉花**糖裝進袋子裡，並將它遞給年幼的小孩。

補 cotton candy 棉花糖

material 衍生字

2 rubber [`rʌbɚ] a n 橡膠

3 tar [tɑr] n 柏油 v 以柏油覆蓋

1 paper [`pepɚ] a n 紙

1 glass [glæs] a n 玻璃

非學不可的新多益單字

Chapter 1 | Chapter 2 | Chapter 3 | Chapter 4 | Chapter 5 | Chapter 6 | Chapter 7 | Chapter 8 | Chapter 9 | Chapter 10 | Chapter 11 | Chapter 12 | Chapter 13

❷ **metal** [`mɛtl̩] **n v** 金屬

MP3 08-08

metal可當作名詞或動詞。做名詞使用時用來表示**金屬物質、金屬製品**；在化學上用來與**合金**（alloy）做區分；也可以用來表示**任何純以金屬做成的合金**。做動詞時可表示**以金屬覆蓋**。

片 metal detector 金屬探測器

例 Metals can be heated up or cooled down fairly easily.
金屬能迅速加熱或冷卻。

metal 相關字

❶ iron [`aɪən] **a n** 鐵

Iron is very heavy, so it's not suitable for building airplanes.
鐵很重，所以不適合用來建造飛機。
補 suitable 合適的

❷ copper [`kɑpə] **a n** 銅

The copper wires in the electric core are exposed and it's very dangerous.
電線裡的銅線露出來了，這樣十分危險。
補 electric core 電線
　　exposed 露出

❶ silver [`sɪlvə] **a n** 銀

The cane is made of silver, which is why it didn't rust.
這個手杖是銀製的，所以它沒有生鏽。
補 rust 生鏽

❶ gold [gold] **a n** 金、金的

Every professional athlete would want to be an Olympic gold medalist one day.
每個職業運動員都會希望自己某天能成為奧運金牌選手。
補 athlete 運動員

metal 衍生字

❹ **aluminum** [ə`lumɪnəm] **a n** 鋁

❷ **steel** [stil] **a n** 鋼

❹ **mercury** [`mɝkjərɪ] **a n** 汞

❹ **plated** [`pletɪd] **a** 鍍…的

2 energy [ˋɛnədʒɪ] **n** 精力、能源　　MP3 08-09

energy是名詞，用來表示**精力**、**能力**、**能量**、**幹勁**等。解釋為**精力**時通常以複數型態energies出現；解釋為**能量**或**幹勁**時則為單數且不可數。

片 energy crisis 能源危機

例 The world is facing serious energy crisis, now that we're running out of oil.
現在我們快要沒石油了，這個世界正面臨了嚴重的能源危機。

energy 相關字

3 coal [kol] **n** 煤礦

When I think of England, I think of the coal mines in the 18th century.
當我想到英格蘭的時候，我就想到十八世紀的煤礦。
補 mine 礦坑

3 solar [ˋsolə] **a** 太陽能的

Solar energy might be the solution to our problem, if only we can use it efficiently.
如果我們能有效率地使用的話，太陽能可能是我們問題的解決之道。
補 efficiently 有效率

2 gas [gæs] **n** 天然氣、石油

Gas has become an inseparable part of civilization.
石油已經變成文明世界不可或缺的一部分了。
補 gas station 加油站

4 hydraulic [haɪˋdrɔlɪk] **a** 水力的

We should find a way to develop hydraulic power since water is a great resource on the island.
我們應該要試圖發展水力能源，因為水是這個島上很豐富的資源。
補 island 島嶼

energy 衍生字

3 nuclear [ˋnjuklɪə] **a** **n** 核能
3 windmill [ˋwɪndˌmɪl] **n** 風車
2 electricity [ˌɪlɛkˋtrɪsətɪ] **n** 電力
1 oil [ɔɪl] **n** 原油、油

非學不可的新多益單字

Chapter 1 | Chapter 2 | Chapter 3 | Chapter 4 | Chapter 5 | Chapter 6 | Chapter 7 | Chapter 8 | Chapter 9 | Chapter 10 | Chapter 11 | Chapter 12 | Chapter 13

◙ **flame** [flem] ⓝ ⓥ 火焰　　　　　　MP3 08-10

flame可當名詞或動詞使用，當名詞時表示火焰（常為複數型態 flames）或強光，有時可延伸做為強烈的情緒。當動詞時則可表示燃燒，或發出如燃燒般的光芒；也可延伸為強烈的情緒爆發。

🔢 flame mail 咒罵信

📝 The star starts receiving flame mails after the scandal comes out
在醜聞被報導出來之後這個明星開始收到謾罵信。

flame 相關字

⬛ ignite [ɪg`naɪt] ⓥ 點燃
They haven't been able to find the arsonist who ignited the fire.
他們還沒能找到引發火災的縱火犯。
🔢 arsonist 縱火犯

⬛ combustible [kəm`bʌstəbl̩] ⓐ 可燃的
Wood and paper are combustible.
木頭和紙是可燃的。

⬛ flammable [`flæməbl̩] ⓐ 易燃的
Highly flammable gas should be kept away from heat to prevent accidents.
高度可燃的氣體應該要遠離熱以避免意外發生。
🔢 be kept away 使遠離

⬛ combustion [kəm`bʌstʃən] ⓝ 燃燒
The combustion chamber is the most important part of a vehicle.
燃燒室是各式車輛裡最重要的一部分。
🔢 vehicle 車輛

flame 衍生字

⬛ combust [kəm`bʌst] ⓥ 燃燒
⬛ blaze [blez] ⓝ 火、強光、燃燒 ⓥ 燃燒
⬛ extinguish [ɪk`stɪŋgwɪʃ] ⓥ 滅火
⬛ burn [bɝn] ⓥ ⓝ 燃燒

❹ cyberspace

 08-11

[ˋsaɪbɚͺspes] ⓝ 網際空間

cyberspace是名詞，用來表示**網路空間**，也可用來表示**虛擬實境**（virtual reality），一個用電腦程式做出來的擬真立體空間。

Ⓗ cyberspace games 網路遊戲

Ⓔ One should not be too attached to the cyberspace because it isn't the real world.

一個人不應該太依存於**網路世界**，因為它是不真實的。

cyberspace 相關字

❷ Internet [ˋɪntɚͺnɛt] ⓝ 網際網路

I tried to send emails last night but I didn't have Internet access there.

我昨晚試圖寄電郵，但那裏沒有**網路訊號**。

Ⓢ access進入的權利

❷ website [ˋwɛbͺsaɪt] ⓝ 網站

We can find almost any information we need on this website.

我們幾乎能在這個**網站**上找到任何我們需要的資訊。

❸ social network [ͺsoʃəlˋnɛtͺwɝk] ⓝ 社群網站

Nowadays people spend a lot of time on social networks.

現在人們花很多時間在**社群網站**上。

❸ connection [kəˋnɛkʃən] ⓝ 連線

People now make a habit of uploading any picture taken with their phones whenever there's Internet connection.

人們養成了只要有網路**訊號**，就上傳所有手機照片的習慣。

Ⓢ habit 習慣

cyberspace 衍生字

❷ **email** [ˋimel] ⓝ 電子郵件

❸ **browser** [ˋbrauzɚ] ⓝ 瀏覽器

❷ **download** [ˋdaʊnͺlod] ⓥ 下載

❷ **upload** [ʌpˋlod] ⓥ 上傳

非學不可的新多益單字

Chapter 1 | Chapter 2 | Chapter 3 | Chapter 4 | Chapter 5 | Chapter 6 | Chapter 7 | Chapter 8 | Chapter 9 | Chapter 10 | Chapter 11 | Chapter 12 | Chapter 13

❸ generate [`dʒɛnəˌret] ⓥ 製造、產生 MP3 08-12

generate是動詞，用來表示**製造**、**產生**（能源）；或是**造成**、**造就**，也可用來表示**生育**。

🔑 generating station 發電廠

📝 The electricity that we use comes from the generating stations.
我們所使用的電來自發電廠。

generate 相關字

❹ generator [`dʒɛnəˌretə] ⓝ 產生器
The production was suspended because the generator ran out of fuel.
因為**產生器**沒燃料了，所以生產暫停。
🔧 suspend 暫停

❸ engine [`ɛndʒən] ⓝ 引擎
After making a loud noise, the engine shut down.
在發出一聲巨響後，**引擎**就停止運轉了。
🔧 shut down 關閉

❸ outcome [`aʊtˌkʌm] ⓝ 結果
They have put in a lot of hard work, but the outcome is unsatisfactory.
他們做了很多努力，但**結果**仍是不理想。
🔧 unsatisfactory 不理想的

❸ output [`aʊtˌpʊt] ⓥ ⓝ 輸出
The outputs of this system can be measured with the right equipment.
只要有正確的設備，這個系統的**輸出量**就可以被計算。
🔧 system 系統

generate 衍生字

❸ input [`ɪnˌpʊt] ⓥ ⓝ 輸入

❶ make [mek] ⓥ 做

❸ fuel [`fjʊəl] ⓝ 燃料

❹ exterminate [ɪk`stɜməˌnet] ⓥ 消滅

❶ robot [`robət] ⓝ ⓐ 機器

robot可以是名詞或形容詞。做名詞時表示像人的機器（機器人）或是像機器的人（不知變通的人），或是任何可以做像人類技術的自動化機器；做形容詞則用來表示自動化的。

🅷 intelligent robot 智慧型機器人

🅴 It would be nice if we can have a robot to do all our house chores.
如果能有機器人幫我們做所有的家事的話會很不錯。

robot 相關字

❹ android [`ændrɔɪd] ⓐ 有人類特徵的 ⓝ 機器人

The Android system is used in the majority of smart phones nowadays.
現在大部分的智慧型手機都使用安卓機器人系統。

❹ humanoid [`hjumənɔɪd] ⓐ 像人的 ⓝ 像人的生物

A mermaid is a humanoid creature that lives in the sea.
人魚是一種住在海中的類人生物。

🔺 creature 生物

❸ panel [`pæn!] ⓝ 面板

The explosion destroyed the control panel so they need to build a new one.
這個爆炸毀了控制面板所以他們得再造一個新的。

❷ wire [waɪr] ⓝ 電線

They replaced the motherboard and the wire so the system is running smoothly now.
他們換了新的主機板和電線，所以系統現在跑得很順。

🔺 smoothly 順暢地

robot 衍生字

❹ motherboard [`mʌðɚˏbɔrd] ⓝ 主機板

❸ reboot [ˏri`but] ⓥ 重新啟動

❸ rechargeable [ri`tʃɑrdʒəb!] ⓐ 可充電的

❸ stabilizer [`stebḷaɪzɚ] ⓝ 穩定器

非學不可的新多益單字

Chapter 1 | Chapter 2 | Chapter 3 | Chapter 4 | Chapter 5 | Chapter 6 | Chapter 7 | Chapter 8 | Chapter 9 | Chapter 10 | Chapter 11 | Chapter 12 | Chapter 13

❸ percentage [pə`sɛntɪdʒ] ❶ 百分比 ^{MP3} 08-14

percentage是名詞，用來表示百分比或是比率，也可用來表示一個部分。有時也會用來表示利潤、獲利或是好處。

片 play the percentages 預測未來

例 We have a high percentage female students in our school.
本校有很高比例的女學生。

percentage 相關字

❸ ratio [`reʃo] ❶ 比率
He finds the perfect ratio to mix the new chemical compound.
他找到了調製這個新化合物的完美比例。
補 compound 化合物

❸ rate [ret] ❶ 比率
The new policy has increased our profit rate by 30 percent.
新的政策已經讓我們的獲利比率成長了百分之三十。
補 policy 政策

❸ scale [skel] ❶ 規模
The scale of this project is too big for me to tackle alone.
這個計畫的規模太大，我一個人無法應付。
補 tackle 處理

❷ half [hæf] ❸ ❶ 一半
Noah ate half of the cake and left the other half for his sister.
諾亞吃了半個蛋糕並把另外半個留給姐姐。

percentage 衍生字

❸ quarter [`kwɔrtə] ❸ ❶ 四分之一
❷ major [`medʒə] ❸ 主要的
❷ minor [`maɪnə] ❸ 次要的
❷ percent [pə`sɛnt] ❶ 百分點

3 dam [dæm] n v 水壩

 08-15

dam可為名詞或動詞。做名詞時用來表示**水壩**，是用來**阻擋水流的阻礙物**（特別是用土或石頭做的）或是任何**類似水壩的屏障**，也可用來表示水壩中的水體。做動詞時用來表示**建造水壩**或是**阻擋、壓制**。

片 dam up 築堤、控制

例 They built a dam in the mountains to store water.
他們在山裡築**水壩**以儲水。

dam 相關字

3 moisture [ˈmɔɪstʃɚ] n 濕氣
The moisture in the air causes mold to grow on my clothing.
空氣裡的濕氣讓我的衣物發霉了。
補 moisturize 使濕潤

4 humidity [hjuˈmɪdətɪ] n 濕度
Humidity plus heat makes the hot summer almost unbearable.
潮濕加上熱氣讓這個炎熱的夏天幾乎難以忍受。
補 unbearable 無法忍受

3 damp [dæmp] a 潮濕的
She didn't have time to wait for the shirt to dry, so she put it on while it was still damp.
她沒時間等衣服乾，所以她在還微溼的時候就把它穿上了。

1 wet [wɛt] a n 濕 v 弄濕
Everything looked soaking wet after the storm.
在暴風雨過後，所有的東西看起來都溼淋淋的。
補 soaking 濕透的

dam 衍生字

4 **reservoir** [ˈrɛzɚˌvɔr] n 水庫

2 **faucet** [ˈfɔsɪt] n 水龍頭

3 **hose** [hoz] n 水管

2 **flood** [flʌd] n 洪水

❸ prototype [`protə,taɪp] ❶ ❷ 原型 MP3 08-16

prototype可以做為名詞或動詞。做名詞的話用來表示最開始並被當做基礎的原型、被拿來做標準的人或物，或是某時期很有特色並被拿來做後世參考的典範。做動詞的話則表示創造原型。

❸ experimental prototype 實驗原型

❷ Our client loved the prototype so an order was placed immediately.
我們的客戶很愛這個原型，所以就馬上下了一張訂單。

prototype 相關字

❹ manuscript [`mænjə,skrɪpt] ❶ 手稿
The manuscript of the great artist is now worth millions.
這個偉大藝術家的手稿現在值好幾百萬。
補 manual 手動的

❹ drawing board [`drɔɪŋ,bord] ❸ 繪圖板
Tina loves to sketch on the drawing board because she feels relaxed when doing it.
緹娜很愛在**繪圖板**上素描，因為她在素描的時候覺得很放鬆。
補 sketch 素描

❸ script [skrɪpt] ❷ ❶ 腳本
An actor should memorize the script before the shoot.
一個演員在開拍前就該把**劇本**記好。
補 memorize 背

❶ plan [plæn] ❷ ❶ 計劃
The slaves make an escape plan and they will act today.
這些奴隸做了逃跑**計劃**，他們今天就要行動。
補 plan on 打算

prototype 衍生字

❸ draft [dræft] ❷ ❶ 草稿
❸ outline [`aut,laɪn] ❷ ❶ 概括
❸ sketch [skɛtʃ] ❷ ❶ 素描
❹ template [`tɛmplɪt] ❶ 範本

❸ creativity [ˌkrieˋtɪvətɪ] ⓝ 創意　MP3 08-17

creativity是名詞。用來表示有創意的狀態，或是能將傳統想法、規則、形態、關係、方法等以不同方式呈現或做出改變的能力。

🔲 creativity awards 創意獎

📖 One's creativity is not to be limited.
　　一個人的創意是不應受限制的。

creativity 相關字

❸ **creatively** [krɪˋetɪvlɪ] ⓐⓥ 有創意地
The company prefers to hire the ones who can think creatively.
這家公司偏好雇用能創意思考的人。
🔲 hire 雇用

❸ **originality** [əˌrɪdʒəˋnælətɪ] ⓝ 獨創性
Susan's works are always groundbreaking and full of originality.
蘇珊的作品一向都很有突破性和原創性。
🔲 groundbreaking 開創性的

❸ **imagination** [ɪˌmædʒəˋneʃən] ⓝ 想像力
Those with imagination are better than those who always follow the script.
有想像力的人比那些一板一眼的人厲害。
🔲 script 劇本

❹ **imaginative** [ɪˋmædʒəˌnetɪv] ⓐ 富有想像力
Children are very imaginative and it's hard to follow sometimes.
小孩子很有想像力而有時候會難以理解。
🔲 follow 聽懂

creativity 衍生字

❸ **instinctive** [ɪnˋstɪŋktɪv] ⓐ 本能的

❹ **spontaneity** [ˌspɑntəˋniətɪ] ⓝ 自發性

❹ **improvise** [ˋɪmprəvaɪz] ⓥ 即興

❹ **improviser** [ˋɪmprəˌvaɪzə] ⓝ 即興表演者

❸ modify [ˈmɑdəˌfaɪ] ⓥ 改變

modify是動詞。可用來表示做小部分的改變（如型式、品質等），或是做程度上的減輕或緩和。

🔒 modified car 改裝車

📝 The prototype doesn't need to be modified much.
這個原型不太需要做改變。

modify 相關字

❹ modification [ˌmɑdəfəˈkeʃən] ⓝ 修改

I made a modification to my closet and now it looks neat and tidy.
我把我的衣櫃做了小修改，它現在看起來很乾淨整齊。

🔒 neat 乾淨的
tidy 整齊的

❷ change [tʃendʒ] ⓥ ⓝ 改變

Time can change a lot of things.
時間能改變很多事。

🔒 change of pace 改變活動

❸ revise [rɪˈvaɪz] ⓥ 修改

We are asked to hand in the revised assignment within a day.
我們被要求要在一天之內交出修改好的作業。

🔒 assignment 作業

❹ revision [rɪˈvɪʒən] ⓝ 修改

She made three revisions before handing in the final draft.
她在交出最終版本之前做了三次的修改。

🔒 hand in 繳交

modify 衍生字

❹ changeability [tʃendʒəˈbɪlətɪ] ⓝ 可變性

❹ flexible [ˈflɛksəbl] ⓐ 靈活的

❸ makeover [ˈmekovə] ⓝ 改造

❸ reform [ˌrɪˈfɔrm] ⓥ 改革

❹ decompose

[ˌdikəmˈpoz] **v** 腐爛、分解

decompose是動詞。它用來表示**把東西分解成小部分**或是**腐爛**。

片 decomposed body 腐爛的屍體

例 When they found the body, it was already decomposing.
在他們發現屍體的時候，它已經開使**分解**了。

decompose 相關字

❹ demolition [ˌdɛməˈlɪʃən] **n** 破壞

Denise cried for days with the demolition of her favorite toy.
丹尼絲在她最心愛的玩具被**破壞**之後哭了好幾天。
補 demolition derby 撞車大賽

❸ dissolve [dɪˈzɑlv] **v** 溶解

Salt and sugar can dissolve in water.
鹽和糖能**溶**於水中。
補 dissolving 消融的

❸ decay [dɪˈke] **v** **n** 腐爛、衰退

The humidity makes things decay faster.
溼度使東西更快**腐化**。
補 humidity 濕度

❸ rotten [ˈrɑtn̩] **a** 腐爛的

The system is rotten to the core and it's time to reform.
這個系統**腐敗**到極點，是時候改革了。
補 reform 改革
　　core 核心

decompose 衍生字

❹ diminish [dəˈmɪnɪʃ] **v** 降低

❷ disappear [ˌdɪsəˈpɪr] **v** 消失

❷ melt [mɛlt] **v** **n** 融化

❺ sublimation [ˌsʌbləˈmeʃən] **n** 昇華

2 **regular** [`rɛgjələ] @ @ 平常的　　　　(MP3) 08-20

regular可當形容詞或名詞。當形容詞時表示**平常的、普通的、一致的、持續出現的、按節奏的**；當名詞時則可表示**常客**或是**一般尺寸**。

🔸 regular army 常備軍、正規陸軍

🔹 Karen snoozed off during our regular meeting.
凱倫在我們的**例行**會議中打瞌睡。

---

regular 相關字

🔸 **irregular** [ɪ`rɛgjələ] @ 不規則的
She's suffering from an irregular heartbeat after the car crash.
她在車禍後被**不規則的**心律所苦。
🔸 heartbeat 心跳

🔸 **regulation** [ˌrɛgjə`leʃən] @ 規定
The meeting takes about thirty minutes, which is our company's regulation.
這個會議耗時約三十分鐘，這是我們公司的**慣例**。

🔸 **normality** [nɔr`mælətɪ] @ 常態
Apparently, skipping classes has become normality among college students.
很明顯地，大學生翹課已成為一個**常態**。
🔸 skip class 翹課

🔸 **normal** [`nɔrml] @ @ 正常
Mike never wanted to be normal and he's always very artistic.
麥可從來就不想要當**正常**人，而他一直都很有藝術感。
🔸 artistic 藝術感的

---

regular 衍生字

🔸 **common** [`kɑmən] @ @ 常見的

🔸 **usual** [`juʒʊəl] @ @ 平常

🔸 **permanent** [`pɜmənənt] @ 永久的

🔸 **temporary** [`tɛmpəˌrɛrɪ] @ 暫時的

❸ sizable [`saɪzəbl] ⓐ 相當大的

MP3 08-21

sizable是形容詞，可以用來表示**相當大的**、尺寸差不多的、大小剛好的。

片 sizable area 大型區域

例 The garbage is stored in a sizable area.
垃圾被堆在一個很大的區域。

sizable 相關字

❹ enormous [ɪ`nɔrməs] ⓐ 巨大的
The Titanic was an enormous cruise boat that sank years ago.
鐵達尼號是多年前沉了的一艘很巨大的遊輪。
補 cruise 巡航、遊輪

❹ gigantic [dʒaɪ`gæntɪk] ⓐ 龐大的
The gigantic octopus was caught today but it escaped.
這個巨大的章魚今天被抓到，但是它逃脫了。
補 octopus 章魚

❺ humongous [hju`mʌŋgəs] ⓐ 巨大無比的
Terri feels bad because she has made a humongous mistake.
泰瑞因為犯了一個大錯而感到難過。

❶ large [lardʒ] ⓐ 大的
We are unable to finish the cake because it's too large.
我們吃不完這個蛋糕，因為它太大了。
補 unable to 無法

sizable 衍生字

❸ monstrous [`mɑnstrəs] ⓐ 滔天的、像怪物的

❸ tremendous [trɪ`mɛndəs] ⓐ 巨大的

❹ titanic [taɪ`tænɪk] ⓐ 巨大的

❶ huge [hjudʒ] ⓐ 巨大的

5 nanometer [`nænəˌmitə] ⓝ 微奈米 MP3 08-22

nanometer是名詞，用來表示奈米，縮寫是nm，是十億分之一公尺。

🔢 nanometer technologies 奈米科技

例 One millimeter equals 1,000,000 nanometers.
一釐米等於一百萬奈米。

nanometer 相關字

5 micro nano [maɪkro`næno] ⓐ 微奈米的
The scientists have made a breakthrough in micro nano technology.
科學家們在微奈米科技上有了突破。
🔢 breakthrough 突破

4 micro [`maɪkro] ⓐ 微型的
The little puppy had a micro tracker embedded in case it got lost.
這隻小狗被裝了微型追蹤器以防走失。
🔢 embed 把…嵌進

1 small [smɔl] ⓐ 小的
They hire children to work for them because they are small enough to climb into the chimneys.
他們雇用童工，因為他們小得能鑽進煙囪裡。
🔢 chimney 煙囪

1 mini [`mɪnɪ] ⓐ 迷你的
Mini pigs are cute until they become huge.
迷你豬在變得很巨大之前都很可愛。
🔢 miniature 小型的

nanometer 衍生字

4 macro [`mækro] ⓐ 宏觀的、巨量的
1 little [`lɪtl] ⓐ 小的
2 tiny [`taɪnɪ] ⓐ 微小的
4 petite [pə`tit] ⓐ 嬌小的

❷ **search** [sɜtʃ] ⓥ ⓝ 小心地探索、檢視　　MP3 08-23

search可當動詞或名詞，當動詞時用來表示**小心地探索**或**檢視**、**仔細搜查**或**尋找**，有時也可表示**穿透**。當名詞時則表示上述的動作。

句 job search 找工作

例 Some people have been searching for jobs for years but still couldn't find one.

有些人找工作**找**了好多年都找不到。

search 相關字

❶ find [faɪnd] ⓥ ⓝ 發現、尋找

You can find the treasure if you know where to look.

如果你知道要上哪兒**找**的話，你就能找到寶藏。

補 treasure 寶藏

❷ look for [ˈlʊk fɔr] ⓟ 尋找

I'm looking for the campus that got relocated due to the flood.

我在**尋找**因為水災而遷移的校區。

補 flood 水災

❸ lost [lɔst] ⓐ 消失的、迷路的

Atlantis is also referred to as the lost empire.

亞特蘭緹斯又被稱為**失落的**帝國。

補 refer to 被稱作…

❹ locate [loˈket] ⓥ 定位

I can't locate where we are because we are off the main road.

我沒辦法**定位**我們的位置，因為我們不在主要道路上。

補 main road 主要幹道

search 衍生字

❶ **map** [mæp] ⓝ 地圖

❸ **positioning** [pəˈzɪʃənɪŋ] ⓝ 定位

❷ **position** [pəˈzɪʃən] ⓝ 位置 ⓥ 放置

❹ **relocate** [riˈloket] ⓥ 搬遷

非學不可的新多益單字

Chapter 1 | Chapter 2 | Chapter 3 | Chapter 4 | Chapter 5 | Chapter 6 | Chapter 7 | Chapter 8 | Chapter 9 | Chapter 10 | Chapter 11 | Chapter 12 | Chapter 13

3 satellite [ˋsætḷˌaɪt] n a 衛星 MP3 08-24

satellite可當名詞或形容詞使用，當名詞時用來表示**衛星**、**人造衛星**、**衛星國家**、**衛星城鎮**、**衛星公司**（組織）、**貼身隨從**等等。基本上繞著別的東西或人轉或是深受影響的都可以稱做**satellite**。當形容詞時，則表示**衛星的**，或是**如衛星的**。

片 satellite dish 無線衛星接收器

例 A satellite dish is used to receive signals sent from the satellites.
衛星接收器是用來接收從衛星上傳來的訊號。

satellite 相關字

1 space [spes] n 太空
I wonder if there're aliens in the outer space.
我不知道外**太空**中有沒有外星人。
補 alien 外星人、外來的

3 astronaut [ˋæstrəˌnɔt] n 太空人
When Ronald was little, he wanted to be an astronaut.
在榮諾小的時候他想當**太空人**。

4 astrology [əˋstralədʒɪ] n 星相學
Many people don't believe in astrology because it is not an exact science.
很多人不相信**占星學**，因為它不是一門精準的科學項目。
補 exact 精準的

4 astronomy [əsˋtranəmɪ] n 天文學
More and more people get interested in astronomy and participate in star gazing.
愈來愈多人對**天文學**感興趣，而參與了觀星的活動。
補 participate 參加

satellite 衍生字

4 extraterrestrial [ˌɛkstrətəˋrɛstrɪəl] a 外星人的
4 orbit [ˋɔrbɪt] n 軌道 v 繞軌道運行
3 planet [ˋplænɪt] n 行星
3 universe [ˋjunəˌvɝs] n 宇宙

◪ frequency

(MP3) 08-25

[ˋfrikwənsɪ] ⓝ 頻繁、頻率

frequency是名詞，可以用來表示**頻繁、頻率、次數**，在物理上用來表示**頻率**或**周率**。

📗 frequency response 頻響

📖 You won't be able to hear anything from the radio until you get the right frequency.
直到你調到正確的頻率之前，你都不能聽到廣播。

frequency 相關字

◪ transmitter [trænsˋmɪtə] ⓝ 發射器
The travelers use a transmitter to send out signals indicating their location.
這些旅人用**發射器**來發出訊號告知他們的位置。
📗 send out 發出、寄出

❸ receiver [rɪˋsivə] ⓝ 接收器、電話筒、收件人
It's so loud outside I can't hear anything from the receiver.
外面太吵了，我聽不到聽筒傳來的任何聲音。
📗 transmitter 話筒

❷ radio [ˋredɪo] ⓝ 無線電、廣播
Although technology has advanced, many people still listen to the radio.
雖然科技進步了很多，很多人還是會聽**廣播**。
📗 advance 進步、進展

❸ walky-talky [ˋwɔkɪˋtɔkɪ] ⓝ 對講機
The police communicate through their walky-talky.
警方用**對講機**來溝通。
📗 communicate 通訊

frequency 衍生字

◪ **resonance** [ˋrɛzənəns] ⓝ 共鳴

◪ **hertz** [ˋhɝts] ⓝ 赫茲

❺ **amplitude** [ˋæmpləˏtjud] ⓝ 振幅

❺ **modulation** [ˏmɑdʒəˋleʃən] ⓝ 調節

非學不可的新多益單字

Chapter 1 | Chapter 2 | Chapter 3 | Chapter 4 | Chapter 5 | Chapter 6 | Chapter 7 | Chapter 8 | Chapter 9 | Chapter 10 | Chapter 11 | Chapter 12 | Chapter 13

1 computer [kəm`pjutə] ⓝ 電腦　　(MP3) 08-26

computer是名詞。用來表示計算的人或是機器，最常用來表示處理數據和邏輯問題的高速計算機（電腦）。

同 super computer 超級電腦

例 The machines are controlled by the computer in the control room.

這些機器受控於控制室中的電腦。

computer 相關字

2 laptop [`læptɑp] ⓝ 筆記型電腦

Having a laptop is convenient because you can carry it around easily.

有一台筆記型電腦很方便因為很好攜帶。

補 carry around 帶著走

3 software [`sɔftˌwɛr] ⓝ 軟體

They decide to download the free software that everybody keeps recommending.

他們決定下載那個大家都推薦的免費軟體。

補 recommend 推薦

3 hardware [`hɑrdˌwɛr] ⓝ 硬體

Hackers can steal information in your hardware through the Internet.

駭客們能透過網路偷你硬體裡的資料。

4 scanning system [`skænɪŋ`sɪstəm] ⓝ 掃描系統

Nancy installed a scanning system because her computer was infected with a virus.

南西裝了新的掃描系統，因為她的電腦被病毒感染了。

補 infect 被…感染

computer 衍生字

4 spyware [`spaɪwɛr] ⓝ 間諜軟體

3 hacker [`hækə] ⓝ 駭客

2 keyboard [`kiˌbord] ⓝ 鍵盤

1 mouse [maʊs] ⓝ 滑鼠、老鼠

2 carpenter [ˈkɑrpəntɚ] n 木工　MP3 08-27

carpenter是名詞，用來表示負責做木工、建造或修復木頭結構的人。

図 carpenter ant 木蟻

例 The old carpenter is very crafty and his work is one of a kind.

這個老木工手很巧，而且他的作品都是獨一無二的。

carpenter 相關字

3 goldsmith [ˈgold͵smɪθ] n 金匠

They asked the goldsmith to make their wedding ring.

他們請金匠幫忙製作結婚戒指。

補 wedding 婚禮

2 blacksmith [ˈblæk͵smɪθ] n 鐵匠

Blacksmith is a dying profession since most of the work is replaced by machines.

鐵匠是個逐漸消失的職業，因為大多的工作都已經被機器取代。

補 replace 取代

3 miner [ˈmaɪnɚ] n 礦工

Tanya can never be a miner because she's afraid of confined space.

坦雅永遠都無法成為礦工，因為她怕密閉空間。

補 confined 受限制的、狹窄的

4 technician [tɛkˈnɪʃən] n 技術員

The technician fixed the problem within a few seconds.

這個技師幾秒鐘就把問題解決了。

補 within 在…範圍內

carpenter 衍生字

3 plumber [ˈplʌmɚ] n 水管工人

3 tailor [ˈtelɚ] n 裁縫

3 fisherman [ˈfɪʃəmən] n 漁民

4 lumberer [ˈlʌmbərɚ] n 伐木工人

非學不可的新多益單字

Chapter 1 | Chapter 2 | Chapter 3 | Chapter 4 | Chapter 5 | Chapter 6 | Chapter 7 | Chapter 8 | Chapter 9 | Chapter 10 | Chapter 11 | Chapter 12 | Chapter 13

3 industrial

MP3 08-29

[ɪnˈdʌstrɪəl] ⓐ ⓝ 工業的、工業產品

industrial可以當做形容詞或名詞。當形容詞時表示**工業的、工業化中的、與工業有關的**，或是**使用在工業上的**。做名詞使用時則可表示**工業產品、與工業相關的公司**或**產業**、或是**受雇於製造工業的工人**；另外，若要用來表示工業股票或債券，常以複數型態industrials呈現。

Ⓗ industrial park 工業區

Ⓔ People avoid going into the industrial park because the air is badly polluted.
人們避免進去**工業區**，因為裡面的空氣都受到了汙染。

industrial 相關字

3 agriculture [ˈægrɪˌkʌltʃə] ⓝ 農業
Agriculture is important because we will starve if we can't grow enough food.
農業很重要，因為如果我們種得不夠多的話就會餓肚子。
Ⓟ starve 挨餓

3 lumber [ˈlʌmbə] ⓝ 木料
They order lumber to build the house.
他們訂了**木材**來建造房子。

4 forestry [ˈfɔrɪstrɪ] ⓝ 林業
Donna's parents are in forestry and she grew up in the forest.
多娜的雙親從事**林業**，而她也是在森林裡長大。

4 fishery [ˈfɪʃərɪ] ⓝ 漁業
Fisheries in Taiwan are very common since it's surrounded by oceans.
台灣的**漁業**很普遍，因為它四面環海。
Ⓟ surrounded by 被…包圍

industrial 衍生字

3 livestock [ˈlaɪvˌstɑk] ⓝ 畜牧業

4 masonry [ˈmesn̩rɪ] ⓝ 石工

3 mining [ˈmaɪnɪŋ] ⓝ 礦業

3 textile [ˈtɛkstaɪl] ⓝ 紡織業、紡織品 ⓐ 紡織的

❸ substance [ˋsʌbstəns] ❶ 物質 MP3 08-29

substance是名詞，用來表示物質或本質，也可用來表示主旨、涵義或是內容物；在哲學上會用來表示可以獨立存在的東西或是精髓；另外，也可用來表示財物和財富。

🔟 toxic substance 有毒物質

📖 Mercury is a toxic substance.
汞是一種有毒物質。

substance 相關字

❸ chemical [ˋkɛmɪkl̩] ❶ 化學物質

Some people suffer from a chemical imbalance in their bodies.
有些人為了體內的化學物質失衡所苦。
🔠 imbalance 不平衡

❹ sodium [ˋsodɪəm] ❶ 鈉

The French fries contain more sodium than the recommended daily intake.
薯條所含的鈉已經超過了建議的每日攝取量。
🔠 intake 攝取

❺ antioxidant [ˌæntɪˋɑksədənt] ❶ 抗氧化劑

It's said that the antioxidant in green tea can prolong our youth.
有人說綠茶中的抗氧化物能延長青春。
🔠 prolong 延長

❸ oxygen [ˋɑksədʒən] ❶ 氧

All creatures need oxygen to survive.
所有生物都需要氧氣才能生存。

substance 衍生字

❸ carbon [ˋkɑrbən] ❶ 碳

❹ helium [ˋhiliəm] ❶ 氦

❹ hydrogen [ˋhaɪdrədʒən] ❶ 氫

❺ lithium [ˋlɪθɪəm] ❶ 鋰

4 evacuation [ˌɪvækjuˈeʃən] n 撤離 (MP3) 08-30

evacuation是名詞，用來表示撤離的動作、情形或過程，也可用來表示物品或人群撤離後的清空狀態。在生理學上則會用來表示排遺或排遺物。

片 casualty evacuation 意外逃生

例 We should follow the evacuation direction so that we won't get lost.
我們應該要遵從避難方向以防迷路。

evacuation 相關字

2 escape [əˈskep] v n 逃生、逃跑
The killer escaped after he killed the victim.
這個殺手在殺了受害者後逃逸。
補 victim 受害者

2 alarm [əˈlɑrm] v n 警報
People started to panic when the fire alarm went off.
在火災警報響起時人們開始慌張。
補 panic 慌張

3 alert [əˈlɝt] v n 警示 a 警覺的
We should stay alert in case something happens.
我們需要保持警覺以防任何事情發生。
補 in case 以免

4 vacate [ˈveket] v 空出、撤退
Please vacate the building as soon as possible because there's a security breach.
請盡速撤出大樓，因為大樓被人闖入。
補 security 安全、防備

evacuation 衍生字

3 breach [britʃ] v n 觸犯、破壞
2 flee [fli] v 逃跑
2 exit [ˈɛksɪt] v 出去 n 出口
4 evacuate [ɪˈvækjuˌet] v 疏散、逃生

❷ tune [tjun] n v 曲調

tune可以當作名詞或動詞。當名詞時用來表示**曲調**、（準確的）**音調**、**和諧的音調**，或是**語調**、**口吻**。當動詞時則用來表示**調音**、**調頻**、**微調**，或是**使…感覺和諧**。

片 stay tuned 繼續收聽、收看
例 The DJ asked everyone to stay tuned for the evening show.
電台DJ叫大家要繼續**收聽**傍晚的節目。

tune 相關字

❷ tweak [twik] v 扭、微調
With a little tweak, this watch will be as good as new.
只要稍微**調整**，這只手錶就能像新的一樣。

❷ adjust [ə`dʒʌst] v 調整
We adjusted our position to get a better view of the stage.
我們**調整**位子以便能更清楚地看到舞台。

❸ adjustment [ə`dʒʌstmənt] n 調整
The television needs a little adjustment because it looks slightly tilted.
這個電視需要做一些**調整**，因為它看起來歪歪的。
補 tilted 歪斜的

❹ metronome [`mɛtrə͵nom] n 節拍器
Wendy couldn't stay on beat because she did not set the metronome.
溫蒂沒辦法打在節拍上，因為她沒有用**節拍器**。
補 beat 節奏

tune 衍生字

❸ tuner [`tjunə] n 調音器
❸ accommodate [ə`kɑmə͵det] v 配合
❸ dial [`daɪəl] v 調、撥打 n 調節器、撥號盤
❸ high-pitched [`haɪ`pɪtʃt] a 高音的、尖銳的

❷ force [fors] ⓝ ⓥ 力量、軍隊

MP3 08-32

force可做為名詞或動詞，做名詞時表示**力量**、**力**、**暴力**、**勢力**、**影響力**或是**軍隊**；做動詞時則用來表示**強迫**、**強行**、或**勉強**去做什麼。

片 air force 空軍

例 They send out the air force to wipe out the whole area.
他們派出**空軍**把那個區域夷為平地。

force 相關字

❸ gravity [ˈgrævətɪ] ⓝ 地心引力、重力
We won't be able to fall if there's no gravity.
若沒有**重力**的話我們就無法跌倒。

❺ centrifugal [sɛnˈtrɪfjʊgḷ] ⓐ 離心力的
The centrifugal force is an invisible power that causes objects to recede from the center.
離心力是一股能讓物體遠離中心的隱形的力量。
補 recede 遠離

❺ centripetal [sɛnˈtrɪpətḷ] ⓐ 向心力的
This is a very centripetal team and they work toward their goal together.
這是一支充滿**向心力**的隊伍，而他們一起向目標努力。
補 goal 目標

❹ force field [ˈforsˈfild] ⓟⓗ 力場
The force field protected the spaceship from harm.
太空船的**力場**保護它免於傷害。
補 protect from 使免於傷害

force 衍生字

❸ friction [ˈfrɪkʃən] ⓝ 摩擦

❹ horsepower [ˈhɔrsˌpaʊɚ] ⓝ 馬力

❸ enforce [ɪnˈfors] ⓥ 執行

❸ pressure [ˈprɛʃɚ] ⓥ ⓝ 壓力

⑤ cardiograph

[`kɑrdɪəˌgræf] ⓝ 心電圖儀

cardiograph是名詞，意思是心電圖儀，是一種心臟疾病診斷上用來檢測並紀錄心臟活動的儀器。

📄 cardiographic technician 心電圖技師

📝 You can tell by the cardiograph that the patient is still alive.
你可以從心電圖看出來這個病患還活著。

cardiograph 相關字

③ telescope [`tɛləˌskop] ⓝ 望遠鏡
Kate forgot to bring her telescope and now she can't see anything on the stage.
凱特忘了帶她的望遠鏡，所以舞台上的一切她都看不到。
📝 stage 舞台

③ night vision telescope [naɪt`vɪʒən`tɛləˌskop] ⓝ 夜視望遠鏡
We can't see at night without wearing the night vision telescope.
我們晚上如果沒有配帶夜視望遠鏡的話，什麼也看不到。
📝 without後加動詞需用-ing的形式

② compass [`kʌmpəs] ⓝ 指南針
We need a compass to guide us in the mountains.
我們需要一個指南針在山中為我們指引。

④ optimal [`ɑptəməl] ⓐ 光學的
Modern technologies allow us to fix our eyesight using optimal laser.
現在科技讓我們能用光學雷射改變我們的視力。
📝 eyesight 視力

cardiograph 衍生字

① X-ray [`ɛks`re] ⓝ X光

② laser [`lezɚ] ⓝ 雷射

④ infrared [ˌɪnfrə`rɛd] ⓐ ⓝ 紅外線

④ ultraviolet [ˌʌltrə`vaɪəlɪt] ⓐ ⓝ 紫外線

Chapter 9
房屋、公司地產
Housing

❸ property [ˋprɑpɚtɪ] ⓝ 資產、財產 MP3 09-01

property是名詞。用來表示**一個人所擁有的東西**，如資產、財產、土地、房地產等等，也可以表示**擁有權**，或是某東西的**屬性**或**特性**。

🔑 property tax 房地產稅

📝 We can't go into other people's houses freely because those are not our properties.
我們不能隨意進入別人的房子，因為那不是我們的**財產**。

property 相關字

❹ real estate [ˋrɪəlɪsˋtet] ⓐⓙ 房地產
My friend is a real estate agent who's famous for being good at selling.
我的朋友是一個以銷售技巧精湛而聞名的**房地產**經紀人。
🔗 agent 經紀人

❹ premises [ˋprɛmɪsɪz] ⓝ 房地、房宅
People ran out to the plaza as the premises caught on fire.
當**房子**失火時，人們跑到廣場。

❸ territory [ˋtɛrəˏtorɪ] ⓝ 領土
Our back yard is my territory; I do all my artworks there.
我們的後院是我的**領土**，我所有的藝術作品都是在那做的。
🔗 front yard 前院

❷ ground [graʊnd] ⓝ 地面、土壤
The ground vibrated when the earthquake occurred.
地震發生的時候**地面**在震動。
🔗 vibrate 震動

property 衍生字

❸ domain [doˋmen] ⓝ 領域
❸ dominion [dəˋmɪnjən] ⓝ 領土、領地
❸ acre [ˋekɚ] ⓝ 英畝
❸ plaza [ˋplæzə] ⓝ 廣場

❸ accommodation

[ə‚kɑmə`deʃən] n 住宿

accommodation是名詞，可用來表示**適應**或**調適的動作**，**和解**，或是任何能給人方便的事物。另外，也可解釋為**住宿**或**膳食**或提供此服務的地方，此時常以複數型態accommodations出現。

H overnight accommodations 過夜的住宿

例 You had better to look for accommodations before you go.
你最好在去之前就找好**住宿**。

accommodation 相關字

❹ lodge [lɑdʒ] n 旅館
The lodge isn't big, but it's cozy.
這個**旅館**不大，但很舒適。
補 cozy 舒適的

❷ hostel [`hɑstl̩] n 旅舍
They book a cheap hostel since their budget is limited on this trip.
他們訂了一間便宜**旅館**，因為他們這趟旅遊的經費有限。
補 budget 經費

❷ dormitory [`dɔrmə‚torɪ] n 宿舍
There was a fire in the faculty's dormitory last night.
昨晚員工**宿舍**有一場火災。
補 faculty 職員

❸ bunk [bʌŋk] n 床鋪
I always take the upper bunk if I'm given a choice.
如果讓我選的話，我總是會選上層的**床位**。

accommodation 衍生字

❸ sleeping car [`slipɪŋ‚kɑr] ph （火車）臥舖
❸ slumber [`slʌmbɚ] n 沉睡
❷ crib [krɪb] n 嬰兒床
❶ room [rum] n 房間

2 town [taun] ⓝ 小鎮

town是名詞，可以解釋為小鎮、城鎮、市區或市中心，有時也會用來代指全體市民。

ⓟ Town Hall 市政廳、鎮公所

ⓔ People in this town don't usually linger on the road after nightfall.
這個鎮上的人們通常在夜晚來臨後就不會在路上逗留。

town 相關字

3 province [`pravɪns] ⓝ 省

There is an ongoing debate on whether Taiwan is a province of China.
對於台灣是不是大陸的一省這件事，一直有爭論。
ⓑ debate 爭論

2 county [`kauntɪ] ⓝ 縣

Janice lived in a remote county and had to go downtown to get the groceries.
珍妮絲住在偏僻的城縣，所以她必須到城裡去買雜貨。
ⓑ remote 偏僻的

1 city [`sɪtɪ] ⓝ 城市

Those who live in big cities are much tenser than the country people.
住在都市的人們比住在鄉下的緊繃得多。
ⓑ tense 緊繃的

4 realm [rɛlm] ⓝ 領域

It feels horrible waking up in a foreign realm.
在一個陌生的地方醒來感覺很糟。
ⓑ horrible 很糟的

town 衍生字

3 **urban** [`ɝbən] ⓐ 城市的

4 **rural** [`rurəl] ⓐ 鄉村的

3 **downtown** [.daun`taun] ⓐ ⓝ 市區、商業區

3 **uptown** [`ʌp`taun] ⓐ ⓝ 住宅區

❸ architecture

(MP3) 09-04

[ˋɑrkəˌtɛktʃə] ⓝ 建築

architecture是名詞，用來表示建築或建造出的東西、式樣及學問等等，也可以表示某東西的內部構造或結構。

🔢 landscape architecture 景觀建築

📖 Some of the architectures here are so dull it's depressing.
這裡有些建築看起來無趣得令人沮喪。

architecture 相關字

❹ skyscraper [ˋskaɪˌskrepə] ⓝ 摩天大樓

One day when there are too many people in this world, we'll all be living in skyscrapers.
當有一天世界上人太多的時候，我們會全都住在摩天大樓裡。

❹ superstructure [ˋsupəˌstrʌktʃə] ⓝ 上層建築、上部構造

The architect has designed some of the most amazing architectures and his design on the superstructures is especially astonishing.
這個建築師設計了一些驚人建築，特別是他上部構造的設計格外出色。

❶ castle [ˋkæsḷ] ⓝ 城堡

The villagers believe that the castle belongs to a billionaire.
村民們相信那個城堡是一個億萬富翁的。

🔢 billionaire 億萬富翁

❶ tower [ˋtauə] ⓝ 塔、堡壘

The new tower should be able to hold 4,000 people.
這座新的塔能容納四千人。

architecture 衍生字

❷ **architect** [ˋɑrkəˌtɛkt] ⓝ 建築師
❷ **framework** [ˋfremˌwɝk] ⓝ 框架
❶ **build** [bɪld] ⓥ 建造
❷ **building** [ˋbɪldɪŋ] ⓝ 建築

◿ **tenant** [ˋtɛnənt] **n** **v** 房客　　　MP3 09-05

tenant可做為名詞或動詞。做名詞時常用來表示**租房子的房客**，通常只會住一段時間；也會用來表示**棲息在任何地方的生物**；在法律上則會用來表示**佃戶**或是**承租的人**。做動詞時則表示**承租房子或棲息**。

片 tenant farmer 佃農

例 A decent tenant would not alter the structure of the house without consent.
一個好的**房客**不會在沒有得到同意的情況下就更動房子的結構。

tenant 相關字

◧ **resident** [ˋrɛzədənt] **n** 居民
The residents in this town are all against nuclear energy.
這個鎮上的**居民**全都反對核能。
補 nuclear energy 核能

◧ **pedestrian** [pəˋdɛstrɪən] **n** 行人
People should let pedestrians cross the road first when they drive.
人們開車時，應該要讓**行人**先過馬路。

◩ **neighbor** [ˋnebɚ] **n** 鄰居
Our neighbor rented some movies and held a movie party in his house tonight.
我們的**鄰居**租了一些電影，今晚在他家裡舉辦了電影派對。
補 rent 租借

◩ **neighborhood** [ˋnebɚˌhud] **n** 鄰里
The neighborhood is very nice and quiet.
這個**鄰里**很舒服又安靜。

tenant 衍生字

◩ **landlord** [ˋlændˌlɔrd] **n** 房東
◿ **trespass** [ˋtrɛspəs] **v** 擅闖
◧ **rent** [rɛnt] **v** 租、出租 **n** 租金
◨ **lease** [lis] **v** 出租 **n** 租賃、租契

❹ airtight [ˈɛr͵taɪt]

(MP3) 09-06

ⓐ 防止空氣進出的、密閉的

airtight是形容詞，用來表示**防止空氣進出的**，或是**沒有任何漏洞能讓人趁虛而入的**。

片 airtight container 密封容器

例 The jar is airtight so the cookies can be stored for a longer period of time.

這個罐子是**密閉的**，所以餅乾能在裡面存放較長的時間。

airtight 相關字

❷ shut [ʃʌt] **ⓥ ⓝ** 關閉

We shut the door because it feels safer that way.

我們把門**關**上，因為覺得這樣比較安全。

補 shut away 隔絕

❷ sealed [sild] **ⓐ** 密封的

The windows are sealed, which makes us feel uncomfortable.

這些窗戶是**封死的**，令人覺得不舒服。

補 seal 封條、密封

❷ closed [klozd] **ⓐ** 封閉的

Whenever walking into a closed space, Linda started feeling anxiety.

每當走進**封閉**的空間時，琳達就會開始感到焦慮。

補 anxiety 焦慮

❹ impenetrable [ɪmˈpɛnətrəbl] **ⓐ** 堅不可摧的

The reinforced glass is impenetrable, even a bullet cannot shatter it.

這塊強化玻璃是**堅不可催的**，甚至子彈都射不破。

補 reinforced 強化的

airtight 衍生字

❸ watertight [ˈwɔtɚ͵taɪt] **ⓐ** 不透水的

❸ water resistant [ˈwɔtɚ͵rɪˈzɪstənt] **ⓐ** 防水的

❷ loose [lus] **ⓥ** 解開 **ⓐ** 寬鬆的

❹ heat resistant [ˈhit͵rɪˈzɪstənt] **ⓐ** 耐熱的

❷ landscape [ˈlænd‚skep]

(MP3) 09-07

ⁿ ᵛ 風景、景色

landscape可當名詞或動詞使用。當名詞時用來表示風景或景色，
也可以用來表示主題為風景或景色的畫作或是攝影作品。

ⁿ landscape design 景觀設計

例 When we get home, we can show off the picture of the landscape design in this town.
我們回家之後，可以拿在這個鎮裡拍的**景觀設計**照片來炫耀。

landscape 相關字

❸ countryside [ˈkʌntrɪ‚saɪd] **ⁿ** 農村

Some people prefer living in the countryside while some may prefer cities.
有些人偏好住在鄉下，而有些可能偏好都市。

❷ scene [sin] **ⁿ** 景象

The scene of the bombarded city is just horrid.
這個被轟炸過的城市**景象**真是可怕。

ⁿ horrid 可怕的

❸ scenery [ˈsinərɪ] **ⁿ** 風景

It's true that beautiful scenery with clean air in the mountains can calm people's mind.
山裡帶有新鮮空氣的美景真的能使人心情平靜。

❷ view [vju] **ⁿ** 風景、視線

I heard that we used to be able to see the mountain here before the building blocks the view.
我聽說在被高樓大廈擋住了視線之前，從這裡可以看到山。

ⁿ block 擋住

landscape 衍生字

❶ mountains [ˈmaʊntn̩] **ⁿ** 山

❷ field [fild] **ⁿ** 草原

❶ river [ˈrɪvə] **ⁿ** 河流

❶ forest [ˈfɔrɪst] **ⁿ** 森林

④ mason

[`mesn̩] n v （天然）媒介、石工

mason可當名詞或動詞，當名詞時用來表示以天然媒材（如石頭、木材、磚頭、瓦片）等當建材的工人，且通常會以水泥等做為黏合的媒介。當動詞時表示用石材來建造或強化。

片 mason jar 密封罐

例 The mason built a small house within a few weeks.
石工在幾週內就建好了一間小房子。

mason 相關字

① brick [brɪk] n 磚

Bricks are really heavy so you don't want to take too many at a time.
磚頭很重，所以你不會想要一次拿太多。
補 at a time 一次

① stone [ston] n 石

Pebbles are the smaller and rounder version of stones.
鵝卵石是石頭較小較圓的版本。
補 pebble 鵝卵石
version 版本

③ marble [`marbl̩] n 大理石

The staircases in this castle are made of marble.
這棟城堡裡的樓梯是大理石做的。
補 staircase 樓梯

⑤ granite [`grænɪt] n 花崗岩

The house is very old and everything is crumbling except the hardest granite.
這個房子很老了，除了最堅硬的花崗岩之外其他都崩解了。
補 crumble 崩解

mason 衍生字

④ limestone [`laɪmˌston] n 石灰岩

② concrete [`kɑnkrit] n 水泥

④ acrylic [æ`krɪlɪk] n 壓克力

② tile [taɪl] n 瓦片

1 wall [wɔl] n v 牆

wall可當名詞或動詞，當名詞時表示**任何可以阻隔東西的屏障**，如**牆壁、圍牆、或是容器的內壁等**；當動詞時則表示**用東西隔開**。

片 Wall Street 華爾街（美國金融中心）

例 Sometimes Pam hopes that she can build a wall to block all the negative things outside.
有時候潘希望她可以建一道能隔開所有負面東西的牆。

wall 相關字

3 divider [də`vaɪdə] n 分隔物

Dividers are widely used in offices to create individual space.
分隔板在辦公室裡廣泛地被使用在分隔個人空間上。
補 individual 個人的

4 blockade [blɑ`ked] v n 封鎖、障礙

They blockade the area because they need to fix the sewer.
他們封鎖了這個區域，因為他們得維修下水道。
補 sewer 下水道

3 barrier [`bærɪr] n 屏障、障礙

He couldn't find a decent job at first due to the language barrier.
他因為語言的隔閡，所以一開始找不到好的工作。

2 fence [fɛns] n 籬笆

The fence can keep the sheep in, but it can't keep the wolves from coming in.
圍籬能把羊關在裡面，但它沒辦法阻止狼進來。
補 wolf 狼

wall 衍生字

4 parapet [`pærəpɪt] n 欄杆、矮牆

4 partition [par`tɪʃən] n 分開、隔板

4 panel [`pænl] n 鑲板

3 roadblock [`rod.blɑk] n 路障

3 license [ˈlaɪsn̩s] **n** **v** 許可證

 09-10

license可以當名詞或動詞，當名詞時常用來表示**許可**或**許可證、執照**等，也會用來表示**為了文學或藝術特殊的效應而蓄意不守既有規定的情況**，或是特殊情況下**允許例外的自由**。當動詞時則表示**許可**或**准許**。

片 license plate 車牌

例 No one is allowed to drive legally without a driver's license.
沒有人能在沒駕照的情況下合法開車。

license 相關字

3 permission [pɚˈmɪʃən] **n** 允許
You should ask for my permission if you want to borrow my things.
若你想要借我的東西的話，你應該要經過我的**同意**。

4 charter [ˈtʃɑrtɚ] **n** 特許、特權、豁免權
The government officials should not have a charter.
政府官員不應該有**特權**。

3 freedom [ˈfridəm] **n** 自由
We are lucky to be a citizen of Taiwan because at least we have the freedom of speech.
我們很幸運能當台灣公民，因為至少我們有言論的**自由**。
片 freedom of speech 言論自由

3 grant [grænt] **v** **n** 授予
The queen granted him a title for his outstanding performance.
女王因為他傑出的表現而**賜予**他一個頭銜。
片 title 名稱、頭銜

license 衍生字

3 liberty [ˈlɪbɚtɪ] **n** 自由
3 ban [bæn] **n** 禁令 **v** 禁止
3 prohibition [ˌproəˈbɪʃən] **n** 禁令
3 forbid [fɚˈbɪd] **v** 禁止

4 furnish [ˈfɝnɪʃ]

MP3 09-11

v 安裝家具、提供

furnish是動詞，用來表示在房子或房間裡安裝家具、電器等，也可表示**提供**，此時通常後面會加上所提供的東西。

片 furnished apartments 附家具的公寓

例 Since the house is already well-furnished, there isn't much left to do.

因為這間房子已經都配有家具了，現在沒什麼太多其他事要做的。

furnished 相關字

3 furniture [ˈfɝnɪtʃɚ] **n** 家具

They move the furniture around for a change.

他們為了要做一點改變，把家具移了位子。

補 movable 可移動的

1 sofa [ˈsofə] **n** 沙發

I like to curl up on a sofa and read, especially on a rainy day.

我喜歡蜷繞在沙發上看書，特別是在雨天。

補 curl 捲曲

1 table [ˈtebl̩] **n** 桌子

We have many tables in our house because there are so many children.

我們家有很多張桌子，因為我們有太多小孩了。

補 table manners 餐桌禮儀

1 desk [dɛsk] **n** 辦公桌

The pain killer is stored in the drawer of the desk.

止痛藥放在辦公桌的抽屜裡。

補 drawer 抽屜

furnished 衍生字

1 chair [tʃɛr] **n** 椅子

3 bunk bed [ˈbʌŋkbɛd] **n** 雙層床

3 closet [ˈklɑzɪt] **n** 壁櫥

3 cabinet [ˈkæbənɪt] **n** 櫥櫃

❷ roof [ruf] ❶ 屋頂

 09-12

roof是名詞，可用來表示房子外面蓋在上面的那塊屋頂，或是支撐屋頂的框架，也會延伸為其他如屋頂的東西（如車頂）或是房子本身；另外，也常用來表示高峰上最高的頂點。

圓 roof top 屋頂上

例 There's a bird stopping on your roof top.
有一隻鳥停在你的屋頂上。

roof 相關字

❷ covering [`kʌvərɪŋ] ❶ 覆蓋物、屋頂
We can barely see anything with the snow covering.
覆蓋的雪讓我們幾乎看不到什麼東西。
補 barely 幾乎

❶ ceiling [`silɪŋ] ❶ 天花板
There's a spider dangling from the ceiling.
有一隻蜘蛛從天花板上垂降下來。
補 dangle 垂吊

❹ canopy [`kænəpɪ] ❶ 頂篷、簷篷
They have a gambrel canopy which can be folded away when needed.
他們有能在需要時可收起的複折式頂篷。
補 fold 摺疊

❸ dome [dom] ❶ 圓頂
Domed ceilings are beautiful but they take up too much space.
半球型屋頂很美，但它們太佔空間。
補 take up 佔用

roof 衍生字

❸ gambrel [`gæmbrəl] ❶ 複折式屋頂
❸ slate [slet] ❶ 石板
❷ chimney [`tʃɪmnɪ] ❶ 煙囪
❷ fireplace [`faɪrˌples] ❶ 壁爐

② **elevator** [ˋɛləˏvetə] ⓝ 升起、電梯 MP3 09-13

elevator是名詞，用來表示電梯、升起或被抬起的人或東西，以及把東西或人升起的升降設備。

⚑ barrier-free elevator 無障礙電梯

例 If you're well-trained, you can go upstairs faster than an elevator.
如果你有受過訓練的話，你可以比搭電梯還更快上樓。

elevator 相關字

② **escalator** [ˋɛskəˏletə] ⓝ 手扶梯
The candy shop is on the right hand side down the escalator.
這家糖果店在手扶梯下去的右手邊。
補 right hand side 右手邊

① **story** [ˋstorɪ] ⓝ 樓層
There are only three stories in this building.
這棟大樓只有三層。
補 another story 另一回事

① **floor** [flor] ⓝ 地板
It's hard to clean up the stain if you spill red wine on the floor.
若你把紅酒打翻在地板上，會很難清理污漬。
補 red wine 紅酒

① **stair** [stɛr] ⓝ 樓梯
Take that stairs down and you can find our storage room in the basement.
從那個樓梯下去，地下室是我們的倉庫。
補 storage 儲藏空間

elevator 衍生字

① **staircase** [ˋstɛrˏkes] ⓝ 樓梯間、樓梯

② **basement** [ˋbesmənt] ⓝ 地下室

② **carpet** [ˋkɑrpɪt] ⓝ 地毯

② **upstairs** [ˋʌpˋstɛrz] ⓐ ⓐⓓ 樓上

3 **develop** [dɪ`vɛləp]

MP3 09-14

v 發展、幫助成長、養成習慣

develop是動詞，用來表示**幫助成長**或**發展**，也可以表示開發某個地區或是**養成習慣**或是**疾病的逐漸產生**。

田 developing country 開發中國家

例 You can see their friendship developing by the way they talk to each other.
你可以從他們對彼此的說話方式看到他們友誼的**發展**。

develop 相關字

3 **development** [dɪ`vɛləpmənt] **n** 發展
The development of a country can be quite slow.
一個國家的**發展**可能很慢。
補 developmental 發達的

3 **cultivate** [`kʌltə‚vet] **v** 培育
Talents need to be further cultivated or we'll lose them eventually.
才能需要被進一步**培養**，不然我們總有一天會失去它們。
補 eventually 終究

3 **evolve** [ɪ`vɑlv] **v** 發展
Technology has evolved a lot in the last decade.
過去十年裡科技**發展**得很快。
補 decade 十年
evolution 進化

3 **flourish** [`flɝɪʃ] **v** 使茂盛、使興隆
The warm weather causes the flower to flourish.
溫暖的天氣使花朵更**茂盛**。
補 cause 導致

develop 衍生字

3 **foster** [`fɔstɚ] **v** 培育、領養 **a** 領養的
3 **mature** [mə`tjur] **v** 使成熟 **a** 成熟的
4 **maturate** [`mætʃu‚ret] **v** 使成熟
1 **grow** [gro] **v** 增長

2 lawn [lɔn] n 草皮、平坦有草覆蓋的地區　MP3 09-15

lawn是名詞，用來表示一塊平坦有草覆蓋的地區，通常是指住家或公園附近有除短的草皮。

片 lawn mower 除草機

例 The lawn needs to be mowed.
這塊草皮需要修整。
補 mow 除草

lawn 相關字

2 backyard [ˋbækˌjɑrd] n 後院
The cars are parked in the backyard.
車子停在後院裡。
補 park 停靠

1 garden [ˋgɑrdn̩] n 花園
He greets his friends by the front garden when they arrive.
當他的朋友抵達時，他在前花園裡問候他們。
補 greet 打招呼

2 balcony [ˋbælkənɪ] n 陽台
We grow different kinds of spices on our balcony.
我們在陽台上種不同種類的香料。
補 spice 香料

3 terrace [ˋtɛrəs] n 陽台
The rain washed away all the dirt in the terrace.
雨把陽台的灰塵都洗乾淨了。
補 wash away 沖走

lawn 衍生字

1 yard [jɑrd] n 院子

1 garage [gəˋrɑʒ] n 車庫

3 patio [ˋpatɪˌo] n 庭院

2 porch [portʃ] n 門廊

❷ modern [`madən] @ ⓝ 現代的　　　MP3 09-16

modern可當形容詞或名詞，當形容詞時用來表示現在的、現代化的、新的；當名詞時則用來表示現代人或是有現代品味和觀念的人。

片 modern architecture 現代建築

例 Modern technology allows us to spy on anyone anytime with a smart phone.
現今科技讓我們能隨時用智慧型手機窺探任何人。

modern 相關字

❷ stylish [`staɪlɪʃ] @ 時髦的
They are all wearing the golden pin now because it's stylish.
他們全都配戴了金色的胸針，因為這很時髦。
補 pin 別針、胸針

❷ latest [`letɪst] @ 最新的
What is the latest movie that everyone is talking about?
每個人都在談論的最新電影是哪一部？

❷ fashion [`fæʃən] ⓝ 時尚
Fashion magazines will give you the latest fashion trends.
時尚雜誌會告訴你最新的時尚流行。

❹ modish [`modɪʃ] @ 流行的
It's amazing how there are modish contemporary art designs all around the city.
這個城市裡到處都是流行的現代藝術設計，真的很驚人。
補 antiquated 過時的

modern 衍生字

❹ modernistic [ˌmadəˋnɪstɪk] @ 現代主義的
❸ neoteric [ˌnioˋtɛrɪk] @ 近代的
❸ contemporary [kənˋtɛmpəˌrɛrɪ] @ 現代的
❸ newfangled [ˋnjuˌfæŋgl̩d] @ 新奇的

❸ sustainable

MP3 09-17

[sə`stenəbḷ] ⓐ 可以維持的、永續的

sustainable是形容詞，用來表示可以維持的、（重量）可以支撐得了的、能持續進行的，或是能被支持的。

聞 sustainable development 永續發展

例 Sustainable development is our goal because we can't think only about the present.
永續發展是我們的目標，因為我們不能只想到眼前。

sustainable 相關字

❸ livable [`lɪvəbḷ] ⓐ 適宜居住的
This hill is livable, but we're looking for somewhere less isolated.
這個山丘是適合居住的，但我們想找比較不那麼偏僻的地方。
補 isolated 偏僻的

❸ acceptable [ək`sɛptəbḷ] ⓐ 可接受的
The accommodations are acceptable, but they can be improved in so many ways.
這裡的住宿還可接受，但它能改進的地方很多。
補 accommodation 住宿

❷ comfortable [`kʌmfətəbḷ] ⓐ 舒適的
Vince doesn't feel comfortable in a boat.
文斯在船上會覺得不舒服。

❷ cozy [`kozɪ] ⓐ 愜意的、舒服的
After a long day of work, Travis just wants to lie down on his cozy bed.
在辛苦工作了一整天後，特維斯只想躺在他舒服的床上。
補 lie down 躺下

sustainable 衍生字

❸ habitable [`hæbɪtəbḷ] ⓐ 可居住的
❷ homey [`homɪ] ⓐ 家一樣的
❸ tolerable [`tɑlərəbḷ] ⓐ 可容忍的
❸ snug [snʌg] ⓥ 緊貼、偎依 ⓐ 舒適的

4 **visionary** [`vɪʒəˌnɛrɪ]

MP3 09-18

@ ⋒ 不切實際的、遠見的

visionary可當形容詞或名詞，當形容詞時表示**不切實際的**、**現在無法實行的**、**不真實的**、**視覺／幻覺（vision）的**、**有想像力的**，或是**有遠見的**。當名詞時表示有上述能力或行為的人。

⛭ visionary leadership 富有遠見的領導

例 A visionary artist is always thinking a step ahead of the others.
一個**有遠見的**藝術家永遠想得比其他人多一步。

visionary 相關字

⛭ surreal [sə`riəl] **@** 超現實的
The lake looks so serene it seems surreal.
這個湖看起來太平靜**不像是真的**。
補 serene 平靜的

⛭ unreal [ʌn`ril] **@** 不真實的
Sometimes we can tell that we're dreaming because things are very unreal and twisted.
有時候我們可以從很**不真實**和扭曲的事情分辨出來我們是在作夢。
補 twisted 扭曲的

⛭ futuristic [ˌfjutʃə`ɪstɪk] **@** 未來的
The futuristic suit looks like what everybody will be wearing in 50 years.
這套**有未來感**的衣服看起來像是所有人五十年後會穿的。

⛭ dreamy [`drimɪ] **@** 夢幻的、使有夢幻感受的
The little girl loves her new dress because it is very dreamy.
這個小女孩很喜歡她的新裙子，因為它看起來**很夢幻**。

visionary 衍生字

⛭ idealistic [aɪˌdiəl`ɪstɪk] **@** 理想主義的

⛭ illusory [ɪ`lusərɪ] **@** 虛幻的

⛭ impractical [ɪm`præktɪkl̩] **@** 不切實際的

⛭ fanciful [`fænsɪfəl] **@** 幻想的

1 **ground** [graʊnd]

🅝🅐🅥 地面、土壤、基礎

(MP3) 09-19

ground可以當名詞、形容詞或動詞。當名詞時表示地面、土壤、場地、底部、基礎、立場或領域等。當形容詞時表示地面的、底部的；當動詞時則表示建立或固定在地面上、著陸、碰到地面（如擱淺），建立在穩固的基礎上等等。

🅟 ground water 地下水

🅔 The bird is 60 feet from the ground and is out of shooting range.
這隻鳥離地面六十呎並已超出了射程距離。

ground 相關字

2 **earth** [ɝθ] 🅝 大地、地球

We should love the earth because we only have one.
我們應該要愛地球，因為我們只有一個。

1 **land** [lænd] 🅝 土地

The beautiful land under a blue sky gives me a good mood.
藍天下的美麗大地給了我好心情。

2 **dust** [dʌst] 🅝 灰塵

The house has been unoccupied for months and there's dust everywhere.
房子已經空了好幾個月，到處都是灰塵。

2 **dirt** [dɝt] 🅝 灰塵、土壤

Some plants can only grow in dirt, while others can grow in water or sand as well.
有些植物只能生長與土中，有些則也能生長在水或沙中。

ground 衍生字

1 sand [sænd] 🅝 沙子

2 soil [sɔɪl] 🅝 土壤

3 turf [tɝf] 🅝 草皮

1 sky [skaɪ] 🅝 天空

4 **grandiose** [`grændɪos`] 🎧 09-20

ⓐ 很大的、很重要的

grandiose是形容詞，用來表示很大的、很重要的、很浮誇的；比實際需要更誇大的，大得令人驚畏或印象深刻的。

🔒 grandiose delusions 誇大妄想

例 The grandiose words of the wise man have great impacts on the others.

這個智者宏偉的話語對別人有很大的影響。

grandiose 相關字

1 theatrical [θɪ`ætrɪkḷ] ⓐ 劇場的、戲劇性的

The audience couldn't help applauding for his theatrical performance.

觀眾們無法停止為他戲劇性的演出鼓掌叫好。

1 egotistic [ˌigə`tɪstɪk] ⓐ 唯我獨尊的

His egotistic mannerism can always upset people within seconds.

他自負的調調總是能在幾秒之內激怒別人。

補 mannerism 格調

1 imposing [ɪm`pozɪŋ] ⓐ 強加的

One has to leave an imposing image to survive in the entertainment industry.

要在娛樂圈裡生存，需要讓人留下強烈的印象。

3 spectacular [spɛk`tækjələ] ⓐ 壯觀的

The theater looks even more spectacular from the inside.

這個劇院從內部看起來更加壯觀。

grandiose 衍生字

2 grand [grænd] ⓐ 盛大的

3 impressive [ɪm`prɛsɪv] ⓐ 令人印象深刻的

4 pompous [`pɑmpəs] ⓐ 浮誇的

3 magnificent [mæg`nɪfəsənt] ⓐ 華麗的

4 ventilate

[ˌvɛntl̩ˈet] v 使空氣流通、通風

ventilate是動詞，用來表示**使空氣流通**，或是**裝配能使空氣流通的設備**，有時也會用來表示**引發公開討論**。

片 ventilated cabinet 通風的櫃子

例 You should keep the windows open so the room will be ventilated.
你應該讓窗戶開著，這樣房間才會**通風**。

ventilate 相關字

1 wind [wɪnd] n 風
Leaves are brought up high in the air by the wind.
葉子被風捲得很高。
補 windy 風大的

2 breeze [briz] n 微風
My ideal day of relaxation involves a lot of ocean breeze.
我理想的放鬆日會需要很多的海風。
補 relaxation 放鬆

2 breath [brɛθ] n 呼吸
If you have bad breath, you should drink more water and brush your teeth more often.
如果你有口臭，你應該多喝水並更經常地刷牙。
補 bad breath 口臭

3 blast [blæst] n 疾風
The blast swept the vases onto the floor and they smashed.
這個**疾風**把花瓶掃到地上打破了。
補 smash 弄破

ventilate 衍生字

1 blow [blo] v 吹、吹風、刮風
1 air [ɛr] n 空氣
3 whirlwind [ˈhwɝlˌwɪnd] n 旋風
5 zephyr [ˈzɛfɚ] n 和風

❸ dwell [dwɛl] ❷ 永久居住

(MP3) 09-22

dwell是動詞，用來表示**長期**或**永久居住**、長期處於某種狀態，或是擁有某個**想法**或**觀點**等一段時間。

片 dwell upon 老是想著

例 The caves are where the dwarves dwell.
山洞是矮人**居住**的地方。
補 dwarf 矮人

dwell 相關字

❸ inhabit [ɪn`hæbɪt] ❷ 居住
The people inhabited the cottages on this small island.
這個小島上的人們**住**在小木屋裡。
補 cottage 小木屋
island 島

❷ live [lɪv] ❷ 生活、居住
The residents who live here are a little overly friendly for me to comprehend.
住在這裡的這些**居民**有點太友善讓我無法理解。
補 comprehend 理解

❸ reside [rɪ`zaɪd] ❷ 居住
Most of the people who reside here don't wear shoes.
居住在這裡的人大部分都不穿鞋。
補 reside in 屬於

❶ stay [ste] ❷ 停留、暫住
I'll be staying in a hostel for a week or so.
我將在一個青年旅館**住**上一星期左右。
補 stay in 住在

dwell 衍生字

❸ denizen [`dɛnəzn] ❶ 居民、常客
❸ resident [`rɛzədənt] ❶ 居民
❸ dweller [`dwɛlɚ] ❶ 居民
❸ habitant [`hæbətənt] ❶ 居民

2 stray [stre] v 分心、流浪

MP3 09-23

stray是動詞，用來表示偏離一個方向或道路、分心、漫無目的地閒逛、流浪、誤入歧途，或是迷路。

片 stray dog 流浪狗

例 Maddy is really nice to the stray dogs even though she knows she can't save any of them.
麥蒂對流浪狗很好，即使她知道她沒辦法救到牠們。

stray 相關字

4 vagabond [ˋvægəˌbɑnd] n 流浪者
Being a vagabond isn't easy because you never know what lies ahead.
當個流浪者不容易，因為你永遠不知道迎接你的是什麼。
補 ahead 在前、向前

3 castaway [ˋkæstəˌwe] n 被拋棄者
Johnny was a castaway but he found a way to thrive.
強尼是個被拋棄的人，但他找到辦法使自己發光發熱。
補 thrive 茁壯成長

3 gypsy [ˋdʒɪpsɪ] n 吉普賽人
Living like a gypsy can be an escape from the life that's too well-organized.
過過吉普賽人的生活，可能是一個可以從太有組織的生活中逃離的方法。
補 well-organized 有組織的、有條理的

4 nomad [ˋnomæd] n 游牧民族
The nomads come and go, taking our treasures away with them.
這些游牧民族來了又走，並帶走我們的寶藏。

stray 衍生字

3 tramp [træmp] n 流浪漢

3 rover [ˋrovə] n 漫遊者

3 roamer [ˋromə] n 漫遊者

4 straggler [ˋstræglə] n 流浪者

非學不可的新多益單字

Chapter 1 | Chapter 2 | Chapter 3 | Chapter 4 | Chapter 5 | Chapter 6 | Chapter 7 | Chapter 8 | Chapter 9 | Chapter 10 | Chapter 11 | Chapter 12 | Chapter 13

3 **passage** [`pæsɪdʒ] n v 道路 09-24

passage可當名詞或動詞，當名詞的話會用來表示道路、通道、通過、旅行、時光的流逝、准許通行、或是一段文章或音樂，當動詞的話則表示通過或旅行。

🔢 rite of passage 人生大事

📝 They say marriage is a rite of passage, but nowadays people get married so casually it doesn't seem like so.
他們說婚姻是人生大事，但現在人們很隨意就結婚了所以看起來不像。

passage 相關字

3 **avenue** [`ævəˏnju] n 大街
You should stay on one avenue and you'll reach the destination.
你應該繼續沿著大街走，這樣就可以到目的地了。
🔢 destination 目的地、終點

1 **street** [strit] n 街
Poverty brings the workers to the street, asking for a job.
貧窮使工人們走上街頭要工作。

2 **path** [pæθ] n 道路
This path will lead you to a beautiful waterfall.
這條小徑會帶你到一個美麗的瀑布。
🔢 waterfall 瀑布

3 **boulevard** [`buləˏvɑrd] n 林蔭大道
The boulevard looks shiny after the rain.
雨後的林蔭大道看起來閃閃發亮。

passage 衍生字

2 **lane** [len] n 車道、小路、巷弄
1 **road** [rod] n 路
2 **pavement** [`pevmənt] n 人行道
2 **track** [træk] n 小徑、蹤跡

❸ judgment [ˋdʒʌdʒmənt]

(MP3) 09-25

ⓝ 審判、判決

judgment是名詞，用來表示**審判、判斷、判決、裁決、**或是某人的**意見**或**想法**。

ꀼ judgment on 審判、判斷

例 I should've gone with my better judgment but it's too late now.

我應該要照著我更好的**判斷**走的，但現在已經太遲了。

judgment 相關字

❷ judge [dʒʌdʒ] ⓥ 判斷、批判、審判 ⓝ 法官

We should not judge people easily because we never know what they have gone through.

我們不能輕易**批判**別人，因為我們永遠無法得知他們經歷過了什麼。

❸ apprehension [ˌæprɪˋhɛnʃən] ⓝ 顧慮、擔憂、理解

This article is talking about how to overcome your anxiety and apprehension.

這篇文章在教你如何克服焦慮以及**擔憂**。

❸ awareness [əˋwɛrnɪs] ⓝ 意識

Cynthia woke up with a sudden awareness that she never quite knew what she wanted in life.

辛西亞醒來突然**意識**到，她從來就不知道在人生中她要的是什麼。

補 aware 知道的、察覺的

❹ intuition [ˌɪntjuˋɪʃən] ⓝ 直覺

We always turn to Pete for advice because he has a great intuition.

我們總是向彼特尋求建議，因為他的**直覺**很準。

補 advice 建議

judgment 衍生字

❸ perception [pɚˋsɛpʃən] ⓝ 感知

❸ reasoning [ˋriznɪŋ] ⓝ 推理、道理、講理

❷ understanding [ˌʌndɚˋstændɪŋ] ⓝ 理解

❷ wisdom [ˋwɪzdəm] ⓝ 智慧

3 **revolving** [rɪ`vɑlvɪŋ]ⓐ 旋轉的、循環的 (MP3) 09-26

revolving是形容詞，用來表示旋轉的，在機械上也會用來表示圍繞一個軸心旋轉的。

ℍ revolving debt 循環債務; revolving interest 循環利息

例 You'll get dizzy if you stare at the revolving ball for too long.
如果你盯著那個轉動的球看太久的話，你就會頭暈。

revolving 相關字

3 **revolve** [rɪ`vɑlv]ⓥ 圍繞
The debates in the last couple of days all revolved around the same topic.
過去幾天的辯論都是圍繞著同一個主題。
ℍ debate 辯論

1 **circle** [`sɝkl]ⓥ 繞圈子 ⓝ 圈子
We are asked to circle the answers to the questions on the answer sheet.
我們被要求要在答案卷上把問題的答案圈起來。

3 **rotate** [`rotet]ⓥ 轉動
You can stay upset all you want but the earth is still rotating.
你可以繼續沮喪，但地球還是會在轉動。

3 **whirl** [hwɝl]ⓥ ⓝ 旋轉
The figure skater is whirling so fast that we can't see her face.
這個花式滑冰選手旋轉得很快，我們都看不到她的臉了。

revolving 衍生字

2 **twist** [twɪst]ⓥ ⓝ 擰

3 **circulate** [`sɝkjəˌlet]ⓥ 循環

2 **roll** [rol]ⓥ 滾動、捲動 ⓝ 一捲、滾動

2 **spin** [spɪn]ⓥ ⓝ 自旋

❸ personal [`pɜsn̩l]

(MP3) 09-27

a n 個人的、私人的、親自的

personal可以當當形容詞或名詞。當形容詞時用來表示個人的、私人的、針對個人隱私的、或是親自的。當名詞時則用來表示報紙上的人事消息欄，此時常會以複數型態personals出現。

片 personal belongings 個人隨身物品

例 My private life is personal so I'm not sharing it with you.
我的個人生活是私人的，所以我不會跟你分享。

personal 相關字

❸ individual [ˌɪndə`vɪdʒʊəl] **a** 個別的

Our customized products will be able to suit every individual need.
我們客製化的商品能適合所有的個人需求。
補 suit 適合

❹ privy [`prɪvɪ] **a** 個人的、私下的

The privy cottage is secluded, which is ideal for a holiday.
這個私人的小屋很僻靜，很適合度假。
補 privacy 隱私

❸ unshared [ʌn`ʃɛrd] **a** 沒有共享的

This information is unshared so no one else can know about it.
這個資訊是不公開的，所以其他人都不能知道。

❹ confined [kən`faɪnd] **a** 受侷限的

The dorm room is really small and Jack feels confined.
宿舍的房間很小，傑克覺得很受侷限。

personal 衍生字

❹ secluded [sɪ`kludɪd] **a** 僻靜的；與世隔絕的

❸ hidden [`hɪdn̩] **a** 隱藏的

❷ secret [`sikrɪt] **a** 祕密的

❷ secrecy [`sikrəsɪ] **n** 祕密

非學不可的新多益單字

Chapter 1 | Chapter 2 | Chapter 3 | Chapter 4 | Chapter 5 | Chapter 6 | Chapter 7 | Chapter 8 | Chapter 9 | Chapter 10 | Chapter 11 | Chapter 12 | Chapter 13

❸ remaining [rɪˋmenɪŋ]

MP3 09-28

ⓐ 剩餘的、剩下的

remaining是形容詞，用來表示剩餘的、剩下的，或是被留下的、被儲存起來的。

🔢 remaining balance 餘額

🔠 They finished the remaining food within a couple of minutes.

他們在幾分鐘之內吃完剩下的食物。

remaining 相關字

❶ wait [wet] ⓥ 等待

We should wait for others to catch up.

我們該等待其他人跟上。

❷ be left [biˋlɛft] ⓟ 被留下

No one should be left behind if there's still a chance for all of us to live.

沒有人應該要被拋下，如果我們所有人還有都能活下來的希望的話。

❷ cling [klɪŋ] ⓥ 緊貼、依附

The scent of her perfume still clings to my jacket after she left.

她的香水味在她走了之後還依附在我的外套上。

🔠 perfume 香水

❷ continue [kənˋtɪnju] ⓥ 繼續

Zoe wants us to continue our project while she cooks for us.

柔伊要我們在她為我們煮飯時繼續我們的計畫。

🔠 continue with 持續、延伸

remaining 衍生字

❷ linger [ˋlɪŋgɚ] ⓥ 徘徊、逗留

❸ survive [sɚˋvaɪv] ⓥ 生存

❷ stick around [ˋstɪkəˋraʊnd] ⓟ 留下來

❷ stay put [ˋstepʊt] ⓟ 留在原地

③ **service** [`sɝvɪs] ❶ ⓥ 服務

MP3 09-29

service可做為名詞或動詞，做為名詞時用來表示**服務**、**服務業**、**招待**、**服役**、**幫傭**或是**保養維修**等；做動詞時則用來表示**提供服務**或是**保養維修**。

🔒 secret service **特務機關**

📝 We didn't ask for room service.
我們沒有叫客房**服務**。

service 相關字

③ **servicer** [`sɝvɪsə] ❶ 服務機構

This servicer's aim is to give shelter to orphans.
這個**服務機構**的目標是給孤兒們一個避風港。
📘 shelter 避風港

② **aid** [ed] ⓥ ❶ 幫助

The only aid he has ever given us is some useless advice.
他給我們唯一的**幫助**，就是一些沒用的建議。
📘 useless 沒有用的

① **help** [hɛlp] ⓥ ❶ 幫助

The sleeping pills will help you sleep.
這些安眠藥能**幫助**你入睡。
📘 pill 藥丸

③ **duty** [`djutɪ] ❶ 責任

Everyone has their own duty to the society, and paying tax is one of them.
每個人對社會都有自己的**責任**，繳稅便是其中之一。
📘 society 社會

service 衍生字

② **advice** [əd`vaɪs] ❶ 建議

③ **avail** [ə`vel] ⓥ 有利於、有幫助 ❶ 利益、幫助

② **advise** [əd`vaɪz] ⓥ 建議

③ **advisor** [əd`vaɪzə] ❶ 顧問

非學不可的新多益單字

Chapter 1 | Chapter 2 | Chapter 3 | Chapter 4 | Chapter 5 | Chapter 6 | Chapter 7 | Chapter 8 | Chapter 9 | Chapter 10 | Chapter 11 | Chapter 12 | Chapter 13

❸ assume [əˋsjum] ⓥ 視為、假定為 MP3 09-30

assume是動詞，常用來表示把…視為理所當然、理所當然地以為、視為、假定為，或是採取、奪取，也可表示取得責任、地位、價值或生活方式等。

🔸 assumed name 化名

📖 When you say we're almost there, I assume you mean ten minutes.

當你說我們快到了的時候，我以為你指的是十分鐘。

assume 相關字

❸ assumption [əˋsʌmpʃən] ⓝ 假設

We should never judge people based on our own assumption.

我們永遠不應該以我們的**假設**來評斷別人。

❹ assumable mortgage [əˋsjuməblˋmɔrgɪdʒ] ⓟ 可轉讓貸款、可承擔貸款

He's already paid up his entire assumable mortgage and he is now debt-free.

他已經付完了所有的**可轉讓貸款**，他現在沒有負債了。

❸ expectation [ˌɛkspɛkˋteʃən] ⓝ 期望

Lily finds it hard to live up to everybody's expectation.

莉莉發現，要達成每個人的**期望**很難。

❷ belief [bɪˋlif] ⓝ 信仰

If you have a strong belief in yourself, you'll have better chance to succeed.

若你對自己有很強的信念的話，你比較有機會成功。

🔸 religious belief 宗教信仰

assume 衍生字

❸ **suspect** [səˋspɛkt] ⓥ 懷疑

❸ **suspicion** [səˋspɪʃən] ⓝ 懷疑

❹ **hypothesis** [haɪˋpɑθəsɪs] ⓝ 假說

❸ **as expected** [ˌæzɪkˋspɛktɪd] ⓟ 如預期

4 **assess** [ə`sɛs]

MP3 09-31

v 對於財產價值的正式評定、評估價值

assess是動詞，用來表示對於財產價值的正式評定、評估價值、確定需繳的稅或罰款的金額，或是對人課稅或是徵收其他款項。

片 assessed value 評估的價值

例 They assessed their property and decided to sell the house.
他們評估了一下他們的財產，並決定賣掉這間房子。

assess 相關字

4 **assessment** [ə`sɛsmənt] **n** 評價
You are not allowed to move your leg until the doctor's further assessment.
在醫生做進一步的評估之前，你都不能動你的腿。
補 further 進一步的

3 **determine** [dɪ`tɜmɪn] **v** 判定、決定
If you're very determined to succeed, maybe you will.
如果你決心成功的話，你可能就會。
補 determination 決心

2 **guess** [gɛs] **v** 猜測
I haven't finished studying yet so I can only guess the answers.
我還沒讀完所以我只能猜答案。
補 at a guess 憑猜測

3 **reckon** [`rɛkən] **v** 估計、認為
Since it's dawn and the weather seems stable, I reckon that we should go now.
看在現在天亮了且天氣似乎也穩定了，我覺得我們該走了。
補 dawn 黎明

assess 衍生字

3 **valuate** [`væljuˌet] **v** 估價
4 **approximate** [ə`prɑksəmɪt] **a v** 近似、接近
3 **deem** [dim] **v** 認為
1 **decide** [dɪ`saɪd] **v** 決定

3 appreciation

[əˌpriʃɪ`eʃən] **n** 感謝

appreciation是名詞，用來表示感謝、感激之情、所給與的正確評價、嘗試、欣賞、或是讚賞，也可用來表示漲價。

片 show appreciation for、in appreciation of 對…表示謝意

例 Some people show no appreciation for art.
有些人不會欣賞藝術。

appreciation 相關字

3 thankful [`θæŋkfəl] **a** 心存感激的
She was thankful for all the help she got from others.
她對於別人給她的所有幫助都心存感謝。

3 gratefulness [`gretfəlnɪs] **n** 感激之情
He's not very good with words and doesn't know how to show his gratefulness.
他不擅言詞，所以不知道該怎麼表示他的感激之情。
補 grateful 感謝的

4 gratitude [`grætəˌtjud] **n** 謝意
Your gratitude is completely unnecessary since you've helped me many times before.
你的感謝完全沒有必要，因為你之前也幫了我很多次忙。
補 unnecessary 不必要的

4 indebted [ɪn`dɛtɪd] **a** 有負債的
We are all indebted to others in one way or another.
我們都在某些方面虧欠別人。
補 one way or another 以某種方式

appreciation 衍生字

1 thanks [θæŋks] **n** 感謝
3 admire [əd`maɪr] **v** 欣賞
2 applaud [ə`plɔd] **v** 鼓掌
3 adore [ə`dor] **v** 熱愛

❸ household [`haʊsˌhold]

MP3 09-33

ⓝ ⓐ 平常普通的、一家的、家庭的

household可做名詞或形容詞使用。做名詞時用來表示**一家全部的人口**（含傭人），做形容詞時則表示**一家人的、用來維持家計的、或是平常普通的**。

片 household name 家喻戶曉的人、事、物

例 This pancake machine is used in almost every household.
幾乎每個**家庭**都有這個鬆餅機。

household 相關字

❹ domestic [də`mɛstɪk] **ⓐ** 家庭的
Domestic violence is not uncommon but the victims don't usually seek help.
家庭暴力並不少，但通常受害者不會尋求幫助。

❷ everyday [`ɛvrɪˌde] **ⓐ** 日常的、每天的
Confrontation has become a part of my everyday life, which is driving me crazy.
爭執已經變成我**日常生活**的一部分，而這快讓我發瘋了。
補 confrontation 對質、爭執

❶ family [`fæməlɪ] **ⓝ** 家庭
Most people wish to have their own family, but there are some people who dread that kind of life.
大部分的人都希望能有自己的**家庭**，但有些人會害怕這樣的生活。

❷ homely [`homlɪ] **ⓐ** 家常的、家庭的
Most people want a homely house to go back to after a long day of work.
大部分的人都想要有下班之後能回去有**家的感覺**的房子。

household 衍生字

❸ accustomed [ə`kʌstəmd] **ⓐ** 習慣的
❸ habitual [hə`bɪtʃʊəl] **ⓐ** 習慣的
❸ plain [plen] **ⓐ** 簡樸的、清楚明白的
❷ ordinary [`ɔrdṇˌɛrɪ] **ⓐ** 普通的

Chapter 10

旅遊
Travelling

② travel [`trævl] ❷ ❶ 旅途、旅途的長度　　MP3 10-01

travel可以是動詞或名詞。做動詞時用來表示**旅遊**，或是從**某地**移動到另一地；做名詞時則表示**旅途**及**旅途的長度**（表示長度時後面要加哩程數等）。

片 travel agency 旅行社

例 Travelling can broaden your horizon.
旅遊能擴展你的視野。
補 horizon 地平線

travel 相關字

② journey [`dʒɜnɪ] ❶ 旅程

Life is a journey and we should have fun.
生命是個旅程而我們應該要享樂。

④ cruising [`kruzɪŋ] ❶ 巡航

Someday I'll spend a year or two doing nothing but cruising.
有一天我會花一到兩年去巡航。

② tour [tur] ❷ ❶ 旅遊

They toured around the country and made some lifelong friends along the way.
他們環遊了這個國家，並在途中認識了一些一生的朋友。
補 package tour 套裝行程

① trip [trɪp] ❶ 旅行、失足

The trip to Tahiti was one of the best memories for Tina.
對蒂娜來說，去大溪地的旅行是她最好的記憶之一。
補 memory 回憶

travel 衍生字

③ **voyage** [`vɔɪɪdʒ] ❶ 航程、航行

② **sail** [sel] ❶ 航行、船 ❷ 開船

② **wander** [`wɑndɚ] ❷ ❶ 漫步

④ **globe-trotting** [`glob,trɑtɪŋ] ❶ 周遊列國

❸ departure [dɪ`partʃɚ]

MP3 10-02

ⓝ 離開、起飛、偏差

departure是名詞，用來表示離開的時間或動作，或是與原本規定背道而馳的舉動和偏移、偏差，也會用來表示起航和起飛。

ⓗ departure lobby 出境大廳

例 You need to arrive at the airport about two hours prior to the departure time.
你需要在飛機起飛前約兩小時到達機場。

departure 相關字

❷ leave [liv] **ⓥ** 離開

Leaving and bidding farewells can be heartbreaking sometimes.
離開的時候說再見是令人心碎的。

❸ depart [dɪ`part] **ⓥ** 離開

After everyone's in their seat, we're ready to depart.
每個人都在位子上坐好之後，我們準備好離開。

❹ emigration [ˌɛmə`greʃən] **ⓝ** 移民

The factory was closed today because the emigration workers were having a walkout.
這個工廠今天關閉，因為移民的勞工罷工了。
補 factory 工廠

❸ flight [flaɪt] **ⓝ** 航班

Our flight was cancelled due to the storm, so we need to reschedule.
我們的班機因為暴風雨取消了，所以我們行程必須重新安排。
補 reschedule 重新安排時間

departure 衍生字

❸ **farewell** [`fɛr`wɛl] **ⓝ** 告別

❸ **takeoff** [`tek͵ɔf] **ⓝ** 起飛

❸ **walkout** [`wɔk͵aut] **ⓝ** 罷工

❷ **parting** [`partɪŋ] **ⓝ** 離別

3 arrival [əˈraɪv!]

(MP3) 10-03

ⓝ 到達、入境、到達的人或物

arrival是名詞，用來表示**到達的動作**，**到達的人或物**，或是**達成**、**達到某個東西或情況**。

囯 arrival lobby 入境大廳

囫 The arrival lobby is always crowded with people.
入境大廳總是擠滿許多人。

arrival 相關字

1 come [kʌm] **ⓥ** 來
The monster came and crashed everything in the city.
怪獸**來到**這個城市並毀了所有的東西。
囷 crash 摧毀

2 arrive [əˈraɪv] **ⓥ** 到達
The crowds went crazy when the movie stars arrived on the red carpet.
當影星們**到達**紅地毯時，群眾為之瘋狂。
囷 go crazy 發瘋

2 appear [əˈpɪr] **ⓥ** 出現
When the clouds are gone, the sun appears.
當雲消失時，太陽就露臉了。
囷 appearance 外表

2 enter [ˈɛntə] **ⓥ** 進入
The bumpy entering gave everybody a good fright.
這個顛簸的**進場**嚇了大家好大一跳。
囷 bumpy 顛簸
　　fright 驚嚇

arrival 衍生字

2 landing [ˈlændɪŋ] **ⓝ** 著陸

3 homecoming [ˈhom͵kʌmɪŋ] **ⓝ** 歸來

2 show up [ˈʃoʌp] **ⓟ** 露面

4 disembarkation [͵dɪsɛmbɑrˈkeʃən] **ⓝ** 下船、上岸

4 malfunction

[mæl`fʌŋʃən] **n** **v** 故障

malfunction可以是名詞或動詞，意思是**無法正常運作**（function），故做名詞時**表示故障的狀態**，做動詞時則表示**故障**。

片 wardrobe malfunction 走光

例 The malfunction of the machine cost us millions of dollars.

這個機器的**故障**讓我們損失了好幾百萬。

---

malfunction 相關字

3 breakdown [`brek͵daʊn] **n** 崩潰

I had another mental breakdown last night and was unable to collect myself for hours.

昨晚我又**崩潰**了，並有好幾個小時無法恢復。

補 mental 心理的

3 failure [`feljɚ] **n** 失敗

People will not allow failures unless you're still in school.

人們不會允許**失敗**，除非你還在學校。

2 flaw [flɔ] **n** 缺陷

We all have our flaws because no one is perfect.

我們都有自己的**缺陷**，因為沒有人是完美的。

補 perfect 完美的

3 glitch [glɪtʃ] **n** 小故障

Molly is not going to give up on the project just because of a glitch.

莫莉不會因為一個**小故障**而放棄計畫。

補 give up 放棄

---

malfunction 衍生字

3 impaired [ɪm`pɛrd] **a** 受損的

3 error [`ɛrɚ] **n** 錯誤

3 setback [`sɛt͵bæk] **n** 挫折

4 mishap [`mɪs͵hæp] **n** 意外

❸ automobile [ˈɔtəməˌbil]

ⓝ ⓐ 運輸工具、汽車

automobile可當作名詞或形容詞,當名詞時表示用來載客的運輸工具(客車)或是汽車;當形容詞則表示汽車的、自動推進的,此時同automotive。

🅗 automobile insurance 汽車保險

🅔 They load their suitcases on the automobile and drove away.
他們把他們的行李箱放上車並開走。

automobile 相關字

❶ car [kɑr] ⓝ 汽車

When Toby gets his salary, the first thing he'd do is to get rid of this old car.
托比拿到薪水後的第一件事,就是換掉這台舊車。

❷ auto [ˈɔto] ⓝ 汽車

The taxi driver used to work in an auto repair shop so he knows his cars very well.
這個計程車司機以前是在修車廠工作的,所以他很瞭解他的車子。
🅗 repair 修理

❸ bus [bʌs] ⓝ 公車

We should take the bus if we're going downtown.
若我們要進城裡的話,我們應該搭公車。
🅗 downtown 鬧區

❹ convertible [kənˈvɝtəbl̩] ⓝ 敞篷車

They sent a convertible to pick us up since we were the guests of honor.
他們派了一輛敞篷車來接我們,因為我們是貴賓。

automobile 衍生字

❹ clunker [ˈklʌŋkɚ] ⓝ 破爛的車

❸ hearse [hɝs] ⓝ 靈車

❷ motorcar [ˈmotɚˌkɑr] ⓝ 摩托車

❸ limousine [ˈlɪməˌzin] ⓝ 豪華禮車

❹ cancellation

[ˌkænsḷ`eʃən] ⓝ 取消

cancellation是名詞，用來表示取消的動作或是標記，也可表示被取消的東西。

🔢 cancellation policy 交易取消規則

📝 The cancellation fee is 10% of the deposit.
　我們的取消費是訂金的百分之十。

cancellation 相關字

❸ cancel [`kænsḷ] ⓥ 取消

We cancelled the meeting because we found another supplier.

我們把會議取消了，因為我們找到了其他廠商。
🔧 supplier 廠商

❶ erase [ɪ`res] ⓥ 抹去

Sometimes I wish there was a way to erase people's memory.

有時候我希望有方法能抹去人們的記憶。

❷ omit [o`mɪt] ⓥ 省去

This scene is omitted when in the theaters because it's too bloody.

這個場景在電影院播放時被刪掉，因為太血腥了。
🔧 bloody 血腥的

❷ call off [`kɔlˌf] ⓟ 取消

Her license was called off because she had committed serious crimes.

她的執照被取消了，因為她犯了很嚴重的法。

cancellation 衍生字

❷ break off [brekˌf] ⓟ 中斷
❷ defeat [dɪ`fit] ⓥ 打敗 ⓝ 失敗
❷ cross out [krɔsaut] ⓟ 劃掉
❸ revoke [rɪ`vok] ⓥ 吊銷

2 **lobby** [ˋlabɪ] **n** **v** 入口大廳

MP3 10-07

lobby可當作名詞或動詞，名詞時用來表示入口、入口大廳、大廳，或是在政治上表示負責遊說施壓以獲得選票的一群人。當動詞時表示為獲得選票的遊說、施壓。

片 hotel lobby 飯店大廳

例 We should meet at the lobby at 6 am sharp.
我們應在早上六點整時在**大廳**見面。

lobby 相關字

4 **antechamber** [ˋæntɪˌtʃembə] **n** 前廳

The waiting room at the antechamber is nice, but the waiting isn't.
前廳的等候室很好，但是等候並不好。
補 chamber 室、房間

4 **corridor** [ˋkɔrɪdə] **n** 走廊

The corridors are full of people when the lights go out.
當燈熄了的時候，**走廊**上充滿了人。
補 go out 熄滅

3 **doorway** [ˋdorˌwe] **n** 門口

Tom stands in the doorway, asking if we are ready for dinner.
湯姆在**門口**問我們是否準備好要去吃晚餐了。
補 highway 高速公路

3 **doorstep** [ˋdorˌstɛp] **n** 門階

You need to show your ticket at the doorstep or they won't let you in.
你需要在**門階**處秀出你的票，不然他們不會讓你進來。
補 stairs 樓梯

lobby 衍生字

3 **foyer** [ˋfɔɪə] **n** 門廳

2 **gateway** [ˋgetˌwe] **n** 入口處

2 **hallway** [ˋhɔlˌwe] **n** 門廊

3 **waiting room** [ˋwetɪŋrum] **n** 等候室

非學不可的新多益單字

Chapter 1 | Chapter 2 | Chapter 3 | Chapter 4 | Chapter 5 | Chapter 6 | Chapter 7 | Chapter 8 | Chapter 9 | Chapter 10 | Chapter 11 | Chapter 12 | Chapter 13

2 airport [ˈɛrˌport] **n** 機場

MP3 10-08

airport是名詞，意思是**機場**或**航空站**，或是用來**降落、起飛、停放**、或**維修**飛機的地方。

片 airport tax 機場稅

例 The airport tax is included in the ticket fee.
機票有包含**機場**稅。

airport 相關字

2 baggage [ˈbægɪdʒ] **n** 行李
We have a lot of baggage because we'll be away for a long time.
我們有很多的**行李**，因為我們要離開很長的時間。
補 be away 離開

3 boarding pass [ˈbordɪŋpæs] **ph** 登機證
It's said on our boarding pass that we should go to Gate 5.
登機證上寫說我們應該要去五號登機門。
補 pass 通行證

1 board [bord] **v** 上船、上飛機、寄宿 **n** 船舷
You won't be able to board the plane if you don't have your passport.
你沒有護照的話就沒辦法**上飛機**。
補 boarding school 寄宿學校

2 customs [ˈkʌstəmz] **n** 海關
Don't pack dangerous objects or you won't be able to get past customs.
不要攜帶危險物品，不然你過不了**海關**。
補 object 物品

airport 衍生字

2 lounge [laundʒ] **n** 休息室
2 passport [ˈpæsˌport] **n** 護照
1 gate [get] **n** 大門
2 visa [ˈvizə] **n** 簽證

❷ port [port] ❶ 港口

port是名詞，意思是港口，也可用來表示可能卸貨的港市或口岸，以及避風港。另外，有時也會用來表示機場，但這是比較不正式的用法。

🔑 port of call 停靠港

📖 There are always many boats in the port.
這個港口總是有很多船。

port 相關字

❷ anchor [ˋæŋkɚ] ❶ 錨

The sailors use an anchor to slow the ship down.
水手們用錨讓船減速。
🔋 sailor 水手

❸ harbor [ˋhɑrbɚ] ❶ 海港

Building a harbor will take a lot of time, but it might be worth it.
建造海港會花很長的時間，但可能是值得的。
🔋 Pearl Harbor 珍珠港

❸ lighthouse [ˋlaɪtˏhaʊs] ❶ 燈塔

They know they're near the land when they see the lighthouse.
當他們看到燈塔時，他們知道自己離陸地不遠了。
🔋 pharos 燈塔

❸ beacon [ˋbikṇ] ❶ 烽火

Beacons are used for communications, not for fun.
烽火是用來通訊的，不是用來玩的。
🔋 communication 通訊

port 衍生字

❸ **canal** [kəˋnæl] ❶ 運河

❸ **vessel** [ˋvɛsḷ] ❶ 船隻

❸ **pier** [pɪr] ❶ 碼頭

❸ **wharf** [hwɔrf] ❶ 碼頭

非學不可的新多益單字

Chapter 1 | Chapter 2 | Chapter 3 | Chapter 4 | Chapter 5 | Chapter 6 | Chapter 7 | Chapter 8 | Chapter 9 | Chapter 10 | Chapter 11 | Chapter 12 | Chapter 13

🔟 survival [sə`vaɪvl] ⓝ ⓐ 救生、生存 🎧 10-10

survival可當名詞或形容詞，當名詞時用來表示生存的行為或狀態，特別是在某些較艱難的情況下時；也可用來表示生存下來的人或是僅存下來的文化遺產。當形容詞時則表示生存的。

🔑 survival kit 救生包

例 Survival kits will be handy if you get hurt in the wilderness.
若你在野外受傷的話，救生箱會很好用。

survival 相關字

🔟 buoy [bɔɪ] ⓝ 救生圈
There are buoys under your seats, and please put them on.
你們的座位下有救生圈，麻煩把它們戴上。

🔟 life vest [laɪf vɛst] ⓟ 救生衣
There are not enough life vests and people need to cling on to the woods.
救生衣不夠多，而人們需要攀在木頭上。
補 cling 抓附

🔟 lift raft [lɪftræft] ⓟ 救生筏
Getting into the lift raft may seem scary to some people.
坐進救生筏對某些人來說是很可怕的。

🔟 oxygen mask [`ɑksədʒənmæsk] ⓟ 氧氣面罩
If anything happens, the oxygen mask will drop and we'll be fine.
若發生什麼事的話，氧氣罩會落下而我們都會沒事的。
補 drop 落下

survival 衍生字

🔟 escape slide [ə`skepslaɪd] ⓟ 逃生滑梯
🔟 force landing [fɔrs`lændɪŋ] ⓟ 迫降
🔟 flashlight [`flæʃ͵laɪt] ⓝ 手電筒
🔟 mirror [`mɪrɚ] ⓝ 鏡子

¶ **train** [tren] **n** **v** 火車

MP3 10-11

train可當名詞或動詞。當名詞時用來表示**列車**或**火車**,也可用來表示排成一列的、如火車一樣有連貫的東西,或是人、車、動物等排成列車狀地向前進。當動詞時則可用來表示**訓練、教育、培訓**或**培養**,也可用來表示**使東西**(如頭髮、枝枒等)順著同一個方向生長或表現。

H bullet train 子彈列車

例 Taking a train may take longer to travel, but you get to enjoy the scenery along the way.
搭火車可能會需要花較多時間在交通上,但你能因此欣賞到沿途的風景。

train 相關字

₃ trail [trel] **n** 步道、蹤跡 **v** 跟著、追蹤
If we follow the trail, we might be able to find water.
若我們跟著這個**蹤跡**,我們可能能夠找到水源。

₃ railroad [ˋrelˌrod] **n** 鐵路
You should not lie on the railroad unless you want to die.
除非你想自殺,不然你不應該躺在**鐵軌**上。

₂ carriage [ˋkærɪdʒ] **n** 馬車
There aren't many carriages nowadays because cars have replaced them.
由於被車子取代,**馬車**現在很少見了。

₂ MRT (Mass Rapid Transit) [ˋɛmɑrti] **n** 捷運
There are not many people in the MRT, but it's still noisy.
捷運裡沒有很多人但還是很吵。

train 衍生字

₃ priority seat [praɪˋɔrətɪsit] **ph** 優先座位
₄ maglev [ˋmæglɛv] **n** 磁浮列車
₂ trolley [ˋtralɪ] **n** 手推車
₃ compartment [kəmˋpɑrtmənt] **n** 車廂

◧ **ticket** [ˋtɪkɪt] ⓝ ⓥ 車票、入場券 　　(MP3) 10-12

ticket可當名詞或動詞。當名詞時表示**票券**（如車票、入場券等）、**購票證明**，或是船長和飛行員的**執照**或**許可證**，另外也可以表示標籤和罰單。當動詞時則可表示**貼標籤**、**給門票**或是**開罰單**。

🔢 platform ticket 月台票

🔢 They sent out 300 free tickets for those who pre-ordered the book.

他們發出了三百張免費**入場券**給那些有預購書的人。

ticket 相關字

◨ round-trip [ˋraʊndˏtrɪp] ⓐ 來回的

You can get a round-trip ticket at the ticket booth.

你可以在售票台買來回票。

◨ one-way [ˋwʌnˏwe] ⓐ 單向的

I bought a one-way ticket because I won't be coming back anytime soon.

我買了一張**單程票**，因為我不會很快回來。

🔢 return ticket 回程票

◨ nonstop [nɑnˋstɑp] ⓐ 不停的

He keeps on listening to that song nonstop and it's driving everyone crazy.

他一直**不停**的聽那首歌，快把大家都逼瘋了。

🔢 drive one crazy 把某人逼瘋

◨ platform [ˋplætˏfɔrm] ⓝ 月台、平台

People are always rushing around on the platform.

人們在**月台**上總是匆忙。

🔢 rush 匆忙

ticket 衍生字

◨ two-way [ˋtuˏwe] ⓐ 雙向的

◨ booth [buθ] ⓝ 亭子

◨ trainman [ˋtrenmən] ⓝ 列車車務員

◧ pass [pæs] ⓥ 通過 ⓝ 通行證

❸ signal [ˋsɪgnl̩] n a v 訊號、信號

MP3 10-13

signal可當名詞、形容詞或動詞。當名詞時用來表示任何用來溝通、表達、警告等當作訊號的東西或打訊號的動作，也可用來表示訊號本身。當形容詞時表示訊號的或是可注意到的。當動詞時則表示打訊號或是以訊號溝通。

例 smoke signal 煙霧信號

例 The signal means that it's time to act.
這個信號表示行動的時間到了。

signal 相關字

❷ sign [saɪn] n 標誌
Smile is a universal sign for friendliness.
微笑是世界通用的友善標誌。
補 universal 全球的

❶ bell [bɛl] v n 響鈴
When the bell rings, students can't wait to rush out of the classroom.
當鈴響的時候學生們迫不及待地衝出教室。

❸ buzzer [ˋbʌzɚ] n 蜂鳴器、警報器
The dogs barked and attacked the intruder when they heard the buzzer.
這些狗在聽到警報器時吠叫並攻擊入侵者。
補 intruder 入侵者

❷ SOS [ˋɛs͵oˋɛs] n 求救訊號
They sent out a Morse code message saying SOS.
他們用摩斯密碼發出求救訊號。
補 Morse code 摩斯密碼

signal 衍生字

❸ siren [ˋsaɪrən] n 警笛

❸ forewarning [forˋwɔrnɪŋ] n 預警

❷ whistle [ˋhwɪsl̩] v n 口哨

❷ horn [hɔrn] n 號角

② **suitcase** [ˈsutˌkes] ❶ 行李箱 10-14

suitcase是名詞，用來表示行李箱，通常是用來裝東西（特別是衣服）的長方體行李。

🔁 suitcase stand (= luggage rack) 行李架

📝 There's not much in the suitcase because I prefer to travel light.
行李箱裡沒放很多東西，因為我偏好輕便旅行。

---

suitcase 相關字

② **luggage** [ˈlʌgɪdʒ] ❶ 行李
Jensen travels a lot and has very organized luggage.
詹森常常旅行，而且有個很整齊的行李。
🔁 organized 有組織的

③ **carry-on** [ˈkærˌɑn] ❶ 隨身行李
The maximum weight for your carry-on is 7kg.
隨身行李限重七公斤。
🔁 maximum 最大的

① **bag** [bæg] ❶ 袋 ❷ 裝袋
The lady puts her purse in her tote bag.
這位女士將她的錢包放進大手提包。
🔁 a bag of bones 骨瘦如柴的

③ **parcel** [ˈpɑrsl̩] ❶ 包裹
You need to remember to take your parcel with you when you leave.
你在離開時要記得帶走你的包裹。
🔁 parcel out 分配

---

suitcase 衍生字

③ **tote bag** [totbæg] ❶ 大型手提袋（托特包）
① **purse** [pɝs] ❶ 錢包
① **wallet** [ˈwɑlɪt] ❶ 皮夾
③ **belongings** [bəˈlɔŋɪŋz] ❶ 財物

4 receptionist

[rɪ`sɛpʃənɪst] ⓝ 接待員

receptionist是名詞，用來表示負責接聽電話和服務客戶的接待員，或是傳達的人。

🔡 receptionist's desk 接待處

🔠 The receptionist is very kind and patient.
這個接待員人很好又有耐心。
🔺 patient 有耐心的

receptionist 相關字

4 concierge [ˌkɑnsɪ`ɛrʒ] ⓝ 門房
The concierge carried the luggage with a cart.
門房用推車運送行李。
🔺 luggage 行李

3 doorman [`dor͵mæn] ⓝ 看門人
The doorman has a gun with him.
這個看門人身上有配槍。
🔺 doorbell 門鈴

3 valet [`vælɪt] ⓝ 代客泊車的人
You need to tip the valet as well because he parked your car.
你也需要給泊車員小費，因為他幫你停車。
🔺 tip 小費

3 bellboy [`bɛl͵bɔɪ] ⓝ 服務員
We asked the bellboy to give us another room because it's way too noisy.
我們請服務員幫我們換房間，因為實在太吵了。
🔺 noisy 吵雜的

receptionist 衍生字

2 guard [gɑrd] ⓥ ⓝ 守衛

3 porter [`portɚ] ⓝ （機場或車站）的行李搬運人員

1 cart [kɑrt] ⓝ 推車

2 front desk [frʌntdɛsk] ⓟ⒣ 接待台

❸ airline [`ɛr͵laɪn] ⓝ ⓐ 航空公司

MP3 10-16

airline可以當名詞或形容詞。當名詞時若用在航空上會表示**航空公司**、**飛航系統**和**航線**等，一般也可以用來表示**最近的直線** (=beeline)。當形容詞時則可以表示**航空公司的**、**飛航的**。

➤ budget airline 廉價航空

➤ There won't be many services if you take the cheaper airlines.
若你搭廉價**航空**的話，就不會有很多服務。

airline 相關字

❸ flight attendant [flaɪtə`tɛndənt] ⓟⓗ 空中服務員
The flight attendant helps us secure our bags.
空服員幫我們放好我們的包包。
➤ secure 把…弄牢

❸ ground duty [graund`djutɪ] ⓟⓗ 地勤
Some people get airsickness, so they apply for ground duty.
有些人會暈機，所以他們申請**地勤**的工作。
➤ apply for 申請

❷ blanket [`blæŋkɪt] ⓝ 毯子
It's getting cold; can you give me a blanket?
愈來愈冷了，可以給我一件**毯子**嗎？
➤ security blanket 安全毯

❶ seatbelt [`sitbɛlt] ⓝ 安全帶
You need to fasten your seatbelt during takeoff.
起飛時你應該要繫上**安全帶**。
➤ fasten 繫上
takeoff 起飛

airline 衍生字

❶ buckle [`bʌkl̩] ⓥ ⓝ 扣
❷ airsickness [`ɛr͵sɪknɪs] ⓝ 暈機
❹ tinnitus [tɪ`naɪtəs] ⓝ 耳鳴
❷ captain [`kæptɪn] ⓝ 機長

❹ lavatory [ˋlævəˌtorɪ]

MP3 10-17

ⓝ 盥洗室、廁所、洗手間

lavatory是名詞，用來表示盥洗室、廁所和洗手間，通常內含自動抽水馬桶和洗手台。

片 public lavatory 公共廁所

例 You don't need to tell everyone when you need to use the lavatory during meal.

當你在吃飯的時候需要去廁所時，你不需要告訴每個人。

lavatory 相關字

❷ WC [ˋdʌblˌjusi] ⓝ 廁所

Is there a WC in this wooden cabin?

這個小木屋裡面有廁所嗎？

補 cabin 小木屋

❹ latrine [ləˋtrin] ⓝ 廁所

You need to flush the toilet before you come out of the latrine.

在你從廁所出來前應該要沖馬桶。

補 flush 沖

❸ restroom [ˋrɛstrum] ⓝ 廁所

The restroom is full of people and you have to get in line.

洗手間都是人，而你得排隊。

❸ washroom [ˋwɑʃˌrum] ⓝ 廁所、盥洗室

The washroom is for shower only, so there's no toilet inside.

這間盥洗室只是用來沖澡的，所以裡面沒有馬桶。

補 shower 淋浴

lavatory 衍生字

❷ toilet [ˋtɔɪlɪt] ⓝ 廁所

❷ spa [spɑ] ⓝ 水療中心、水療

❶ bathroom [ˋbæθˌrum] ⓝ 浴室

❸ sauna [ˋsaʊnə] ⓝ 桑拿浴

⊡ fountain [ˈfaʊntɪn]

ⓝ 噴泉、噴水池、飲水機

fountain是名詞，用來表示會噴出水的東西（如噴水池或噴泉）、噴泉式飲水機、或是任何東西的源頭。

🄗 fountain pen 自來水筆

🄔 The light effects make the fountain look so much better at night.
燈光效果使這個噴水池在夜晚看起來美得多。

fountain 相關字

⊠ faucet [ˈfɔsɪt] ⓝ 水龍頭
Faucets should be closed properly to save water.
水龍頭應關好以節省水源。
🄖 properly 好好地

⊡ tap [tæp] ⓝ 水龍頭
We are lucky because we have tap water.
我們很幸運因為我們有從水龍頭出來的自來水。

⊠ hydrant [ˈhaɪdrənt] ⓝ 消防栓
The car bumped into a hydrant and it started shooting water to the sky.
這台車撞上了消防栓而它開始向天空噴水。
🄖 bump into 撞上…

⊠ stopcock [ˈstɑpkɑk] ⓝ 活塞、水龍頭
This stopcock is broken, we need to find someone to fix it.
這個水龍頭壞了，我們得找個人來修好它。

fountain 衍生字

⊡ spout [spaʊt] ⓝ 壺嘴

⊡ bubbler [ˈbʌblɚ] ⓝ 噴水式飲水口

⊡ nozzle [ˈnɑzl] ⓝ 噴嘴

⊡ pumper [ˈpʌmpɚ] ⓝ 抽水機

❷ handle [ˋhændl̩] ⓝ ⓥ 把手、觸碰　　MP3 10-19

handle可以當名詞或動詞，當名詞時用來表示**把柄、把手、**或是**把柄狀的東西**，也可以用來表示被人拿來當作**把柄**的事，或是**廣告及促銷手腕**。當動詞時表示**搬、弄、觸碰、操作、處理**或經營。

闭 love handles 腰間贅肉

例 Glass should be handled with care because it's very fragile.
拿玻璃時要小心，因為它很易碎。

handle 相關字

❷ grip [grɪp] ⓝ 握把、握 ⓥ 抓握
This is one of those times when I feel like I've lost my grip on everything in life.
這是其中一個讓我感到自己無法**掌控**人生的時候。
補 get a grip on 掌握

❷ knob [nɑb] ⓝ 把手
You have to turn the door knob to open the door.
你要轉門**把**才能開門。

❸ grasp [græsp] ⓥ ⓝ 抓、握
Grasp the handle when you're on the bus to prevent falling over.
在公車上時**抓緊**握把，以免你摔倒。
補 prevent 避免

❶ pole [pol] ⓝ 桿子、竿子
Hold on to the pole and you'll keep your balance.
抓住**桿子**你就能保持平衡。
補 balance 平衡

handle 衍生字

❷ loop [lup] ⓥ ⓝ 環、圈

❶ ring [rɪŋ] ⓥ ⓝ 環、圈

❷ shaft [ʃæft] ⓝ 把手、武器的細長狀部分

❶ stick [stɪk] ⓝ 棍棒（及其形狀的物體）

2 zone [zon]

 10-20

n v 地區、區塊、區域、分區、地帶、劃定區域

zone可以當名詞或動詞，當名詞時用來表示**地區、區塊、區域、分區、地帶**（氣候帶和分佈帶）等。當動詞時則可表示**分區**或是**劃定區域**。

片 time zone 時區

例 Talking to a person who's in another time zone is interesting.
跟另一個**時區**的人講話很有趣。

zone 相關字

a International Date Line [ˌɪntɚˈnæʃənḷˌdetlaɪn]
ph 國際換日線

The airplane is unsteady because there's turbulence when it flies through the International Date Line.
飛機經過**國際換日線**時，因亂流而不穩。

b time difference [taɪmˈdɪfərəns] **ph** 時差
What's the time difference between Taiwan and England?
台灣和英格蘭的**時差**是幾個小時？

c jet lag [ˈdʒɛtlæg] **n** 時差
Minnie feels tired at midday because she's still recovering from jet lag.
米妮中午就覺得累了，因為她還在調**時差**。

d immigration [ˌɪməˈgreʃən] **n** 移民
Immigration process is often very complicated and time consuming.
移民手續通常很複雜且會花很多時間。

zone 衍生字

a turbulence [ˈtɝbjələns] **n** 亂流

b area [ˈɛrɪə] **n** 區

c region [ˈridʒən] **n** 地區

d sphere [sfɪr] **n** 球

❸ climate [ˋklaɪmɪt] ⓝ 氣候

 MP3 10-21

climate是名詞，用來表示一個地區的氣候常態，也可表示一個有特定氣候的地區，或是有特定樣貌或特殊常態的地方。

片 climate change 氣候變遷

例 It's getting hotter in summer and colder in winter due to the climate change.
由於氣候變遷，夏天變得更熱而冬天變得更冷。

climate 相關字

■ season [ˋsizn̩] ⓝ 季節

There are supposed to be four seasons in a year but I'm only feeling two in Taiwan.
我們應該要有四季的，但在台灣我只感覺到兩個季節。
補 season ticket 長期季票

■ spring [sprɪŋ] ⓝ 春天

Flowers in the tree blossom in the spring.
樹木上的花朵在春天開花了。
補 blossom 開花

■ summer [ˋsʌmɚ] ⓝ 夏天

The summer is getting hotter and hotter because of the greenhouse effect.
夏天因為溫室效應而變得愈來愈熱。
補 summer camp 夏令營

❷ autumn [ˋɔtəm] ⓝ 秋天

When the maple leaves turn red, you'll know it's autumn.
當楓葉紅了的時候，你就知道秋天到了。
補 Autumn Equinox 秋分

climate 衍生字

■ **winter** [ˋwɪntɚ] ⓝ 冬天

❸ **greenhouse effect** [ˋgrin͵haʊsɪˋfɛkt] ⓟ 溫室效應

❸ **acid rain** [ˋæsɪdren] ⓟ 酸雨

❸ **glacier** [ˋgleʃɚ] ⓝ 冰川

❷ weather [ˋwɛðɚ] n v 天氣、氣象

 10-22

weather可當名詞或動詞，當名詞時用來表示天氣、氣象、或是強風暴雨。當動詞時則表示暴露在天然環境中、因天氣的變化而產生的褪色或分解，以及忍受惡劣的天氣、情況或危難。

ⓗ weather forecast 氣象預報

例 We watch the weather forecast every day before bed.
我們每天睡前會看氣象預報。

weather 相關字

❷ sunny [ˋsʌnɪ] a 晴朗的
It's a beautiful sunny day, so I want to have a picnic.
這是個美好的晴天，所以我想去野餐。
補 picnic 野餐

❷ cloudy [ˋklaʊdɪ] a 多雲的
It's always cloudy and humid during summer in Taipei.
台北的夏天總是又溼又多雲。
補 cloudless 無雲的

❷ windy [ˋwɪndɪ] a 多風的
Lucy puts on a jacket because it's getting windy in the evening.
露西穿上了夾克因為傍晚風變大了。
補 jacket 外套

❷ rainy [ˋrenɪ] a 下雨的
The only thing I want to do on a rainy day is to stay in bed.
我在雨天唯一想做的事就是躺在床上。

weather 衍生字

❸ chilly [ˋtʃɪlɪ] a 冷颼颼的
❶ warm [wɔrm] a 溫暖的
❸ humid [ˋhjumɪd] a 潮濕的
❷ wet [wɛt] a 濕的

① snow [sno] n v 雪花、雪片、飄雪、下雪 MP3 10-23

snow可當名詞或動詞，當名詞時可表示**雪花、雪片**或**積雪**，也可用來表示**看起來像雪花、雪片或積雪的東西**。當動詞時則會用來表示**帶來飄雪、下雪、或如雪一般降下**。

片 snow pellet 小雪球

例 The children always make silly-looking snow men in winter.
這些小朋友總是在冬天堆出一些長相怪異的雪人。

snow 相關字

❸ downpour [ˋdaʊn͵por] n 傾盆大雨
The downpour lasted for hours which caused the flood.
大雨連續了好幾個小時並造成淹水。
補 flood 洪水

❸ hail [hel] n 冰雹
The hail killed all the vegetables and most of the sheep.
這個冰雹殺死了所有的青菜以及大部分的羊。
補 sheep 綿羊

❸ drizzle [ˋdrɪzl] v n 毛毛雨
You don't need an umbrella because it's only drizzling.
你不需要帶傘，因為只是毛毛雨而已。
補 umbrella 傘

❶ rain [ren] v n 下雨
Josie's teeth chattered in the cold rain.
喬西的牙齒在冰雨中嘎嘎作響。
補 chatter 打顫

snow 衍生字

❹ graupel [ˋgræpl] n 霰粒（小雪球）
❸ blizzard [ˋblɪzəd] n 暴風雪
❸ sleet [slit] n 凍雨 v 下凍雨
❸ flurry [ˋflɝɪ] n 陣風、陣雪

2 storm [stɔrm] ⓝ ⓥ 狂風暴雨、暴風雨　　(MP3) 10-24

storm可以當名詞或動詞，當名詞時常表示**狂風暴雨、暴風雨**等，也可用來表示**軍事上的猛烈攻擊**，或是**爆發**或**爆出**（喝采、批評…等）；當動詞時則可以用來表示**下暴風雨**或是**猛烈攻擊**。

圖 solar storm 太陽風暴

例 We should take our clothes inside because a storm is coming.
我們應該把衣服收進來，因為暴風雨要來了。

storm 相關字

3 lightning [ˈlaɪtnɪŋ] ⓝ 閃電 ⓥ 閃電
The air smells fresh after the thunderstorm and lightning.
雷雨和**閃電**後的空氣聞起來很清新。

4 lightning rod [ˈlaɪtnɪŋˌrɑd] ⓝ 避雷針
Lightning rods will keep us from being electrified.
避雷針能使我們不會被雷擊。
補 electrify 電擊

3 thunder [ˈθʌndɚ] ⓝ 雷 ⓥ 打雷
Many children are afraid of thunder, but it only reminds me of Thor.
很多小孩怕**打雷**，但這只讓我想到雷神索爾而已。
補 remind one of 讓…想起

3 tornado [tɔrˈnedo] ⓝ 龍捲風
Tornadoes are horrible, but I can only imagine the terror since we don't have them here.
龍捲風很可怕，但我只能用想像的，因為我們這裡沒有。
補 terror 可怕

storm 衍生字

3 hurricane [ˈhɝɪˌken] ⓝ 颶風
3 tropical cyclone [ˈtrɑpɪkˈsaɪklon] ⓝ 熱帶氣旋
3 thunderstorm [ˈθʌndɚˌstɔrm] ⓝ 雷雨
3 waterspout [ˈwɔtɚˌspaʊt] ⓝ 海龍捲

2 tropic [ˈtrɑpɪk]

(MP3) 10-25

n a 熱帶氣候的、回歸線、熱帶

tropic可當名詞或形容詞。當名詞可表示回歸線（南北緯23.5度）或是熱帶（the tropics），當形容詞時則可表示熱帶氣候的。

片 Tropic of Cancer 北回歸線、Tropic of Capricorn 南回歸線

例 Amanda loves tropic fruit so much she wants to live there.

亞曼達愛熱帶水果愛到想住在那邊。

tropic 相關字

4 equator [ɪˈkwetə] **n** 赤道

Living near the equator means that it'll be hot all year long no matter where you go.

住在赤道附近代表你不管去哪裡都會熱一整年。

4 Arctic Circle [ˈɑrktɪkˈsɝkl̩] **ph** 北極圈

Almost all the trees in the Arctic Circle look like Christmas trees to me.

幾乎所有北極圈的樹對我來說，看起來都像聖誕樹。

補 Christmas 聖誕節

4 Antarctic Circle [ænˈtɑrktɪkˈsɝkl̩] **ph** 南極圈

There's nothing but penguins in the Antarctic Circle.

南極圈裡除了企鵝以外什麼都沒有。

補 penguin 企鵝

3 rainforest [ˈrɛnˌfɑrɪst] **n** 熱帶雨林

The rainforest is like a magic box because there are so many undiscovered creatures.

雨林就像一個魔術箱，因為裡面有太多還沒被發現的生物。

補 undiscovered 未被發現的

tropic 衍生字

3 frigid zone [ˈfrɪgɪdzon] **ph** 寒帶

4 subtropics [sʌbˈtrɑpɪks] **n** 亞熱帶

3 Temperate Zone [ˈtɛmprɪtzon] **ph** 溫帶

3 Torrid Zone [ˈtɔrɪdzon] **ph** 熱帶

② **zoom** [zum]

 10-26

ⓥ ⓝ 快速移動而產生嗡嗡聲、拉近拉遠

zoom可當動詞或名詞，當動詞時用來表示因快速移動而產生嗡嗡聲、快速地直線上升，或是拍攝時的拉近拉遠。當名詞時則用來表示上述的情形或動作。

囲 zoom in 拉近、zoom out 拉遠

例 The police zoomed in on the robber's face and the witness identified her.
警方把影像拉近到搶匪的臉上而目擊者就認出她了。

zoom 相關字

① film [fɪlm] ⓝ 影片 ⓥ 拍攝
They filmed a documentary on the students' life.
他們拍攝了一個關於學生生活的紀錄片。

② memory card [`mɛmərɪkɑrd] ⓝ 記憶卡
My memory card is full. Can I borrow yours?
我的記憶卡滿了。能借你的嗎？
補 borrow 借

③ lens [lɛnz] ⓝ 鏡頭、鏡片
The lenses have to be kept dry.
鏡頭必須要保持乾燥。
補 dry 乾的

③ camcorder [`kæm͵kɔrdə] ⓝ 攝影機
Your video will look better if you use the flash on your camcorder properly.
如果妥善運用攝影機上的閃光燈的話，這個影片會更好看。
補 flash 閃光燈

oom 衍生字

① flash [flæʃ] ⓝ 閃光燈 ⓥ 閃光
② aperture [`æpətʃə] ⓝ 光圈
③ shutter [`ʃʌtə] ⓝ 快門
④ Polaroid [`polə͵rɔɪd] ⓝ 拍立得

② tan [tæn] v n a 曬成小麥色（的）

MP3 10-27

tan可以當作動詞、名詞或形容詞，當動詞時用來表示**將獸皮**或皮浸泡在單寧酸裡**以製成獸皮**或是曝曬小麥色或淡咖啡色；當名詞時則表示因曝曬而形成的淡咖啡色區塊；當形容詞則用來表示製皮革的、淡咖啡色的。

片 tan line 曬痕

例 Gina got a tan because she went to the beach.
吉娜曬黑了，因為她去了海邊。

tan 相關字

② sunscreen [ˈsʌnˌskrin] n 防曬品
Sunscreen is designed to prevent you from getting sunburn.
防曬乳是用來防止曬傷的。

② sunglass [ˈsʌnˌglæs] n 太陽眼鏡
Sunglasses are my favorite accessory because I can look stylish and stare at other people without being noticed.
太陽眼鏡是我最喜歡的配件，因為我能看起來很時尚，又能在不被發現的情況下盯著別人看。

③ sunburn [ˈsʌnˌbɜn] n 曬傷
Many people get sunburn when they stay in the sun for too long.
很多人在太陽底下待太久而曬傷。

① umbrella [ʌmˈbrɛlə] n 傘
If you're going to the beach, it's best that you bring an umbrella.
若你要去海邊的話，最好帶把傘。

tan 衍生字

① **hat** [hæt] n 帽子 v 戴帽子
② **flip-flops** [ˈflɪpˌflɑps] n 人字拖
② **sandals** [ˈsændl̩s] n 涼鞋
② **bikini** [bɪˈkini] n 比基尼

非學不可的新多益單字

Chapter 1 | Chapter 2 | Chapter 3 | Chapter 4 | Chapter 5 | Chapter 6 | Chapter 7 | Chapter 8 | Chapter 9 | Chapter 10 | Chapter 11 | Chapter 12 | Chapter 13

① **beach** [bitʃ] n v 海邊、海岸、失業 MP3 10-28

beach可當名詞或動詞，當名詞時用來表示**海邊**、**海岸**、**海灘**、**礁灘**，以及其他在大型水域周遭的陸面。當動詞時則可表示**拖上岸**或是**使失業**。

🏠 beach soccer 沙灘足球

例 We always play beach volleyball when we're at the beach.
我們在海邊時總會打沙灘排球。

beach 相關字

② **jelly fish** [ˋdʒɛlɪ fɪʃ] ph 水母
Jelly fish may look beautiful but they can be very toxic.
水母看起來可能很美但它們可能很毒。
補 toxic 有毒的

② **starfish** [ˋstɑr͵fɪʃ] n 海星
I've never seen a starfish move but I heard that they do.
我從來沒看過**海星**移動，但我聽說它們會。

② **seashell** [ˋsi͵ʃɛl] n 貝殼
The seashells on the beach are very beautiful and I want to keep them.
海灘上的**貝殼**很漂亮，我想要留下一些。
補 seahorse 海馬

② **surfing** [ˋsɝfɪŋ] n 衝浪
Surfing looks fun but I don't know if I'll be able to even stand on a surfboard.
衝浪看起來很好玩，但我不知道我能不能站得上衝浪板。

each 衍生字

surfboard [ˋsɝf͵bord] n 衝浪板
life guard [laɪf gɑrd] ph 救生員
shorts [ʃɔrts] n 短褲
cover-up [ˋkʌvɚ͵ʌp] n 罩衫、掩蓋

☑ **hotel** [ho`tɛl] ⋒ 旅館、飯店　　

hotel是名詞，通常當作**旅館**或**飯店**，且是較高級、內含餐廳、會議室和其他休閒設備的那種。另外在軍事上則有其他用途，如用來代指字母h。

☒ 5-star hotel 五星級飯店

☒ After a long day of work, they all feel relaxed in the hotel room.
在工作一整天後，他們在飯店房間裡都感到放鬆。

hotel 相關字

☒ **inn** [ɪn] ⋒ 客棧
Yvonne left her key card in the inn room and had to ask for another one.
以芳把房卡放在客棧房間裡了，而得再去要一張。

☒ **tavern** [`tævən] ⋒ 酒館
The workers like to go to the tavern to bond with others after work.
工人們喜歡在下班後去酒館聯絡感情。
☒ bond 聯繫感情

☒ **motel** [mo`tɛl] ⋒ 汽車旅館
We left a tip on the table in the motel for the housekeeping lady.
我們在汽車旅館的桌上放了要給清潔小姐的小費。

☒ **bed and breakfast** [bɛdænd`brɛkfəst]
⋒ （有提供住宿和早餐的）民宿
I booked a room at a bed and breakfast so that I don't have to worry about breakfast.
我在民宿訂了房，這樣我就不用擔心早餐的問題。

hotel 衍生字

☒ **roadhouse** [`rod.haʊs] ⋒ 公路旁的旅館
☒ **room service** [rum`sɝvɪs] ⋒ 客房服務
☒ **housekeeping** [`haʊs.kipɪŋ] ⋒ 房間打掃
☒ **key card** [kikɑrd] ⋒ 房卡

❷ skiing [ˋskiɪŋ] ⓝ 滑行的動作或運動 10-30

skiing是名詞，用來表示站在滑雪板上滑行的動作或運動。
- 🔸 grass skiing 滑草
- 例 Skiing is all about balance.
  滑雪完全是靠平衡。

skiing 相關字

❹ parkour [parkur] ⓥ ⓝ 跑酷
One day I'm going to learn to do parkour.
我有一天要去學跑酷這項運動。

❸ bungee jumping [bʌndʒɪˋdʒʌmpɪŋ] ⓟⓗ 高空彈跳
I'm not going bungee jumping because I don't like being tied up.
我不要去高空彈跳，因為我不喜歡被綁著。
- 補 tie up 綁住

❸ snowboarding [ˋsnoˌbordɪŋ] ⓝ 滑板滑雪
The most nerve-wracking part of snowboarding is when you need to jump off the cliff.
滑板滑雪最令人緊張的一部分是當你得跳下懸崖的時候。
- 補 nerve-wracking 令人緊張的
  cliff 懸崖

❸ rock climbing [rakˋklaɪmɪŋ] ⓟⓗ 攀岩
Flora asked the others to take rock climbing lessons with her.
佛羅拉找其他人跟她一起上攀岩課。
- 補 climb 攀爬
  lesson 課程

skiing 衍生字

❸ extreme sports [ɪkˋstrimsports] ⓟⓗ 極限運動
❸ extreme biking [ɪkˋstrimbaɪk] ⓟⓗ 極限自行車
❷ skateboarding [ˋsketˌbordɪŋ] ⓝ 滑板
❷ skydiving [ˋskaɪˌdaɪvɪŋ] ⓝ 跳傘

❷ **foreign** [ˋfɔrɪn] ⓐ 非本地的、外國來的 〈MP3〉10-31

foreign是形容詞，用來表示**非本地的、外國來的、對外國的、或是屬於其他地區的**。

🔁 foreign territory 陌生的領域、領土

🔲 We should all learn as many **foreign** languages as possible.
我們應該盡可能地學很多**外國**語言。

foreign 相關字

❹ **exotic** [ɛgˋzɑtɪk] ⓐ 異國情調的
Steve has always been a fan of exotic food.
史提夫一向都很喜歡有**異國情調的**食物。
🔁 a fan of 喜歡⋯的人

❷ **strange** [strendʒ] ⓐ 陌生的、奇怪的
The others looked at Ronnie when she made a strange noise.
在蘭妮發出一個**怪聲**的時候大家都看著她。

❷ **unfamiliar** [ˌʌnfəˋmɪljɚ] ⓐ 陌生的、不熟的
Although the path looks unfamiliar, I'm sure we're going on the right direction.
雖然這條路看起來很**陌生**，我確定我們走的方向是對的。
🔁 path 道路

❷ **foreigner** [ˋfɔrɪnɚ] ⓝ 外國人、陌生人
Talking to a foreigner might be awkward at first, but it's the only way to get to know other people.
跟**陌生人**講話一開始可能會尷尬，但這是你唯一可以認識別人的方法。
🔁 awkward 尷尬的

foreign 衍生字

❷ **stranger** [ˋstrendʒɚ] ⓝ 陌生人
❸ **acquaintance** [əˋkwentəns] ⓝ 認識的人、認識
❷ **weird** [wɪrd] ⓐ 怪異的
❷ **weirdo** [ˋwɪrdo] ⓝ 怪人

❷ odor [`odɚ] n 氣味

odor是名詞。用來表示**氣味、聞到氣味的感覺**，可表示香味或臭味，另外也能用來表示事情的**意味**。

片 body odor 體臭

例 There's a strange odor in this cottage.
這個小木屋裡有個怪**味道**。

odor 相關字

❷ scent [sɛnt] v 嗅、使充滿香味 n 氣味、嗅覺
The room is clean and has a scent of rose.
這個房間很乾淨且有玫瑰**香味**。
補 rose 玫瑰

❹ aroma [ə`romə] n 香氣、芳香
I made an appointment for aroma therapy, for I need to ease my nerves.
我預約了**芳香**療法，因為我需要緩和我的煩躁。
補 aroma therapy 芳療
　　 ease 舒緩

❸ stink [stɪŋk] v n 臭味
After they removed the body, there's still a stink in the air.
在他們將屍體移走之後，空氣中仍有一股**臭味**。
補 stinky 臭的

❸ perfume [`pɝfjum] v 使充滿香味 n 香水
The perfume smelled of lavender and lemon.
這個**香水**聞起來像是薰衣草和檸檬。
補 lavender 薰衣草

odor 衍生字

❸ incense [`ɪnsɛns] v n 焚香
❸ stench [stɛntʃ] v n 發出惡臭
❷ smell [smɛl] v 聞 n 氣味
❸ fragrance [`fregrəns] n 香氣

4 **barbaric** [bɑr`bærɪk] MP3 10-33

a 野蠻的、未開化的

barbaric是形容詞，用來表示未開化的、野蠻的、粗野的、或是未開化族群的。

片 barbaric people 野蠻人

例 Tearing people's hair out seems barbaric and uncivilized.
把人家的頭髮拔出來是野蠻且不文明的。

barbaric 相關字

4 barbarian [bɑr`bɛrɪən] **n** 野蠻人

Even though he lives in the city all his life, he's still a complete barbarian when it comes to manners.
雖然他一生都住在都市裡，但在禮貌上來說，他仍是完全的野蠻人。
補 manners 禮貌

2 rude [rud] **a** 粗魯的

It's rude to interrupt other people when they're talking.
在別人講話時打斷別人是粗魯的行為。
補 interrupt 打斷

2 wild [waɪld] **a** 野外的 **n** 荒野

It's very difficult to survive in the wild without proper training.
如果沒有適當的訓練，在野外很難生存。

3 vulgar [`vʌlgɚ] **a** 粗俗的

I'm scolded every time when I'm being vulgar.
在我表現粗俗的時候就會被罵。
補 scold 責罵

barbaric 衍生字

3 savage [`sævɪdʒ] **n** 野蠻人
3 crude [krud] **a** 粗糙的
3 uncivilized [ʌn`sɪvḷˌaɪzd] **a** 不文明的
3 graceless [`greslɪs] **a** 不知禮的

Chapter 11

外食
Dining

❷ banquet [`bæŋkwɪt] n v 宴會

MP3 11-01

banquet做名詞用時可用來表示大餐、盛宴或隆重的晚宴。做動詞用時，則表示宴會某人。

片 banquet hall 宴會廳

例 A banquet will be held in celebration of winning the international competition.

為了慶祝在這個國際比賽上獲得的勝利，我們將會舉辦一個宴會。

banquet 相關字

❸ feast [fist] n 盛宴

They serve all kinds of cuisine at the feast.

在宴席中他們供應各種美食。

補 serve 為…服務；服役；供應(顧客)；供應(食物)

❹ ceremonial [ˌsɛrə`monɪəl] n 儀式 a 形式的

The company is holding a ceremonial party after the exhibition, and all the customers are invited.

這個公司在展覽完後將會辦一個儀式派對，並會邀請所有的客戶。

補 exhibition 展覽

❸ festivity [fɛs`tɪvətɪ] n 慶典

When eating at a festivity, try not to overstuff yourself because that's not healthy.

在慶典上吃東西時，試著不要吃太飽，因為那樣不健康。

補 overstuff 過度填塞

❸ cuisine [kwɪ`zin] n 美食，菜餚

I'm trying to lose weight but it's difficult to resist the cuisine.

我在減肥，但拒絕美食很困難。

補 lose weight 減肥

banquet 衍生字

❹ buffet [bu`fe] n 自助式餐會

❹ reception [rɪ`sɛpʃən] n 招待會

❷ meal [mil] n 餐

❶ party [`pɑrtɪ] n 派對

② restaurant [ˈrɛstərənt] n 餐廳 (MP3) 11-02

restaurant是名詞，用來表示供應餐點的**店家**，如**餐廳**、**餐館**等。

/θim/ n 主題，題目；底片

片 theme restaurant 主題餐廳

例 Going to theme restaurants can be fun because they always put a lot of effort into the decoration.

去主題式**餐廳**還蠻好玩的，因為他們總是在裝潢上花很多心思。

/ˈɛfət/ n 努力，盡力

/ˌdɛkə`reʃən/ n 裝飾品；裝飾

restaurant 相關字

⑧ cafeteria [ˌkæfə`tɪrɪə] n 自助餐廳

When I was in college, I didn't like eating at the school cafeteria very much.

我在大學的時候，不是很愛去吃學校的**自助餐廳**。

補 college 大學

⑧ diner [ˈdaɪnə] n 美式小餐廳、小餐館

dine /daɪn/ v 吃飯；用餐

Johanna always spends her time in the diner after work because it's relaxing.

喬安娜下班後總是把時間花在**美式小餐廳**裡，因為這樣很放鬆。

補 relaxing 令人輕鬆的

⑧ drive-in [ˈdraɪv͵ɪn] n 免下車餐廳

Buying food at the drive-in can save you a lot of time.

在**免下車餐廳**買食物可以省很多時間。

補 save 節省

④ all-you-can-eat restaurant [ˈɔljuͺkænɪt`rɛstərənt] n 吃到飽餐廳

The all-you-can-eat restaurant is always filled of people because of the quality of their food.

這家**吃到飽餐廳**因為他們高品質的食物，而總是坐滿了人。

補 quality 品質

restaurant 衍生字

⑧ deli [ˈdɛlɪ] n 熟食店

⑧ pizzeria [ˌpitsə`rɪə] n 比薩店

② bar [bɑr] n 酒吧

⑧ food court n 美食廣場

/kort/ n 法庭，法院；場地(網球等的)

① **dinner** [ˋdɪnɚ] ⓝ 晚餐

MP3 11-03

dinner為名詞，用來表示晚餐或一天中最大的一餐（通常在晚上，但有時在中午）

片 dinner dance 晚宴、candlelight dinner 燭光晚餐

例 It's romantic having a candlelight dinner, especially on special occasions like Valentine's Day or Christmas.

燭光晚餐是很浪漫的，特別是在特別場合，像是情人節或聖誕節。

dinner 相關字

③ **luncheon** [ˋlʌntʃən] ⓝ 午餐餐會

Everyone who's invited will show up at the luncheon because it's a good opportunity to socialize.

每個被邀去正式午餐會的人都會到場，因為這是一個交際的好機會。

補 opportunity 機會

① **breakfast** [ˋbrɛkfəst] ⓝ 早餐

Doctors advise us to eat our breakfast every morning.

醫生們建議我們每天早上都要吃早餐。

補 advise 建議

① **lunch** [lʌntʃ] ⓝ 午餐

The mayor's wife invites us to join her for lunch.

市長的妻子邀請我們加入她吃午餐。

補 join 參加

② **brunch** [brʌntʃ] ⓝ 早午餐

For those who can't get up early, brunch is usually their first meal.

對於無法早起的人來說，早午餐通常是他們的第一餐。

補 first 第一的

dinner 衍生字

② **supper** [ˋsʌpɚ] ⓝ 晚飯、宵夜

① **afternoon tea** [ˋæftɚˋnunti] ⓟ 下午茶

③ **high tea** [ˋhaɪti] ⓟ 傍晚茶

③ **refreshment** [rɪˋfrɛʃmənt] ⓝ 茶點

非學不可的新多益單字

Chapter 1 | Chapter 2 | Chapter 3 | Chapter 4 | Chapter 5 | Chapter 6 | Chapter 7 | Chapter 8 | Chapter 9 | Chapter 10 | Chapter 11 | Chapter 12 | Chapter 13

3 course [kors] n v 場地、主菜　　MP3 11-04

course在不同的方面有不一樣的意思。在飲食方面當名詞使用，表示一道菜。在其他方面可當名詞或動詞使用。當名詞時可表示路線、進展演變、方法、課程，以及運動或比賽的場地（eg. golf course 高爾夫球場）。當動詞時可表示流動或追趕、奔跑等。

同 main course 主菜

例 Jenna is probably going to skip everything after the main course because she's already full.
珍娜可能在主餐之後就什麼都不吃了，因為她已經飽了。

course 相關字

3 appetizer [ˈæpəˌtaɪzə] n 開胃菜

The appetizer looks so good it actually arouses my appetite.
這個開胃菜看起來太好吃了，讓我胃口大開。
補 appetite 食慾

4 entrée [ˈɑntre] n 主菜

Sandy didn't finish the entrée because she's on a diet.
珊蒂沒有吃完主菜，因為她在節食。
補 on a diet 進行節食的飲食規定

3 starter [ˈstɑrtə] n 開胃菜

It reads on the menu that the starter for the night is salad.
菜單上說今晚的開胃菜是沙拉。
補 menu 菜單

3 dine [daɪn] v 進餐、吃飯

Yulia dined with the President last night.
尤利婭昨晚與總統一起吃飯。
補 President （大寫）總統

course 衍生字

3 side dish [ˈsaɪd ˈdɪʃ] n 小菜

2 dessert [dɪˈzɜt] n 甜點

2 salad [ˈsæləd] n 沙拉

3 beverage [ˈbɛvərɪdʒ] n 飲料

❸ cocktail [ˈkak.tel] n 雞尾酒

MP3 11-05

cocktail通常為名詞，用來表示**雞尾酒**（混合飲料，通常包含酒、果汁或其他用來調味／調色的液體）、**開胃菜**（海鮮佐以醬料及多種水果）、或是混各不同藥物的藥水。有時也會當動詞使用，用來表示**喝雞尾酒**。

片 cocktail dress 酒會禮服

例 The cocktail dress Tina ordered online didn't fit her, so she sent it back today.

緹娜在網路上訂的**酒會禮服**不合身，所以她今天把它寄回去了。

cocktail 相關字

❸ liquor [ˈlɪkɚ] n 酒、烈酒

In Taiwan, those who're under 18 are not allowed to drink or buy liquor.

在台灣，未滿十八歲的人不能喝**酒**或買**酒**。

補 allow 允許

❹ firewater [ˈfaɪrˌwɔtɚ] n 烈酒

Molly ordered herself firewater because she doesn't have to drive.

莫莉為自己點了**烈酒**，因為她不用開車。

補 order 點（餐）

❹ intoxicant [ɪnˈtaksəkənt] n 酒 a 醉人的

The music of the orchestra is so intoxicant.

這個交響樂團的音樂很令人陶醉。

補 orchestra 交響樂團

❸ liqueur [lɪˈkɜ] n 利口酒、香甜酒

They ordered liqueur today because it goes well with steak.

他們今天點了**利口酒**因為它和牛排很搭。

補 go with 與…相配

cocktail 衍生字

❷ wine [waɪn] n 葡萄酒

❶ beer [bɪr] n 啤酒

❷ whisky [ˈhwɪskɪ] n 威士忌

❹ virgin [ˈvɜdʒɪn] a 無酒精的

❷ **brew** [bru] ⓥ ⓝ 釀造、沖泡

brew可做名詞或動詞使用。做名詞時用來表示**釀造、沖泡**或**煮**出來的飲料。做動詞時則表示**釀造、沖泡**，或**煮**；也可衍生為**醞釀**的意思。

🔑 home-brew 家釀酒

📝 During the gathering, they talked about their lives while waiting for the tea to brew.

聚會中，他們利用等茶**煮**好的時間來分享他們的生活。

brew 相關字

❶ tea [ti] ⓝ 茶

/sɪp/ ㄑ啜飲

You can tell by one sip that the tea is of really high quality.

你只要啜一口就可以知道這個茶是非常優質的。

🔖 tell 辨別

❷ pot [pɑt] ⓝ 鍋、茶壺

The pot on the stove is very hot because the water just boiled.

爐子上的茶壺非常燙，因為水才剛煮開。

🔖 stove 火爐

❷ sugar [ˈʃugɚ] ⓝ 糖

They say that the correct way to have British tea is to add milk and sugar into your tea.

他們說正確的英國喝茶方式是要把牛奶和糖加進茶裡。

🔖 British 英國人的

❶ cup [kʌp] ⓝ 咖啡杯、茶杯

ㄍ

They ran out of cups so they serve in mugs.

他們的杯子用完了，所以他們用馬克杯裝。

🔖 ran out of 將…用完

brew 衍生字

❶ **jam** [dʒæm] ⓝ 果醬

❸ **scone** [skon] ⓝ 司康

❷ **sip** [sɪp] ⓥ 啜飲

❶ **leaf** [lif] ⓝ 葉子

❷ chat [tʃæt] n v 談天說地、閒聊

MP3 11-07

chat可做名詞或動詞使用。做名詞時表示閒聊或談天說地。當動詞時也是表示閒聊或談天說地。

片 chit chat 閒聊

例 My friends and I used to chat a lot when we were younger, but not so much now that we're always busy working.

我和我的朋友們在我們比較小的時候常會閒聊，但是現在比較少了，因為我們總是忙著工作。

chat 相關字

❶ talk [tɔk] v n 閒聊、說話

No one likes to talk to Bruce because he's always making fun of other people.

沒有人喜歡和布魯斯聊天，因為他總是嘲弄別人。

補 make fun of 取笑、嘲弄

❷ conversation [ˌkɑnvɚˈseʃən] n 談話

One has to be careful when having a conversation with customers because no one wants to upset them.

在和客戶說話的時候要小心，因為沒有人想冒犯他們。

補 careful 小心的

❸ topic [ˈtɑpɪk] n 主題 *—theme / θim /*

Each week, we have different topics to discuss during the conference hour, and everyone has to be fully prepared.

每週我們都會在開會時討論不同的主題，而所有人都必須做好充足的準備。

補 discuss 討論

❷ boring [ˈborɪŋ] a 無聊的

Josh is unpopular because of his boring comments all the time.

賈許很不受歡迎，因為他總是作出無聊的評論。

補 all the time 一直、向來

chat 衍生字

❸ humor [ˈhjumɚ] n 幽默感

❸ gossip [ˈgɑsəp] v n 八卦

❶ yell [jɛl] v 大喊

❸ humorous [ˈhjumərəs] a 幽默的

1 meat [mit] n 肉類

meat是名詞，用來表示要拿來吃的肉類（沒有要拿來吃的用
flesh表示），也可表示其他生物可食用的部分，如果肉等。另外，
也可延伸用來表示重點或內涵。

片 meat grinder 絞肉機

例 The meat was pushed into the meat grinder to give us the ground meat for the hamburger.
這個肉被放進絞肉機裡，做成我們用在漢堡上的絞肉。

meat 相關字

1 steak [stek] n 牛排

They asked the waitress to take the steak back because it's overcooked.
他們請服務生換牛排，因為它煮過熟了。
補 overcook 煮過頭

2 rib [rɪb] n 肋骨、肋排

The ideal breakfast in my mind should consist of ribs, scrambled egg, ham, bacon, a bowl of cereal, a glass of orange juice, and a nice cup of coffee.
我心中的理想早餐應該要有肋排、炒蛋、火腿、培根、一碗玉米片、一杯柳橙汁，和一杯很棒的咖啡。
補 ideal 理想的

1 sausage [ˈsɔsɪdʒ] n 香腸

There's nothing better than the sizzling sound of sausages when you're at a barbeque.
在烤肉時，沒有什麼是比香腸烤得滋滋作響更棒的事。
補 barbeque 烤肉

3 cattle [ˈkætl] n 黃牛

For a while, the price of cattle had dropped tremendously because of the mad cow disease.
有一陣子黃牛的價格因為狂牛症而劇降。
補 tremendously 極端地

meat 衍生字

2 pork [pork] n 豬肉

2 lamb [læm] n 羊肉

2 ham [hæm] n 火腿

1 bacon [ˈbekən] n 燻豬肉 (客根)

3 reservation [ˌrɛzəˈveʃən] ⋒ 訂位 🎧 11-09

reservation是名詞，它的意思是**保留**，也可用來表示**房間**或**餐廳的訂位**（保留位子和房間），或是政府**有特殊劃定的地方**（如印第安保留區）。

📖 make reservation 訂房、訂位

📝 Did you make a reservation at the restaurant?
你有跟餐廳**訂位**了嗎？

reservation 相關字

1 date [det] ⋒ 日期
You will have to tell the front desk the time and date of your arrival for them to make you the reservation.
你必須告訴櫃檯你將會抵達的時間和**日期**，這樣他們才能幫你訂位。
📘 front desk 櫃檯

1 time [taɪm] ⋒ 時間
You have to hurry up because time is running out.
你必須動作快一點，因為快沒**時間**了。
📘 hurry up 趕快

3 available [əˈveləb!] ⓐ 可用的
Alex didn't make the reservation early enough and there are no rooms available during the New Years.
艾利克斯沒有提早訂位，現在在新年假期已經沒有**空的**房間了。
📘 during 在⋯期間

1 table [ˈteb!] ⋒ 桌子
They set the table on the balcony so that they can enjoy the scenery while having dinner.
他們把**餐桌**放在陽台上，這樣就能邊欣賞風景邊吃大餐了。
📘 balcony 陽台

reservation 衍生字

3 balcony [ˈbælkənɪ] ⋒ 陽台

2 menu [ˈmɛnju] ⋒ 菜單

3 reserve [rɪˈzɜv] Ⓥ 保留、預約

3 dress code ⋒ph 服裝限制

❶ seafood [ˈsiˌfud] ⓝ 海鮮、海產　　MP3 11-10

seafood是名詞，為**海鮮、海產**的總稱，任何從海裡抓來或撈來要吃的生物都可稱做海鮮，所以不可數。

🅗 seafood shop 海產店

🅔 People in the seafood shop are often really loud because they're drunk, so I don't really like going there.

去海產店的人常因喝醉酒而很吵鬧，所以我不是很愛去那裡。

seafood 相關字

❸ octopus [ˈɑktəpəs] ⓝ 章魚

They believe that there's a giant octopus in the lake.
他們相信湖裡有隻大**章魚**。
🈂 believe 相信

❸ shellfish [ˈʃɛlˌfɪʃ] ⓝ 貝類

Some people like to look for shellfish when they're diving because they might be able to find pearls if they're lucky.

有些人喜歡在潛水的時候尋找**貝類**，因為如果幸運的話，他們也許能找到珍珠。
🈂 pearl 珍珠

❷ shrimp [ʃrɪmp] ⓝ 蝦

Some people are not allergic to any seafood but shrimp.

有些人除了**蝦**以外，對所有海鮮都不會過敏。
🈂 allergic 過敏的

❸ lobster [ˈlɑbstɚ] ⓝ 龍蝦

It is said that eating lobster is good for our body.
有人說吃**龍蝦**對身體很好。
🈂 good for 對…有益

seafood 衍生字

❸ sea cucumber [siˈkjukəmbɚ] ⓟ 海參

❸ seaweed [ˈsiˌwid] ⓝ 海草

❷ squid [skwɪd] ⓝ 烏賊

❶ crab [kræb] ⓝ 蟹

② snack [snæk] ⓝ 點心

MP3 11-11

snack通常為名詞，意思是可以很快吃完的東西，常表示點心或是
小餐點；有時候也會當動詞，用來表示吃點心。

片 snack bar 點心販賣部

例 Buying from the snack bar every time you walk
past it might lead you to obesity.
每次經過點心部時你都要買點心的話，可能會讓你過度肥胖。

snack 相關字

② biscuits [ˈbɪskɪt] ⓝ 餅乾

Chocolate biscuits are said to be able to give you an
instant boost when you're feeling down.
聽說巧克力餅乾可以在你心情不好的時候，讓你振奮一下。
補 be able to 能

③ finger food [ˈfɪŋɡɚ fud] ⓝ 派對點心（方便用手指拿的食物）

Finger food is often served at a seminar or a
conference because it's easier to finish.
在研討會或是開會時常會提供派對點心，因為它們比較容易吃。
補 seminar 研討會

③ custard [ˈkʌstəd] ⓝ 卡士達（克林姆、奶皇餡、蛋奶餡）

Sandwiches are more delicious with custard as filling.
三明治加上卡士達餡料會更好吃。
補 sandwich 三明治

② doughnut [ˈdoˌnʌt] ⓝ 甜甜圈

After eating two doughnuts after every meal for two
years, the boy became too fat to walk on his own feet.
在過了兩年每餐飯後都吃兩個甜甜圈的生活後，這個男孩已經胖到無
法用自己的雙腳走路了。
補 feet 腳（複數）

snack 衍生字

① sandwich [ˈsændwɪtʃ] ⓝ 三明治
① chocolate [ˈtʃɑkəlɪt] ⓝ 巧克力
③ macaroon [ˌmækəˈrun] ⓝ 馬卡龍
① cookie [ˈkʊkɪ] ⓝ 餅乾

2 napkin [`næpkɪn] ⓝ 小毛巾、餐巾　　(MP3) 11-12

napkin為名詞，意思是一小塊的布或是較有吸收力的紙巾。常會用來表示餐巾或小毛巾，也會用來表示衛生棉和尿布等。

🔼 paper napkin 紙巾、sanitary napkin 衛生棉

📝 Sanitary napkins should be changed every one to two hours.
衛生棉應該要每隔一兩個小時換一次。

napkin 相關字

1 bowl [bol] ⓝ 碗
The bowling ball hit the glass bowl and the bowl broke into pieces.
保齡球打到了玻璃碗，使碗破成碎片。
🔼 bowling ball 保齡球

1 dish [dɪʃ] ⓝ 盤子、盤狀物
Please put your fork and knife in the dish when you finish eating.
請你吃完後把叉子和刀子放回盤子內。
🔼 fork 叉

1 plate [plet] ⓝ 盤子
The plates are designed with exquisite silver lining.
這些盤子的設計有精美的銀邊。
🔼 exquisite 精緻的

3 utensil [ju`tɛnsl̩] ⓝ 餐具、用具
The table utensils are designed to let us eat with less effort.
餐具是設計來讓我們能吃得輕鬆的。
🔼 less 較少的

napkin 衍生字

1 chopsticks [`tʃɑpˌstɪks] ⓝ 筷子
1 spoon [spun] ⓝ 湯匙
1 knife [naɪf] ⓝ 刀
1 fork [fɔrk] ⓝ 叉

② sauce [sɔs] n v 醬料、液態調味料　MP3 11-13

sauce可當名詞或動詞，當名詞時表示**醬料、液態調味料**或是**弄成醬狀的水果**，當動詞時則可表示**加醬料**，另外它和spice一樣也可延伸為**增添趣味**的意思。

片 soy sauce 醬油

例 I believe soy sauce is the essence of Chinese cuisine.

我相信醬油是中華美食的精髓。

sauce 相關字

③ gravy [ˈgrevɪ] n 滷汁

The beef tastes really good, especially when it's soaked in the gravy.

這個牛肉非常好吃，特別是當它浸**在醬汁裡**的時候。

補 especially 特別是

② dip [dɪp] v n 沾、浸、沾醬

Some people don't like dips when eating fries.

有些人不喜歡在吃薯條的時候**沾醬**。

補 fries 炸薯條

③ topping [ˈtɑpɪŋ] n 撒在食物上的調味料或醬料

They use colorful chocolate sprinkles as the topping of the ice-cream, which looks good but it's not so good for your health.

他們在冰淇淋上放了彩色的巧克力米**調味**，讓它看起來很棒，但這吃了對身體不好。

補 health 健康

③ dressing [ˈdrɛsɪŋ] n 沙拉醬、烤雞填充物

The salad would taste better with dressing.

這個沙拉有加**醬**的話會更好吃。

補 better 更好

sauce 衍生字

① juice [dʒus] n 果汁

② mustard [ˈmʌstəd] n 芥末

③ mayonnaise [ˌmeəˈnez] n 美乃滋

① ketchup [ˈkɛtʃəp] n 番茄醬

❷ invitation [ˌɪnvəˈteʃən] **n** 邀請　　🔊 11-14

invitation是名詞，意思是**邀請**。常用來表示**邀請的動作和邀請函**，也可以表示**招致**或**引誘**。

片 to issue an invitation 邀請某人、receive an invitation to 收到去…的邀請

例 Sally received an invitation to a cocktail party and she's very excited about what people will be wearing.
莎莉收到一個雞尾酒會的**邀請**，而她迫不及待想知道大家會穿什麼去。

invitation 相關字

❷ host [host] **n** 主持人 **v** 主持
The host tonight was hilarious; no wonder she's always hosting big events.
今晚的**主持人**非常好笑，怪不得她總是主持大型場合。
補 hilarious 令人捧腹大笑的、熱鬧的

❷ guest [gɛst] **n** 客人
The toastmaster welcomed the guests and participants in the event with a song.
主持人以一首歌來歡迎所有**賓客**和與會人員。

❹ R.S.V.P **ph** 敬請回覆
It would be considered rude not to respond to others' R.S.V.P.
不回覆人家的「**敬請回覆**」會讓人覺得你沒禮貌。
補 rude 無禮的

❶ card [kard] **n** 卡、卡片
They exchanged business cards during the cocktail party.
他們在雞尾酒會交換了名片。
補 business card 名片

invitation 衍生字

❸ **respond** [rɪˈspand] **v** 回覆

❸ **toastmaster** [ˈtostˌmæstə] **n** 主持人

❶ **welcome** [ˈwɛlkəm] **v** **n** 歡迎

❷ **invite** [ɪnˈvaɪt] **v** 邀請

Chapter 1 | Chapter 2 | Chapter 3 | Chapter 4 | Chapter 5 | Chapter 6 | Chapter 7 | Chapter 8 | Chapter 9 | Chapter 10 | Chapter 11 | Chapter 12 | Chapter 13

2 spice [spaɪs] n v 增添趣味、調味料　　MP3 11-15

spice可做為名詞或動詞。作名詞時它的意思是香氣，或是香氣濃厚的東西，通常是植物，常用來表示香料或用來增加香氣的調味料。有時也可以延伸為趣味。當動詞使用時則可表示加香料或是增添趣味。

片 spice up 加味

例 We all need a little spontaneity to spice up life, or it's going to be awfully dull.
我們都需要一點隨性來刺激生活，不然它就會變得很無聊。

spice 相關字

4 seasoning [ˈsiznɪŋ] n 調味料

The seasoning on the pork is just enough to bring out it's natural scent.
這道豬肉的調味料加得剛好，能提出它原本的香氣。

補 scent 香味

2 herb [ɜb / hɜb] n 草本植物、草藥

The herb tea is said to be able to help you sleep.
據說這個花草茶能幫助睡眠。

補 help 幫助

1 salt [sɔlt] n 鹽

Rumor is that sprinkling your shoulder with salt could keep away bad luck.
傳說在肩膀上撒鹽可以趕走霉運。

補 shoulder 肩膀

2 vinegar [ˈvɪnɪɡ觔] n 醋

It's said that drinking water with a bit of honey and vinegar first thing in the morning is good for your health.
據說，一早起來先喝加有一點蜂蜜和醋的水能使身體健康。

補 honey 蜂蜜

spice 衍生字

1 honey [ˈhʌnɪ] n 蜂蜜

2 basil [ˈbæzɪl] n 羅勒

2 hot pepper [ˈhɑtˈpɛp觔] adj 辣椒

2 pepper [ˈpɛp觔] n 胡椒

∎ **coffee** [ˋkɔfɪ] ⓝ 咖啡

 11-16

coffee是名詞，可用來表示所有種類的咖啡、咖啡豆和咖啡色，有時也可用來表示有供應咖啡的非正式小聚會。

🔡 instant coffee 沖泡式咖啡

🔢 The meeting was held in a coffee shop to take away some intensity the client may be feeling.
這個會議在一家咖啡店舉辦，可以讓客戶不要那麼緊繃。

coffee 相關字

❷ café [kəˋfe] ⓝ 咖啡館
It's the first time I've been to that café.
這是我第一次去那間咖啡店。
🔡 first 第一次

❷ barista [bəˋrɪstə] ⓝ 咖啡師
The barista in this cafe makes excellent coffee.
這家咖啡館的**咖啡師**煮的咖啡是一流的。
🔡 excellent 出色的

❹ caffeine [ˋkæfiin] ⓝ 咖啡因
Caffeine will be able to make you feel awake, but it won't take away the lousy feeling of lacking sleep.
咖啡因能讓你清醒，但它無法除去缺乏睡眠的不舒服感。
🔡 awake 醒著的

❸ foam [fom] ⓝ 泡沫
Sometimes I stare at the latte art on the foam for so long that the coffee goes cold before I take the first sip.
有時候我會盯著奶泡上的拉花看很久，直到我喝第一口時，它已經涼了。
🔡 sip 啜飲

coffee 衍生字

❸ **grinder** [ˋgraɪndɚ] ⓝ 研磨機

❸ **latte art** [lɑˋteˋɑrt] ⓟ 咖啡拉花

❷ **teaspoon** [ˋtiˌspun] ⓝ 茶匙

❷ **saucer** [ˋsɔsɚ] ⓝ 茶盤

3 sparkling [ˋsparklɪŋ] a 閃閃發亮的 MP3 11-17

sparkling是形容詞，用來形容**噴出火花的、閃閃發亮的**，或是**有很多小氣泡的**。

片 sparkling water 氣泡水

例 Lena asked for sparkling water instead of the usual mineral one.

莉娜要了**氣泡**水，而不是一般的礦泉水。

sparkling 相關字

2 cheerful [ˋtʃɪrfəl] a 興高采烈的

Jen is a very sweet person who is always cheerful.

珍是一個很可愛的人，而且總是很**開心**。

補 sweet 逗人喜愛的

3 joyful [ˋdʒɔɪfəl] a 快樂的

Gina is very joyful even when she encounters difficulties.

吉娜即使在面對困難時還是保持**愉快**。

補 encounter 遭遇
joy 快樂

3 optimistic [ˌaptəˋmɪstɪk] a 樂觀的

Being optimistic can bring you good luck.

樂觀能帶給你好運。

補 luck 運氣
pessimistic 悲觀的

3 delightful [dɪˋlaɪtfəl] a 愉快的

It's really delightful to be offered such an opportunity.

能有這個機會真的是十分令人**愉快**。

補 opportunity 機會

sparkling 衍生字

3 enthusiastic [ɪnˌθjuzɪˋæstɪk] a 熱情的

1 happy [ˋhæpɪ] a 開心的

2 glad [glæd] a 高興的

3 hearty [ˋhartɪ] a 由衷的

2 rare [rɛr] ⓐ 少的

rare是形容詞，意思是**少的**。用來表示**鮮為人知的、少見的**或是**稀疏的**；也可表示**半熟的肉類**。它與scarce的差別是在於scarce是指供不應求的那種少，而rare所表示的少是事實，與需求無關。

🔢 rare earth 稀土元素

📕 Black diamonds are rare, which is why the price is astronomical.
黑鑽石很**罕見**，所以價格才會是天文數字。

rare 相關字

2 scarce [skɛrs] ⓐ 稀少的

People here have to live on scarce supplies after the war, but so far they've managed to survive.
住在這裡的人們在戰後只能依賴**很少的**配給過活，但到目前為止他們都設法存活了下來。

4 infrequent [ɪnˋfrikwənt] ⓐ 不常見的

The success of this project was infrequent since it is such a daring concept.
這個計劃的成功是**不常見的**，因為它是一個十分大膽的概念。
🔢 project 計劃

3 unique [juˋnik] ⓐ 獨特的

Betty has a unique way of viewing things, so her colleagues always ask her opinion before making a decision.
貝蒂看事情有**獨特的**見解，所以她的同事們在做決定之前都會先來問她的意見。
🔢 make a decision 做決定

3 extraordinary [ɪkˋstrɔrdnͺɛrɪ] ⓐ 非凡的

The experience of attending an exhibition as one of the exhibitors is extraordinary and it opened up my eyes.
以參展商的身份去看展覽是一個**很特別的**經驗，它開啟了我的視野。
🔢 exhibitor 參展者

rare 衍生字

3 unthinkable [ʌnˋθɪŋkəbḷ] ⓐ 想不到的

3 unimaginable [ͺʌnɪˋmædʒɪnəbḷ] ⓐ 無法想像的

3 scanty [ˋskæntɪ] ⓐ 不足的

2 typical [ˋtɪpɪkḷ] ⓐ 典型的

2 soup [sup] n 湯

soup是名詞，用來表示湯；或是把肉、魚、青菜與各種添加成份加入水中，並以燉、煲的方式所煮出來的液態食品。

片 starch thickened soup 勾芡的湯

例 It says on the menu that borsch is the soup of the day.
菜單上說羅宋湯是今日主題湯。

soup 相關字

3 broth [brɔθ] n 清湯

In a traditional Chinese meal, there's always a pot of broth.
在傳統的中國餐點中，總是會有一鍋清湯。
補 traditional 傳統的

4 puff pastry [pʌf ˋpestrɪ] ph 酥皮

Puff pastry is made from cheese so there are a lot of calories in it.
酥皮是起司做的所以它熱量很高。
補 make of 以…製成

2 stew [stju] v 燉 n 燉肉

I'm good at making mishmash stew because tossing everything into the pot is the only thing that you need to do.
我很擅長做雜膾燉肉，因為你只需要把所有東西丟在鍋裡就好了。
補 mishmash 雜膾

4 porridge [ˋpɔrɪdʒ] n 稀飯

For those who have diarrhea, it's probably better to have porridge as opposed to solid food.
拉肚子的人最好是吃稀飯而不是固體食物。
補 diarrhea 腹瀉

soup 衍生字

3 mishmash [ˋmɪʃ͵mæʃ] n 雜膾

3 pottage [ˋpɑtɪdʒ] n 濃湯

3 chowder [ˋtʃaʊdɚ] n 巧達湯（海鮮雜膾濃湯）

3 borsch [bɔrʃ] n 羅宋湯（甜菜湯）

1 **cheese** [tʃiz] n 起司

cheese是名詞，通常直譯為起司，是從牛奶乳清中分離出來的凝乳或以此凝乳所壓製出來的固態食品，通常會是已調味並存放多時。

片 cheese cake 起司蛋糕

例 Cheese cakes taste a lot better when they're frozen.
起司蛋糕冰凍過好吃很多。

cheese 相關字

2 powder [ˈpaʊdə] n 粉 a 粉狀的
Milk powder is easier to carry around than milk.
奶粉比牛奶還好攜帶。
補 around 到處

3 skim milk ph 脫脂牛奶
Stacy actually prefers skim milk over whole milk.
比起全脂牛奶，史黛西實際上更喜歡脫脂牛奶。
補 whole milk 全脂牛奶

2 butter [ˈbʌtə] n 塊狀奶油 v 塗奶油
Austin buttered his toast and put it in the oven.
奧斯汀在他的吐司上塗了奶油，然後把它放進烤箱。
補 toast 吐司

1 cream [krim] n 霜狀奶油
Strawberry tastes heavenly with cream.
草莓配上霜狀奶油吃起來極好吃。
補 heavenly 天堂般的、極好的

cheese 衍生字

1 yoghurt [ˈjogət] n 優酪
3 condensed milk [kənˈdɛnsˈmɪlk] n 煉乳
3 whey [hwe] n 乳清
2 dairy [ˈdɛrɪ] n 乳製品

② steam [stim] ⓝ ⓥ 蒸汽　　　(MP3) 11-21

steam可以做名詞或動詞用。做名詞時表示蒸汽、水汽（冷卻後的蒸汽）、以及加壓後的水汽。做動詞用時可表示製造或散發（蒸汽）、變成蒸汽、（如蒸汽般）上昇、暴露在蒸汽中（蒸…東西），或是以蒸汽當作動力。

片 steam train 蒸汽火車

例 When serving the soup, one should not only be careful of the pot but also the steam, as it can be very hot.

在上湯時，不只要小心鍋子，還要小心蒸汽，因為它可能會非常燙。

steam 相關字

③ boil [bɔɪl] ⓥ 煮沸 ⓝ 沸騰

The water is boiled and left to cool.

水煮開了並放著等它冷卻。

補 cool 冷的

② bake [bek] ⓥ 烘烤 ⓝ 烘培食品

Baked beef is one of Yolanda's favorite dishes.

烤牛肉是尤蘭達最愛的一道菜之一。

補 favorite 最喜歡的

③ fry [fraɪ] ⓥ 炸 ⓝ 炸物

Children love fried chicken but it's not good for them.

小孩子喜歡炸雞但這對他們不好。

補 chicken 雞

③ stir-fry [`stɝ͵fraɪ] ⓥ 炒 ⓝ 用炒的食物

Stir-frying is actually a unique way of cooking widely used in Chinese food.

炒其實是一種被廣泛使用於烹調中國菜時的特別方式。

補 widely 廣泛地

steam 衍生字

③ sear [sɪr] ⓥ 煎

③ roast [rost] ⓥ 烤

③ grill [grɪl] ⓥ 燒烤 ⓝ 烤肉架

③ simmer [`sɪmɚ] ⓥ 燉

🖪 manners

 11-22

['mænɚz] **ⓝ** 風俗習慣、禮貌

manners為名詞，用來表示禮貌、社會上所認定正確合宜的行事方式，也可用來表示特定地區的風俗習慣。

片 table manners 餐桌禮儀

例 Mind your manners!
注意你的禮貌！

manners 相關字

🖪 etiquette ['ɛtɪkɛt] **ⓝ** 禮節、禮儀
Queenie never liked Tom, but she keeps it to herself out of etiquette.
昆妮從來就沒有喜歡湯姆，但她因為禮貌沒有說出來。
補 never 從不

🖪 politeness [pə'laɪtnɪs] **ⓝ** 禮貌
Joshua is very likable and he is all politeness.
賈書亞非常可愛且彬彬有禮。
補 likable 可愛的

🖪 civility [sɪ'vɪlətɪ] **ⓝ** 有禮貌的行為或表示
Being able to keep on a smile when facing criticism shows his civility.
在面對批評時還能面帶微笑顯示了他的禮貌。
補 keep on 繼續

🖪 courtesy ['kɝtəsɪ] **ⓝ** 彬彬有禮的舉止
If you are unable to be there, it's recommended that you send a gift out of courtesy.
如果你沒辦法到的話，建議你寄個禮物過去以表示禮貌。
補 recommend 建議

manners 衍生字

🖪 decency ['disṇsɪ] **ⓝ** 端莊得體的舉止

🖪 polite [pə'laɪt] **ⓐ** 有禮貌的

🖪 dignity ['dɪgnətɪ] **ⓝ** 尊嚴

🖪 decent ['disṇt] **ⓐ** 體面的

❷ chef [ʃɛf] n 廚師

(MP3) 11-23

chef為名詞，意思是**廚師**。尤其會用來表示餐廳或飯店的首席廚師，通常負責規劃菜單、訂購食品、監督食品製作準備的過程，並監督廚房工作人員。

同 sous chef 副廚

例 The food in this restaurant was so great, Penn couldn't leave without complimenting the chef personally.
這個餐廳的食物太棒了，潘在還沒有當面稱讚主廚之前不願意離開。

chef 相關字

❶ cook [kʊk] n 廚師 v 煮
The cook uses cookers to cook.
廚師用廚具煮東西。
補 cooker 廚具

❷ cooker [ˋkʊkɚ] n 廚具
I'm the sous chef of the house who's in charge of all the cookers.
我是這裡的二廚，負責掌管所有廚具。
補 sous chef 副廚

❹ culinary [ˋkjulɪˌnɛrɪ] a 烹飪的
I am no culinary expert, but at least I do know that you cannot dump the dumplings in before the water boils.
我不是烹飪專家，但至少我知道在水滾之前你不能把水餃丟進去。
補 expert 專家

❹ gourmet [ˋgʊrme] n 美食家
She is a self-claimed gourmet and often puts her opinions on her blog.
她自稱是個美食家，並常常把她的意見放上部落格。
補 blog 部落格

chef 衍生字

❷ stove [stov] n 爐子

❷ oven [ˋʌvən] n 烤箱

❷ toaster [ˋtostɚ] n 烤麵包機

❶ microwave [ˋmaɪkroˌwev] n 微波爐

1 bread [brɛd] n 麵包

MP3 11-24

bread是名詞，意思是（各種形式的）**麵包**，所以不可數。若要表示一片或一塊的話可以用slice, piece或loaf等作為單位使用。

H bread bin 麵包籃

例 The waiter took away our bread bin for a refill.
服務生拿了我們的麵包籃去補充麵包。

bread 相關字

2 loaf [lof] n 麵包、塊（麵包的單位）

I often crave for a loaf of bread when working late at night.
當我工作到很晚的時候，常會很想來一塊麵包。
補 crave 渴望

2 baker [ˋbekɚ] n 麵包師傅

Vince had been a baker for thirty years before he retired.
文斯在退休之前當了三十年的麵包師傅。
補 retired 退休的

2 bakery [ˋbekərɪ] n 麵包店

Molly goes to the bakery every other day so that she can have an unlimited supply of bread.
莫莉每兩天去一次麵包店，以確保她有無限量供應的麵包。
補 unlimited 無限量的

3 wheat [hwit] n 小麥

Keeping a wholegrain wheat diet is really good for health.
吃全穀小麥的飲食對身體非常好。
補 diet 飲食

bread 衍生字

2 wholegrain [ˋholgren] a 全穀的、全麥的

4 crust [krʌst] n 麵包表層的硬（脆）皮

4 bagel [ˋbegəl] n 培果

3 pita [ˋpitə] n （墨西哥）口袋餅

❹ masquerade

(MP3) 11-25

[ˌmæskəˋred] ⓝ ⓥ 化妝舞會

masquerade可做名詞或動詞。做名詞時表示（要戴面具的）化妝舞會或是化妝舞會裝扮，也可表示偽裝或蓄意欺騙。當動詞時則表示為化妝舞會做裝扮或是偽裝成…。

🔢 masquerade mask 面具

例 Linda loves going to masquerades because of the flamboyant masks.
琳達因為那些華麗的面具而愛去化妝舞會。

masquerade 相關字

🔲 festival [ˋfɛstəvl] ⓝ 節慶

Noah asked Liz if she could be his dance partner at the festival.
諾亞問莉茲她能不能當他節慶時的舞伴。

🔲 carnival [ˋkɑrnəvl] ⓝ 嘉年華

Tony doesn't like to go to the carnivals very much because there are sometimes clowns.
東尼不太喜歡去嘉年華，因為那裡有時候會有小丑。
🔢 clown 小丑

🔲 celebration [ˌsɛləˋbreʃən] ⓝ 慶典、慶祝

The advertising department is hosting a party tonight in celebration of their successful campaign.
廣告部門今晚要為他們成功的宣傳活動辦個慶祝派對。
🔢 department 部門

🔲 parade [pəˋred] ⓥ ⓝ 遊行、閱兵

Some people think gay parades are pure madness, but I think everyone should have a chance to make a statement.
有些人覺得同性戀遊行是瘋子的行為，但我覺得每個人都應該有表達的機會。
🔢 statement 表達、陳述

masquerade 衍生字

🔳 dance [dæns] ⓥ ⓝ 舞會、跳舞

🔳 ball [bɔl] ⓝ 舞會

❷ circus [ˋsɝkəs] ⓝ 馬戲團

🔳 festivity [fɛsˋtɪvətɪ] ⓝ 慶典

☑ **servant** [ˋsɜvənt] ⓝ 受雇的人　🎧 11-26

servant是名詞，用來表示**受雇的人**（特別是受雇做家事的）、**替別人服務的人**，或是**受雇於政府的人**。

🔁 civil servant/public servant 公務人員

📖 It's funny how the ministry heads always talk as if they were above us, while they should be our public servants.
部長們說話時總好像他們比我們優越，但好笑的是，他們應該是我們的公僕。

---

servant 相關字

☑ **waitperson** [ˋwetpɜsn̩] ⓝ 侍者

The waitperson served us with kindness and great enthusiasm, so we left him more tips when we left.
這個**服務生**以親切又熱情的態度招呼我們，所以我們在離開之前多給了他一點小費。
🔁 tip 小費

☑ **server** [ˋsɜvɚ] ⓝ 侍者、伺服器

The server comes to refill our glasses when they look almost empty.
在我們的杯子看起來快要空了的時候，**侍者**就會來幫我們加水。
🔁 empty 空的

☑ **butler** [ˋbʌtlɚ] ⓝ 男管家

Jarvis has been the butler in the Stark household for twenty years.
賈維斯在史塔克家族當**管家**已經有二十年了。
🔁 household 家庭

☑ **maitre d'** [metrɪˋdi] ⓝ 領班

The maitre d' asked us if we had a reservation and showed us to our table.
餐廳**領班**問我們是否有訂位並帶我們到我們的位子。
🔁 ask 詢問

---

servant 衍生字

☑ **attendant** [əˋtɛndənt] ⓝ 侍者、隨從

☑ **sommelier** [sɑməˋlje] ⓝ 酒侍

☑ **cupbearer** [ˋkʌpˌbɛrɚ] ⓝ 斟酒的人

☑ **garcon** [ˌgɑrˋsɔn] ⓝ 侍者、少年

387

② noodle [`nudl̩] ⓝ 麵條

（MP3）11-27

noodle為名詞，用來表示**麵條**或其他種類的**麵**，通常會以複數型態 noodles出現。

囝 beef noodles 牛肉麵

囫 One of my favorite Taiwanese foods is beef noodles.
牛肉麵是我最愛的台灣食物之一。

noodle 相關字

① pasta [`pɑstə] ⓝ 通心麵
Pasta is one of the few things Lisa knows how to cook herself.
通心麵是少數麗莎自己會煮的東西。
囷 few 很少數的

④ macaroni [ˌmækə`ronɪ] ⓝ 通心麵
Sam ordered a plate of macaroni to fill his stomach.
山姆叫了一盤**通心麵**來填飽肚子。
囷 stomach 胃、肚子

② ramen [`rɑˌmən] ⓝ 拉麵
When eating ramen, you should eat loudly as a way to show your appreciation for it.
當你吃**拉麵**的時候，你應該要吃得很大聲，才能表達你對它的喜愛。
囷 appreciation 欣賞

② spaghetti [spə`gɛtɪ] ⓝ 義大利麵條
Spaghetti is usually served with meat balls.
義大利麵裡通常會搭配肉丸子。
囷 usually 通常

noodle 衍生字

② lasagna [lə`zɑnjə] ⓝ 千層麵（寬麵條）

④ tortellini [ˌtɔrtə`linɪ] ⓝ 義大利餃子

② dumpling [`dʌmplɪŋ] ⓝ 餃子

② wonton [wʌntn̩] ⓝ 餛飩

❸ theater [ˋθɪətɚ] ⓝ 劇院、劇場　🎵 12-04

theater 通常是可數名詞，用以表示劇院、劇場、戲劇、電影等。

🔟 movie theater 電影院、now in theater 現正熱映中

例 People get shushed when they make loud noises in the movie theater.
在電影院裡很大聲的人會被噓。

theater 相關字

❷ screen [skrin] ⓝ 螢幕、遮蔽物 ⓥ 放映、遮蔽

The bloody scene on the screen is too brutal for Rosa so she covers her eyes.
螢幕上這個血腥的鏡頭對蘿莎來說太過殘忍，所以她遮住她的眼睛。
補 brutal 殘忍的

❷ audio [ˋɔdɪo] ⓐ 聲音的 ⓝ 聲音、音響裝置

Our weekly assembly is held in the auditorium, where the audio system is better.
我們的週會在禮堂舉行，那裡的聲音設備比較好。
補 auditorium 禮堂

❶ seat [sit] ⓝ 位子、席位 ⓥ 就座、坐得下

The host asks us to be seated when the ceremony is about to begin.
主持人在典禮快開始時要我們入座。
補 ceremony 儀式

❺ amphitheater [ˋæmfɪˏθɪətɚ] ⓝ 圓形露天有樓梯的劇場

It feels good standing on the stage of the amphitheater.
站在圓形露天劇場舞台上的感覺很好。
補 feel 感覺

theater 衍生字

❷ cinema [ˋsɪnəmə] ⓝ 電影院

❸ opera house [ˋɑpərə haʊs] ⓟⓗ 劇院

❹ auditorium [ˏɔdəˋtorɪəm] ⓝ 禮堂

❶ stage [stedʒ] ⓝ 舞台 ⓥ 上演

① **cake** [kek] **n v** 蛋糕

 MP3 11-29

cake可以是名詞或動詞。做名詞時表示**蛋糕、蛋糕狀的食品、糕點**等。做動詞時表示**形成一層殼**或是**結塊**。

片 piece of cake 小事一樁

例 People usually have birthday cakes on their birthdays.
人們在生日時常會吃生日**蛋糕**。

cake 相關字

③ dessert [dɪ`zɝt] **n** 甜點
Desserts are very tasty and not many people can resist them.
甜點很好吃所以不是很多人能拒絕它們。
補 tasty 美味的

② biscuit [`bɪskɪt] **n** 餅乾
Children should be kept away from sweet biscuits so that they won't get tooth decay.
小孩子應該要遠離甜甜的**餅乾**，這樣他們才不會蛀牙。
補 keep away 遠離…

③ gelatin dessert [`dʒɛlətn̩dɪ`zɝt] **n** 果凍狀的甜點
Kids should be careful when eating gelatin dessert or they might choke.
小孩子吃**果凍時**應該要小心，不然會噎到。
補 choke 噎住

③ pastry [`pestrɪ] **n** 糕點
The pastry shop offers a variety of pastries, from bread to cookies and cakes.
這個**糕餅**店供應各式各樣的**糕餅**，像是麵包、餅乾和蛋糕。
補 a variety of 各式各樣的

cake 衍生字

① ice cream [`aɪs krim] **n** 冰淇淋

① pie [paɪ] **n** 派、餡餅

① pudding [`pudɪŋ] **n** 布丁

① candy [`kændɪ] **n** 糖果

2 fresh [frɛʃ] a ad n 新鮮的

 11-30

fresh可做為形容詞和副詞或名詞。做為形容詞時表示新的、新鮮的、清新的、新手的等等；副詞時，表示剛剛、剛才；做名詞時則表示最開始的時間、或是流入海中的淡水水流。

H fresh start 新的開始

例 Ivy moves to another city wishing for a fresh start.
艾薇移居到另一個城市，希望能有個嶄新的開始。

fresh 相關字

2 crisp [krɪsp] a 脆的 n 洋芋片
The celery tastes crisp so it must be very fresh.
這個芹菜吃起來很脆，所以一定很新鮮。
補 celery 芹菜

3 crude [krud] a 天然的、粗鄙的
I would rather starve to death than eat crude food.
我寧可餓死也不吃粗食。
補 starve 挨餓

3 raw [rɔ] a 未加工的、生的
The boss said that Fin is a diamond in the raw, just like Aladdin.
老闆說霏是顆未雕琢的鑽石，就跟阿拉丁一樣。
補 diamond 鑽石

3 unrefined [ˌʌnrɪˋfaɪnd] a 未精製過的
Vegetables are unrefined and they're very healthy.
蔬菜是未精製過的食物，它們非常健康。
補 vegetable 蔬菜

fresh 衍生字

3 stale [stel] a 不新鮮的、臭掉的
3 decayed [dɪˋked] a 腐化了的
3 spoiled [spɔɪlt] a 被糟蹋了的、被寵壞的
2 smelly [ˋsmɛlɪ] a 臭的

❸ edible [ˋɛdəbl̩] ⓝ ⓐ 可食用的

edible可做為名詞或形容詞，做名詞時表示可以吃的東西；做形容詞時則表示可食用的。

🔢 edible plants 可食植物

📝 When identifying edible plants, one has to be one hundred percent sure before eating them.

一個人在辨識可食用的植物時，要百分之百確定後才能吃。

edible 相關字

❹ edibility [ˌɛdəˋbɪlətɪ] ⓝ 可食性

Before you can determine the edibility of the mushrooms, you'd better not touch them.

在你判定出來這些蘑菇的可食性之前，最好不要碰它們。

補 determine 確定、判定

❹ digestible [daɪˋdʒɛstəbl̩] ⓐ 可消化的

It is better to eat easily digestible food when you're ill.

當你不舒服時，最好吃些好消化的食物。

補 ill 虛弱的、不舒服的

❸ eatable [ˋitəbl̩] ⓐ 可下嚥的

Hannah's not really good at cooking but it's eatable.

漢娜不是很會煮東西，但是煮的食物還能吃。

補 good at 擅長

❹ toothsome [ˋtuθsəm] ⓐ 可口的

The toothsome dishes served tonight are either sweet or savory.

今晚可口的食物不是甜的就是鹹的。

補 either... or... 不是…就是…

edible 衍生字

❸ savory [ˋsevərɪ] ⓐ 好吃的、又香又鹹的

❸ esculent [ˋɛskjələnt] ⓐ 能吃的

❹ indigestible [ˌɪndəˋdʒɛstəbl̩] ⓐ 無法消化的

❸ inedible [ɪnˋɛdəbl̩] ⓐ 不可食用的

① taste [test] ❶ ⓥ 味道、嚐

MP3 11-32

taste可以做名詞或動詞用。做名詞時表示味道、味覺、嚐一口，或是品味、愛好等。做動詞時則表示品嚐、嚐、嚐起來是怎樣或是有什麼的味道。

片 give sb a taste of sth 給（人）嚐嚐（什麼）的滋味

例 The taste of success is so sweet everyone wants more.

成功的滋味是多麼甜美，每個人都想要得到多一點。

taste 相關字

② flavor [ˋflevɚ] ⓥ 調味 ❶ 味道

Many people never realize that they can add flavor to their lives.

很多人從來不瞭解他們可以為人生添加一點趣味。

補 realize 理解

② delicious [dɪˋlɪʃəs] ⓐ 美味的

That dish was praised by many for its delicious taste.

這道菜因為它的美味廣受稱讚。

補 praise 讚揚

③ appetizing [ˋæpəˌtaɪzɪŋ] ⓐ 開胃的、好吃的

Hong Kong is famous for their appetizing food.

香港以他們可口的食物聞名。

補 famous for 以…聞名

③ mouthwatering [ˋmauθˌwɔtərɪŋ] ⓐ 令人垂涎的

My mother's mouthwatering cooking recipes make me homesick.

我媽令人流口水的食譜讓我想家了。

補 recipe 食譜

taste 衍生字

③ delicacies [ˋdɛləkəsɪs] ❶ 美食

③ well-seasoned [ˋwɛlˋsiznd] ⓐ 調味得好的

④ palatable [ˋpælətəbl] ⓐ 美味的、使人愉快的

② tasty [ˋtestɪ] ⓐ 美味的

❸ **socialize** [ˋsoʃəˌlaɪz] ⓥ 交際應酬　(MP3) 11-33

socialize是動詞，用來表示**使社會化、使社會主義化**，或是**參與社交活動、交際應酬**等。

片 socialize with 與…交際應酬

例 Business dinners are for socializing, not filling your stomach.
商業晚餐是用來**交際應酬**的，不是用來填飽肚子的。

socialize 相關字

❸ hang out [ˋhæŋ aʊt] ⓟ 閒晃
Edna likes to hang out with friends on the weekends.
艾德娜在週末時喜歡和朋友們一起**閒晃**。
補 weekend 週末

❸ mingle [ˋmɪŋg!] ⓥ 打成一片
When Kate was young, she was always afraid that she couldn't mingle with others.
凱特年輕時總是害怕和大家無法**打成一片**。
補 afraid 害怕的

❶ mix [mɪks] ⓥ 混合
They greeted awkwardly and took back their mixed-up luggage.
他們尷尬地打招呼並拿回弄混的行李。
補 awkwardly 尷尬地、笨拙地

❶ meet [mit] ⓥ 會面
The brothers embraced each other when they finally met again after years.
這對兄弟在多年後重逢時互相擁抱。
補 embrace 擁抱

socialize 衍生字

❶ greet [grit] ⓥ 打招呼
❸ embrace [ɪmˋbres] ⓥ 擁抱
❶ hug [hʌg] ⓥ 擁抱
❷ handshake [ˋhændˌʃek] ⓝ 握手

Chapter 12

娛樂
Entertainment

2 media [`midɪə] n 傳播媒體

MP3 12-01

media是名詞，是medium的複數型態。若指**新聞傳播媒體**時會以複數型態出現。medium可當形容詞或可數名詞使用；當形容詞表示中間的、適中的；當名詞時可表示**媒界、手段、中間**。

片 media event 重大事件、multi-media center 多媒體中心、mass media 大眾傳播

例 We should not underestimate the influence the mass media can bring to our children
我們不能低估傳播**媒體**對我們孩子們的影響。

media 相關字

2 press [prɛs] n 報刊、記者、新聞媒體

The star announced the astounding news of his retirement at the press conference.
那個明星在一個記者會上發佈了他要退休的驚人消息。

補 announce 宣佈

3 subscribe [səb`skraɪb] v 訂閱、訂購、認捐、簽署

Sophie loves reading fashion magazines and she subscribes to a lot of them.
蘇菲熱愛看時尚雜誌，而且她也訂閱了很多。

補 magazine 雜誌

3 newsletter [`njuz͵lɛtə] n 給訂閱者的時事通訊

She did not pay attention to the newsletter and was shocked to learn the news from her friends.
她沒有注意**時事通訊**，因此當她朋友告訴她那個新聞的時候大吃了一驚。

補 attention 注意

2 informative [ɪn`fɔrmətɪv] a 資訊豐富的

This travel book is very informative, so I always take it with me.
這個旅遊書的**資訊很豐富**，所以我總是帶著它。

補 travel 旅行

media 衍生字

3 paparazzi [͵pɑpə`rɑtsɪ] n 狗仔隊

1 newspaper [`njuz͵pepə] n 報紙

2 magazine [͵mægə`zin] n 雜誌

2 tablet [`tæblɪt] n 小報

❸ entertainment

MP3 12-02

[ˌɛntə`tenmənt] ❶ 娛樂

entertainment為名詞，可用來表示**娛樂**、**娛興節目**、**招待**、**消遣**等。

🔢 public entertainment 公眾娛樂場所

📖 We all need to have a little entertainment at some point, or else the stress will be too much to bear.
我們在某些時候都會需要一點**娛樂**，不然會感覺壓力變得無法承受。

entertainment 相關字

❸ relaxation [ˌrilæks`eʃən] ❶ 放鬆、休息
Adults have so little time for relaxation; I wonder how they survive.
成年人們幾乎沒有時間**放鬆**，我不曉得他們是怎麼活下來的。
📦 survive 倖存

❶ fun [fʌn] ❶ 娛樂、好玩、有趣的人事物 ❷ 好玩的、有趣的
Find a way to have fun in whatever you do.
不管你做什麼，都要從中找到**樂趣**。
📦 whatever 任何…的

❷ interesting [`ɪntərɪstɪŋ] ❷ 有趣的
Ms. Daisy is such an interesting person everybody loves talking to her.
戴西小姐是個**有趣**的人，大家都喜歡找她講話。
📦 everybody 每個人

❸ amusement [ə`mjuzmənt] ❶ 樂趣、消遣
I used to love going to the amusement parks when I was little, but not anymore.
我小時候曾經很愛去**遊樂**園玩，但現在就不會了。
📦 anymore 再也（不）

entertainment 衍生字

❸ amusement park [ə`mjuzmənt park] ❸ 遊樂園
❸ pleasure [`plɛʒə] ❶ 愉快、樂趣 ❷ 使開心
❸ leisure [`liʒə] ❶ 悠閒、悠哉、休閒時間 ❷ 休閒的
❸ delight [dɪ`laɪt] ❶ 令人愉快的人事物、開心 ❷ 取悅

1 movie [`muvɪ] n a 電影

 MP3 12-03

movie可以是名詞或形容詞。作名詞使用時表示**電影**；做形容詞則表示電影的。

片 movie festival 電影節

例 If I were to be in a movie someday, I would hope I could do some stunts.

如果有一天我能演**電影**的話，我希望能夠做一些特技動作。

movie 相關字

3 stunt [stʌnt] n 特技 v 做出特技

When the movie ends, the credit shows not only the list of the casts but also the stunt people.

在電影播完後，在片尾字幕他們不只秀了演員名單，還有**特技**人員的。

補 cast 選派演員

3 special effect [`spɛʃəlɪ`fɛkt] n 特效

There's a lot more special effects in the movies today, compared to those 40 years ago.

跟四十年前的電影相比的話，現在的電影多了更多的**特效**。

補 compare 比較

1 sound [saʊnd] n 聲音、音效 v 發出聲音

The sound coming from your phone is a bit strange.

你手機傳出來的**聲音**有點奇怪。

補 strange 奇怪的、奇怪地

2 costume [`kɑstjum] n 戲服、服裝

The costume design in this scene is so beautiful that I'd like to recreate one in my house if that's possible.

這個場景的**服裝**設計太美了，若可能的話，我也想在家做一套。

補 possible 可能的、可能性

movie 衍生字

3 crew [kru] n 工作人員

3 set [sɛt] n 電影片場、場景、舞台布景

2 makeup [`mek͵ʌp] n 妝、化妝品

3 animation [ænə`meʃən] n 動畫、卡通

❸ **theater** [ˈθɪətə] **◎** 劇院、劇場

 MP3 12-04

theater 通常是個可數名詞，用以表示**劇院、劇場、戲劇、電影**等。

囝 movie theater 電影院、now in theater 現正熱映中

囫 People get shushed when they make loud noises in the movie theater.
在**電影院**裡很大聲的人會被噓。

theater 相關字

❷ screen [skrin] **◎** 螢幕、遮蔽物 **◊** 放映、遮蔽

The bloody scene on the screen is too brutal for Rosa so she covers her eyes.
螢幕上這個血腥的鏡頭對蘿莎來説太過殘忍，所以她遮住她的眼睛。
囮 brutal 殘忍的

❷ audio [ˈɔdɪo] **@** 聲音的 **◎** 聲音、音響裝置

Our weekly assembly is held in the auditorium, where the audio system is better.
我們的週會在禮堂舉行，那裡的**聲音**設備比較好。
囮 auditorium 禮堂

❶ seat [sit] **◎** 位子、席位 **◊** 就座、坐得下

The host asks us to be seated when the ceremony is about to begin.
主持人在典禮快開始時要我們**入座**。
囮 ceremony 儀式

❺ amphitheater [ˈæmfɪˈθɪətə] **◎** 圓形露天有樓梯的劇場

It feels good standing on the stage of the amphitheater.
站在**圓形露天劇場**舞台上的感覺很好。
囮 feel 感覺

theater 衍生字

❷ cinema [ˈsɪnəmə] **◎** 電影院

❸ opera house [ˈɑpərə haʊs] **@** 劇院

❹ auditorium [ˌɔdəˈtorɪəm] **◎** 禮堂

❶ stage [stedʒ] **◎** 舞台 **◊** 上演

❸ gallery [ˋgælərɪ] ⓝ 畫廊

MP3 12-05

gallery為可數名詞，常用來表示畫廊和美術館，有時也會用來表示長廊、迴廊等狹長的空間。

🔢 art gallery 畫廊

例 There are so many great paintings in this art gallery I could walk out broke.

這個畫廊裡太多很棒的畫了，我可能會在這裡花光我所有的錢。

gallery 相關字

❹ portfolio [portˋfolɪo] ⓝ 作品集

I still haven't figured out what I should include in my portfolio, and I'm getting nervous because time is running out.

我還沒想到應該要把什麼放進作品集裡，這讓我愈來愈緊張，因為快沒時間了。

🔢 figure ou 想出

❷ album [ˋælbəm] ⓝ 相簿、畫冊、文集、唱片

I love keeping pictures in photo albums, especially the ones of the local landscape.

我喜歡把相片存放在相簿裡，特別是當地風景的照片。

🔢 landscape 景色

❸ scrapbook [ˋskræpˌbuk] ⓝ 剪貼簿

Woody always carries a scrapbook with him because he likes to collect things.

胡迪總是隨身攜帶一本剪貼簿，因為他喜歡收集東西。

🔢 collect 收集

❹ memento [mɪˋmɛnto] ⓝ 有紀念價值的東西

Shelly puts all her memento in a wooden box that her mother passes down to her.

雪莉把她所有值得紀念的東西都放進她媽媽給她的木盒子裡。

🔢 wooden 木製的

gallery 衍生字

❸ collection [kəˋlɛkʃən] ⓝ 收集、收藏、聚集

❹ anthology [ænˋθɑlədʒɪ] ⓝ 文選

❷ notebook [ˋnotˌbuk] ⓝ 筆記本

❸ souvenir [ˋsuvəˌnɪr] ⓝ 紀念品

3 exhibition [ˌɛksəˋbɪʃən] **n** 展覽 MP3 12-06

exhibition是名詞，常用來表示**展覽**和展示品，也可用來表示一個人的表現。

片 exhibition stadium/exhibition hall 展覽館

例 The exhibition hall is so crowded during the weekends, no one can take a step without stepping on other people's feet.
這個**展覽館**在週末的時候都非常擁擠的，沒有人能在不踩到別人的情況下踏出一步。

exhibition 相關字

3 demonstration [ˌdɛmənˋstreʃən] **n** 示威、示範、表露、論證
I still have no clue on how to dissect a frog after watching the teacher's demonstration, so I just cut it open randomly.
在看了老師的**示範**之後，我還是不知道該如何解剖一隻青蛙，所以我就隨便切開它。
補 clue 線索、為…提供線索

3 exhibit [ɪgˋzɪbɪt] **v** **n** 陳列、展示會
Mary hates attending the exhibit when it just begins because there are too many people.
瑪莉討厭在**展示會**剛開始的時候去參觀，因為人太多了。
補 attend 參加

4 pageant [ˋpædʒənt] **n** 華麗慶典
The tickets to pageants are never really cheap, so Delilah only goes to the ones that she really wants to go.
迪萊拉只去她真的很想去的幾場**慶典**，因為票真的不便宜。
補 cheap 便宜的

3 performance [pəˋfɔrməns] **n** 表演、演出
It takes a lot of practice to be ready for a performance.
要為一個**表演**做好準備需要很多的練習。
補 practice 練習

exhibition 衍生字

3 presentation [ˌprizɛnˋteʃən] **n** 報告、介紹
3 recital [rɪˋsaɪtl̩] **n** 演奏會
3 concert [ˋkɑnsət] **n** 音樂會
2 gig [gɪg] **n** 演出

① fan [fæn] ⓝ ⓥ 粉絲、扇子

fan可以用來表示粉絲（如歌迷、影迷、球迷等），為可數名詞。另外也可表示風扇、扇子、螺旋槳等，在這裡也是可數。若做動詞使用則可表示搧風、吹起。

片 fan club 粉絲俱樂部、crazy fans 瘋狂粉絲

例 I never was a fan of politics.
我從來就不是政治**愛好者**。

fan 相關字

③ supporter [sə`portə] ⓝ 支持者
The supporters of human rights gather around in the plaza.
人權的**支持者**在廣場聚集。
補 gather 聚集

③ enthusiast [ɪn`θjuzɪæst] ⓝ 愛好者、狂熱份子
Aaron is a volleyball enthusiast, and he plays it every day.
艾倫是個排球**愛好者**，他每天都去打排球。
補 volleyball 排球

③ addict [ə`dɪkt] ⓝ 癮君子 ⓥ 上癮
Becoming an addict is never a good thing.
上癮從來就不是一件好事。
補 never 決不

③ follower [`faləwə] ⓝ 信徒、追隨者
He wears an inverted cross because he's a follower of Satan.
他戴著倒十字架，因為他是撒旦的**追隨者**。
補 Satan 撒旦

fan 衍生字

③ junkie [`dʒʌŋkɪ] ⓝ 癮君子
③ devotee [ˌdɛvə`ti] ⓝ 愛好者、狂熱份子
③ admirer [əd`maɪrə] ⓝ 崇拜者、愛慕著
③ worshiper [`wɝʃɪpə] ⓝ 崇拜者

非學不可的新多益單字

Chapter 1 | Chapter 2 | Chapter 3 | Chapter 4 | Chapter 5 | Chapter 6 | Chapter 7 | Chapter 8 | Chapter 9 | Chapter 10 | Chapter 11 | Chapter 12 | Chapter 13

❸ studio [`stjudɪo] ⓝ 畫室、舞蹈教室　　MP3 12-08

studio是可數名詞，通常用來表示各種與藝術創作相關的**工作空間**，如畫室、攝影棚、片廠、錄音室、舞蹈教室等皆可以studio來表示。

🄷 dance studio 舞蹈教室

🄴 Dancing in that studio is one of her best childhood memories.
在那間舞蹈**教室**跳舞是她孩提時代最棒的回憶之一。

studio 相關字

❷ hall [hɔl] ⓝ 大廳
There's a marvelous chandelier in the hall.
大廳裡有個令人驚嘆的水晶燈。
🄱 marvelous 非凡的

❸ showroom [`ʃoˌrum] ⓝ 陳列室
The shelves in the showroom are very sturdy so they can hold a lot of things.
陳列室裡的架子很牢固，能支撐很多東西。
🄱 sturdy 牢固的

❸ salon [sə`lɑn] ⓝ 沙龍、畫廊
There is a huge mirror on the wall of the salon.
沙龍的牆上有一面大鏡子。
🄱 mirror 鏡子

❷ museum [mju`zɪəm] ⓝ 博物館
Benny loves going to the museums because there are dinosaurs.
班尼很愛去**博物館**，因為那裡有恐龍。
🄱 dinosaur 恐龍

studio 衍生字

❸ workroom [`wɜkˌrum] ⓝ 工作室
❷ library [`laɪˌbrɛrɪ] ⓝ 圖書館
❷ shelf [ʃɛlf] ⓝ 書架、架子
❶ light [laɪt] ⓝ 光、光線

403

❶ dance [dæns] ⓥ ⓝ 跳舞

dance可作動詞或名詞使用，作動詞時表示**跳舞**（或類似跳舞的動作）；作名詞時可表示**舞蹈**或**舞會**。

ⓗ dance floor 舞池、舞廳

例 Dancing is one of the best ways to relax.
跳舞是最好的放鬆方式之一。

dance 相關字

❷ ballet [`bæle] ⓝ 芭蕾

Natalie has learned ballet for ten years now.
娜塔莉到現在學芭蕾已經學了十年了。
補 learn 學習

❸ movement [`muvmənt] ⓝ 運動、動作、變遷

Bollywood movies always come with brilliant dance movement.
寶萊塢電影總會有很棒的跳舞**動作**。
補 brilliant 優秀的

❸ posture [`pastʃə] ⓝ 姿勢

Those who have better postures are more likely to be given a job.
那些儀態較好的人比較有機會得到工作。
補 likely 很可能的

❸ twirl [twɝl] ⓥ ⓝ 旋轉

Mindy twirls whenever she finds it too hard to move on with life, as if to shake it all away.
敏蒂在不知道人生該怎麼繼續走下去的時候就會**轉圈圈**，好像要把事情用在身後一樣。
補 shake 搖

dance 衍生字

❹ **choreography** [ˌkorɪ`agrəfɪ] ⓝ 編舞

❹ **choreographer** [ˌkorɪ`agrəfə] ⓝ 編舞者

❷ **dancer** [`dænsə] ⓝ 舞者

❶ **step** [stɛp] ⓝ 步驟、步伐

8 photography [fə`tɑgrəfɪ] **n** 攝影 **MP3** 12-10

photography為名詞，用來表示**攝影**和**拍照**（的這件事），所以是不可數的。

片 portrait photography 人像攝影

例 It takes more than a good camera to learn photography.
要學習**攝影**，光有一台好相機是不夠的。

photography 相關字

4 tripod [`traɪpɑd] **n** 三腳架

A tripod is usually recommended when doing low-light shooting.
在做低光源拍攝時，通常會建議使用**三角架**。
補 recommend 建議

2 camera [`kæmərə] **n** 相機

Thankfully, now that we have cameras, we can capture the moments that are dear to us and keep them for real.
謝天謝地，我們現在有了**相機**，就能捕捉對我們很珍貴的時刻。
補 moment 瞬間

3 snapshot [`snæp,ʃɑt] **n** 快照 **v** 拍攝

Teddy loves taking snapshots of everything with his phone, which annoys his teacher a lot.
泰迪熱愛用他的手機到處**拍攝**，這讓他的老師覺得很煩。
補 annoy 使生氣

3 photographer [fə`tɑgrəfə] **n** 攝影師

A good photographer would probably take a camera with him at all times.
一個好的**攝影師**應該會隨身攜帶相機。
補 probably 大概

photography 衍生字

3 camera person [`kæmərə`pɜsn] **ph** 攝影師
4 shutterbug [`ʃʌtə,bʌg] **n** 攝影愛好者
3 capture [`kæptʃə] **v** **n** 捕獲、抓住
1 picture [`pɪktʃə] **n** 圖片、照片

3 genre [ˋʒɑnrə] n 類別、形式

(MP3) 12-11

genre為可數名詞，源自於法文，用來表示文藝作品的**類別**、**形式**和種類。

片 music genre 音樂類型、movie genre 電影類型

例 Since you love music, what genres are you into?

既然你喜歡音樂，你喜歡哪些**類型**的？

genre 相關字

1 type [taɪp] n 類型

I love bright color; the earth tone ones are not my type.

我喜歡鮮艷的顏色，大地色系不是我的**類型**。

補 bright 鮮艷的、明亮的

1 class [klæs] n 類、班級、階級、等級

We're your best choice because we only offer high class products.

我們是你最好的選擇，因為我們只提供高**品質**商品。

補 product 產品

3 category [ˋkætəˏgɔrɪ] n 類別

There are thirteen categories in the New TOEIC exam.

新多益測驗中總共分了十三個**類別**。

補 exam 考試

3 classify [ˋklæsəˏfaɪ] v 分類

If you can't identify your emotion, you can try classifying them first.

如果你沒辦法辨識你的情緒，你可以先把它們**分類**。

補 identify 確認

genre 衍生字

2 style [staɪl] n 風格

2 kind [kaɪnd] n 類型、種類

2 sort [sɔrt] n 類型 v 分類

2 brand [brænd] n 品牌

❹ **exclusive** [ɪk`sklusɪv] ⓐ ⓝ 獨有的　⬤MP3 12-12

exclusive 可作形容詞或名詞。作形容詞時表示**排外的**（動詞型態為exclude）、**獨有的、獨家的**；作名詞時則可表示**獨家新聞**，可數。

> 拓 exclusive news 獨家新聞報導、exclusive distribution 獨家代理

> 例 The interview will be broadcast exclusively on this channel.
> 這個訪談將會在這個電視台獨家播出。

exclusive 相關字

❶ only [`onlɪ] ⓐ 唯一、只有
There will only be one winner of this competition.
這場比賽只會有一個贏家。
補 competition 比賽

❸ unshared [ʌn`ʃɛrd] ⓐ 獨享、專有的
His diary is the only unshared item that he has, and for others, he has to share with his siblings.
他的日記是他唯一獨有的東西，其他的他都必須和他的兄弟姐妹們一起使用。
補 siblings 兄弟姐妹

❸ particular [pɚ`tɪkjələ] ⓐ 特別的
Kim's a particular young lady, and people adore her.
金姆是個很特別的女生，大家都喜歡她。
補 adore 愛慕、崇拜

❸ private [`praɪvɪt] ⓐ 私人的
I'd love to have a private jet someday, if that's possible.
如果可能的話，我想要有一台私人飛機。
補 private jet 私人飛機

exclusive 衍生字

❸ exceptional [ɪk`sɛpʃən!] ⓐ 優秀的、例外的

❸ exception [ɪk`sɛpʃən] ⓝ 例外

❸ privacy [`praɪvəsɪ] ⓝ 隱私

❷ special [`spɛʃəl] ⓐ ⓝ 特別的

② recorder [rɪ`kɔrdə] ⋒ 錄音機、錄影機 (MP3) 12-13

recorder為可數名詞，用來表示**作紀錄的人或物**，如紀錄員、錄音師、錄音機、錄影機等，也有直笛的意思。

囝 tape recorder 錄音機

例 We used to have a tape recorder at home when we were little.

我們小的時候家裡曾經有台**錄音機**。

recorder 相關字

② recording [rɪ`kɔrdɪŋ] ⋒ 錄音

The recordings of the lessons are very helpful when it comes to test preparation.

這些課堂上的**錄音**在準備考試的時候非常有用。

補 preparation 準備

② tape [tep] ⋒ 錄音帶、錄影帶、膠帶

Ron used duct tape to patch up his broken cell phone.

榮恩用電線**膠帶**把他壞掉的手機黏起來。

補 patch up 修補

③ compact disc [kəm`pæktdɪsk] ⋒ CD唱片

It's not difficult to move the songs in compact disc into your computer.

把CD裡的歌移到電腦裡不難。

補 difficult 困難

③ digital video disc [`dɪdʒɪtɪ`vɪdɪˌodɪsk] ⋒ DVD數位光碟

Digital video disc is very common nowadays and almost every household has a player.

DVD現在非常的普遍，幾乎每家每戶都有一台播放機。

補 household 家庭

recorder 衍生字

③ video compact disc [`vɪdɪˌokəm`pæktdɪsk] ⋒ VCD影音光碟

③ vinyl record [`vaɪnɪl`rɛkəd] ⋒ 黑膠唱片

② radio [`redɪˌo] ⋒ 廣播、無線電台

② cassette [kə`sɛt] ⋒ 卡式盒、卡式磁帶

❶ music [`mjuzɪk] ⓝ 音樂、樂曲　　　　(MP3) 12-14

music為不可數名詞，用來表示**音樂**、**樂曲**、美妙的聲音。

🔷 music video 音樂錄影帶、music box 音樂盒

📄 My grandma gave me a music box so that it can sing me to sleep every night.
我祖母給了我一個**音樂盒**，讓它的音樂每晚伴我入眠。

music 相關字

❸ instrument [`ɪnstrəmənt] ⓝ 樂器、儀器

Dolly accidently crashes her instrument and it can no longer make any sounds.
陶莉不小心撞壞了她的**樂器**，然後它就沒辦法出聲音了。

🔷 crash 砸碎、碰撞

❷ singer [`sɪŋɚ] ⓝ 歌手

The singer's really depressed now because she can't sing when she's recovering from surgery.
這個**歌手**現在很沮喪，因為她在手術復原期間不能唱歌。

🔷 surgery 手術

❸ songwriter [`sɔŋˏraɪtɚ] ⓝ 詞曲創作人

Whichever songwriter wrote the beautiful lyrics is a genius.
寫出這個優美歌詞的**詞曲創作人**是個天才。

🔷 genius 天才

❸ composer [kəm`pozɚ] ⓝ 作曲家

Wes dreams of becoming a great composer one day.
魏斯夢想著有一天成為偉大的**作曲家**。

🔷 dream of 夢想、渴望

music 衍生字

❸ conductor [kən`dʌktɚ] ⓝ 指揮
❸ headphone [`hɛdˏfon] ⓝ 耳機
❷ speaker [`spikɚ] ⓝ 喇叭
❷ lyrics [`lɪrɪks] ⓝ 歌詞

❶ art [ɑrt] ⓝ 藝術

MP3 12-15

art為不可數名詞，常用來表示**藝術**和**藝術品**。另外也可用來表示人文藝術學科等，如liberal arts（文科），此時會以複數型態出現。

片 martial art 武術

例 People should learn martial arts so that they can defend themselves.

人們該學習武術來自我防衛。

art 相關字

❹ artistry [ˈɑrtɪstrɪ] ⓝ 藝術技巧、藝術性

Some consider graffiti a form of artistry, while others think it's vandalism.

有人覺得塗鴉是種**藝術**，有人覺得這是破壞。

補 vandalism 破壞

❷ artist [ˈɑrtɪst] ⓝ 藝術家

Those who can pull inspirations from life are true artists.

那些能從生活中得到靈感的人就是真正的**藝術家**。

補 inspiration 靈感

❸ imaginative [ɪˈmædʒənetɪv] ⓐ 富有想像力的

Connie finds it hard to write fantasy novels because she's not the most imaginative person.

康妮發現寫奇幻小說很困難，因為她不是最有想像力的人。

補 fantasy novel 奇幻小說

❹ illustration [ˌɪləsˈtreʃən] ⓝ 插圖

Sammi made an illustration of the dress she wanted before heading to the fabric stores.

姍米在去布店之前，先描繪出了她想要的裙子圖樣。

補 fabric 織品、布料

art 衍生字

❸ **sketch** [skɛtʃ] ⓥ ⓝ 素描

❷ **painting** [ˈpentɪŋ] ⓝ 繪畫、油畫、水彩畫

❸ **graffiti** [græˈfiti] ⓝ 塗鴉

❹ **vandalism** [ˈvændlɪzəm] ⓝ 破壞

❸ ancient [`enʃənt] ⓐ 古代的   MP3 12-16

ancient通常作形容詞用，表示**古代的、古早的、自古以來的**。有時也可做名詞用，如the ancients （古代人），注意做名詞用時，會以複數型態出現，且前面要加the。

片 ancient history 古代史、很久以前的事

例 There are a lot of interesting stories in Ancient Rome.
古羅馬時代有很多有趣的故事。

ancient 相關字

❶ old [old] ⓐ 老的
That building is so old that it might come down any minute.
那棟建築老到隨時可能會倒塌。
補 minute 分鐘

❹ archaic [ɑr`keɪk] ⓐ 過時的
One of my father's hobbies is collecting archaic metal crafts.
我父親的其中一個嗜好是收集過時的金屬工藝品。
補 craft 工藝、手藝

❸ antique [æn`tik] ⓝ 古董
Running an antique shop has always been Melinda's dream.
經營一個古董店一直都是梅琳達的夢想。
補 run 經營、跑步

❹ haggard [`hægəd] ⓐ 憔悴的
Being senescent and haggard could be translated as a form of wisdom.
衰老和憔悴可以被解釋為某種形式的智慧。
補 wisdom 智慧

ancient 衍生字

❹ **obsolete** [`ɑbsə‚lit] ⓐ 過時的、廢棄的
❷ **aged** [`edʒɪd] ⓐ 老的、上年紀的
❸ **senescent** [sə`nɛsn̩t] ⓐ 衰老的
❸ **historic** [hɪs`tɔrɪk] ⓐ 歷史性的

3 **premiere** [prɪˋmjɛr] v n a 初次演出 MP3 12-17

premiere可做動詞、名詞、形容詞使用，表示**初次演出**、**首演**、**首播**等。

片 world premiere 全球首播

例 Cecelia is so excited when she's invited to the world premiere of the movie.
西西莉亞在受邀去看那部電影的全球**首映**時非常興奮。

premiere 相關字

4 **debut** [dɪˋbju] n 首次亮相
Singing on stage that night was my debut performance.
那晚在台上唱歌是我**第一次表演**。
補 stage 舞台

3 **opening night** [ˋopənɪŋˋnaɪt] n 首場演出、開幕夜
The opening night of the famous restaurant is big news around the city.
這家知名餐廳的**開幕夜**是城裡的大新聞。
補 city 城市

2 **preview** [ˋpri͵vju] v n 預覽、預告
He wants to fast-forward all the previews but it can not be done.
他想要快轉過所有的**預告**，但是這辦不到。
補 fast-forward 使（錄影帶、錄音帶）快轉

3 **sneak peek** [ˋsnik͵pik] ph 先睹為快
They are offering a sneak peak of the latest blockbuster in the square.
他們在廣場播放最新鉅片**先睹為快**的片段。
補 blockbuster 大轟動、風靡一時的電影

premiere 衍生字

1 **first** [fɝst] a n 第一

3 **reveal** [rɪˋvil] v 露出、揭示

3 **emerge** [ɪˋmɝdʒ] v 出現

4 **debutant** [͵dɛbjuˋtɑnt] n 初次登台的人

◨ sensational

MP3 12-18

[sɛn`seʃənəl] ⓐ 轟動的

sensational是形容詞，常用來表示**轟動的**。另外也可用來表示**感覺的、知覺的**。

◨ sensational performance 非常轟動的表演

⬛ That was a sensational performance and it touched the audience as much as it did the artist .

這是一個很**轟動**表演；它不只感動了表演者，也感動了觀眾。

sensational 相關字

◨ startling [`startl̩ɪŋ] ⓐ 驚奇的

The scientists made a startling discovery about human evolution.

科學家們在人類的演化上有了**驚人**的發現。

補 evolution 發展、演化

◨ amazing [ə`mezɪŋ] ⓐ 驚人的

No matter how many times you've seen it, the rainbows still look as amazing as ever.

不管你看過幾次，彩虹都是如此**驚人**的美。

補 rainbow 彩虹

◨ astounding [ə`staundɪŋ] ⓐ 驚人的、驚奇的、震驚的

Everything in this palace is astounding and the feast is just as extravagant.

這個皇宮裡的所有東西都令人**驚奇**，而那場盛宴也是一樣的奢華。

補 palace 皇宮、宮殿

◨ astonishing [ə`stanɪʃɪŋ] ⓐ 驚人的、令人驚奇的

Who wrote this astonishing masterpiece?

誰寫了這**令人驚奇**的文學鉅作？

補 master 精通的、主要的

sensational 衍生字

◨ remarkable [rɪ`markəbl̩] ⓐ 卓越的、值得注意的

◨ outstanding [`aut`stændɪŋ] ⓐ 傑出的、突出的

◨ extravagant [ɪk`strævəgənt] ⓐ 奢華的

◨ exaggerated [ɪg`zædʒəˌretɪd] ⓐ 誇張的

❸ journalist [ˋdʒɝnəlɪst] ⓝ 記者 　MP3 12-19

journalist為可數名詞，用來表示新聞從業人員、記者等。

🔟 freelance journalist 自由新聞工作者

例 Being a freelance journalist can be challenging and exhausting, but it's still Mandy's dream.
當自由新聞業者可能很有挑戰性也會很累，但這仍是曼蒂的夢想。

journalist 相關字

❹ broadcaster [ˋbrɔd͵kæstɚ] ⓝ 廣播員、播報員

A broadcaster should be lively almost all the time, no matter what they are feeling at the moment.
一個廣播員幾乎需要隨時都很有活力，不管他們當下的情緒是什麼。
🔠 lively 精力充沛的、愉快的

❷ disc jockey [dɪskˋdʒɑkɪ] ⓝ DJ、音樂廣播員

The disk jockey is very popular because he's good at mixing music.
這個DJ很受歡迎因為他很會混音。
🔠 popular 受歡迎的、熱門的

❷ video jockey [ˋvɪdɪoˋdʒɑkɪ] ⓝ VJ、節目主持人

The critics gave this video jockey really good reviews so I'm really excited about it.
評論家們給這個VJ很好的評價，所以我很期待。
🔠 review 評論

❹ newscaster [ˋnjuz͵kæstɚ] ⓝ 新聞主播

When I was young, I wanted to be a newscaster because they can interview cool people.
在我小的時候我想當新聞主播，因為他們可以採訪很酷的人。
🔠 interview 面談、訪問

journalist 衍生字

❸ **reporter** [rɪˋportɚ] ⓝ 記者

❹ **commentator** [ˋkɑmən͵tetɚ] ⓝ 評論員、實況轉播評論員

❸ **critic** [ˋkrɪtɪk] ⓝ 評論家

❸ **anchorperson** [ˋæŋkɚ͵pɝsən] ⓝ 主持人

❸ award [ə`wɔrd] ⓝ ⓥ 獎項、獎金

award 可做為名詞或動詞，作名詞時表示**獎項、獎金**等；作動詞時則表**頒獎、給予**或**獎勵**。

🔢 Academy Award 奧斯卡金像獎

📝 Winning an Academy Award is a huge honor for anyone.

對任何人來說，得奧斯卡獎都是莫大的光榮。

award 相關字

❸ reward [rɪ`wɔrd] ⓥ ⓝ 獎勵、報酬

They say experience is the best reward for whatever you do.

他們說經驗是最好的**酬勞**。

🔢 experience 經驗

❹ trophy [`trofɪ] ⓝ 獎品、戰利品

Every nominee is eager to win the trophy.

每個被提名人都很渴望贏得**獎座**。

🔢 eager to 渴望

❷ prize [praɪz] ⓝ 獎金、獎品

She's very lucky and always wins the prize whenever she enters a draw.

她很幸運，不管參加什麼抽獎都會贏得**獎品**。

🔢 enter 參加

❸ honor [`ɑnɚ] ⓥ ⓝ 榮譽、光榮

We all feel the honor when our players come back with gold medals.

在我們的選手拿金牌回來的時候，我們都覺得很光榮。

🔢 gold medal 金牌

award 衍生字

❷ medal [`mɛdḷ] ⓝ 獎章、獎牌

❶ star [stɑr] ⓝ 明星、星星

❸ nomination [ˌnɑmə`neʃən] ⓝ 提名

❸ nominee [ˌnɑmə`ni] ⓝ 被提名人

❸ applause [ə`plɔz] ⓝ 鼓掌、讚許　(MP3) 12-21

applause為不可數名詞，用來表示鼓掌、讚許或喝采。

片 burst into applause 爆出掌聲、polite applause 禮貌性地鼓掌

例 The audience gave the mayor polite applause only because it's rude not to.
觀眾給了市長禮貌性的**鼓掌**，因為不這樣做是不禮貌的。

applause 相關字

❷ clap [klæp] ⓥ 鼓掌

The audience clapped to show their love for the singer.
觀眾**鼓掌**表示他們對那位歌手的喜愛。
補 singer 歌手

❷ cheers [tʃɪrz] ⓝ 喝采、歡呼

Judging by the cheers and hurrahs, the show must be a huge success.
從這些歡呼和**喝采**看來，這場表演一定是大成功。
補 huge 巨大的

❷ hurrah [hə`ra] ⓝ 喝采、歡呼

The fencing club let out a loud hurrah when they won the championship.
當他們贏得冠軍盃時，擊劍隊伍大聲**歡呼**。
補 fencing 劍術、擊劍

❸ praise [prez] ⓥ ⓝ 讚美

After the competition, the players praised their opponents before parting.
在比賽後，選手們在離開前**讚美**了他們的對手們。
補 opponents 敵手、對手

applause 衍生字

❸ **congratulation** [kənˌgrætʃə`leʃən] ⓝ 祝賀

❸ **adoration** [ˌædə`reʃən] ⓝ 崇拜、愛慕

❸ **compliment** [`kɑmpləmənt] ⓥ ⓝ 稱讚

❷ **bravo** [`bra`vo] ⓝ 喝采

3 **wardrobe** [ˋwɔrd͵rob] n 衣櫥 MP3 12-22

wardrobe為可數名詞，通常用來表示（整座的）**衣櫥**或**衣櫃**，也可衍生為**服裝**。而 closet 是指不可移動、內建於建築內、如小房間的衣櫃／衣櫥。

片 wardrobe malfunction 走光

例 Having a wardrobe malfunction is very embarrassing, especially when it's televised.
衣服走光是很丟臉的，特別是上電視的時候。

wardrobe 相關字

1 **dress** [drɛs] n 洋裝、穿著
We are required to dress properly because it's a white-tie event.
我們得**穿**適當的衣服，因為這是個正式場合。
補 white-tie （要求）男士穿晚禮服並打白領結的

3 **apparel** [əˋpærəl] n 服飾
Your appeal is very inappropriate for this kind of occasion.
你的**服飾**對這類的場合來說是很不得體的。
補 inappropriate 不適當的

4 **garment** [ˋgɑrmənt] n 衣服、服裝
Suzie prefers wearing comfortable garments.
蘇西偏好穿舒服的**衣服**。
補 comfortable 舒服的

2 **suit** [sut] n 西裝
I heard it's really uncomfortable dressing in a formal suit.
我聽說穿正式的**西裝**是很不舒服的。
補 formal 正式的

wardrobe 衍生字

3 **gown** [gaʊn] n 長禮服、長袍、禮袍

2 **clothing** [ˋkloðɪŋ] n 服裝

3 **tuxedo** [tʌkˋsido] n 男士無尾晚禮服

3 **bow tie** [botaɪ] ph 領結

❷ audience [`ɔdɪəns] ⓝ 觀眾、聽眾　MP3 12-23

audience通常為可數名詞，用來表示**觀眾、聽眾、讀者**等。另外，也可用來表示**表達的機會**。

🔳 target audience 目標觀眾

📝 Teenagers are the target audience of the show, so they incorporate lots of pop elements into it.
這個節目的目標**觀眾**是青少年，所以他們放了很多流行元素進去。

audience 相關字

❸ viewer [`vjuə] ⓝ 觀眾

It's irresponsible to put swear words into the programs on this channel because the viewers are mainly children.
把髒話放進這個頻道的節目裡是很不負責任的，因為主要的**觀眾**是小朋友。
🔖 irresponsible 不負責任的

❹ witness [`wɪtnɪs] ⓥ 目擊、見證 ⓝ 目擊者、見證人

Finding the criminal is not an easy task since there is no witness.
要找到這名犯人不是件容易的事，因為沒有**目擊者**。
🔖 criminal 犯人、罪犯

❸ listener [`lɪsnə] ⓝ 聽眾、傾聽者

The ratings of this show are surprisingly high because the listeners are loyal.
這個節目的收聽率出奇地高，因為它的**聽眾**都很忠實。
🔖 loyal 忠實的

❸ crowd [kraʊd] ⓝ 人群

The president addressed the crowd, saying that she would do anything within her power to help the victims' families.
那位總統向眾人宣告，她會盡所有的力量來幫助受害者的家庭。
🔖 address 演說、地址

audience 衍生字

❷ public [`pʌblɪk] ⓝ ⓐ 公眾

❸ society [sə`saɪətɪ] ⓝ 社會

❷ role [rol] ⓝ 角色

❸ rating [`retɪŋ] ⓝ 等級、收聽率、收視率

❷ spirit [`spɪrɪt] ⓝ 心靈、精神

(MP3) 12-24

spirit通常作名詞使用。表示心靈、**精神**、氣魄時為不可數名詞；若是表示靈魂、惡靈時為可數；在表示情緒、心境時，則常以複數型態spirits出現。

🔒 team spirit 團隊精神

📖 It's obvious that the lack of team spirit will cost them their chance of winning.
他們很明顯會因為缺乏團隊精神而喪失贏的機會。

spirit 相關字

❸ soul [sol] ⓝ 靈魂

Some people don't like to be photographed because they think it'll capture their soul.
有些人不喜歡被拍照，因為他們覺得這樣會抓走他們的靈魂。
🔒 capture 捕抓

❸ spiritual [`spɪrɪtʃʊəl] ⓐ 精神的、心靈的、超自然的

Although money is important, it is also important to feed one's spiritual need.
雖然金錢很重要，但一個人的心靈需求也不能被忽視。
🔒 although 雖然

❹ morale [məˋræl] ⓝ 士氣

The pep rally is supposed to boost their morale but they seem even less confident than before.
這個聚會本來應該要能鼓舞士氣的，但他們看起來比之前更沒自信了。
🔒 pep rally 用來鼓舞士氣的聚會

❸ boost [bust] ⓥ 促進、提升

A person with great vigor is very likable because they can boost others as well.
一個充滿活力的人是很得人喜愛的，因為他們可以讓別人也覺得有活力。
🔒 vigor 活力

spirit 衍生字

❹ **psyche** [`saɪkɪ] ⓝ 精神、心靈
❹ **vigor** [`vɪgɚ] ⓝ 活力、氣勢
❹ **vitality** [vaɪˋtælətɪ] ⓝ 活力
❷ **passion** [`pæʃən] ⓝ 熱忱、激情

2 imagination

(MP3) 12-25

[ɪˌmædʒəˈneʃən] ⓝ 想像力

imagination為名詞，用來表示**想像力、想像、幻想**等。

🔑 wild imagination 豐富的想像力

📖 Children have the wildest imagination and therefore are a lot of fun to be with.

小孩子有著最豐富的**想像力**，所以跟他們相處很好玩。

imagination 相關字

③ artistic [ɑrˈtɪstɪk] ⓐ 藝術的、有藝術感的

He has always been very artistic since he was a small kid.

他從很小的時候就一直很有**藝術細胞**。

🔑 since 從…至今

④ aesthetic [ɛsˈθɛtɪk] ⓐ 美的、審美的

Upon seeing the aesthetic valley, he stood there, lost in fascination.

在看到這個**美**極了的山谷時，他站在那裏，迷失在陶醉中。

🔑 fascination 迷戀、陶醉

③ creative [krɪˈetɪv] ⓐ 有創意的

We all need to learn to think outside the box and be creative, or else what fun would there be.

我們都需要跳脫框架思考並要有**創意**，不然哪有什麼好玩的。

🔑 outside 外面

④ exquisite [ˈɛkskwɪzɪt] ⓐ 精美的

The exquisite ring is so beautiful that it brings tears to her eyes.

這個**精美**的戒指實在太美，讓她都眼泛淚光了。

🔑 ring 戒指

imagination 衍生字

③ imaginary [ɪˈmædʒəˌnɛrɪ] ⓐ 虛構的、幻想的

④ avant-garde [ɑvɑŋˈɡɑrd] ⓐ ⓝ 前衛的

④ fascination [ˌfæsn̩ˈeʃən] ⓝ 魅力、陶醉

③ fantasy [ˈfæntəsɪ] ⓝ 幻想

❸ carol [`kærəl] ⓝ 頌歌歡唱

(MP3) 12-26

carol可做動詞或名詞。做動詞時表示**歡唱**或**唱頌歌**；做名詞時則表示**頌歌**（尤其是聖誕節的）。

ㅂ Christmas carol 聖誕頌歌

例 Christmas carols are one of the key elements of the holiday season.

聖誕**頌歌**是耶誕假期的一個重要元素。

carol 相關字

❶ voice [vɔɪs] ⓝ 嗓音、聲音

The manager raised her voice so that everyone would be able to hear her.

那個主管提高了她的**音量**好讓大家都聽得見。

補 be able to 能夠

❷ choir [kwaɪr] ⓝ 唱詩班、合唱團、歌舞團 ⓥ 合唱

The choir has to memorize the lyrics of all the songs before the performance.

合唱團必須把所有歌的歌詞在表演前背起來。

補 memorize 記起來

❸ vocalist [`vokəlɪst] ⓝ 歌手、聲樂家

The vocalist has been having nightmares, but the relaxing melody helps her sleep better at night.

這名**歌手**最近一直做惡夢，但這個放鬆的旋律幫助她在夜晚睡得比較好。

補 melody 旋律、歌曲

❸ chorus [`korəs] ⓝ 合唱團

Joining the chorus can be good for children because they'll have company after school.

加入**合唱團**對孩子們是好的，因為他們在放學後會有人陪伴。

補 company 陪伴、同伴

carol 衍生字

❸ chant [tʃænt] ⓥ ⓝ 高唱、吟唱

❸ anthem [`ænθəm] ⓝ 聖歌、頌歌、國歌

❹ hymn [`hɪm] ⓝ 聖歌、讚美詩

❷ melody [`mɛlədɪ] ⓝ 旋律

2 drama [ˋdrɑmə] n 戲、戲劇

drama為名詞，通常可數，用來表示戲、戲劇、戲碼，或指充滿戲劇效果的事。

片 drama queen 反應過度的人

例 Jody is a real drama queen as she actually thinks the world revolves around her.
喬蒂是一個很愛大驚小怪的女生，因為她真的覺得世界是繞著她轉的。

drama 相關字

3 comedy [ˋkɑmədɪ] n 喜劇

I prefer tragedies to comedies, even though they make me sad.
我比較偏好悲劇而不是喜劇，雖然它們會讓我覺得難過。
補 even though 即使、雖然

4 tragedy [ˋtrædʒədɪ] n 悲劇

I understand that losing your cell phone is such a tragedy, but jumping up and down seems dramatic and pointless.
我可以理解你弄丟手機是蠻悲慘的，但是跳上跳下似乎既戲劇性又沒有意義。
補 pointless 無意義的

3 opera [ˋɑpərə] n 歌劇

Some people don't enjoy going to the opera because they don't understand the lyrics.
有些人因為聽不懂歌詞而不喜歡歌劇。
補 enjoy 欣賞、喜愛

3 climax [ˋklaɪmæks] n 高潮

The climax of a movie is usually at the very end.
一部電影的高潮通常都在最後面。
補 usually 通常

drama 衍生字

3 dramatic [drəˋmætɪk] a 戲劇性的
3 musical [ˋmjuzɪkl̩] a 音樂的
3 lead singer [lid`sɪŋɚ] n 主唱
3 performer [pɚˋfɔrmɚ] n 表演者

❷ **practice** [ˈpræktɪs] **n v** 練習、開業 (MP3) 12-28

practice可做動詞或名詞使用，用來表示**練習、開業、實行**等。有時也可表示習俗、常規或作法。

🄷 practice teacher 實習老師

🄼 The practice teacher has a lot of potential and will be a great teacher one day without a doubt.

這個實習老師有很大的潛力，而且有一天一定會成為一位很棒的老師。

practice 相關字

❸ **tryout** [ˈtraɪ͵aʊt] **n** 選拔賽、預賽、試用

Ryan stayed up late preparing for the tryout tomorrow.
萊恩為了隔天的**選拔賽**熬夜做準備。
🄿 stay up 熬夜

❸ **audition** [ɔˈdɪʃən] **v n** 甄選

Cindy wants to audition for the lead role.
辛蒂想要**試鏡**主要角色。
🄿 role 角色

❷ **repeat** [rɪˈpit] **v n** 重複

Please stop putting that song on repeat; it's driving everyone in the office crazy.
請不要再**重複**那首歌，整個辦公室的人都要被逼瘋了。
🄿 crazy 瘋掉、發瘋的

❷ **drill** [drɪl] **v n** 演練、鑽孔

Fire drills should be conducted regularly because it will help people evacuate from fire.
消防**演習**應該要定時執行，因為它能幫助人們在火災時逃生。
🄿 evacuate 逃生

practice 衍生字

❸ **rehearse** [rɪˈhɜs] **v** 排練
❷ **prepare** [prɪˈpɛr] **v** 準備
❸ **rehearsal** [rɪˈhɜsḷ] **n** 排演
❷ **demo** [ˈdɛmo] **n** 試錄唱片、試錄曲

② **perfect** [ˈpɝfɪkt] ⓥ [pɚˈfɛkt] ⓐ 使… MP3 美-29

perfect一般做為動詞或形容詞用。做動詞時表示**使…完美**；做形容詞時則表示**完美的**。

片 perfect match 絕配

例 Milk and tea are a perfect match.

牛奶和茶真是**絕配**。

perfect 相關字

❸ flawless [ˈflɔlɪs] ⓐ 完美無瑕的

Lisa took a snapshot of the flawless scenery before she left.

理莎在離開之前拍下了這個**完美無瑕**的景象。

補 snapshot 拍快照

❸ excellent [ˈɛksḷənt] ⓐ 優秀的

We not only need to be excellent at work, but also in life.

我們不只要在工作上表現**優秀**，在生活上也是。

補 life 生活

❸ expert [ˈɛkspɚt] ⓝ 專家

The experts claim that the water is safe to drink but the public is still worried.

專家們聲稱水是安全可飲用的，但群眾還是很擔心。

補 public 大眾

❸ ideal [aɪˈdiəl] ⓐ 理想的

You'll have a better idea of what you want to do in the future if you can picture your ideal life.

如果你能想像你**理想的**生活，就會比較知道你未來要做什麼。

補 picture 想像

perfect 衍生字

❸ splendid [ˈsplɛndɪd] ⓐ 燦爛的

❹ sublime [səˈblaɪm] ⓐ 壯麗的、崇高的

❹ supreme [səˈprim] ⓐ 最高的、至上的

❸ intact [ɪnˈtækt] ⓐ 完好如初的

非學不可的新多益單字

Chapter 1 | Chapter 2 | Chapter 3 | Chapter 4 | Chapter 5 | Chapter 6 | Chapter 7 | Chapter 8 | Chapter 9 | Chapter 10 | Chapter 11 | Chapter 12 | Chapter 13

❸ fright [fraɪt] ⓝ 驚嚇

(MP3) 12-30

fright一般作為名詞使用，表示**驚嚇、驚恐、吃驚**等。

片 stage fright 怯場

例 Camille gave me a fright when she patted me on my shoulder while I was watching a scary movie.
在我看恐怖片時，卡蜜兒拍了我的肩膀一下，**嚇了我一大跳**。

fright 相關字

❷ fear [fɪr] ⓥ ⓝ 恐懼、畏懼、憂懼
Freda was so terrified by the scene she passed out with fear, but fortunately she regained consciousness after twenty minutes.
弗萊達被這個場景嚇到**害怕的**昏倒，但所幸她在二十分鐘後就恢復了意識。
補 consciousness 意識

❸ dread [drɛd] ⓥ ⓝ ⓐ 擔心害怕
She looks at her score sheet with dread because she failed two subjects.
她**害怕的**看著她的成績單，因為她有兩科不及格。
補 fail 失敗、不及格

❶ afraid [ə`fred] ⓐ 害怕的
Horror movies are Edna's favorite movie genre and she's not afraid of gore.
恐怖片是艾德娜最喜歡的電影類型，而且她不**怕**血腥。
補 gore 血塊

❶ scared [`skɛrd] ⓐ 被嚇到
When the storm came, the puppy was so scared that it hid under the sofa.
當暴雨來臨時，小狗**害怕**地躲到沙發下。
補 puppy 小狗、幼犬

fright 衍生字

❷ horror [`hɔrə] ⓝ 恐怖、慘狀
❷ panic [`pænɪk] ⓥ ⓝ 恐慌、驚慌失措
❸ shiver [`ʃɪvə] ⓥ ⓝ 顫抖
❸ terrified [`tɛrə͵faɪd] ⓐ 嚇壞了

❷ calm [kɑm] v n a 鎮定、平靜的

calm可做動詞、名詞、形容詞使用。做動詞時表示**使鎮定、使平靜**；做名詞時表示**鎮定、平靜的狀態**；做形容詞時則表示**鎮定的、平靜的**。

🔹 calm down平靜下來

📖 Fanny was very surprised when she found out that she won the prize and could not calm herself down for thirty minutes.
芬妮在發現她得獎的時候非常驚喜，她有三十分鐘沒辦法冷靜下來。

calm 相關字

❹ overcome [ˌovəˈkʌm] v 克服

Paula can perform perfectly if only she can overcome her stage fright.
寶拉若是能克服她的怯場，她就能表演得很完美。
🔹 stage fright 怯場

❸ defeat [dɪˈfit] v 打敗

After winning ten years in a row, the team is defeated for the first time.
在連贏十年之後，這個隊伍第一次被打敗。
🔹 team 隊伍

❹ conquer [ˈkɑŋkə] v 征服

Try to conquer your fear and you shall succeed.
試著征服你的恐懼，你就能成功。
🔹 fear 害怕、恐懼

❷ beat [bit] v 打擊、擊敗 n 拍子、心跳

The bullies almost beat that man to death.
這些惡霸幾乎把這個男人給打死了。
🔹 bully 惡霸

calm 衍生字

❸ override [ˌovəˈraɪd] v 壓倒、推翻、覆蓋

❸ triumph [ˈtraɪəmf] n 勝利

❹ vanquish [ˈvæŋkwɪʃ] v 打敗、征服

❸ checkmate [ˈtʃɛkˈmet] v 將死（棋子）

❹ **precision** [prɪˋsɪʒən] ❶ 精確度 12-32

precision為不可數名詞，用來表示**精密度**和**精確度**。它也可以當作形容詞，用以表示**精確的**或**精密的**，如precision planting（精密栽種）；precision drilling（精密鑽孔）。

🔼 with precision精確地

📖 She can shoot an arrow with great precision, even from a distance.
她射箭的**準確度**非常高，就算距離很遠。

precision 相關字

❹ **accuracy** [ˋækjərəsɪ] ❶ 準確性
Ray can spell words with great accuracy at the age of four.
雷在四歲時就能準確地拼字。
🔼 spell 拼

❹ **imprecision** [ˏɪmprɪˋsɪʒən] ❶ 不精確
Everyone can be skillful and overcome imprecision with plenty of practice.
每個人只要勤於練習，都可以克服不精準而變得熟練。
🔼 plenty 充足、大量

❹ **fidelity** [fɪˋdɛlətɪ] ❶ 保真度、忠貞
He swore his fidelity to his girlfriend as he proposed to her.
他求婚時發誓會對他女友**忠貞**不二。
🔼 propose to 求婚

❷ **exact** [ɪgˋzækt] ❸ 確切的、無誤的
It's amazing how the magician can tell the exact number that you have in mind.
這個魔術師能説出你心裡想的**確切**數字真的很驚人。
🔼 magician 魔術師

precision 衍生字

❸ **precisely** [prɪˋsaɪslɪ] ⓐⓓ 精確地、恰恰好地
❸ **closeness** [ˋklosnɪs] ❶ 親密、密閉、相似度
❸ **skillful** [ˋskɪlfəl] ❸ 熟練的
❹ **proficient** [prəˋfɪʃənt] ❸ 精通的

Chapter 1 | Chapter 2 | Chapter 3 | Chapter 4 | Chapter 5 | Chapter 6 | Chapter 7 | Chapter 8 | Chapter 9 | Chapter 10 | Chapter 11 | Chapter 12 | Chapter 13

❷ fashion [`fæʃən] ⓝ ⓥ 風潮、時尚　　ⓂⓅ 12-33

fashion可做名詞或動詞使用，做名詞時可表示**風潮**、**時尚**、**方式**
等；做動詞時則可表示**修改**，或是**將某物做成某物**。

🔲 fashion show 時裝秀

📖 The fashion show is not open to the public, so you
can't go in without an invitation.

這個**時裝秀**是不對外公開的，所以若是沒有邀請函你就不能進去。

fashion 相關字

❹ vogue [vog] ⓝ 流行時尚

Robert has paid close attention to vogue so he always
dressed impeccably.

羅伯特一向都關心**流行時尚**，所以他的衣著都是無懈可擊的。
🔲 pay attention to 關心、注意

❹ chic [`ʃik] ⓐ 典雅別緻的

When dressing for a formal dinner, it's better to be
chic than flashy.

在為一個正式晚宴著裝時，最好選擇**別緻**而不是俗豔。
🔲 flashy 俗豔的

❷ pace [pes] ⓝ 步伐、速度 ⓥ 加快

Pace yourself correctly or you'll be exhausted before
closing to the goal.

調整好你的**步伐**，不然到達終點前你就累癱了。
🔲 goal 目的地、終點

❸ catwalk [`kæt͵wɔk] ⓝ 走秀

Doing the catwalk is not as easy as it seems, especially
in stilettos.

走秀沒有看起來的那麼容易，特別是在穿細跟高跟鞋的時候。
🔲 stilettos 細跟高跟鞋

fashion 衍生字

❸ runway [`rʌn͵we] ⓝ 伸展台

❷ lane [len] ⓝ 小路、通道、航線、車道

❸ platform [`plæt͵fɔrm] ⓝ 月台、平台

❸ pose [poz] ⓝ 姿勢 ⓥ 擺姿勢、搔首弄姿

Chapter 13

保健
Health

❸ diagnosis [ˌdaɪəgˋnosɪs] ⓝ 診斷 (MP3) 13-01

diagnosis是名詞。用來表示醫師的診斷、診斷結果或是診斷證明；也可用來表示判斷或判斷結果。它的複數型態是 diagnoses。

🔣 final diagnosis 最終診斷結果

📖 He was devastated by the doctor's last diagnosis; it's confirmed that he has only three months to live.

在醫生告訴他最後的診斷結果時他非常震驚，現在他確定只有三個月的壽命了。

diagnosis 相關字

❷ fever [ˋfivɚ] ⓝ 發燒

You can't let the fever keep going up; you have to find a way to cool it down somehow.

你不能讓發燒的溫度一直上升，你必須想辦法把溫度降下來。

🔣 go up 上升

❸ symptom [ˋsɪmptəm] ⓝ 症狀

One should consult a doctor immediately if he matches the symptoms on this list.

若是有人符合這個單子上的症狀，就得立刻去看醫生。

🔣 immediately 立刻

❸ analysis [əˋnæləsɪs] ⓝ 分析

The analysis of the examination shows that everything's normal.

檢查的分析結果顯示一切正常。

🔣 normal 正常的

❷ conclusion [kənˋkluʒən] ⓝ 結論

We can't jump to the conclusion without any supporting facts.

我們在沒有任何可支持的證據之下不能直接跳到結論。

🔣 fact 事實

diagnosis 衍生字

❸ **examination** [ɪgˌzæməˋneʃən] ⓝ 檢查、考試

❸ **scrutiny** [ˋskrutn̩ɪ] ⓝ 監督、仔細檢查

❸ **summary** [ˋsʌmərɪ] ⓝ 概要、總結

❸ **syndrome** [ˋsɪnˌdrom] ⓝ 症候群

非學不可的新多益單字

Chapter 1 | Chapter 2 | Chapter 3 | Chapter 4 | Chapter 5 | Chapter 6 | Chapter 7 | Chapter 8 | Chapter 9 | Chapter 10 | Chapter 11 | Chapter 12 | Chapter 13

❸ prescription

(MP3) 13-02

[prɪˋskrɪpʃən] **n** 處方箋、藥方

prescription是可數名詞。常用來表示**醫師處方箋、藥方、處方**等等。另外，有時也可表示**指示**或**規定**。

片 prescription medication 醫師處方藥

例 This is a prescription medication, so I'd need to see the prescription first.
這是一個處方藥，所以我得先看一下你的處方。

prescription 相關字

❸ **mixture** [ˋmɪkstʃə] **n** 混合物、藥劑
The purple paint is a mixture of the blue paint and the red.
這個紫色顏料是用藍色和紅色顏料混調出來的。
補 paint 顏料

❸ **remedy** [ˋrɛmədɪ] **n** 療法、藥劑、補救
The girl only goes to the hospital when her home remedy doesn't work.
這個女孩只有在家裡的藥物沒有效果的時候才會去醫院。

❶ **medicine** [ˋmɛdəsn] **n** 藥
So far the scientists haven't found a medicine to cure AIDS.
目前為止科學家還沒找到能治癒愛滋病的藥。
補 AIDS 愛滋病

❸ **antidote** [ˋæntɪˌdot] **n** 解藥
Carlie is desperate to get the antidote because she might die without it.
卡莉極度渴望拿到解藥，因為沒有的話她將可能喪命。
補 desperate 極度渴望的

prescription 衍生字

❷ **cure** [kjur] **v** 治癒 **n** 療癒、療法
❸ **panacea** [ˌpænəˋsɪə] **n** 靈丹妙藥
❸ **therapy** [ˋθɛrəpɪ] **n** 治療、療法
❸ **treatment** [ˋtritmənt] **n** 治療、療法、待遇

❸ syringe [`sɪrɪndʒ] ⓝ ⓥ 針筒

MP3 13-03

syringe可當名詞或動詞用。當名詞時表示**針筒**；當動詞時則表示**注射**。

同 hypodermic syringe 皮下注射器

例 The nurse put some liquid medication into the syringe and injected it into Mark's left arm.
護士放了一些藥水在針筒裡，然後打在馬克的左臂上。

syringe 相關字

❸ needle [`nidḷ] ⓝ 針

One should be careful with needles because it's dangerous if you step on it.
我們在使用針的時候要小心，因為踩到的話很危險。
補 dangerous 危險的

❹ intravenous drip (IV) [ˌɪntrə`vinəs`drɪp] ⓝ 靜脈注射

The baby cried when the nurse put the IV needle in his upper arm.
當護士把**靜脈注射**的針插入寶寶的上手臂時，他哭了。
補 upper 上面的

❸ insert [ɪn`sɝt] ⓥ 插入

Once you insert the coin, the machine will start moving.
一旦你**投入**硬幣，機器就會開始運作。
補 coin 硬幣

❸ penetrate [`pɛnəˌtret] ⓥ 刺穿、穿透

The wind keeps penetrating through his jacket and he's freezing to death.
風不斷地**穿進**他的外套裡，他快冷死了。
補 freeze 冷凍

syringe 衍生字

❸ entrance [`ɛntrəns] ⓝ 入口

❷ stab [stæb] ⓥ 刺入

❸ pierce [pɪrs] ⓥ 刺穿

❺ lumbar puncture [`lʌmbɚ`pʌŋktʃɚ] ⓝ 腰椎穿刺

非學不可的新多益單字

Chapter 1 | Chapter 2 | Chapter 3 | Chapter 4 | Chapter 5 | Chapter 6 | Chapter 7 | Chapter 8 | Chapter 9 | Chapter 10 | Chapter 11 | Chapter 12 | Chapter 13

1 comfort [ˈkʌmfɚt] v n 安慰 MP3 13-04

comfort可當動詞或名詞使用。在當動詞時常表示**安慰**；當名詞時常表示**舒適感、慰問、安慰**等，有時也可用來表示**棉被**。

🔁 comfort food 會令人開心的食物、comfort women 慰安婦

📝 When feeling down, sometimes a comforting pat on the shoulder will make people feel better.
在沮喪時，有時一個安慰的拍肩就會讓人覺得比較好過些。

comfort 相關字

3 wellness [ˈwɛlnɪs] n 健康
A person's wellness is their most precious wealth.
健康是一個人最大的財富。
🔁 wealth 財富

2 healthy [ˈhɛlθɪ] a 健康的
The baby is very healthy and has a great appetite.
這個寶寶很健康，而且胃口很好。
🔁 appetite 胃口

3 soundness [ˈsaundnɪs] n 完好、健全
This horrific movie may destroy the soundness of children's mind.
這部可怕的電影可能會破壞小孩的心智健全。
🔁 horrific 可怕的

3 strength [strɛŋθ] n 實力、力量、優勢
Sometimes I'm afraid that I don't have enough strength to face the difficulties in life alone.
有時候，我怕自己沒有足夠的力量獨自面對生命中的困難。
🔁 alone 單獨

comfort 衍生字

3 well-being [ˈwɛlˈbiɪŋ] n 健康、福祉
3 disease [dɪˈziz] n 疾病
3 sickness [ˈsɪknɪs] n 噁心嘔吐、疾病
3 illness [ˈɪlnɪs] n 疾病

433

❸ **exposure** [ɪk`spoʒɚ] n 暴露　🎧 13-05

exposure為名詞，常用來表示暴露、曝曬，也會表示照相時的曝光，另外可用來表示使什麼事情曝光。

🅷 exposure route 暴露途徑

🅔 Exposure to nuclear waste can be really dangerous because of the radiation.
因為輻射的關係，暴露在核廢料之下可能是很危檢的。

exposure 相關字

❺ quarantine [`kwɔrən͵tin] n 檢疫

If you want to take your pet abroad, it will have to go through several quarantine procedures.
如果你想要帶寵物出國的話，牠必須要經過很多**檢疫**程序。
🈶 procedure 程序、手續

❹ isolation [͵aɪsl`eʃən] n 隔離

They put Tommy in an isolation ward so that it's less likely for others to be infected, too.
他們把湯米送到**隔離**病房，這樣別人才比較不會也被傳染。
🈶 isolation ward 隔離病房

❸ expose [ɪk`spoz] v 曝露、曝光

Being exposed to gamma radiation might be the cause of his cancer.
暴露在伽瑪輻射下可能是造成他得到癌症的原因。
🈶 cancer 癌症

❸ isolate [`aɪsl͵et] v 隔離

The island is isolated by the ocean that surrounds it.
這個小島被圍繞它的海洋隔開。
🈶 surround 圍繞

exposure 衍生字

❸ disconnect [͵dɪskə`nɛkt] v 斷開

❸ endanger [ɪn`dendʒɚ] v 危及、危害

❹ acute [ə`kjut] a 急性的

❸ chronic [`krɑnɪk] a 慢性的

3 **vital** [`vaɪt!] n a 生命力、重要的 (MP3) 13-06

vital可當名詞或形容詞，它的概念是與**維持生命**密切相關的。所以在當名詞使用時會表示**要害**或是人體的**重要器官**。在當形容詞時，則表示**生命的、重要的、攸關生死的、或是充滿生氣的**。

片 vital signs 生命跡象

例 The nurses come and check his vital signs every hour.
護士們每小時就會來檢查一下他的生命跡象。

vital 相關字

3 vitality [vaɪ`tælətɪ] n 生命力
Having been locked away for days, her vitality is weak.
因為被關了很多天，她很沒有生命力。
補 weak 虛弱的

4 cardinal [`kɑrdnəl] a 重要的
Every move we make is cardinal, now that we're the top four of the game.
現在我們是比賽中的前四強，我們走的每一步都很重要。

3 critical [`krɪtɪk!] a 關鍵的、批判性的、愛批評的
This is the critical moment in this experiment, so please do not disturb.
這是這個實驗關鍵的時刻，所以請不要打擾。
補 disturb 打擾

3 crucial [`kruʃəl] a 關鍵性的、決定性的
Your will power is crucial to whether you will succeed or not.
你的意志力對你是否能成功是具關鍵性的。
補 will power 意志力

vital 衍生字

3 life-or-death a 生死關攸的
2 lifetime [`laɪf͵taɪm] a 一生的 n 一生
2 significant [sɪg`nɪfəkənt] a 重大的、有意義的
3 indispensable [͵ɪndɪs`pɛnsəb!] a 必需的

❸ fatal [`fetl] ⓐ 致命的

MP3 13-07

fatal是形容詞，通常用來表示致命的、具毀滅性的，或是決定命運的。

片 fatal mistake 致命的錯誤

例 Sonia made a fatal mistake when she poured water into the sulfuric acid and not the other way around.

桑妮婭犯了一個致命的錯誤，她把水倒進硫酸裡而不是反過來。

fatal 相關字

❷ deadly [`dɛdlɪ] ⓐ 致命的、如死一般的

The deadly disease makes people very sick, and soon many are dying from it.

這個致命的疾病讓人們病得很重，而很快地很多人都因此而病死了。

補 die from 因…而死

❸ lethal [`liθəl] ⓐ 致命的、毀滅性的

With one lethal blow on the head, the villain is dead, and justice is restored to the world.

罪犯在頭上被致命一擊之後死了，正義就回到這個世界上。

補 justice 正義、restore 恢復

❹ ruinous [`ruɪnəs] ⓐ 毀滅性的

The ruinous earthquake is disastrous and many people lost their families and houses.

這次毀滅性的地震是災難性的，許多人失去了他們的家庭和房子。

❺ incurable [ɪn`kjurəbl] ⓐ 不可救藥的

Diabetes is a common chronic disease and is also incurable.

糖尿病是一個常見的慢性病，而且也是無法被治癒的。

補 diabetes 糖尿病

fatal 衍生字

❸ mortal [`mɔrtl] ⓐ 凡人的、會死亡的 ⓝ 凡人

❸ deathly [`dɛθlɪ] ⓐ 如死一般的、致死的

❸ destructive [dɪ`strʌktɪv] ⓐ 毀滅性的

❸ disastrous [dɪz`æstrəs] ⓐ 災難性的

❹ vitamin [ˋvaɪtəmɪn] ⓝ 維生素 📀 13-08

vitamin是可數名詞，用來表示**維生素**（維他命）。在表示多種維生素時，會以複數型態vitamins出現。

🅟 vitamin C 維他命C

💬 Vitamins are crucial to our health, so we should always make sure that we have enough.
維生素對我們的健康來說是非常的重要，所以我們永遠都要確定有攝取足夠的量。

vitamin 相關字

❸ fiber [ˋfaɪbɚ] ⓝ 纖維
The more fiber you have in your diet, the less likely you will have constipation.
你的飲食中含有愈多的**纖維質**，你就愈不會便祕。
🈶 constipation 便祕

❸ food [fud] ⓝ 食品
The lack of calcium in your daily food intake may result in muscle cramps.
每日攝取**食物**中缺乏鈣可能會導致肌肉痙攣。
🈶 cramp 抽筋

❹ supplement [ˋsʌpləmənt] ⓝ 補充、營養補充品
Kelly's nutritionist recommended her several supplements to make her healthier.
凱莉的營養師推薦給她一些**營養補充品**來讓她更健康。
🈶 recommend 推薦

❸ mineral [ˋmɪnərəl] ⓝ 礦物、礦物質 ⓐ 礦物的
She bought a bottle of mineral water because she was parched.
她買了一瓶**礦泉**水，因為她快渴死了。
🈶 parched 渴的

vitamin 衍生字

❸ calcium [ˋkælsɪəm] ⓝ 鈣

❸ fish oil [ˋfɪʃˌɔɪl] ⓝⓟ 魚油

❸ nutrition [njuˋtrɪʃən] ⓝ 營養

❸ nutritionist [njuˋtrɪʃənɪst] ⓝ 營養師

4 fatigue [fə`tig] v n 使…疲勞、疲乏 MP3 13-09

fatigue可做動詞或名詞使用，當動詞時表示**使…疲勞、疲乏**；當名詞時則表示**疲勞**（不可數）或是**會讓人感到疲勞的工作**（可數）。另外，若以複數型態fatigues出現時，則可用來表示**軍事的工作服**。

片 Chronic Fatigue Syndrome 慢性疲勞症候群

例 Fatigue overcame her after studying for eighteen hours straight.

在連續念了十八小時的書之後疲勞就戰勝她了。

fatigue 相關字

3 weary [`wɪrɪ] a 疲倦的、厭倦的 v 厭煩、厭倦

Lacking sleep many days in a roll makes her look weary.

連續很多天缺乏睡眠之後，她看起來很疲倦。

補 lack 缺乏

2 yawn [jɔn] v 打哈欠

Sometimes yawning brings tears to your eyes.

有時候打呵欠會讓你流眼淚。

補 tear 眼淚

3 drowsy [`draʊzɪ] a 昏昏欲睡的

Tina always feels drowsy during Professor Grey's class.

蒂娜在上格雷教授的課時總覺得昏昏欲睡。

3 tired [taɪrd] a 累的

He was tired from dealing with his illness and started showing signs of unwillingness to live.

對付他的疾病讓他很累，所以他開始有不想活下去的跡象。

補 unwillingness 不情願

fatigue 衍生字

3 exhaustion [ɪg`zɔstʃən] n 精疲力盡

3 collapse [kə`læps] v n 倒塌、崩潰、累倒

2 faint [fent] v 昏倒 a 幽暗的

3 feeble [`fibl̩] a 虛弱的、軟弱的

❹ famine [`fæmɪn] ⓝ 飢荒　　　　　ⓂⓅ❸ 13-10

famine是名詞。常用來表示飢荒、飢餓，有時也會用來表示別的荒，像是水荒（water famine）。

🔒 feast-or-famine 不是很好就是很糟（不是大餐就是飢荒）

🔤 The famine took place because of the drought.
乾旱造成了這次的飢荒。

famine 相關字

❶ hungry [`hʌŋgrɪ] ⓐ 餓的
Toby's always hungry after swimming.
托比在游完泳後總是覺得餓。
🔖 swim 游泳

❷ hunger [`hʌŋgɚ] ⓝ 飢餓
You should take a bottle of water and a pack of chocolate so that you won't be dehydrated or faint with hunger after walking for so long.
你該帶一瓶水和一包巧克力，這樣你才不會因為走路走很久而脫水或餓昏。
🔖 bottle 瓶子

❸ craving [`krevɪŋ] ⓝ 渴望
I have a craving for coffee every morning.
每天早上我都很渴望喝咖啡。

❸ starving [`starvɪŋ] ⓐ 挨餓的
There are many people starving every day, while some people still waste food.
有很多人每天都在挨餓，但有些人仍會浪費食物。
🔖 waste 浪費

famine 衍生字

❸ starvation [star`veʃən] ⓝ 挨餓

❸ thirst [θɝst] ⓥ ⓝ 口渴、渴望

❸ parch [partʃ] ⓥ 使乾枯、烘乾、烤乾

❹ dehydrated [di`haɪˌdretɪd] ⓐ 脫水的

❸ sickness

[`sɪknɪs] n 噁心、嘔吐、生病

sickness通常為不可數名詞，表示**生病的狀態**或是**感到噁心、嘔吐**。若是表示（不同的）疾病時，則為可數。

片 morning sickness 孕吐

例 Wendy thinks that she's pregnant because she starts to have morning sickness.

溫蒂覺得她懷孕了，因為她開始出現**孕吐**的現象。

sickness 相關字

❸ suffering [`sʌfərɪŋ] n 痛苦、苦難 a 痛苦的

They tortured her when she was held hostage, and she hoped that someone could end her suffering.

在她被當成人質時他們對她處以酷刑，而她希望有人能結束她的**痛苦**。

補 hostage 人質

❸ fade [fed] v 枯萎、凋零、褪色

The sickness is so powerful that you can see her fading day by day.

這個疾病很強大，你可以看到她一天一天地**虛弱**。

❸ plague [pleg] v n 瘟疫

There's no doubt that tsunamis and plagues are great calamities to humanity.

毫無疑問的，海嘯和**瘟疫**對人類是個大災難。

補 tsunami 海嘯

❶ pain [pen] n 疼痛

You can tell he's in pain by the way his eyebrows are pushed together.

你可以從他擠在一起的眉毛看出來他很**痛**。

補 eyebrow 眉毛

sickness 衍生字

❸ anguish [`æŋgwɪʃ] v n 極度的痛苦

❹ calamity [kə`læmətɪ] n 災難

❸ disorder [dɪs`ɔrdə] v n 混亂、失調（身心上的障礙）

❸ misery [`mɪzərɪ] n 苦難

❸ **psycho** [`saɪko] **n a** 精神病的　　🎵 13-12

psycho可當名詞或形容詞。當名詞時常用來表示**精神病患**或**精神心理分析**；當形容詞時則表示**精神病的**。

🔑 psycho killer 變態殺人魔

💬 The psycho killer repeatedly drowns and revives his victims until they can no longer be revived.
這個**變態殺人魔**重覆地去淹溺一個人再把他救醒，直到他們沒辦法被救醒為止。

psycho 相關字

❸ **insane** [ɪn`sen] **a** 瘋的

She went insane upon hearing her baby's death, and she still doesn't believe that it's gone forever.
在聽到她寶寶的死訊時她就**瘋掉**了，而她現在仍不能相信他永遠離開了她。
🔑 forever 永遠

❸ **crazed** [krezd] **a** 瘋狂的

The crazed scientist made a lot of crazy inventions that turn out to be very useful.
這個**瘋狂**科學家做了很多後來被發現很有用的瘋狂發明。
🔑 invention 發明

❶ **crazy** [`krezɪ] **a** 瘋狂的

They call her crazy every time she says something, so eventually she stops talking completely.
每次她說什麼他們都笑她**瘋癲**，所以後來她就完全不說話了。

❸ **psychotic** [saɪ`kɑtɪk] **a** 精神病的 **n** 精神病患

I hope that I won't turn psychotic due to the ever increasing stress.
我希望我不會被一直不斷增加的壓力逼**瘋**。
🔑 stress 壓力

psycho 衍生字

❹ **hysteric** [hɪs`tɛrɪk] **a** 歇斯底里的

❸ **lunatic** [`lunə‚tɪk] **n** 瘋子 **a** 瘋的

❸ **maniac** [`menɪ‚æk] **n** 瘋子 **a** 瘋狂的

❸ **silly** [`sɪlɪ] **a** 愚蠢的、瘋瘋的

❸ contagious

 MP3 13-13

[kən`tedʒəs] ⓐ 傳染性的

contagious是形容詞。用來表示**具傳染性的、具威染性的**或是**帶原的**。另外，contagious與infectious的差別在於contagious是經由接觸傳染；infectious則是經由空氣或水等途徑來散播。

ⓗ contagious disease 具傳染性的疾病

ⓔ AIDS is a contagious disease, not an infectious one.
愛滋病是經由接觸傳染的疾病，不是經由空氣或水。

contagious 相關字

❹ epidemic [ˌɛpɪ`dɛmɪk] ⓝ 傳染病

SARS is a very infectious epidemic, so we'd better wear masks at all times.
SARS 是非常容易傳染的**傳染病**，所以我們應該隨時戴著口罩。

❸ bacteria [bæk`tɪrɪə] ⓝ 細菌（單數為bacterium）

You should treat the wound well so that you can keep away from bacteria.
你要小心處理你的傷口，這樣才不會有**細菌**。
ⓣ wound 傷口

❸ venom [`vɛnəm] ⓝ 毒液

They took some venom from the snake so that they can make antitoxic serum out of it.
他們從那條蛇身上取了一些**毒液**以製造抗毒血清。
ⓣ antitoxic serum 抗毒血清

❷ germ [dʒɝm] ⓝ 病菌、微生物

The doctors can't come up with a treatment because they still can't identify the germ.
醫生們沒辦法想到治療方法，因為他們還沒辦法辨識這個**微生物**。
ⓣ treatment 治療方法

contagious 衍生字

❸ infectious [ɪn`fɛkʃəs] ⓐ 會傳染的

❸ contagion [kən`tedʒən] ⓝ 傳染原、感染

❸ infection [ɪn`fɛkʃən] ⓝ 感染

❸ virus [`vaɪrəs] ⓝ 病毒

非學不可的新多益單字

Chapter 1 | Chapter 2 | Chapter 3 | Chapter 4 | Chapter 5 | Chapter 6 | Chapter 7 | Chapter 8 | Chapter 9 | Chapter 10 | Chapter 11 | Chapter 12 | Chapter 13

3 dental [ˋdɛntl̩] **ⓐ ⓝ** 牙齒的　　　　　**MP3** 13-14

dental通常是形容詞，有時會當名詞用。它通常是用來表示**牙齒的、牙科的**。在語音學上也會用來表示**齒音的**（發音時會用到牙齒的音）或是**齒音**（名詞）。

H dental floss 牙線

例 The dentists suggest that we should use dental floss after every meal.
牙醫建議我們在每餐飯後使用牙線。

---

dental 相關字

2 teeth [tiθ] **ⓝ** 牙齒（單數為tooth）

The secret to pearl white teeth is brushing them five times a day.
擁有如珍珠般潔白**牙齒**的祕密就是一天刷五次牙。
補 pearl 珍珠

3 toothache [ˋtuθˌek] **ⓝ** 牙痛

He went to the dentist for his toothache and the dentist said he had tooth decay.
他**牙痛**去看牙醫，然後牙醫說他蛀牙了。

2 dentist [ˋdɛntɪst] **ⓝ** 牙醫

The dentist gave Tom some sedatives before he went on to perform a root canal.
牙醫在幫湯姆做根管治療前先給了他一點麻藥。
補 sedative 鎮靜劑

4 tooth decay [ˋtuθdɪˋke] **ⓝ** 蛀牙

To keep your teeth from getting tooth decay, you need to brush the gums and not just the teeth.
要使你的牙齒遠離**蛀牙**，你得連牙齦一起刷而不是只刷牙齒。
補 brush 刷

---

dental 衍生字

3 gums [gʌmz] **ⓝ** 牙齦
3 root canal [rutkəˋnæl] **ⓝ** 根管、根管治療（俗稱抽神經）
3 sedative [ˋsɛdətɪv] **ⓝ** 鎮靜劑
4 antibiotics [ˌæntɪbaɪˋɑtɪks] **ⓝ** 抗生素

❹ narcosis [nɑr`kosɪs] ⓝ 麻醉　　MP3 13-15

narcosis是名詞，用來表示麻醉、麻醉效果、或是麻醉後昏迷的狀態。

🔡 nitrogen narcosis 氮醉（常見的潛水疾病，為氮氣中毒的昏迷現象）

例 Nitrogen narcosis can be really dangerous to a diver, so Kenny is extra cautious about it.
氮麻醉對於一個潛水者來說是很危險的，所以肯尼對此格外地小心。

narcosis 相關字

❸ becalm [bɪ`kɑm] ⓥ 使冷靜

Classical music is one of the few things that can becalm the crying baby.
古典音樂是少數能**使**那寶寶**冷靜**的東西。
補 classical 古典的

❸ soothing [`suðɪŋ] ⓐ 撫慰的

The soft music and the sound of the ocean are so soothing I fall asleep.
輕柔的音樂和海洋的聲音太**有撫慰性**了，所以我就睡著了。

❸ relieve [rɪ`liv] ⓥ 緩解、放心

They use local anesthesia to relieve the patient of pain when pulling out a tooth.
他們在拔牙的時候用局部麻醉**舒緩**病患的疼痛。
補 local anesthesia 局部麻醉

❸ tranquilize [`træŋkwɪˌlaɪz] ⓥ 使鎮定

The doctor tranquilized her with sleeping pills and it put her in deep stupor.
醫生用安眠藥讓她**鎮定**而使她深深昏迷。
補 pill 藥丸

narcosis 衍生字

❹ alleviate [ə`livɪˌet] ⓥ 緩和、減輕

❸ stupor [`stjupɚ] ⓝ 麻木、恍惚

❸ trance [træns] ⓝ 恍惚、催眠狀態、發呆

❸ anesthesia [ˌænəs`θiʒə] ⓝ 麻醉

444

③ clinic [`klɪnɪk] ⓝ 門診、診所 MP3 13-16

clinic為名詞。通常用來表示診所、門診；有時會指醫師會診或臨床講授、臨床教育訓練課程。

🔁 volunteer clinic 義診

例 When I catch a cold, I usually go to the clinic instead of hospital.
當我感冒時，我通常是去診所而不是醫院。

clinic 相關字

③ ward [wɔrd] ⓝ 病房

His friends go to his ward for a surprise visit, but he is already discharged.
他的朋友們到他的病房來給他一個驚喜的拜訪，但他已經出院了。
🔁 discharged 離開、釋放

④ dispensary [dɪ`spɛnsərɪ] ⓝ 診療室、藥房

This dispensary's physician formula shampoo makes my hair super smooth.
這間藥房的醫師配方洗髮精讓我的頭髮超級柔順。
🔁 physician formula 藥師配方

③ hospital [`hɑspɪt!] ⓝ 醫院

When I was young, I was afraid of going to the hospitals and receiving a shot.
我小的時候很害怕去醫院和打針。

③ asylum [ə`saɪləm] ⓝ 精神病院

Mary was sent to an asylum but she wasn't crazy at the time.
瑪莉被送進了精神病院，但她當時並沒有瘋。
🔁 at the time 當時

clinic 衍生字

⑤ inoculate [ɪn`ɑkjə͵let] ⓥ 預防接種

④ midwifery [`mɪd͵waɪfərɪ] ⓝ 接生

③ syrup [`sɪrəp] ⓝ 糖漿、糖漿式的藥水

③ formula [`fɔrmjələ] ⓝ 配方

③ pharmacy [`fɑrməsɪ] ⓝ 藥房　(MP3) 13-17

pharmacy是名詞，通常表示**藥房**，有時也會用來表示**製藥業**和**配藥學**。

📖 nuclear pharmacy 核藥學

例 There are all kinds of medicines in the pharmacy.
藥房裡面什麼藥都有。

pharmacy 相關字

③ chemist [`kɛmɪst] ⓝ 藥房、藥劑師

The chemist gave her some pills for her headache.
藥劑師給了她一些藥丸來治她的頭痛。
補 headache 頭痛

③ drug store [`drʌgstor] ⓐⓝ 藥房

Some of the drug store makeup is actually of quite good quality.
有些藥妝店的開架彩妝的品質其實蠻好的。
補 drug store makeup 開架彩妝

④ pharmacist [`fɑrməsɪst] ⓝ 藥劑師

I wasn't sure what to do with my wound so I asked the pharmacist for suggestion.
我不知道該如何處理我的傷口，所以我請**藥劑師**給我建議。
補 suggestion 建議

③ healer [`hilə] ⓝ 醫治者

The villagers told me that the witch doctor is the only healer here.
村民們告訴我巫師是這裡唯一的*治療者*。
補 villager 村民

pharmacy 衍生字

④ apothecary [ə`pɑθə͵kɛrɪ] ⓝ 藥劑師

③ physician [fɪ`zɪʃən] ⓝ 醫生

③ caregiver [`kɛr͵gɪvə] ⓝ 護理人員

⑤ pharmacology [͵fɑrmə`kɑlədʒɪ] ⓝ 藥理學

❸ **surgery** [ˋsɝdʒərɪ] ⓝ 手術

(MP3) 13-18

surgery是名詞，可用來表示**手術**或是**外科**，此時為不可數名詞；
另外也可用來表示**手術室**，此時為可數名詞。

🅗 plastic surgery 整型

🔵 She got a plastic surgery because she didn't like her nose.
她不喜歡她的鼻子，所以她去**整型**了。

surgery 相關字

❸ **surgeon** [ˋsɝdʒən] ⓝ 外科醫生
The surgeon is famous for his excellent job on breast implants.
這個**外科醫生**因他精湛的豐胸手術而聞名。
🈴 implant 植入

❸ **surgical** [ˋsɝdʒɪkl̩] ⓐ 外科的、手術的
The doctor stitched up the surgical wound and told Jack to keep it from water.
醫生縫好了**手術**的傷口後，告訴傑克不要讓它碰到水。
🈴 stitch up 縫合

❸ **operation** [ˏɑpəˋreʃən] ⓝ 行動、手術
The operation failed and Eddy went into a coma.
手術失敗了而艾迪陷入昏迷。
🈴 coma 昏迷

❹ **resection** [rɪˋsɛkʃən] ⓝ 切除
Tim underwent partial liver resection last year because of liver cancer.
提姆去年因為肝癌接受了部分的肝**切除**手術。
🈴 liver 肝

surgery 衍生字

❶ **treatment** [ˋtritmənt] ⓝ 治療
❸ **healing** [ˋhilɪŋ] ⓝ 癒合
❸ **regimen** [ˋrɛdʒəˏmɛn] ⓝ 食物療法
❸ **stitch** [stɪtʃ] ⓥ ⓝ 縫

① diet [ˋdaɪət] n v 節食

 MP3 13-19

diet可以是動詞或名詞。當動詞使用時可表示節食或是只吃特定的食物。當名詞時可表示食物，或是只能（或不能）吃特定食品的飲食。

片 diet coke 健怡可樂、go on a diet（實行）節食減肥

例 I never liked the taste of a diet coke.
我從來就不喜歡健怡可樂的味道。

diet 相關字

③ calorie [ˋkælərɪ] n 卡路里

Exercising will help burn calories so it's a good way to lose weight.
運動會幫助燃燒卡路里，所以是減重的好方法。
補 exercise 運動

② weight [wet] n 重量

She's put in a lot of effort to achieve some weight loss and she will not let them come back to her again.
她做了很多的努力來減了一些重量，所以她不會再讓它們回到她身上了。
補 effort 努力

③ nourishment [ˋnɝɪʃmənt] n 營養

The lack of nourishment makes the children in Africa look so skinny, which is really heartbreaking.
營養不良讓非洲的小孩看起來瘦極了，真是讓人心疼。
補 skinny 瘦的

① feed [fid] v 餵

We feed the stray cat that comes to our window every morning; it's almost our pet now.
我們每天早上都會餵那隻來我們窗前的流浪貓，牠幾乎可以算是我們的寵物了。
補 stray 流浪的

diet 衍生字

③ well-fed [ˋwɛlˋfɛd] a 營養充足的

③ underfed [ˌʌndɚˋfɛd] a 營養不足的

③ indulge [ɪnˋdʌldʒ] v 放縱（地吃喝）、滿足欲望

③ gorge [gɔrdʒ] v n 狼吞虎嚥地吃

8 **sanitary** [ˈsænəˌtɛrɪ] **ⓐ** 衛生的　　(MP3) 13-20

sanitary是形容詞，用來表示衛生的、乾淨的、不會使人生病的。

片 sanitary wipe 溼紙巾

例 Keeping a pack of sanitary wipes in the bag can be very useful, because you never know when your hands will get dirty.

包包裡放一包衛生紙巾是很有用的，因為你永遠都不知道你什麼時候會弄髒手。

sanitary 相關字

8 sanitize [ˈsænəˌtaɪz] **ⓥ** 消毒、作衛生處理

Sanitizing the equipment before every use is crucial because it'll keep away infections.

每次使用這些器具前要先消毒是很重要的，因為這樣才能避免感染。

補 equipment 器具

5 antisepticise [ˌæntɪˈsɛptəˌsaɪz] **ⓥ** 殺菌

The water here is undrinkable unless it's antisepticised.

這裡的水在未殺菌之前是不能喝的。

補 undrinkable 無法飲用的

3 clean [klin] **ⓐ ⓝ** 乾淨、整潔　**ⓥ** 使乾淨、使整潔

Ray's mother makes him clean his room at least ten times a week but it's still a mess.

雷的媽媽一星期至少強迫他打掃房間十次，但它仍舊是一團糟。

補 mess 亂

4 disinfect [ˌdɪsɪnˈfɛkt] **ⓥ** 消毒、殺菌

They disinfected the entire area after removing the corpse.

他們在移走屍體後對那整塊區域進行消毒。

補 corpse 屍體

sanitary 衍生字

4 sterilize [ˈstɛrəˌlaɪz] **ⓥ** 消毒、作無菌處理

5 asepticize [əˈsɛptɪˌsaɪz] **ⓥ** 消毒、作無菌處理

4 decontaminate [ˌdikənˈtæməˌnet] **ⓥ** 淨化

3 purify [ˈpjʊrəˌfaɪ] **ⓥ** 淨化、純化

❸ poisoning [`pɔɪznɪŋ] ⓝ 中毒　🎧 13-21

poisoning是名詞，用來表示病理學上因毒物或有毒物質而引發的狀態，也就是**中毒**。

🈁 blood poisoning 敗血症、food poisoning 食物中毒

📖 Food poisoning can be very serious so one should be careful with the things they eat.

食物**中毒**可能會很嚴重，所以我們得小心吃下去的食物。

poisoning 相關字

❸ contaminate [kən`tæmə,net] ⓥ 污染

The water is undrinkable because it's contaminated by germs.

這個水是不能喝的，因為它被病菌**污染**了。

❸ pollute [pə`lut] ⓥ 污染

The air in the industrial area is highly polluted.

工業區裡的空氣受到高度**汙染**。

補 industrial 工業的

❸ deprave [dɪ`prev] ⓥ 使惡化

His injury depraved when it got infected by bacteria.

他的傷口因受到細菌感染**惡化**了。

補 bacteria 細菌

❸ corrupt [kə`rʌpt] ⓥ 腐化

The government official is corrupted and was seen accepting bribe.

這名政府官員是**腐敗的**，他被看到收取賄賂。

補 bribe 賄賂

poisoning 衍生字

❸ harm [hɑrm] ⓥ ⓝ 傷害

❸ pus [pʌs] ⓝ 膿

❹ fester [`fɛstə] ⓥ 化膿、潰爛 ⓝ 膿瘡

❹ parasite [`pærə,saɪt] ⓝ 寄生蟲、寄生生物

3 volunteer [ˌvɑlən`tɪr] n v a 自願 (MP3) 13-22

volunteer可當名詞、動詞和形容詞。當名詞時表示**自願的人、志工、義工、志願兵**，或是**自生植物**。當動詞時則表示**自願去做**。當形容詞時表示**自願的**。

H volunteer for 自願做…

例 Teresa volunteers to be the class leader for this semester.
泰瑞莎**自願**當本學期的班長。

volunteer 相關字

2 offer [`ɔfɚ] v n 提供、提議、貢獻

The government makes a generous offer on buying the land from the old lady, but she wouldn't take it no matter what.
政府**提供**了優沃的條件要跟老太太買土地，但她不願意接受。
補 generous 大方的

3 donor [`donɚ] n 捐贈者

The identity of the organ donors is classified information.
器官**捐贈者**的身份是機密資料。
補 organ 器官

1 blood [blʌd] n 血

He has been a regular blood donor since he is fifteen.
他從十五歲開始就定期去捐**血**。
補 regular 有規律的

3 liver [`lɪvɚ] n 肝

I heard that goose liver tastes fantastic but I've never tried it before.
我聽說鵝**肝**超好吃的，但是我還沒有試過。

volunteer 衍生字

3 help [hɛlp] v n 幫助
3 organ [`ɔrgən] n 器官
3 transplant [træns`plænt] v 移植
3 kidney [`kɪdnɪ] n 腎臟

❸ reaction [rɪˋækʃən] ⋒ 反應

reaction是名詞，可用來表示生理上的影響或反應、對某事的反應、倒退，或是政治的反動。

片 allergic reaction 過敏反應

例 The chemical should be tested on the arms first to ensure that it won't cause an allergic reaction

這個化學藥物要先在手臂上做測試，以確保它不會造成過敏反應。

reaction 相關字

❸ allergy [ˋælədʒɪ] ⋒ 過敏

Eunice can't eat seafood because she has food allergies.

尤妮絲不能吃海鮮，因為她有食物**過敏**。

補 seafood 海鮮

❸ allergen [ˋælədʒɛn] ⋒ 過敏原

Pollen is one of the major allergens and people who are allergic to it may sneeze non-stop when they're around flowers.

花粉是主要**過敏原**之一，對它過敏的人在靠近花的時候可能會不停地打噴嚏。

補 sneeze 打噴嚏

❸ gag reflex [gægˋriflɛks] ⋒ 嘔吐反射

His gag reflex was triggered when he shoved his fingers down the throat.

他的**嘔吐反射**因為把手指放到喉嚨的關係而起了反應。

補 throat 喉嚨

❸ reflex [ˋriflɛks] ⋒ 反射

The doctor slightly knocked on Xavier's knees to check his reflex.

醫生輕敲了賽維爾的膝蓋來檢查他的**反射**。

補 slightly 輕微的

reaction 衍生字

❸ **knee-jerk** [nidʒɚk] ⋒ 膝反射

❸ **rash** [ræʃ] ⋒ 皮疹、疹子

❺ **hypersensitivity** [͵haɪpɚ͵sɛnsəˋtɪvɪtɪ] ⋒ 過敏症

❷ **pollen** [ˋpɑlən] ⋒ 花粉

非學不可的新多益單字

Chapter 1 | Chapter 2 | Chapter 3 | Chapter 4 | Chapter 5 | Chapter 6 | Chapter 7 | Chapter 8 | Chapter 9 | Chapter 10 | Chapter 11 | Chapter 12 | Chapter 13

⑤ pneumonia [nju`monjə] ⓝ 肺炎 (MP3) 13-24

pneumonia是病理學名詞，表示**肺炎**，是肺部的急性疾病，常會導致咳血或呼吸困難，也可稱做 lobar pneumonia（大葉性肺炎）。

田 atypical pneumonia 非典型肺炎

例 Pneumonia can cause a fever and sever coughing, and sometimes the difficulty to breathe.
肺炎可能會導致發燒和劇烈地咳嗽，有時也會呼吸困難。

pneumonia 相關字

③ gasp [gæsp] ⓥ ⓝ 喘氣、倒抽一口氣
Naomi gasps and screams whenever she sees a cockroach.
奈歐蜜每次看到蟑螂都會**倒抽一口氣**加尖叫。
補 cockroach 蟑螂

⑤ pulmonary edema [`pʌlmə،nɛrɪ`dimə] ⓝ 肺水腫
Those who have pulmonary edema may not have much time to live.
有**肺水腫**的人可能沒有很多時間可活了。

⑤ tuberculosis [tju،bɜkjə`losɪs] ⓝ 肺結核
Tuberculosis used to be a deadly disease before scientists found a cure.
在科學家發現治療方法之前，**肺結核**是會致命的。
補 cure 治療方法、解藥

③ hoarse [hors] ⓐ 嘶啞的
Frank's voice is hoarse after partying last night.
在昨夜去派對狂歡後，法蘭克的聲音就沙**啞**了。
補 party 派對狂歡

pneumonia 衍生字

③ tube [tjub] ⓝ 管子
② cough [kɔf] ⓥ ⓝ 咳嗽
① throat [θrot] ⓝ 喉嚨
③ phlegmy [`flɛmɪ] ⓐ 有痰的

4 influenza [ˌɪnfluˋɛnzə] n 流行性感冒 MP3 13-25

influenza是病理學名詞，是指流行性感冒。其特徵是傳播迅速、病毒變種很快，且常會引起支氣管炎等呼吸道症狀。

同 seasonal influenza 季節性流感

例 The reporter reminds us to be extra-cautious of the upcoming seasonal influenza.
記者提醒大家要格外小心即將到來的季節性流感。

influenza 相關字

4 inflammation [ˌɪnfləˋmeʃən] n 發炎

Usually inflammation comes with swelling and heat.
通常發炎會伴隨著腫脹和發熱。
補 come with 伴隨

4 diarrhea [ˌdaɪəˋriə] n 腹瀉

May is recovering from a cold and diarrhea so she's a little weak.
梅還在從感冒和腹瀉中恢復，所以她還有一點虛弱。
補 recover from 從…復原

3 swelling [ˋswɛlɪŋ] n 腫脹

He had some swellings on his arms from the mosquito bites.
他手上有些被蚊子叮咬的腫脹。
補 mosquito 蚊子

3 irritation [ˌɪrəˋteʃən] n 刺激、不適

When the sand got blown into the eyes, it'll cause irritation.
沙子被風吹進眼睛的時候會造成不適。
補 cause 造成

influenza 衍生字

3 headache [ˋhɛdˌek] n 頭痛

3 flu [flu] n 流感

3 cold [kold] n 冷、感冒 a 冷的

3 sneeze [sniz] v n 打噴嚏

非學不可的新多益單字

Chapter 1 | Chapter 2 | Chapter 3 | Chapter 4 | Chapter 5 | Chapter 6 | Chapter 7 | Chapter 8 | Chapter 9 | Chapter 10 | Chapter 11 | Chapter 12 | Chapter 13

❹ morgue [mɔrg] ⓝ 停屍間

 13-26

morgue是可數名詞，用來表示**停屍間**（特別是指存放待指認屍體的地方）或是用來**存放老舊資料的房間**。

🅗 newspaper morgue 報刊資料室

📝 You could always go to the newspaper morgue if you need information that's really dated.
你若是需要很古早的資料，可以去報刊**資料室**找。

morgue 相關字

❹ **mortuary** [ˈmɔrtʃuˌɛrɪ] ⓝ 停屍間 ⓐ 與死亡或埋葬死者有關的
Mortuaries usually give people the creeps.
太平間通常給人毛骨悚然的感覺。
🅗 give one the creeps 給人毛骨悚然的感覺

❸ **corpse** [kɔrps] ⓝ 屍體
The little girl wants to be a coroner because she's interested in corpses and deaths.
這個小女孩想當法醫，因為她對**屍體**和死亡有興趣。
🅗 be interested in 對…有興趣

❸ **autopsy** [ˈɔtɑpsɪ] ⓝ 驗屍
They took the corpse back to their laboratory to run an autopsy.
他們把屍體帶回了實驗室以進行**驗屍**。
🅗 laboratory 實驗室

❸ **cremation** [krɪˈmeʃən] ⓝ 火葬
I'd choose cremation over burial because it feels more eco-friendly.
我會選擇火葬而不是土葬，因為這樣感覺比較環保。
🅗 burial 土葬

morgue 衍生字

❸ **burial** [ˈbɛrɪəl] ⓝ 土葬
❺ **decomposition** [ˌdikɑmpəˈzɪʃən] ⓝ 分解、腐爛
❸ **coroner** [ˈkɔrənɚ] ⓝ 驗屍官
❸ **refrigerated** [rɪˈfrɪdʒəˌretɪd] ⓐ 冷藏的、冰凍的

❸ **disorder** [dɪsˋɔrdɚ] ⓝ ⓥ 失調、混亂 ⓂⓅ❸ 13-27

disorder可當名詞或動詞使用。當名詞時表示**混亂、動亂、紊亂、失調、不適（小病）**，或是**不合規定的行為**。當動詞則表示**打壞規定、使混亂、或是使（身心）失調**。

🔢 eating disorder 飲食失調、mental disorder 精神疾病、obsessive-compulsive disorder (OCD) 強迫症

📝 Ryan has obsessive-compulsive disorder and he has to raise the mug three times before he can sleep.
萊恩有強迫症，而他一定要把這個馬克杯舉起來三次才能睡覺。

disorder 相關字

❸ **anorexia** [ˌænəˋrɛksɪə] ⓝ 厭食症

People with anorexia would do anything to keep themselves from gaining weight, so they should be supervised at all times.
有**厭食症**的人會盡其所能地不讓自己增重，所以他們應該要隨時受到監控。
🔢 be supervised 被監控

❸ **behavior** [bɪˋhevjɚ] ⓝ 行為

If we look carefully, we can tell a lot about a person by observing their behavior.
如果我們仔細看的話，就能從一個人的**行為**看出關於這個人的很多事情。
🔢 observe 觀察

❸ **distress** [dɪˋstrɛs] ⓝ 遇險、危難

The lifeboat went out to a ship that sent out a distress signal.
救生艇駛向發出**遇險**信號的船隻。
🔢 signal 信號

❸ **disability** [ˌdɪsəˋbɪlətɪ] ⓝ 殘疾

The disability to see is so terrifying that I'll do everything to protect my eyesight.
看不到的**殘疾**太恐怖了，我會做任何事來保護我的視力。

disorder 衍生字

❹ **insomnia** [ɪnˋsɑmnɪə] ⓝ 失眠症

❸ **anxiety** [æŋˋzaɪətɪ] ⓝ 焦慮

❸ **depression** [dɪˋprɛʃən] ⓝ 憂鬱症、憂鬱

❺ **dyslexia** [dɪsˋlɛksɪə] ⓝ 閱讀障礙症

❷ health [hɛlθ] ⓝ 健康

health是名詞，用來表示**健康的身體**或是**身心狀況**。另外，有時也會用來表示（在敬酒時）禮貌地祝福他人健康幸福。

🔑 health check 健康檢查、health insurance 健康保險、health care 保健

📝 The doctor runs a health check on him and tells him everything's fine.
醫生幫他做了個健康檢查並告訴他一切都好。

health 相關字

❷ **accident** [ˈæksədənt] ⓝ 意外、事故
The accident took away his hearing so he's deaf now.
這場**意外**奪走了他的聽覺，所以他現在聾了。
補 deaf 耳聾的

❸ **coverage** [ˈkʌvərɪdʒ] ⓝ 保險項目（或範圍）、覆蓋、覆蓋範圍
After Judy died in the plane crash, her family received nothing because it was not included in the insurance coverage.
在茱蒂死於空難後，她的家人沒得到任何補償，因為那不在保險**範圍**內。
補 plane crash 空難

❸ **safeguard** [ˈsefˌgɑrd] ⓥ ⓝ 保護、防衛
This financial insurance will safeguard your property.
這個金融保險會使你的財產得到**保障**。
補 property 財產

❸ **injury** [ˈɪndʒərɪ] ⓝ 損害、受傷
The others were locked outside while the medical team worked on the patient's injury.
在醫療團隊治療這個病患的傷口時，其他人都被關在外面。

health 衍生字

❸ **disable** [dɪsˈebl] ⓥ 使失去能力、使殘疾
❸ **life insurance** [ˈlaɪfɪnˈʃurəns] ⓟ 壽險
❸ **casualty** [ˈkæʒjʊəltɪ] ⓝ 傷亡人數、意外事故（保險）
❸ **medical** [ˈmɛdɪkl] ⓐ 醫學的、醫療的

1 skin [skɪn] **n v** 皮膚

skin可為名詞或動詞。做名詞時表示覆蓋在表面的薄狀物，如皮膚、動物的皮毛、植物外皮、外殼等。做動詞時則可表示擦破皮膚、剝皮、去皮、脫皮或植皮等。

片 skin cancer 皮膚癌

例 You need to put on sunscreen to prevent sunburn and skin cancer when you go to the beach.
你去海邊的時候要擦防曬油以防皮膚曬傷以及皮膚癌。

skin 相關字

5 dermatology [ˌdɜmə'talədʒɪ] **n** 皮膚科
I had an itch on my skin so I went to the dermatology to check it out.
我的皮膚很癢，所以我去皮膚科檢查。
補 check out 檢查

5 dermatologist [ˌdɜmə'talədʒɪst] **n** 皮膚科醫師
The dermatologist asked Tom to wash his face at least once a day.
皮膚科醫生叫湯姆至少一天要洗一次臉。
補 wash 清洗

3 scalp [skælp] **n** 頭皮
Reed scratched his scalp whenever he's trying to think.
理德每次在他試著思考的時候都會抓頭。
補 scratch 抓

3 hair [hɛr] **n** 頭髮
Lucy has long and beautiful dark hair that everyone envies.
露西有一頭烏黑亮麗的長髮，每個人都很羨慕她。
補 envy 羨慕

skin 衍生字

3 lupus [`lupəs] **n** 狼瘡

3 itch [ɪtʃ] **v n** 癢

3 blister [`blɪstɚ] **n** 水泡

3 scratch [skrætʃ] **v n** 搔抓、刮

2 **nurse** [nɝs] **v** **n** 護士、照料

MP3 13-30

nurse可當動詞或名詞。當動詞時可表示照顧、照料、餵奶、培育等；當名詞時則可表示護士、奶媽、照顧、護理等，為可數名詞。

片 dry nurse 保母、wet nurse 奶媽

例 The nurse was very kind to us when I was in the hospital.

這個護士在我住院時對我們很友善。

nurse 相關字

3 nurture [ˈnɝtʃɚ] **v** **n** 養育、培育

My parents spent a lot of effort nurturing me and my little brother.

我的父母花了很多的心思在**養育**我和我弟弟。

3 nursing [nɝsɪŋ] **n** 護理、看護

My sister went to a nursing school because it was her dream to help the sick.

我的姊姊去讀**護理**學校，因為她想幫助病人。

補 the sick 病患

3 caretaker [ˈkɛrˌtekɚ] **n** 看護、工友

We'll need a caretaker because we both need to work in the daytime.

我們會需要一個**看護**，因為我們白天都得工作。

補 daytime 白天

3 medic [ˈmɛdɪk] **n** 軍醫、醫護兵

John had been a medic for five years before he was killed on the battlefield.

約翰在戰場上陣亡之前當了五年的**醫護兵**。

補 battlefield 戰場

nurse 衍生字

3 therapist [ˈθɛrəpɪst] **n** 治療師

3 baby-sitter [ˈbebɪˌsɪtɚ] **n** 保姆

3 tend [tɛnd] **v** 照顧、照料

3 blood pressure [blʌd ˈprɛʃɚ] **ph** 血壓

5 iodine [ˋaɪəˏdaɪn] ⋒ 碘酒

 MP3 13-31

iodine為化學名詞，是不可數的。用來表示碘酒或碘。

片 iodine cotton swabs 內裝碘酒的棉花棒

例 We have some iodine cotton swabs in our first-aid kit so that we don't need to carry iodine and cotton swabs.

我們的急救箱裡有一些**碘酒**棉花棒，這樣我們就不用帶**碘酒**和棉花棒了。

iodine 相關字

3 first-aid kit [ˋfɝstˋedˏkɪt] ⋒ 急救包
You should have a first-aid kit at your house.
你的房子裡應該要放個**急救包**。

3 gauze [gɔz] ⋒ 紗布
The wound looks less scary when it's covered with gauze.
這個傷口在蓋上**紗布**後看起來不那麼恐怖了。
補 wound 傷口

5 antibiotic ointment [ˏæntɪbaɪˋɑtɪkˋɔɪntmənt] ⋒ 抗生素軟膏
The little boy is learning to put antibiotic ointment on his scratch.
小男孩正在學著在他擦傷的傷口上塗**抗生素軟膏**。
補 scratch 擦傷

5 petroleum jelly [pəˋtroɪəmˋdʒɛlɪ] ⋒ 凡士林
They dipped the cotton balls into petroleum jelly and used them to clean up the wounds.
他們用棉花球沾凡士林並用它們來清理傷口。
補 cotton 棉花

iodine 衍生字

3 band-aid [ˋbændˏed] ⋒ OK繃
3 bandage [ˋbændɪdʒ] ⋒ 繃帶
3 cotton [ˋkɑtn̩] ⋒ 棉花
3 rubbing alcohol [ˋrʌbɪŋˋælkəˏhɔl] ⋒ 外用酒精

3 monitor [ˋmɑnətɚ] n v 監督 MP3 13-32

monitor可當名詞或動詞。當名詞時為可數名詞，可表示**課堂上幫忙維護秩序或是監督大家不能作弊的人**，或是表示**警示的東西**，另外也可表示用來**觀測或監控的裝置**，以及**電腦螢幕**。當動詞時則用以表示**監控**或**監測**。

H biological monitoring 生物監控

例 The doctors are monitoring her vital signs to make sure that everything is under control.
醫生們正在**監控**她的生命跡象以確保一切都在掌控之中。

monitor 相關字

3 life support [ˋlaɪf͵səˋport] n 生命維持器
After the stroke, old Hank has to live on life support and he hates it.
在中風之後老漢克只能依賴**生命維持器**，而他痛恨這樣。
補 stroke 中風

3 oxygen [ˋɑksədʒən] n 氧氣
We all need oxygen to survive.
我們都需要氧氣來生存。
補 survive 生存

4 carbon dioxide [ˋkɑrbən͵daɪˋɑksaɪd] n 二氧化碳
Carbon dioxide is the main cause of the greenhouse effect.
二氧化碳是溫室效應的主要原因。
補 greenhouse effect 溫室效應

5 metabolism [mɛˋtæblͺɪzəm] n 代謝
You can drink a lot of water to speed up your metabolism and you'll lose weight easily.
你可以藉由喝大量的水來加速**新陳代謝**，這樣就可以輕鬆減重了。

monitor 衍生字

3 respirator [ˋrɛspə͵retɚ] n 呼吸器

3 coma [ˋkomə] n 昏迷

3 blackout [ˋblæk͵aʊt] n 停電、眼前一黑

3 slumber [ˋslʌmbɚ] v n 沉睡

❸ **pregnancy** [`prɛgnənsɪ] ⓝ 懷孕 MP3 13-33

pregnancy是名詞，用來表示**懷孕**的狀態。

片 pregnancy test 驗孕

例 Hannah took the pregnancy test and found that she's pregnant.
漢娜做了驗孕測試並發現她懷孕了。

pregnancy 相關字

❸ **morning sickness** [`mɔrnɪŋ`sɪknɪs] ⓝ 孕吐

Although she's excited about having a baby, she doesn't like the morning sickness that comes with it.
雖然她很期待生一個小孩，但她不喜歡伴隨而來的**孕吐**。
補 excited about 因⋯而興奮

❸ **fertilization** [ˌfɝtḷə`zeʃən] ⓝ 施肥、受孕

The fertilization is an important part of growing crops.
施肥是種植作物中很重要的一環。

❸ **growth** [groθ] ⓝ 發展

She weeps whenever she sees the growth of her baby.
她每次看到她寶寶的**成長**都會掉眼淚。
補 growth 成長

❸ **womb** [wum] ⓝ 子宮

The baby should be perfectly protected by the mother's womb.
這個寶寶在母親的**子宮**中會受到完美的保護。
補 perfectly 完美地

pregnancy 衍生字

❸ **ovary** [`ovərɪ] ⓝ 子宮

❸ **miscarriage** [mɪs`kærɪdʒ] ⓝ 流產

❸ **nausea** [`nɔʃɪə] ⓝ 噁心

❺ **uterus** [`jutərəs] ⓝ 子宮

國家圖書館出版品預行編目（CIP）資料

非學不可的新多益單字〔完整修訂版
〕/ 陳勝、謝欣蓉 著. -- 二版.-- 臺
北市:不求人, 2015.10 面； 公分

ISBN 978-986-91822-2-5（平裝附光碟片）

1. 多益測驗 2. 詞彙

805.1895　　　　　　　　104007535

非學不可的
新多益
單字
——————— 完整修訂版 ———————

書名 / 非學不可的新多益單字〔完整修訂版〕
作者 / 陳勝、謝欣蓉
發行人 / 蔣敬祖
專案副總經理 / 廖晏婕
編輯顧問 / 常祈天
主編 / 劉俐伶
執行編輯 / 鄭莛、Jimmy Tsai
視覺指導 / 黃馨儀
內文排版 / 張靜怡
法律顧問 / 北辰著作權事務所蕭雄淋律師
印製 / 金漾印刷事業有限公司
初版 / 2012年10月
二版初刷 / 2015年10月
出版 / 我識出版集團—不求人文化
電話 / (02) 2345-7222
傳真 / (02) 2345-5758
地址 / 台北市忠孝東路五段372巷27弄78之1號1樓
郵政劃撥 / 19793190
戶名 / 我識出版社
網址 / www.17buy.com.tw
E-mail / iam.group@17buy.com.tw
facebook網址 / www.facebook.com/ImPublishing
定價 / 新台幣 299 元 / 港幣 100 元（附1MP3＋防水書套）

總經銷 / 我識出版社有限公司業務部
地址 / 新北市汐止區新台五路一段114號12樓
電話 / (02) 2696-1357　傳真 / (02) 2696-1359

地區經銷 / 易可數位行銷股份有限公司
地址 / 新北市新店區寶橋路235巷6弄3號5樓

港澳總經銷 / 和平圖書有限公司
地址 / 香港柴灣嘉業街12號百樂門大廈17樓
電話 / (852) 2804-6687　傳真 / (852) 2804-6409

不求人 文化
Diy Culture Publishing